A árvore dos janízaros

SUMA de letras

JASON GOODWIN

A árvore dos janízaros

romance

Tradução
Fernanda Abreu

SUMA de letras

EDITORA OBJETIVA LTDA., Rua Cosme Velho, 103
Rio de Janeiro – RJ – CEP: 22241-090
Tel.: (21) 2199-7824 – Fax: (21) 2199-7825
www.objetiva.com.br

Título Original: *The Janissary Tree*

Capa
Raul Fernandes

Revisão
Umberto Figueiredo Pinto
Fátima Fadel
Rodrigo Rosa

Editoração Eletrônica
Futura

CIP-BRASIL. CATALOGAÇÃO-NA-FONTE
SINDICATO NACIONAL DOS EDITORES DE LIVROS, RJ.

G663a

Goodwin, Jason
A árvore dos janízaros / Jason Goodwin ; tradução de Fernanda Abreu. - Rio de Janeiro: Objetiva, 2007
360p.

Tradução de: The Janissary Tree
ISBN 978-85-73028-03-04

1. Romance inglês. I. Abreu, Fernanda. II. Título.

06-2609. CDD 823
CDU 821.111-3

Para Kate

Para quem tem Consciência
basta uma indicação.
Para a multidão sem rumo
é inútil a informação.

Haji Bektash Veli

1

YASHIM retirou uma sujeira do punho da roupa com um peteleco.

– Mais uma coisa, *marquise* – murmurou ele.

Ela o encarou com firmeza.

– Os documentos.

A *marquise* de Merteuil deu uma risadinha.

– *Flûte! Monsieur* Yashim, depravação não é uma palavra reconhecida por nós na Académie. – Seu leque se agitou; por trás dele, ela praticamente sibilou: – É um estado de espírito.

Yashim já estava começando a sentir que seu sonho se desfazia.

A *marquise* havia retirado um pedaço de papel de dentro do decote, e batia com ele na mesa como se fosse um pequeno martelo. Ele olhou mais de perto. Era *mesmo* um pequeno martelo.

Toc toc toc.

Ele abriu os olhos e olhou em volta. O *château* de Merteuil se dissolveu à luz da vela. Sombras espreitavam embaixo das prateleiras cheias de livros, e nos cantos do aposento – um aposento e meio, poder-se-ia dizer, onde Yashim vivia sozinho em um prédio em Istambul. A edição encadernada de couro de *Les Liaisons Dangereuses* havia escorregado para seu colo.

Toc toc toc.

– *Evet, evet* – resmungou ele. – Já vou. – Cobriu os ombros com uma capa e os pés com um par de chinelos amarelos, e caminhou pesadamente até a porta. – Quem é?

– Garoto de recados.

Garoto é modo de dizer, pensou Yashim, enquanto conduzia o velho ossudo para dentro da penumbra do quarto. A chama da única vela tremeluziu com a súbita corrente de ar. Aquilo fez as sombras dos dois homens dançarem pelas paredes, digladiando-se, antes de a sombra do mensageiro esfaquear a de Yashim com uma adaga tremeluzente. Yashim pegou o rolo de papel e deu uma olhada no lacre. Cera amarela.

Esfregou os olhos com o polegar e o indicador. Poucas horas antes, tinha diante de si um horizonte escuro, e se esforçava para distinguir, em meio à garoa, luzes e algum sinal de terra. A luz oblíqua da vela o fez se lembrar de outra lamparina, balançando dentro de uma cabine no meio do mar, cavalgando as tormentas de inverno. O capitão era um grego de peito largo como um barril, com um olho todo branco e ar de pirata, e o mar Negro era traiçoeiro naquela época do ano. Mas ele tivera sorte pelo simples fato de encontrar um navio. Mesmo durante os piores momentos da viagem, quando o vento fazia gemer o cordame, as ondas açoitavam a proa, e Yashim cambaleava e vomitava dentro de seu pequeno compartimento, havia se consolado pensando que qualquer coisa seria melhor do que passar o inverno naquele lugar desolado da Criméia, cercado pelos fantasmas de cavaleiros destemidos, carcomido pelo frio e pela depressão. Ele precisara voltar para casa.

Com um movimento do polegar, rompeu o lacre.

Com o cheiro do mar nas narinas e o chão ainda a ondular sob seus pés, tentou se concentrar na caligrafia rebuscada.

Suspirou e pôs o papel de lado. Havia uma lamparina atarraxada à parede, e ele a acendeu com a vela. As línguas de fogo azuladas lamberam lentamente o pavio chamuscado. Yashim recolocou o vidro no lugar e diminuiu a mecha até a chama agitada se tornar amarela e firme. Aos poucos, a luz da lamparina tomou conta do aposento.

Ele pegou o rolo que o pajem havia lhe entregado e o alisou.

Saudações, et cetera. Ao final, leu a assinatura do *seraskier*, comandante na cidade da Nova Guarda, o exército imperial otomano. *Felicitações, et cetera.* Subiu os olhos pela carta. Tinha tanta prática que era capaz de decifrar uma carta assim em segundos. Pronto, ali estava ela, ocultada pelas fórmulas de etiqueta: uma convocação imediata.

– Então?

O velho empertigou-se.

– Tenho ordens para voltar para o quartel com o senhor imediatamente. – Relanceou os olhos para a capa de Yashim, indeciso. Este sorriu, pegou um pano comprido e o enrolou em volta da cabeça.

– Estou vestido – disse. – Vamos.

Yashim sabia que pouco importava o que estivesse vestindo. Era um homem alto, robusto, próximo dos 40 anos de idade, com uma farta cabeleira de cachos pretos, alguns cabelos brancos, sem barba, mas com um bigode preto crespo. Tinha as maçãs do rosto altas dos turcos, e os olhos cinzentos puxados de um povo que passara milhares de anos vivendo nas grandes estepes eurasianas. Com calças européias, ele talvez se fizesse notar, mas com uma capa marrom, não. Ninguém reparava muito nele. Era esse o seu talento especial, caso fosse de fato um talento. Era mais provável, como dizia a *marquise*, que fosse um estado de espírito. Um estado do corpo.

Yashim possuía muitas coisas – um charme natural, um dom para línguas e a capacidade de arregalar subitamente aqueles olhos cinzentos. Tanto homens quanto mulheres haviam se descoberto estranhamente hipnotizados por sua voz, antes mesmo de perceberem quem estava falando. Mas ele não tinha colhões.

Não no sentido vulgar do termo: Yashim era razoavelmente corajoso. Mas ele era uma criatura rara até mesmo na Istambul do século XIX. Yashim era eunuco.

2

NA MORADA DA FELICIDADE, na parte mais reservada, mais proibida do palácio de Topkapi, o sultão estava recostado em seus travesseiros beliscando nervosamente a coberta de cetim, tentando imaginar o que poderia distraí-lo nas próximas horas. Uma canção, pensou, que seja uma canção. Uma daquelas doces e cadenciadas melodias circassianas: quanto mais triste a canção, mais alegre a melodia.

Já havia pensado se poderia simplesmente fingir estar dormindo. Por que não? Soberano do mar Negro e do mar Branco, governante da Rumélia e da Mingrélia, senhor da Anatólia e da Iônia, da Romênia e da Macedônia, Protetor das Cidades Sagradas, intrépido cavaleiro dos reinos da bem-aventurança, sultão e padixá, ele precisava dormir de vez em quando, ou não? Especialmente se algum dia quisesse recuperar sua soberania sobre a Grécia.

Mas sabia o que aconteceria caso tentasse fingir. Já havia feito isso antes, despedaçando todas as esperanças e ambições da linda *gözde*, a moça escolhida para compartilhar seu leito naquela noite. Fingir significaria ter de ouvir seus suspiros, seguidos por tímidas arranhadelas em suas coxas ou em seu peito, e, por fim, lágrimas; o harém inteiro lhe lançaria olhares de reprovação durante um mês.

Ela iria chegar dali a pouco. Era melhor ele ter um plano. Provavelmente, seria mais seguro com a moça por cima. Ele era bem gordo, para falar francamente, e não queria que ninguém saísse machucado. Se ao menos pudesse estar na cama com Hadice, que era quase tão rechonchuda quanto ele, enquanto ela lhe fazia uma massagem nos pés!

Seus pés! Por reflexo, ergueu os joelhos de leve por baixo da colcha. Não tinha nada contra tradições ancestrais, mas o sultão Mahmut II não tinha a menor intenção de deixar nenhuma moça circassiana perfumada levantar as cobertas e começar a rastejar em sua direção vinda do pé da cama.

Ouviu um ligeiro alvoroço no corredor do lado de fora. Um senso de dever o fez se apoiar em um dos cotovelos, transformando sua expressão em um sorriso de boas-vindas. Ele pôde ouvir sussurros. Talvez algum nervosismo de última hora? Teria a escrava desmaiado, subitamente resistente? Bom, não era provável. Ela já fora até ali: chegara quase até o instante para o qual havia sido treinada, o acontecimento ao qual dedicara a vida inteira. Era mais provável que fosse alguma briga por ciúmes: *Essas pérolas são minhas!*

A porta se abriu. Mas quem entrou não foi uma escrava cheia de balangandãs, com quadris ondulantes e seios fartos. Foi um velhote de bochechas maquiadas e cintura grossa, que fez uma mesura e saltitou quarto adentro com os pés descalços. Ao ver o patrão, o homem caiu de joelhos e começou a rastejar até alcançar a beirada da cama, onde prostrou-se no chão. Ficou ali caído, mudo e trêmulo, como uma grande gelatina.

– Então? – perguntou o sultão Mahmut, de cenho franzido.

Depois de um longo intervalo, uma voz aguda e alta brotou do corpo imenso.

– Vossa Magnififênfia, meu senhor, meu meftre – começou o escravo por fim, com sua língua presa. O sultão se remexeu, aflito.

– Deuf achou por bem lanfar um manto de morte sobre o corpo de uma filha da felifidade cujos fonhos estavam preftef a serem realizados por vossa magnififênfia, meu meftre.

O sultão franziu o cenho.

– Ela morreu? – Seu tom era de incredulidade. Também estava surpreso: será que ele era tão temível assim?

– Fenhor, não fei o que dizer. Mas Deuf efcolheu outro inftrumento para a morte dela.

O eunuco fez uma pausa, em busca da formulação adequada das palavras. Era extremamente difícil.

– Meu meftre – disse ele por fim. – Ela foi eftrangulada.

O sultão tornou a se deixar cair sobre os travesseiros. Pronto, disse para si mesmo, ele estava certo. Não era nervosismo. Era apenas ciúme.

Tudo estava normal.

– Mande chamar Yashim – disse o sultão com a voz cansada. – Quero dormir.

3

DORMINDO ou acordado, o sultão Mahmut era o Comandante dos Fiéis, chefe das forças armadas otomanas, mas já fazia anos que não desfraldava o estandarte do Profeta para chefiar seu exército, garantindo seu trono por meio de um único gesto de coragem. Suas forças navais eram comandadas pelo paxá *kapudan*, e suas tropas eram controladas pelo *seraskier*. O *seraskier* não se levantou para receber Yashim, mas apenas convidou-o a sentar-se tamborilando com os dedos sobre uma beirada do divã. Yashim descalçou os sapatos e sentou-se de pernas cruzadas, com a capa espalhando-se à sua volta como a folha de um nenúfar. Inclinou a cabeça e murmurou um cumprimento formal.

Com o rosto recém-barbeado, à moda nova, e olhos castanhos cansados plantados em um rosto cor de linho velho, o *seraskier* estava recostado de forma pouco natural sobre um dos quadris, de uniforme, como se tivesse sido ferido. Seus cabelos cinzentos como o aço estavam cortados rente ao crânio, e o fez vermelho equilibrado na parte de trás de sua cabeça ressaltava seu maxilar quadrado. Yashim pensou que ele ficaria razoável de turbante, mas os costumes francos mandavam que se usasse um casaco abotoado, calças azuis debruadas de vermelho e uma profusa ombreira franjada: um uniforme moderno, para guerras modernas. No mesmo espírito, ele havia recebido uma sólida mesa de nogueira e oito cadeiras estofadas de aparência pouco confortável, que estavam arrumadas no centro do aposento e iluminadas por candelabros pendurados no rebaixo de madeira do teto.

Ele sentou-se e cruzou as pernas cobertas pela calça, forçando as costuras.

– Talvez você prefira passar para uma mesa – sugeriu, com a voz irritada.

– Como quiser.

Mas era evidente que o *seraskier* preferia a indignidade de sentar-se no divã vestindo aquelas calças à desagradável exposição da mesa central. Assim como Yashim, considerava ligeiramente perturbador sentar-se em uma cadeira de costas para o aposento. Em vez disso, então, deu um longo suspiro, dobrando e esticando os dedos grossos.

– Ouvi dizer que você estava na Criméia.

Yashim piscou os olhos.

– Encontrei um navio. Não tinha mais nada para fazer lá.

O *seraskier* arqueou uma das sobrancelhas.

– Você fracassou lá, então?

Yashim curvou-se para a frente.

– Nós fracassamos lá muitos anos atrás, *efendi*. Há pouco que se possa fazer. – Ele devolveu o olhar fixo do *seraskier*. – Esse pouco eu fiz. Trabalhei depressa. Em seguida, voltei.

Não havia mais nada a ser dito. Os *khans* tártaros da Criméia não governavam mais as estepes do sul, como irmãos caçulas do Estado otomano. Yashim ficara abalado ao ver cossacos russos passando a cavalo, armados, por aldeias criméias. Indefesos, derrotados, os tártaros bebiam, sentados às portas de suas cabanas, fitando os cossacos com ar prostrado, enquanto suas mulheres trabalhavam nos campos. O próprio *khan* estava indócil em seu exílio, atormentado pelo sonho de um tesouro perdido. Já havia mandado outros para tentar recuperá-lo, antes de ficar sabendo da existência de Yashim – Yashim, o guardião, o *lala*. Apesar dos esforços de Yashim, o tesouro do *khan* continuava a ser um sonho. Talvez não houvesse tesouro nenhum.

O *seraskier* soltou um grunhido.

– Os tártaros já foram bons guerreiros – disse. – Mas cavaleiros sem disciplina não têm lugar no campo de batalha moderno. Nós hoje precisamos de uma infantaria disciplinada, com mosquetes e baionetas. Artilharia. Você viu russos?

– Vi russos sim, *efendi*. Cossacos.

– É contra eles que temos de lutar. É por isso que precisamos de homens como os homens da Nova Guarda.

O *seraskier* se levantou. Era um colosso de homem, com bem mais de um metro e oitenta de altura. Postou-se de costas para Yashim, fitando uma fileira de livros, enquano Yashim desviava involuntariamente o olhar para a cortina através da qual havia entrado. O criado que o havia acompanhado não estava por perto. Segundo todas as leis da hospitalidade, o *seraskier* deveria, antes de tudo, ter lhe oferecido um narguilé e café; Yashim perguntou-se se aquela grosseria era deliberada. Um homem importante como o *seraskier* tinha ajudantes para levar-lhe comes e bebes, assim como um carregador de narguilé para escolher o seu fumo, manter o aparelho limpo e em bom estado de funcionamento, acompanhar o patrão em suas viagens com o narguilé envolto em um pano e a bolsa de fumo guardada na camisa, e assegurar o correto acendimento e fluxo do narguilé. Homens ricos, que competiam entre si para ver quem apresentava aos convidados a folha de melhor qualidade e os mais elegantes narguilés – piteira de âmbar, corpo de cerejeira persa –, sequer pensariam em dispensar os serviços de seu carregador de fumo, da mesma forma que um lorde inglês não dispensaria os serviços de um camareiro. Mas o aposento estava vazio.

– Daqui a menos de duas semanas o sultão irá passar as tropas em revista. Marchas, simulações, apresentações de tiro. O sultão não será o único convidado. Isso vai ser... – O *seraskier* se deteve, e sua cabeça se empinou. Yashim perguntou-se o que ele estivera prestes a dizer. Talvez que a revista seria o momento mais importante de sua carreira. – Somos uma tropa jovem, como você sabe. A Nova Guarda só existe há dez anos. Como um potro ainda jovem, nós nos assustamos com facilidade. Não tivemos... ahn... todo o cuidado e o treinamento que poderíamos ter desejado.

– Nem tampouco exatamente o mesmo sucesso que foi prometido.

Yashim viu o *seraskier* se retesar. Com seus casacos e calças européias na última moda, a Nova Guarda havia sido treinada por uma sucessão de instrutores estrangeiros, *ferengui* vindos da Europa, que lhes ensinaram a fazer simulações, a marchar, a apresentar armas. Que crítica se poderia fazer? A despeito de tudo, os egípcios – os egípcios! – haviam lhes infligido derrotas humilhantes na Palestina e na Síria, e os russos estavam mais perto de Istambul do que em qualquer período que se pudesse recordar. Talvez essas vitórias tivessem sido previsíveis, pois tratava-se de oponentes formidáveis, com equipamentos de última geração e exércitos modernos; havia também, contudo, a derrota na Grécia. Meros camponeses de calças bufantes, conduzidos por fanfarrões belicosos, até mesmo os gregos haviam se mostrado mais do que páreo para a Nova Guarda.

Tudo isso deixava a Nova Guarda com um único triunfo sanguinário em sua história. Tratava-se de uma vitória conquistada não no campo de batalha, mas ali mesmo, nas ruas de Istambul; não fora uma vitória contra inimigos estrangeiros, mas contra seus próprios predecessores militares, a perigosa e arrogante corporação dos janízaros. Tropas de elite do Império Otomano durante o século XVI, os janízaros haviam se degenerado – ou evoluído: o termo ficava a critério de cada um – muito tempo antes, tornando-se uma máfia armada que aterrorizava sultões, marchava pela cidade de Istambul, provocava rebeliões, incêndios, roubava e extorquia impunemente.

A Nova Guarda finalmente havia resolvido o problema. Dez anos antes, na noite de 16 de junho de 1826, artilheiros da Nova Guarda haviam dizimado os janízaros em seu quartel, pondo um merecido fim a séculos de terror e triunfo.

– A revista será um sucesso – rosnou o *seraskier*. – As pessoas verão o esteio deste império, inquebrantável, inabalável. – Ele se virou, golpeando o ar com a lateral da mão. – Pontaria certeira. Simulações precisas. Obediência. Nossos inimigos, assim como nossos amigos, tirarão as próprias conclusões. Está entendendo?

Yashim ergueu os ombros de leve. O *seraskier* empinou o queixo e exalou o ar pelo nariz.

– Mas nós temos um problema – disse ele.

Yashim continuou a fitá-lo: já fazia muito tempo que não era acordado no meio da noite e convocado ao palácio. Ou ao quartel. Olhou pela janela: ainda estava escuro, o céu estava frio e nublado. Tudo começa na escuridão. Bem, iluminar era o seu trabalho.

– E em que exatamente consiste o seu problema?

– Yashim *efendi*. Eles o chamam de *lala*, não é? Yashim *lala*, o guardião.

Yashim assentiu com a cabeça. *Lala* era um título honorífico, uma denominação respeitosa atribuída a alguns eunucos de confiança que serviam a famílias ricas e influentes, acompanhando suas mulheres, cuidando de seus filhos, supervisionando a vida doméstica. Um *lala* comum era uma mistura de mordomo e governanta, de babá e chefe da segurança: um guardião. Yashim considerava o título adequado à sua pessoa.

– Mas, até onde sei, você não tem compromissos – disse o *seraskier* devagar. – Sim, tem vínculos com o palácio. Com as ruas também. Então, esta noite, convido você para entrar para a nossa família, a família da Nova Guarda. Durante dez dias, no máximo.

– Está se referindo à família da qual o senhor é o chefe?

– De certa forma. Mas não pense que eu estou me colocando na posição de chefe desta família. Eu gostaria que, em vez disso, você pensasse em mim como uma espécie de... de... – O *seraskier* parecia incomodado: a palavra não lhe ocorria com facilidade. Não gostar de eunucos, sabia Yashim, era tão comum entre os homens otomanos quanto desconfiar de mesas e cadeiras. – Pense em mim... como um irmão mais velho. Eu protejo você. Você confia em mim. – Ele fez uma pausa, enxugou o suor da testa. – Você, ahn, tem algum parente?

Yashim estava acostumado com aquilo: repulsa misturada com curiosidade. Fez um gesto ambíguo com a mão: o homem que ficasse na dúvida; não era da sua conta.

– A Nova Guarda precisa conquistar a confiança do povo, e do sultão também – continuou o *seraskier.* – É essa a finalidade da revista. Mas aconteceu uma coisa que pode arruinar tudo.

Foi a vez de Yashim ficar curioso, e ele sentiu uma espécie de calafrio na nuca.

– Hoje de manhã – explicou o *seraskier* –, fui informado de que quatro de nossos oficiais não haviam se apresentado para a simulação da manhã. – Ele parou, franziu o cenho. – Você precisa entender que a Nova Guarda não se parece com nenhum outro exército que o império já viu. Disciplina. Trabalho árduo, salário justo e obediência a um oficial hierarquicamente superior. Nós sempre comparecemos às simulações. Sei o que você está pensando, mas esses oficiais eram jovens particularmente talentosos. Eu diria que eles eram a nata da nossa corporação, e eram também nossos melhores oficiais de artilharia. Falavam francês – arrematou ele, à guisa de conclusão. Talvez fosse mesmo uma conclusão.

– Então eles estudaram engenharia na universidade?

– Passaram com a nota máxima. Eram os melhores.

– Eram?

– Um instante, por favor. – O *seraskier* levou a mão à testa. – No início, apesar de tudo, pensei o mesmo que você. Supus que eles estivessem envolvidos em alguma aventura e que reapareceriam mais tarde, muito envergonhados e arrependidos. Eu, é claro, estava disposto a picá-los em pedacinhos: a corporação inteira admira esses rapazes, entende? Como se diz em francês, eles dão o tom.

– O senhor fala francês?

– Ah, só muito pouco. O suficiente.

Yashim sabia que a maioria dos instrutores estrangeiros da Nova Guarda era francesa, ou tinha alguma outra nacionalidade – italiana, polonesa –, que havia sido incorporada pelos enormes exércitos reunidos pelo imperador Napoleão para concretizar seu sonho de uma conquista universal. Uma década antes, quando as guerras napoleônicas finalmente haviam chegado ao fim, alguns dos remanescentes mais necessitados da *Grande Armée* acabaram parando em Istambul e começaram a trabalhar a soldo do sultão. Mas aprender francês era coisa para gente moça, e o *seraskier* tinha quase 50 anos.

– Continue.

– Quatro bons homens sumiram de sua caserna ontem à noite. Quando eles não apareceram hoje de manhã, perguntei a um dos *temizlik*, os faxineiros, e descobri que não haviam dormido em seu alojamento.

– E eles ainda estão desaparecidos?

– Não. Não exatamente.

– Como assim, não exatamente?

– Um deles foi encontrado esta noite. Mais ou menos quatro horas atrás.

– Que bom.

– Foi encontrado morto dentro de um caldeirão de ferro.

– Um caldeirão de ferro?

– Sim, sim. Uma panela.

Yashim piscou os olhos.

– Devo entender – perguntou ele devagar – que o soldado estava sendo cozido?

Os olhos do *seraskier* quase saltaram das órbitas.

– Cozido? – repetiu ele com a voz débil. Era um requinte no qual ele não havia pensado. – Acho melhor você vir dar uma olhada – disse ele.

4

DUAS HORAS mais tarde, Yashim já tinha visto tudo que desejava ver naquela manhã. Em muitas manhãs.

Depois de mandar chamar um carregador de lamparina, o *seraskier* o conduziu rumo à parte leste da cidade pelas ruas desertas, seguindo sua via principal em direção às estrebarias imperiais. Do lado de fora da mesquita de Beyazit, tochas crepitavam na escuridão; eles passaram pela Coluna Queimada, junto à entrada do Grande Bazar, agora trancado e imóvel, com a respiração presa enquanto guardava seus tesouros durante a noite. Mais além, perto da mesquita Sehzade, açima do aqueduto romano, cruzaram com o vigia noturno, que os deixou passar ao ver de quem se tratava. Depois de algum tempo, chegaram às estrebarias. Assim como a própria Guarda, as estrebarias eram novas. Haviam sido construídas bem junto ao pé da elevação, no lado sul, em um terreno que havia estado desocupado desde a eliminação dos janízaros dez anos antes, quando sua imensa e agitada caserna havia sucumbido a bombardeios e deflagrações.

Yashim havia encontrado o caldeirão, exatamente como na descrição do *seraskier*. Estava no canto de uma das estrebarias novas, cercado por feno para os animais dormirem e iluminado por grandes lamparinas em forma de globo suspensas da viga do telhado por grossas correntes. Os cavalos, explicou o *seraskier*, haviam sido retirados.

– Foi a agitação dos cavalos que nos fez descobrir o problema – acrescentou ele. – Eles não gostam de cheiro de homem morto.

Pela descrição do *seraskier*, Yashim não havia entendido que o caldeirão era tão grande. Tinha três pernas curtas e duas argolas de metal, uma de cada lado, que serviam de alça; mesmo assim, Yashim mal conseguia olhar por cima da borda. O *seraskier* trouxe-lhe um banquinho, e Yashim subiu para olhar lá dentro.

O soldado morto ainda estava de uniforme. Estava encolhido em posição fetal no fundo do caldeirão, ocupando apenas o fundo: seus braços, amarrados nos pulsos, estavam suspensos acima da cabeça, tornando impossível ver-lhe o rosto. Yashim desceu do banquinho e limpou automaticamente as mãos, embora a borda do caldeirão estivesse perfeitamente limpa.

– O senhor sabe quem é ele?

O *seraskier* assentiu.

– Osman Berek. Peguei sua caderneta de apontamentos. É que...

Ele hesitou.

– Sim? – encorajou Yashim.

– Sinto dizer que o cadáver não tem rosto.

Yashim sentiu um calafrio de repulsa.

– Não tem rosto?

– Eu... eu entrei lá dentro. Virei o corpo só um pouquinho. Achei que fosse reconhecê-lo, mas... é isso. O rosto dele havia sido arrancado. De baixo do queixo até acima das sobrancelhas. Acho que isso foi feito com um único golpe.

Yashim imaginou que força seria necessária para arrancar o rosto de um homem de seu corpo com um só golpe. Ele se virou.

– O caldeirão fica sempre aqui? Parece um lugar estranho para ele.

– Não, não. O caldeirão veio junto com o corpo.

Yashim ficou perplexo.

– Por favor, *efendi*. Chega de surpresas. Tem mais alguma?

O *seraskier* pensou antes de falar.

– O caldeirão simplesmente surgiu durante a noite.

– E ninguém ouviu nem viu nada?

– Os cavalariços não viram nada. Estavam dormindo nos compartimentos superiores.

– As portas ficam trancadas?

– Geralmente, não. Em caso de incêndio...

– É verdade. – Segundo um velho ditado, Istambul padecia de três males: peste, incêndio e intérpretes gregos. Havia muitos prédios antigos de madeira na cidade, juntos demais uns dos outros: bastava uma faísca descuidada para reduzir a cinzas bairros inteiros da cidade. Os pouco pranteados janízaros eram também os bombeiros de Istambul, e um dos aspectos mais típicos de sua degeneração era que eles haviam combinado sua função de bombeiro com a mais lucrativa atividade de incendiários, exigindo propinas para apagar incêndios que eles mesmos haviam provocado. Yashim se lembrava vagamente que os janízaros haviam ocupado uma importante torre de observação para o combate a incêndios na extremidade de sua caserna ali, que ironicamente havia desmoronado com a conflagração de 1826. Em seguida, o sultão havia ordenado a construção de uma extraordinária torre de combate a incêndios em Beyazit, um pilar de pedra de 80 metros de altura, encimado por uma galeria suspensa para os vigias antiincêndio. Muitas pessoas consideravam a torre Beyazit a construção mais feia de Istambul; certamente era a mais alta, já que ficava sobre a Terceira Colina da cidade. De qualquer forma, era possível perceber que atualmente havia menos alertas de incêndio.

– Então, quem encontrou o corpo?

– Eu. Não, isso não é mais uma surpresa. Fui chamado por causa do caldeirão, e porque os cavalariços estavam preocupados com a agitação dos cavalos. Fui o primeiro a olhar lá dentro. Sou um militar, já vi homens mortos antes. E... – ele hesitou – ... eu já havia começado a suspeitar do que poderia ver.

Yashim não disse nada.

– Não deixei transparecer nada. Mandei retirarem os cavalos e trancarem as portas. Só isso.

Yashim deu um peteleco no caldeirão com a unha. O objeto emitiu um som metálico. Ele repetiu o gesto.

O *seraskier* e ele se entreolharam.

– É muito leve – observou Yashim. Ficaram em silêncio por um instante. – O que acha?

– Eu acho – disse o *seraskier* – que não temos muito tempo. Hoje é quinta-feira.

– A revista?

– Dez dias. Para descobrir o que está acontecendo com meus homens.

5

A MANHÃ havia sido difícil. Yashim foi aos banhos, deixou-se ensaboar e massagear, e passou muito tempo deitado na sala quente antes de voltar para casa vestindo as roupas recém-lavadas. Por fim, depois de ter examinado a questão em sua mente de todas as maneiras nas quais conseguia pensar, tentando encontrar alguma pista, passou ao que sempre considerava a segunda melhor opção.

Como encontrar três homens em uma cidade decadente, medieval e nebulosa de 2 milhões de habitantes?

Você sequer tenta.

Você cozinha.

Levantando-se, caminhou devagar até o outro lado do aposento, que estava às escuras. Riscou um fósforo e acendeu a lamparina, reduzindo a mecha até a luz se tornar firme e intensa. Esta iluminou um conjunto bem-arrumado de fogão, mesa alta, e uma fileira de facas aparentemente muito afiadas, suspensas no ar por uma estrutura de madeira.

No canto havia um cesto, e nele Yashim escolheu várias cebolas pequenas e firmes. Descascou-as e fatiou-as sobre a bancada, primeiro em um sentido, depois no outro. Pôs uma panela no fogão e despejou nela azeite suficiente para dourar as cebolas. Quando estavam quase mudando de cor, jogou dentro da panela uns dois punhados de arroz que tirou de um jarro de cerâmica.

Tempos atrás, havia descoberto o que era cozinhar. Fora mais ou menos na mesma época em que havia desenvolvido repulsa pelas próprias tentativas de obter uma gratificação sensual mais crua, e se conformado com prazeres mais estilizados. Não que até então houvesse considerado a culinária um trabalho feminino: os cozinheiros no império podiam ser de ambos os sexos. Mas havia pensado naquilo, talvez, como um trabalho para os pobres.

O arroz havia se tornado translúcido, então ele despejou dentro da panela um punhado de uvas passas e outro de pinhões, um torrão de açúcar e uma pitada grande de sal. Tirou um jarro da prateleira e mediu uma colherada de uma untuosa pasta de tomate, que misturou a um copo d'água. Despejou a água por cima do arroz, provocando um chiado e uma nuvem de vapor. Acrescentou uma pitada de hortelã seca, moeu um pouco de pimenta dentro da panela e mexeu o arroz, em seguida cobriu-a com uma tampa e passou-a para a parte de trás do fogão.

Havia comprado os mariscos já limpos, grandes mariscos de 8 centímetros, de Therapia, subindo o Bósforo. Abriu-os um por um com um giro de uma lâmina chata e deixou-os cair dentro de uma bacia com água. O arroz estava na metade do cozimento. Picou endro em pedaços bem pequenos e acrescentou a erva à mistura, e em seguida despejou-a em uma travessa para esfriar. Escorreu os mariscos e recheou-os, usando uma colher, fechando as conchas antes de arrumá-las em camadas, no sentido do comprimento, dentro de uma panela baixa. Pôs um prato por cima para fazer peso, acrescentou um pouco de água quente da chaleira, tampou a panela e deslizou-a para cima dos carvões.

Pegou um frango, cortou-o em pedaços, amassou algumas nozes com a lateral da faca e preparou um *acem yahnisi* com suco de romã.

Uma vez tudo pronto, pegou uma jarra de pescoço fino e, com todo o cuidado, lavou primeiro as mãos, depois a boca, o rosto, o pescoço e, por último, as partes íntimas.

Desenrolou o tapete de oração e rezou. Quando terminou, tornou a enrolar o tapete e guardou-o em um nicho.

Sabia que logo receberia uma visita.

6

STANISLAW Palewski tinha cerca de 55 anos de idade, uma auréola de cachos cinzentos apertados em volta do crânio calvo e um par de olhos azul-claros cuja expressão de tristeza chorosa era desmentida pela força de seu queixo, pelo tamanho de seu nariz aquilino e pela determinação de sua boca, que naquele momento estava comprimida em uma linha estreita por causa da chuva e do vento que se afastavam da costa de Mármara.

Como fazia todas as noites de quinta-feira, ele estava caminhando pela rua que partia da Mesquita Nova e subia até o Corno de Ouro, e chamava a atenção com sua cartola e seu casaco comprido. Como a cartola, o casaco já vira dias melhores; antes preto, havia sido transformado pelo uso e pelo ar úmido de Istambul em algo mais próximo do verde do mar; o revestimento de veludo da cartola já estava gasto em muitos lugares, particularmente na parte superior e na aba. Ao se aproximar de duas senhoras vestidas com seus chadores, seguidas por suas acompanhantes, ele educadamente passou para a rua e tocou a aba do chapéu em um gesto automático, para cumprimentá-las. As senhoras não retribuíram diretamente o cumprimento, mas remexeram-se um pouco, e Palewski ouviu um sussurro abafado e uma risadinha. Sorriu para si mesmo e tornou a subir na calçada para continuar seu passeio.

Quando o fez, alguma coisa chacoalhou dentro de sua sacola, e ele parou para averiguar. Não havia nenhuma proibição explícita que impedisse um representante diplomático de um país estrangeiro de andar pela cidade carregando duas garrafas de vodca polonesa aromatizada com teor alcoólico de 60 graus, mas Palewski não estava com vontade de testar. Para começar, não tinha certeza absoluta de que nunca houvera, ao longo de toda a atribulada história da cidade, um édito que tornasse o ato de portar bebida alcoólica uma ofensa passível de ser punida com o açoite. Além disso, sua imunidade diplomática era, na melhor das hipóteses, uma proteção frágil. Ele não tinha navios armados à sua disposição para subir o Bósforo e bombardear o sultão para convencê-lo a ser mais conciliador caso as coisas dessem errado, como o almirante Duckworth fizera para os ingleses em 1807. Não tinha meios de exercer pressão governamental como os russos haviam feito em 1712, quando seu embaixador fora aprisionado no Castelo das Sete Torres. Quarenta anos antes, os líderes da Rússia, da Prússia e da Áustria enviaram seus exércitos para invadir a Polônia e riscar o país do mapa. Na verdade, Palewski não tinha governo nenhum.

O embaixador imperial polonês junto à Sublime Porte tornou a ajeitar o pano úmido que protegia suas garrafas, reapertou os cordões de sua bolsa e percorreu uma sinuosa sucessão de ruas e becos até chegar a uma pequeníssima porta-cocheira em um dos becos escondidos da cidade antiga, perto do Corno de Ouro. A porta era pequena porque estava afundada no piso: apenas pouco mais da metade estava acima do nível do chão lamacento. Um grupo de meninos pequenos passou correndo por ele, sem dúvida acrescentando mais uma camada de sujeira às costas de seu velho casaco. O som de uma sineta, sacudida entre os dedos, anunciou a chegada de um homem em uma pequena carroça puxada a burro, que seguia seu caminho com milagrosa precisão pelos estreitos interstícios das confinadas ruas medievais. Apressado, Palewski bateu na porta. Esta foi aberta por uma velha que usava um véu azul e que recuou em silêncio para deixá-lo passar. Inclinando-se em um cumprimento, Palewski entrou no mesmo instante em que a carroça passava com um tilintar de pequenos cascos e um grito do homem que segurava as rédeas.

Do lado de fora, a pouca luz que havia estava diminuindo; do lado de dentro, pelo visto, ela sequer havia aparecido. Palewski perguntou-se por um instante se a luz do sol alguma vez havia penetrado naquele lugar durante os últimos 1.500 anos: há tempos desconfiava que aquela porta afundada era um trabalho do primeiro período bizantino, e não tinha motivos para pensar que o escuro corrimão de madeira, ao qual agora se segurava enquanto subia as escadas às cegas, porém sem tropeços, não fosse também bizantino, assim como a pedra de que o prédio era feito, os vãos das janelas e a abóbada, muito provavelmente romana, acima de sua cabeça.

No topo da escada, parou um instante para recuperar o fôlego e analisar a mistura peculiar de aromas que escapava da fresta iluminada no pé da porta à sua frente.

Yashim, o eunuco, e o embaixador Palewski eram amigos improváveis, mas sinceros. "Eu e você somos duas metades que, juntas, formam um inteiro", havia declarado Palewski certa vez, depois de ter bebido mais vodca do que deveria, não fosse pelo fato, que ele defendia com seriedade, de que apenas a erva amarga contida na bebida era capaz de mantê-lo são e vivo. "Eu sou um embaixador sem país, e você, um homem sem testículos." Yashim havia pensado um pouco nessa frase antes de observar que, em caso de extrema necessidade, Palewski poderia recuperar seu país, mas o embaixador polonês havia ignorado seu comentário e começado a soluçar copiosamente. "Infelizmente, acho que isso é mais ou menos tão provável quanto as suas bolas tornarem a crescer. Nunca. Nunca. Malditos!" Logo depois disso, ele havia adormecido, e Yashim chamara um carregador para levá-lo para casa nas costas.

O diplomata empobrecido farejou o ar e adotou uma expressão de benevolência astuta que tinha por único objetivo a satisfação de sua curiosidade pessoal. O primeiro dos aromas era de cebolas; havia também frango, pelo que ele podia detectar. Reconheceu o cheiro escuro da canela, mas havia alguma outra coisa que ele estava achando difícil de identificar, pungente e com aroma de fruta. Farejou novamente, fechando os olhos com força.

Sem mais hesitação ou cerimônia, abriu a porta com um gesto impetuoso e adentrou o aposento.

– Yashim! Yashim! Você faz as almas voltarem dos portões do inferno! *Acem yahnisi*, se não me engano... tão parecido com o *fesijan* persa. Frango, nozes e suco de romã! – declarou.

Yashim, que não o havia ouvido subir, virou-se, espantado. Palewski viu sua expressão de desapontamento.

– Vamos, vamos, meu jovem. Eu já comia este prato antes mesmo de você ser desmamado. Hoje, vamos dar a ele, com toda a sinceridade, um nome novo e adequado: O embaixador estava de mau humor, e agora está encantado! Que tal?

Entregou as garrafas a seu anfitrião.

– Ainda estão geladas, pode sentir! Maravilha! Um dia vou pegar uma lamparina e descer naquela adega para descobrir de onde vêm essas águas geladas. Talvez seja uma cisterna romana. Não me espantaria. Que achado!

Ele esfregou as mãos enquanto Yashim, sorrindo, estendia-lhe um copo de vodca. Passaram alguns instantes olhando um para o outro, em seguida inclinaram simultaneamente a cabeça e beberam. Palewski atacou os mexilhões.

Aquela seria uma noite comprida. *Foi* uma noite comprida. Quando chegou a hora da prece da aurora, Yashim percebeu que só lhe restavam mais nove dias.

7

A RUA DOS Funileiros passava um pouco mais acima e a oeste da mesquita de Rustem Pasha, ela própria semi-enterrada nos becos e vielas tortas que cercam a entrada meridional do Grande Bazar. Como a maioria dos bairros de artesãos, era formada por um estreito funil de oficinas abertas, cada qual do tamanho de um armário grande, onde os ferreiros trabalhavam com forjas, foles e martelos, fabricando os objetos costumeiros de seu ofício: panelas de folha-de-flandres, pequenas chaleiras, caixas de dobradiças frágeis ou de tampa simples de todos os tamanhos e formatos, das pequenas latinhas redondas usadas para guardar *kohl* e pomada de cânfora a baús ornamentados para marinheiros e comerciantes de tecidos. Fabricavam facas e garfos, brasões e insígnias, armações para óculos e ponteiras para bengalas. Cada qual tinha sua especialidade, e quase nunca se desviavam, por exemplo, da produção incansável de amuletos criados para abrigar um papel no qual estão inscritos os 99 nomes de Deus, para, por exemplo, a perpétua fabricação de caixas de alfinetes. Essas eram regras da guilda, estabelecidas centenas de anos antes pelos juízes do comércio e pelo próprio sultão, e que só eram quebradas em circunstâncias muito especiais.

A fabricação de um enorme caldeirão seria uma circunstância especial, perguntou-se Yashim?

O mercado dos funileiros não era um lugar onde houvesse as mesmas multidões que infestavam algumas das outras ruas comerciais de Istambul: os mercados de comida, os bazares de especiarias, a rua dos sapateiros. Até mesmo a rua dos Ourives era mais movimentada. Assim, Yashim caminhou com facilidade pelo meio da rua e atraiu poucos olhares. Uma vez convencidos de que ele não era dali, os funileiros deixaram de prestar atenção nele: pouco se importavam em saber se ele era rico, pobre, gordo ou magro, pois nenhum homem vivo seria capaz de lhes proporcionar mais dinheiro do que o modesto lucro que obtinham segundo as regras da guilda à qual pertenciam. Ninguém iria parar e se oferecer para comprar – a um preço exorbitante – nenhum de seus objetos sem graça. O regulamento da guilda era inflexível: havia uma qualidade e um preço, nada mais, nada menos.

Yashim sabia tudo isso. Por ora, contentou-se em olhar. A maioria dos funileiros trabalhavam junto à entrada de suas oficinas, mais perto da luz e do ar, e afastados das fornalhas enfumaçadas que ardiam nos fundos da loja. Dali, batendo incansavelmente com seus martelos, eles iam produzindo devagar uma sucessão de pequenos produtos. Yashim ergueu os olhos: a habitual fileira de janelas fechadas por persianas acima dele mostrava que ali ficavam as residências daqueles homens, de suas esposas e de seus filhos. Os aprendizes, pensou Yashim, deviam dormir nas oficinas.

Ele dobrou uma esquina para entrar em um pátio e olhou para trás. Ao final de um beco coalhado de lixo, o acesso aos andares superiores era feito por meio de escadas precárias que conduziam invariavelmente a uma porta de má qualidade da qual pendia um pedaço desbotado de tapete, ou um cobertor cortado em tiras, para impedir a entrada das moscas. O que deixava, pensou ele, os telhados que as mulheres freqüentavam durante o dia para tomar ar protegidos sem que ninguém as pudesse ver. E à noite, quem usaria aqueles telhados? Muita gente, supunha: nunca se sabe o que fazem as pessoas. Dando de ombros, ele abandonou uma idéia que se formava e voltou a inspecionar o pátio.

O barulho dos martelos a bater no latão era mais difuso ali: ressoava pelo pátio como a nota musical produzida pelos sapos coaxando em um lago próximo. Poucos funileiros trabalhavam nos nichos do pátio em si: em vez disso, o espaço funcionava como um caravançará para onde comerciantes de folha-de-flandres levavam a matéria-prima do ofício e a vendiam, conforme a necessidade, para os funileiros do lado de fora. Havia grossas folhas de latão empilhadas em formatos aparentemente aleatórios, e seus proprietários estavam sentados entre elas sobre banquinhos baixos, bebendo chá e manipulando seus cordões de contas, em um silêncio que contrastava com o alvoroço sem ritmo da rua lá fora. De vez em quando, um deles fazia uma venda; o funileiro cortava a folha-de-flandres, o vendedor a pesava e o funileiro a levava embora.

Yashim saiu para dar uma última olhada. Os objetos maiores – lanternas, sobretudo, e também baús – estavam sendo montados no chão em frente às oficinas. Mas Yashim certificou-se de que não havia ali, fosse do lado de dentro ou de fora, um lugar onde um caldeirão com uma base grande o bastante para acomodar um homem pudesse ser fabricado com discrição.

Alguém teria visto, pensou ele.

E essa pessoa, pensou, teria ficado compreensivelmente intrigada. Por que, em nome de tudo que há de mais sagrado, alguém iria querer construir um caldeirão de folha-de-flandres?

E daquele tamanho, ainda por cima! O maior caldeirão que qualquer um jamais vira desde... quando?

Yashim estacou. A sua volta, os funileiros martelavam sua ode sem significado à indústria e ao artesanato, como o canto de um pássaro, mas ele não estava mais ouvindo. Percebeu, em um clarão, que momento havia sido aquele.

Dez anos antes. A noite de 15 de junho de 1826.

8

YASHIM sentiu-se exposto assim que a idéia lhe ocorreu. Era como se pensar aquilo o fizesse brilhar.

Em um café ali perto, o dono lhe trouxe uma xícara da bebida enquanto Yashim olhava para a rua com olhos que já nada viam. O barulho das marteladas insistentes dos funileiros havia se fundido à lembrança daquele som aterrorizante, dez anos antes, dos janízaros batendo em seus caldeirões virados de cabeça para baixo. Aquele era um sinal antiqüíssimo e inconfundível para qualquer pessoa do palácio, das ruas ou das casas da cidade. Era a mãe de todos os ruídos, e não significava que os janízaros queriam mais comida.

Significava que eles queriam sangue.

Ao longo dos séculos, aquele som incessante e sinistramente insistente dos janízaros batendo em seus caldeirões havia servido de prelúdio para morte nas ruas, homens dilacerados, sacrifício de príncipes. Sempre fora assim? Yashim sabia muito bem o que os janízaros haviam conseguido. Cada um daqueles homens era escolhido em meio a uma leva dos meninos cristãos mais fortes, mais capazes, mais alertas. Depois de serem levados para Istambul, de renunciarem à fé dos camponeses dos Bálcãs que haviam sido seus pais, de jurar fidelidade como escravos ao sultão que os chefiava, eles se tornavam uma corporação. Uma aterrorizante máquina de combate que os sultões otomanos haviam soltado em cima de seus inimigos na Europa.

Se o Império Otomano era temido em todo o mundo conhecido, eram os janízaros que levavam o medo às gargantas dos infiéis. A conquista de Sófia e Belgrado. A própria Istambul, tomada dos gregos em 1453. A península Árabe e, com ela, as Cidades Sagradas. Mohács, em 1526, quando a fina flor da cavalaria húngara foi derrubada da sela e Suleiman, o Magnífico, conduziu seus homens até Buda, e mais além, incansavelmente, até chegar às portas de Viena. Rodes e Chipre, o Egito e o Saara. Ora, os janízaros haviam chegado até a França, em 1566, e passado um ano em Toulon.

Até que – quem poderia dizer por quê? – as vitórias cessaram. Os termos do combate mudaram. Os janízaros pediram permissão para se casarem. Requisitaram o direito de abraçar ofícios quando não havia guerra, de modo a alimentar suas famílias. Inscreveram os próprios filhos na corporação, e esta tornou-se relutante para lutar. Ainda eram perigosos: cheios de privilégios, agiam como senhores junto ao povo comum da cidade. Criados para morrer lutando nas fronteiras desoladas de um império em constante expansão, gozavam de toda a permissividade e de toda a imunidade que o povo e o sultão eram capazes de oferecer a homens prestes a se tornarem mártires. Mas eles não buscavam mais o martírio. Os homens que haviam sido enviados para aterrorizar a Europa fizeram uma descoberta simples: era mais fácil – e muito menos perigoso – aterrorizar em casa.

O palácio se esforçou para fazê-los mudar de idéia, esforçou-se para discipliná-los. Em 1618, o sultão Osman tentou derrubá-los: eles mandaram matá-lo, como Yashim sabia, comprimindo-lhe os testículos, uma forma de execução que não deixava rastros no corpo. Uma morte especial para um homem especial. Era considerada adequada para um membro da família imperial. Ainda mais tarde, em 1635, Murad IV reuniu 30 mil janízaros e os fez marchar rumo à própria morte na Pérsia. Mas a corporação sobreviveu.

E lentamente, dolorosamente, os otomanos perceberam que não eram mais capazes de se defender de forma adequada. Por menos confiáveis que fossem, os janízaros ainda insistiam em ser o poder militar supremo: haviam se tornado inatingíveis. O povo comum os temia. No comércio, eles exploravam seus privilégios para se tornar perigosos rivais. Seu comportamento era ameaçador e insolente, e eles percorriam com arrogância as ruas da cidade, armados até os dentes e segurando bastões, desferindo blasfêmias grosseiras. Do lado de fora do palácio de Topkapi, entre Aya Sofia e a mesquita Azul, havia um espaço aberto chamado de Atmeidan, o antigo hipódromo dos bizantinos. Nele crescia um imenso plátano em torno do qual os janízaros sempre se reuniam ao primeiro sinal de qualquer problema, pois o tronco marcado e descascado da Árvore dos Janízaros ocupava o centro do seu mundo; assim como o palácio ocupava o centro do governo otomano e Aya Sofia era o coração da fé religiosa. Debaixo de seus galhos, os janízaros divulgavam suas insatisfações e seus segredos, e planejavam motins. Nos galhos balouçantes da árvore também eram pendurados os corpos dos homens que os haviam desagradado: ministros, vizires e oficiais da corte sacrificados à sua sede de sangue por uma aterrorizante sucessão de sultões fracos e inseguros.

Enquanto isso, as terras conquistadas pelos exércitos do sultão em nome do Islã iam sendo perdidas para os infiéis: Hungria, Sérvia, Criméia. No Egito, Ali Pasha, o Albanês, aproveitou a experiência das invasões napoleônicas para treinar os *fellahin* como soldados, à moda ocidental. E, quando a Grécia desapareceu, ali onde ficava o próprio coração de um império onde a metade dos habitantes falava grego, foi o golpe de misericórdia. Os egípcios haviam resistido durante algum tempo: deviam servir de exemplo. Tinham treino e disciplina; tinham táticas e armas modernas. O sultão leu a mensagem e começou a treinar sua própria força ao estilo egípcio: a Nova Guarda do *seraskier*.

Isso fazia dez anos. O sultão deu ordens para que os janízaros adotassem o estilo ocidental da Nova Guarda, sabendo que eles se sentiriam provocados e afrontados. E, conforme previsto, os janízaros haviam se rebelado. Preocupados apenas com seus próprios privilégios, voltaram-se contra o palácio e os recém-chegados membros da Nova Guarda. No entanto, além de preguiçosos, eles também haviam ficado estúpidos. Eram odiados pelo povo. O sultão estava preparado. Quando os janízaros viraram seus caldeirões na noite de quinta-feira, 15 de junho, foi preciso um dia para realizar por meios modernos o que ninguém conseguira fazer durante trezentos anos. Quando a noite do dia 16 chegou, uma eficiente artilharia moderna havia reduzido a caserna rebelada dos janízaros a uma ruína fumegante. Milhares deles já estavam mortos: o resto, fugindo para salvar a própria pele, morreu nas ruas da cidade, nas florestas do lado de fora das muralhas, nos buracos e antros onde se esconderam para sobreviver.

Aquilo fora um trauma do qual o império ainda não havia se recuperado, pensou Yashim. Algumas pessoas talvez jamais viessem a se recuperar.

9

UM HOMEM com as mãos sujas de fuligem até os cotovelos e um avental de couro trabalhava na fabricação de uma lanterna na rua em frente à sua oficina. Com uma pinça, ia dobrando as folhas de latão, unindo-as com uma velocidade e destreza que Yashim se contentava apenas em admirar, até o homem levantar os olhos com uma expressão inquisitiva.

– Gostaria de saber o preço de um objeto um pouco incomum – explicou Yashim. – O senhor parece fabricar objetos grandes.

O homem resmungou um sim.

– O que o senhor quer, *efendi*?

– Um caldeirão. Um caldeirão bem grande... da minha altura, com pernas. O senhor faria isso?

O homem se empertigou e passou a mão pela nuca, franzindo o cenho.

– Época do ano gozada para um caldeirão grande – observou ele.

Yashim arregalou os olhos.

– Faria? Já fez isso antes?

A resposta do funileiro o pegou de surpresa.

– Faço mais ou menos todos os anos. Grandes caldeirões de sopa para a Guilda dos Sopeiros. Eles os usam para sua procissão pela cidade.

É claro! Por que não havia pensado naquilo? A cada ano, quando os membros das guildas percorrem as ruas até Aya Sofia, cada uma das guildas puxa uma carroça carregada com os implementos de seu ofício. A guilda de barbeiros leva uma enorme tesoura, e oferece à multidão cortes gratuitos de cabelos. Os peixeiros enfeitam sua carroça como se fosse um barco, e ficam encarapitados no alto lançando redes e puxando os cordames. Os padeiros montam um forno e lançam pães quentes para as pessoas. E os sopeiros: imensos caldeirões negros de sopa recém-preparada, que eles servem com uma concha em tigelas de barro e distribuem para a multidão enquanto passam. Um carnaval.

– Mas um caldeirão de folha-de-flandres não agüentaria o calor nem o peso – objetou Yashim.

O funileiro riu.

– Não são de verdade! Se fossem, a carroça inteira desabaria. O senhor não acha que os barbeiros cortam os cabelos das pessoas com uma tesoura gigante, acha, *efendi*? Eles põem uma panela de sopa menor dentro do caldeirão, e só fingem. É por diversão.

Yashim sentiu-se uma criança boba.

– O senhor fabricou algum desses caldeirões recentemente? Fora da época, até?

– Nós fabricamos os caldeirões quando as guildas nos fazem a encomenda. Durante o resto do ano, bom... – Ele cuspiu nas mãos e tornou a empunhar a pinça. – São só lanternas e coisas assim. Os caldeirões sofrem um pouco com o uso e racham, então fabricamos outros na época certa. Se estiver procurando por um, eu falaria com a guilda dos sopeiros, se fosse o senhor. – Ele olhou para Yashim, e rugas de divertimento surgiram em torno de seus olhos. – O senhor não é o mulá Nasreddin, é?

– Não, não sou o mulá – respondeu Yashim, rindo.

– Mesmo assim, parece algum tipo de piada. Com sua licença...

10

A MOÇA estava deitada na cama com seu refinado traje de vestal, de olhos fechados. Tinha os cabelos intrincadamente trançados, presos com uma fivela de malaquita. Talvez fosse por causa do *khol*, mas seus olhos pareciam muito negros, enquanto a pele de seu lindo rosto parecia quase cintilar à luz oblíqua do sol que entrava pelas venezianas do quarto. Pesadas borlas de fio de ouro pendiam do lenço de gaze que ela usava em volta dos seios, e suas pernas compridas estavam cobertas por calças bufantes de uma musselina de seda tão fina que era como se ela estivesse nua. Um pequeno chinelo dourado pendia do dedão de seu pé esquerdo.

A língua que se projetava levemente para fora de seus lábios tingidos de carmim sugeria que ela agora precisaria de mais do que um beijo para acordá-la.

Yashim se inclinou e examinou o pescoço da moça. Dois hematomas pretos de um lado e de outro da garganta. A pressão havia sido intensa, e ela fora morta de frente: devia ter visto o rosto de seu assassino antes de morrer.

Ele baixou os olhos para o corpo da moça e sentiu uma pontada de dó. Tão perfeita: a morte a havia transformado em algo como uma jóia, lustrosa e fria, e sua beleza já não podia ser maculada. E eu, pensou ele com tristeza, morrerei igual a ela: virgem. Mais deformado, no meu caso. Bloqueou rapidamente esses pensamentos: anos antes, eles o haviam enlouquecido e atormentado, mas ele aprendera a controlá-los. Eram seus pensamentos, seus desejos, e, portanto, podia guardá-los como uma espada em sua bainha. Ele estava vivo. Isso era bom.

Seus olhos passearam pela pele dela. A palidez da morte a tornara parecida com manteiga: fria e branca. Ele quase não percebeu o leve indício de que ela não era, no final das contas, absolutamente sem mácula. Em volta do dedo médio de sua mão direita, descobriu a marca muito sutil de uma estreita faixa no ponto onde a pele havia sido apertada. Ela havia usado um anel; não o estava mais usando.

Ele ergueu a cabeça. Alguma coisa na atmosfera do quarto havia mudado – uma leve alteração na pressão, talvez, uma alteração no equilíbrio entre os vivos e os mortos. Ele se virou rapidamente e percorreu o quarto com os olhos: cortinas, colunas, espaço de sobra para alguém se esconder. Alguém que já havia matado?

Vinda das sombras, uma mulher se aproximou, com a cabeça ligeiramente inclinada para um dos lados e as mãos estendidas.

– Yashim, *chéri*! *Tu te souviens de ta vieille amie?*

Era a sultana *valide*, a rainha-mãe em pessoa: e falava, percebeu ele sem surpresa, com a voz da *marquise* de Merteuil. Fora ela quem lhe dera o livro. Em seus sonhos, apesar de ele não perceber, a *marquise* falava francês com sotaque crioulo.

Ela tomou-lhe as mãos e o beijou na bochecha três vezes. Em seguida baixou os olhos para a linda moça morta, estendida para sua inspeção.

– *C'est triste* – disse com simplicidade. Levantou os olhos e o encarou. – Coitadinho de você.

Ele sabia exatamente o que ela estava querendo dizer.

– *Alors*, você sabe quem fez isso?

– Claro que sei. Um pescador búlgaro.

A sultana *valide* levou uma das belas mãos à boca.

– Eu tinha mais ou menos 15 anos.

Ela agitou as mãos para encerrar o assunto, sorrindo.

– Yashim, *sois sérieux*. A menina está morta e... não grite... as minhas jóias também sumiram. As jóias de Napoleão. Estamos todos muito preocupados aqui nos *appartements*.

Yashim olhou-a com atenção. À meia-luz, parecia quase jovem; ainda era linda em qualquer luz. Ele se perguntou se a moça morta teria sido tão bonita com aquela idade – ou se teria sobrevivido até ali. Aimée – a mãe do sultão. Era a posição que todas as mulheres do harém disputavam: dormir com o sultão, ter um filho e, no momento certo, orquestrar sua subida ao trono de Osman. Cada um desses passos exigia uma concentração mais forte de milagres. A mulher à sua frente, porém, possuía uma vantagem singular: era francesa. Era um milagre que tinha na manga desde o início.

– Não vá me dizer que eu nunca lhe mostrei as jóias de Napoleão – ela estava dizendo. – Bem, meu Deus, que homem de sorte você é. Eu canso todo mundo com essas jóias. Eu as admiro, meus convidados as admiram... e tenho quase certeza de que eles as acham tão feias quanto eu. Mas elas foram mandadas para mim pelo imperador Napoleão. *Personnellement!*

Ela lançou-lhe um olhar travesso.

– Valor sentimental... você acha? Bobagem. Mas elas fazem parte da minha *batterie de guerre*. A beleza não vale nada entre estas paredes. A distinção, porém, tem seu preço. Olhe só para *ela*. Nem todas as montanhas da Circássia seriam capazes de tornar a produzir uma criatura tão bonita... mas o meu filho teria esquecido o nome dela em uma semana. Tanya? Alesha? Que diferença faz?

– Fazia, para alguém – lembrou-lhe Yashim. – Alguém a matou.

– Porque ela era linda? Ora, aqui todas são lindas.

– Não. Talvez porque ela estivesse prestes a se deitar com o sultão.

Ela o encarou de repente: em momentos como aquele, ele entendia exatamente por que ela era *valide*. Ele sustentou seu olhar.

– Talvez. – Ela deu de ombros, em um gesto gracioso. – Eu queria lhe falar sobre as minhas jóias. Feias, muito úteis... e valem uma fortuna.

Ele se perguntou se ela precisava de dinheiro, mas ela havia lido seus pensamentos.

– Nunca se sabe – falou, dando uma batidinha no braço dele. – As coisas nunca são exatamente como se espera que sejam.

Ele inclinou a cabeça de leve, reconhecendo a verdade na observação dela. Na sua vida, aquilo era verdade. Na dela? Sem dúvida: e de forma fantasticamente surpreendente.

Cinqüenta anos antes, uma jovem havia embarcado em um paquete francês que iria das Índias Ocidentais a Marselha. Criada na ilha caribenha da Martinica, estava sendo mandada para Paris para ser instruída e encontrar um marido adequado.

Nunca chegou ao destino. No leste do Atlântico, seu navio foi interceptado por um jebeque árabe, e a linda moça tornou-se prisioneira de corsários argelinos. Os corsários a deram de presente ao bei de Argel, que ficou maravilhado com sua beleza exótica e sua pele branquíssima. O bei sabia que ela era valiosa demais para ficar ali. Então a mandou para Istambul.

Mas isso era apenas metade da história, a metade que era apenas incomum. Ao longo dos séculos, outras escravas cristãs haviam sido levadas para a cama do sultão. Não muitas; algumas. Mas os caprichos do destino são poderosos e inescrutáveis. Na Martinica, a jovem Aimée havia sido quase inseparável de outra moça crioula francesa, chamada Rose Tascher de la Pagerie. Um ano depois de Aimée partir para sua malfadada viagem à França, a jovem Rose partira por sua vez. O mesmo caminho: um navio com mais sorte. Ao chegar a Paris, havia enfrentado a revolução, a prisão, a fome e os desejos de homens ambiciosos para se tornar amante, esposa e, finalmente, imperatriz de Napoleão Bonaparte, imperador da França. Aimée, a amiga de juventude de Rose, havia desaparecido da face da Terra e se tornado a sultana *valide*. Rose era a imperatriz Josephine.

Nunca se sabe.

Ela esticou-se na ponta dos pés e deu-lhe um beijo recatado. Perto da porta, virou-se.

– Encontre as minhas jóias, Yashim. Encontre-as logo... ou eu juro que nunca mais lhe empresto um romance até o fim da minha vida!

11

DEBAIXO de chuva, à noite, até mesmo uma cidade de 2 milhões de habitantes pode ser silenciosa e deserta. Era a hora morta entre o entardecer e a prece da noite. Um rato, com o pêlo molhado a reluzir, correu para fora de um bueiro transbordante e começou a correr rente à base de um edifício, à procura de abrigo. As águas que iam subindo o perseguiam de maneira quase imperceptível.

Lentamente, a poça foi subindo, de uma pedra do calçamento à pedra seguinte, tateando os rejuntes em busca de um lugar por onde escapar. Quando o encontrava, começava a escorrer, procurando seu caminho para baixo às cegas, porém sem se deter. De vez em quando, parava, empoçava e começava de novo, buscando insistentemente seu próprio caminho até o Bósforo e coalhando as margens de seu curso límpido com lama, gravetos, pêlos, restos. Espalhou-se por uma rua lateral, mas tornou a empoçar do outro lado, onde um lance de degraus de pedra descia até a mesquita da Vitória, recém-construída na margem do rio.

A chuva continuava a cair, e continuava a entupir o bueiro. Na hora da estrela da manhã, o zelador da mesquita mandou dois operários encontrarem a origem da torrente que ameaçava infiltrar-se no piso de cimento e estragar os tapetes. Eles suspenderam os capuzes de lã sobre a cabeça, com os cotovelos, para se proteger da chuva, e começaram a subir os degraus.

Cerca de 200 metros colina acima, encontraram uma parte da rua que havia se transformado em uma piscina, e cuidadosamente vasculharam a água lamacenta com seus bastões.

Acabaram encontrando o bueiro, e começaram a trabalhar para tentar desentupi-lo: primeiro com os bastões, e depois, em pé com a água gelada e imunda na altura do queixo, com as mãos e pés. A obstrução era causada por um objeto macio de algum tipo, amarrado tão apertado com cordas que nenhum dos dois homens, cujos pés escorregavam na lama gelada depois de alguns segundos, conseguia segurá-lo com firmeza. Por fim, pouco antes do amanhecer, conseguiram passar um bastão entre o objeto e a parede do bueiro e levantá-lo o suficiente para deixar a água escorrer com um gorgolejo.

O operário que entrou na água até o peito e agarrou o objeto finalmente viu que ele se parecia com um gigantesco peru, preparado para ser assado.

O que viu em seguida o transformou em um operário muito, muito indisposto.

12

YASHIM rolou para fora da cama, vestiu um *djellaba* e calçou os chinelos, retirou a bolsa de um gancho e saiu para a rua. Depois de fazer três curvas, chegou à Kara Davut Sokaği, onde bebeu dois copos de um café espesso e doce, e comeu um *borek*, um pastel de massa doce folheada, frito em óleo. Muitas vezes, à noite, na hora em que as pessoas tendem a ficar acordadas pensando em seus projetos até serem levadas por um sono feliz, Yashim pensava em se mudar de seu apartamento naquele prédio para algum lugar maior e mais claro, com uma vista decente. Havia imaginado para si uma pequena biblioteca, com uma alcova confortável e bem iluminada para leitura, e também uma esplêndida cozinha, com um quarto contíguo onde um criado pudesse dormir – alguém para acender o fogo pela manhã e servir-lhe seu café. Algumas vezes, era a biblioteca que tinha vista para o azul do Bósforo, outras vezes, era a cozinha. A água projetava no teto desenhos de luz relaxantes. Uma janela aberta deixava entrar uma leve brisa de verão.

E pela manhã, ao descer até a Kara Davut, sempre decidia continuar onde estava. Deixava seus livros padecendo à meia-luz, e sua cozinha continuava a encher o aposento com o cheiro do cardamomo e da hortelã, e a embaçar as janelas com vapor. Ele se esfalfaria para subir e descer lances de escadas, e de vez em quando bateria com a cabeça no batente da porta afundada. Porque a Kara Davut era o seu tipo de rua. Desde que havia encontrado aquele café, cujo dono sempre se lembrava de como ele gostava de tomar o seu – preto, sem especiarias, sem açúcar –, ele era feliz na Kara Davut. Todas as pessoas o conheciam, mas não eram invasivas ou fofoqueiras. Não que ele lhes desse algum motivo para fazer fofocas: Yashim levava uma vida tranqüila, não podiam acusá-lo de nada. Às sextas-feiras, ia à mesquita. Pagava suas contas. Em troca, não pedia nada além de ser deixado em paz de manhã com seus cafés, poder assistir ao espetáculo das ruas, ouvir o peixeiro cumprimentá-lo com a notícia de uma entrega importante, ou poder visitar o padeiro líbio para comprar seu excelente pão de grãos germinados.

Seria aquilo mesmo verdade? Ele realmente queria que o deixassem em paz? O recado do *seraskier*, a convocação do sultão, a piscadela do peixeiro e o café estavam sempre com ele a cada dia: não eram exatamente esses os vínculos pelos quais ele ansiava? Yashim algumas vezes considerava seu próprio ar de invisibilidade uma atitude de proteção, sua versão própria dos maneirismos afetados daqueles meninos castrados que, quando adultos, se tornavam os guardiães eunucos de alguma família e passavam a vida arrastando os pés atrás de seus protegidos, franzindo o cenho e fazendo caretas, levando as mãos ao peito em gestos de desespero. Talvez o distanciamento fosse um maneirismo que ele havia adotado porque a agonia era intensa demais, forte demais para que pudesse suportá-la sem ele. Um tipo muito frágil de faz-de-conta.

Yashim olhou para a rua. Um imame com a cabeça coberta por uma boina branca alta levantou suas vestes pretas alguns centímetros, para não sujá-las em uma poça de lama, e passou silenciosamente em frente ao café, sem virar a cabeça. Um menino passou apressado segurando uma carta, e parou em um café próximo para perguntar o caminho. Vindo da direção oposta, um pastor mantinha seu pequeno rebanho sob controle com um cajado de aveleira, conversando com os animais continuamente, tão alheio à rua quanto se estivessem seguindo uma trilha vazia no meio das colinas da Trácia. Duas mulheres cobertas por véus caminhavam em direção aos banhos; atrás delas, uma escrava negra levava uma trouxa de roupas. Um carregador, curvado em dois sob o peso de seu cesto, vinha seguido por um grupo de mulas transportanto lenha para fogueiras, e criancinhas gregas corriam para lá e para cá entre seus cascos ruidosos. Atrás deles vinha um *cavass*: um policial de roupas volumosas, com um fez vermelho na cabeça e pistolas presas no cinto, e dois comerciantes armênios, um balançando seu cordão de contas, o outro a contá-las com os dedos enquanto falava.

Yashim bebericou seu café e rangeu os dentes. Houvera uma época em que sentira ódio; essa época havia passado. Havia se dissipado devagar, como uma enchente que vai baixando, deixando em sua mente apenas sua impressão brilhante, o perigoso contorno de amargor e raiva. Ultimamente, ele caminhava com cuidado no terreno outrora inundado, tentando reconhecer antigos marcos, juntar os elementos de uma vida honrada a partir da desordem de objetos cotidianos que encontrava.

Yashim apertou os olhos com força, para se concentrar na ordem do dia. Precisava visitar o *seraskier*. Nas primeiras horas da manhã da véspera, em pé ao lado daquele caldeirão, ficara surpreso demais para fazer várias perguntas necessárias. O que os soldados estavam fazendo na noite em que haviam desaparecido? O que seus parentes pensavam sobre a questão? Quem eram seus amigos? Quem eram seus inimigos?

Havia também a questão do caldeirão a ser explicada: a parte mais estranha e mais sinistra de todo o caso. Ele precisava fazer uma visita aos sopeiros, para ouvir o que tinham a dizer.

Quanto à moça no palácio e às jóias da *valide* – poder-se-ia dizer que se tratava de uma questão mais pessoal. Em todas as casas de família existia uma parte que era *harem*, proibida aos forasteiros. No palácio de Topkapi, essa parte tinha quase meio hectare de extensão, um labirinto de corredores e pátios, de escadas sinuosas e sacadas tão astutamente escondidas que o local era isolado do olhar do mundo tão eficientemente quanto se houvesse sido construído em meio ao grande Saara, em vez de estar no meio de uma das maiores cidades do mundo.

Com raríssimas exceções, nenhum homem, a não ser o próprio sultão, ou membros de sua família, podia entrar no harém.

Yashim era uma das exceções. Ele podia entrar onde nenhum homem comum tinha permissão para entrar, sob pena de morte.

Não que se devesse dar muita importância ao harém do palácio em si. Não era o harém que fazia os eunucos, embora muitos deles trabalhassem ali, e os eunucos negros, comandados pelo *kislar agha*, de fato o controlassem. Ao contrário de Yashim, ao contrário de muitos dos eunucos brancos, ao contrário dos *castrati* do Vaticano, os eunucos negros do palácio eram inteiramente cortados: talhados de forma completa com um único golpe da foice manejada por um mercador de escravos do deserto. Cada um deles agora carregava um pequeno e delicado tubo de prata, escondido em uma dobra de seu turbante, para execução da mais modesta das funções fisiológicas.

Mas homens também haviam sido castrados para servir aos soberanos na época de Dario e Alexandre. Desde o surgimento da noção de dinastias, houvera eunucos que comandavam frotas, chefiavam exércitos e discretamente estabeleciam as políticas dos Estados. Algumas vezes, Yashim via a si mesmo inserido em uma estranha fraternidade, o mundo de sombras dos guardiães: homens que, desde tempos imemoriais, haviam se mantido à parte, para melhor observar e para melhor servir. Esse grupo incluía os eunucos do mundo antigo e do imperador chinês em Beijing.

E o que dizer da hierarquia católica da Europa, que fornecera os padres solteiros que serviam aos reis da cristandade? O serviço dos homens estéreis, assim como seus desejos, começava e terminava com sua morte; em vida, porém, eles cuidavam dos conturbados formigueiros da humanidade, imunes a sua preocupação com luxúria, longevidade ou descendência. No pior dos casos, eram vítimas de uma paixão por objetos e informações insignificantes, de um fascínio por seu próprio declínio, de uma tendência à histeria e a invejas mesquinhas. Yashim conhecia isso bem.

Quanto ao harém, nenhuma das mulheres que ali viviam podia ir e vir segundo sua própria vontade, é claro. Portanto, o que Yashim tinha a resolver lá dentro era, nesse sentido, uma questão mais pessoal. Até mesmo o tempo passava de forma diferente do lado de fora, pensou Yashim: o harém podia esperar. Do lado de fora, como o *seraskier* havia alertado, ele só tinha nove dias comuns.

Limpando dos lábios as migalhas do *borek*, Yashim decidiu ir primeiro visitar a guilda, e em seguida encontrar o *seraskier*. Depois disso, dependendo do que descobrisse, iria interrogar diversas pessoas dentro do harém.

Foi por isso que, quando um menino pequeno entrou correndo no café alguns minutos depois, de rosto vermelho e ofegante, trazendo para Yashim um bilhete urgente do *seraskier*, o dono do café balançou a cabeça e fez um gesto de impotência indicando a rua.

13

Mustafa, o Albanês, farejou com suspeita a tigela de tripas. Havia na cidade, ele sabia, certos partidos que haviam adotado doutrinas hereges. A cada dia, ele tinha certeza, eles estendiam sua perigosa influência sobre os membros mais fracos e mais impressionáveis da sociedade: era fácil para rapazes, forasteiros, até mesmo alunos da madraçal, que certamente deveriam ser mais prudentes, sucumbir à fala mansa desses canalhas. Alguns deles, Mustafa bem sabia, simplesmente abusavam da confiança das autoridades. Outros – quem poderia dizer que não eram encorajados por esses exemplos malévolos? – simplesmente não reconheciam autoridade nenhuma. Bem, pensou desanimado, ele estava ali para desmascará-los.

Tornou a farejar. A cor da sopa estava boa: não havia nela nenhum sinal evidente de inovação. Mustafa era da escola que seguia os dizeres do Profeta, que ele siga em paz: na inovação há mudança, a mudança leva à blasfêmia, e a blasfêmia ao fogo do inferno. A idéia de que uma boa sopa de tripas precisava ser incrementada com uma pitada de coriandro em pó era o tipo de inovação que, caso não fosse combatida, minaria aos poucos a guilda inteira e destruiria sua capacidade de servir à cidade como era o seu dever. Não fazia diferença que os hereges cobrassem ou não algum acréscimo por suas especiarias: a confusão já teria se instalado na mente dos homens. Onde havia uma fraqueza a ser explorada, ali a ganância encontraria o terreno ideal.

Mustafa farejou mais uma vez. Levantando a colher de chifre pendurada em volta de seu pescoço como símbolo de sua posição, ele a mergulhou na panela e remexeu o conteúdo. Tripas. Cebolas, de formato regular, levemente caramelizadas. Enfiou a colher até o fundo da panela e examinou-a cuidadosamente na luz em busca de quaisquer partículas ou impurezas. Satisfeito, levou a colher à boca e sugou ruidosamente. Sopa de tripas. Estalou os lábios, com seus temores mais imediatos aplacados. Quaisquer que fossem os segredos que seu aprendiz guardava nos recônditos de seu coração, ele sem dúvida conseguia fabricar o artigo genuíno quando solicitado.

Dois pares de olhos ansiosos seguiram a colher até os lábios do chefe da guilda. Viram a sopa entrar. Ouviram a sopa deslizar pelo palato de Mustafa. Observaram ansiosos enquanto ele aproximava a mão da orelha. E então, deliciados, viram-no aquiescer com um leve movimento. Um aprendizado que valeu a pena. Um novo mestre sopeiro havia nascido.

– Está boa. Preste atenção nas cebolas: nunca escolha as grandes demais. Do tamanho do seu punho está bom, ou menores. – Ele ergueu o próprio punho enorme e dobrou os dedos. – Grande demais! – Sacudiu o punho e riu. O aprendiz conteve uma risada.

Conversaram sobre as providências para a formalização da entrada do aprendiz na guilda, suas perspectivas, o tamanho de suas economias e a probabilidade de ele encontrar um emprego no decorrer dos anos seguintes. Mustafa sabia que aquele era o momento mais perigoso. Sopeiros recentes sempre queriam começar imediatamente, quaisquer que fossem as circunstâncias. Era preciso paciência e humildade para continuar a trabalhar para um velho mestre enquanto se esperava que um ateliê vagasse.

Paciência, sim. A impaciência levava ao coriandro e ao fogo do inferno. Mustafa repuxou o bigode e apertou os olhos em direção ao jovem. Será que ele teria paciência? Quanto a si próprio, pensou, a paciência era sua segunda pele. Como ele poderia ter levado a vida que levara sem adquirir paciência em quantidades inquestionavelmente redentoras?

14

ERA UM PEDIDO inusitado, pois que serventia um homem poderia ter para um caldeirão cenográfico naquela época do ano? Mustafa, o Albanês, parecia estar ouvindo uma palavra perigosa sussurrada em seu ouvido. Aquilo não seria uma inovação, permitir a um desconhecido examinar as despensas da Guilda dos Sopeiros? Certamente, parecia um precedente insidioso.

Yashim piscou, sorriu e arregalou bem os olhos. Achou que podia adivinhar exatamente o que estava passando pela cabeça do sopeiro.

– Eu sou conhecido no palácio: os guardiães dos portões de lá podem confirmar o que estou dizendo, caso seja útil.

O cenho franzido do mestre da guilda permaneceu firme no lugar. Suas mãos enormes continuavam tranqüilamente unidas sobre seu ventre. Talvez, pensou Yashim, a carta do palácio não fosse a melhor alternativa para se usar: cada instituição da cidade tinha seu orgulho. Decidiu tentar outra tática.

– São tempos estranhos estes que vivemos. Não sou tão jovem a ponto de não conseguir me lembrar de quando as coisas eram... mais bem-ordenadas, de modo geral, do que hoje em dia. Todos os dias, aqui mesmo em Istambul, vejo coisas que jamais teria sonhado em ver na minha juventude. Estrangeiros montados a cavalo. Cães literalmente morrendo de fome nas ruas. Pedintes da zona rural. Edifícios demolidos para dar lugar a estranhas mesquitas. Uniformes francos. – Ele sacudiu a cabeça. O mestre sopeiro emitiu um leve grunhido.

– No outro dia, tentei devolver um par de chinelos que havia me custado 40 piastras: a costura estava se defazendo. E fazia apenas um mês que eu os havia comprado! – Aquilo era verdade mesmo: Yashim comprara os chinelos de um membro das guildas. Por 40 piastras, deveriam durar um ano. – Algumas vezes, sinto dizer, acho que nem a nossa comida tem o mesmo sabor que costumava ter.

Yashim percebeu que os dedos do mestre sopeiro se fecharam, e perguntou-se se teria ido um pouco longe demais. O mestre sopeiro ergueu a mão até o bigode e esfregou-o entre o polegar e o indicador.

– Diga-me – murmurou ele –, o senhor gosta de sementes de coriandro? Na sopa?

Foi a vez de Yashim franzir o cenho.

– Que idéia inusitada – disse ele.

Mustafa, o Albanês, pôs-se de pé com uma agilidade surpreendente.

– Venha – disse, lacônico.

Yashim seguiu o homem corpulento até a varanda que rodeava o pátio. Embaixo da balaustrada, sob os arcos, homens atarefados fritavam tripas. Aprendizes arrastavam de um lado para o outro baldes que haviam enchido com a água do poço no centro do pátio. Um gato caminhava sobre as poças nas sombras, ondulando em volta das pernas de enormes tábuas de carne. Até o gato tem seu lugar certo aqui, pensou Yashim.

Desceram um lance de escadas e foram dar nas arcadas. Um homem empunhando um cutelo ergueu os olhos quando eles surgiram, com um rio de lágrimas brotando dos olhos. Seu cutelo descia e subia em um movimento automático sobre uma cebola descascada: a cebola permaneceu inteira até o homem a empurrar para o lado com um golpe do cutelo e escolher outra do cesto pendurado ao lado do bloco. Mecanicamente, começou a descascá-la e cortá-la. Não olhou uma vez sequer para os próprios dedos.

Isso é que é a verdadeira habilidade, pensou Yashim. O homem da cebola fungou e moveu a cabeça em um cumprimento.

O mestre adentrou um corredor e começou a apalpar o cinto à procura das chaves. Depois de algum tempo, sentiu a que estava procurando e retirou-a puxando uma corrente. Parou na frente de uma grossa porta de carvalho com detalhes em ferro e colocou a chave na fechadura.

– Esta chave é muito velha – observou Yashim.

– Esta porta é muito velha – foi a resposta sensata do mestre. Yashim quase acrescentou: "Mas não está nem um pouco estragada", mas achou melhor ficar calado. A fechadura estava emperrada; o mestre fez uma careta e a chave deslizou lateralmente na fechadura, pressionando os pinos certos. A porta se entreabriu.

Entraram em um aposento amplo, de teto baixo, iluminado por um candelabro grosseiro de ferro, suspenso tão alto na parede oposta que uma parte do teto havia sido desviada para cima em sua direção. Alguns raios empoeirados do sol invernal caíam sobre uma curiosa coleção de objetos arrumados em prateleiras que alinhavam as paredes laterais. Havia caixas de madeira, uma pilha de pergaminhos e uma fileira de cones de metal de tamanhos variados, cujas pontas pareciam subir e descer como o contorno de uma frisa decorativa. E, lá no fundo do aposento, estavam três imensos caldeirões.

– Todos os nossos pesos velhos – disse o mestre. Ele fitava amorosamente os cones de metal. Yashim reprimiu a própria impaciência.

– Pesos velhos?

– Cada novo mestre faz questão de que os pesos e medidas da guilda sejam substituídos e conferidos novamente quando ele é eleito. Os antigos são guardados aqui.

– Para quê?

– Para quê? – O mestre parecia surpreso. – Para comparar. De que outra forma poderíamos saber se os padrões adequados estão sendo respeitados? Eu posso pôr meus pesos na balança e ver que são exatamente iguais aos pesos usados na época da Conquista.

– Isso faz quase quatro séculos.

– Sim, exatamente. Se as medidas são as mesmas, os ingredientes também devem ser os mesmos. Não basta que nossas sopas se conformem aos padrões, entende? Elas são... eu não diria o padrão em si, mas parte dele. Uma linha contínua que chega até nós vinda dos dias da Conquista. Como a linha da própria casa de Osman – acrescentou, respeitoso.

Yashim marcou um intervalo condizente com sua admiração.

– Os caldeirões – sugeriu ele.

– Sim, sim, é nisso que estou pensando. Parece estar faltando um.

15

O SERASKIER estava sentado na borda do divã, com os olhos baixos, a fitar suas botas de montaria de couro.

– Teremos de anunciar alguma coisa – disse, por fim. – Já há pessoas demais a par do que aconteceu.

Depois de descobrirem do que se tratava, os operários haviam ficado assustados demais para mexer no objeto que entupia o bueiro. Deixando-o ainda escondido na entrada do bueiro, haviam saído correndo colina abaixo para informar ao zelador o que haviam encontrado. O zelador, por sua vez, informou ao imame, que naquele momento se preparava para subir ao minarete e anunciar a prece da manhã. Às pressas, sem saber muito bem o que fazer, o imame mandou o zelador encontrar o vigia noturno: o velho podia ouvir o som da prece elevando-se por toda a cidade enquanto andava apressado pelas ruas.

Não há outro Deus senão Deus, e Maomé é o Seu Profeta.

Quando a luz da aurora irrompeu, era possível ver um grupo de homens aglomerados em torno do bueiro. Um deles havia passado mal. Outro, mais resistente, mais corajoso, ou mais desesperado do que os outros pelos cequins que o vigia noturno oferecia, havia retirado o cadáver grotescamente deformado de dentro do bueiro e o depositado sobre as pedras do calçamento, onde ele foi finalmente enrolado em um lençol, embrulhado e içado para cima de uma carroça puxada a jumento que seguiu aos trancos e escorregões ladeira abaixo, na direção de Nusretiye, a mesquita da Vitória.

O operário que fizera a descoberta já fora embora para casa, esquecer o horror que tinha visto dormindo ou lavá-lo para bem longe no calor intenso dos banhos. Seu companheiro, mais bem-protegido do choque, ficou por perto para aproveitar sua importância junto à multidão. Entre os recém-chegados à cena, sua história já era transmitida com os enfeites de praxe, e no espaço de uma hora várias versões dos acontecimentos já circulavam pela cidade. Pela hora do almoço, essas histórias já estavam tão azeitadas que duas delas eram capazes de se entrecruzar sem a menor contradição, fazendo algumas pessoas acreditarem que aquele fora um dia de estranhezas no qual uma esfinge egípcia havia sido desencavada da beira-mar, enquanto no bairro de Tophane um covil de canibais fora surpreendido em pleno banquete macabro.

O *seraskier* havia interceptado os boatos consideravelmente cedo. Ouvira dizer que um homem, muito possivelmente um de seus cadetes desaparecidos, fora encontrado em circunstâncias bizarras próximo à mesquita da Vitória. Mandou um mensageiro à mesquita em busca de mais informações, e descobriu que o corpo havia sido levado para uma construção anexa normalmente usada por alguns dos operários da obra. Despachou um bilhete para Yashim, que naquele momento comia seu *borek* no café da Kara Davut, sugerindo que se encontrassem na mesquita, e foi até lá olhar.

16

O FATO de aquele estranho saber mais sobre o caldeirão desaparecido do que ele próprio parecia de certa forma sinistro para o mestre da Guilda dos Sopeiros.

– Isto é algum tipo de brincadeira? – perguntou ele, furioso, depois de seus olhos terem percorrido todo o armazém em uma busca infrutífera pelo imenso caldeirão faltante, busca essa um tanto supérflua, pensou Yashim. Afinal, era impossível esconder um caldeirão do tamanho de um boi atrás de alguns pergaminhos e pesos portáteis. Ao mesmo tempo, Yashim sentiu pena do mestre: tinha quase certeza de que ele diria que uma coisa dessas jamais havia acontecido em toda a história da guilda. E, agora, havia acontecido sob sua responsabilidade: um roubo.

– Não posso acreditar. Eu tenho a chave. – Levantou a chave e cravou os olhos nela, como se aquele objeto fosse repentinamente se entregar e confessar o delito. Em seguida, sacudiu-a com raiva. – Isso é totalmente irregular. Vinte e quatro anos! – Olhou furioso para Yashim. – Faz 24 anos que estou aqui.

Yashim deu de ombros, amável.

– O senhor carrega a chave o tempo todo?

– Em nome de Deus, eu durmo com minhas chaves! – exclamou o mestre.

– Seria bom mudar a fechadura.

O mestre assentiu com a cabeça e inclinou-se lentamente na direção de Yashim.

– O senhor diz que vem do palácio – rosnou ele. – O que está acontecendo? É algum tipo de inspetor?

Yashim aquiesceu devagar. Este é um homem que se sente à vontade com o poder, pensou ele. Olhou de relance para as mãos do mestre. Os dedos grossos estavam contraídos.

– Pode-se dizer que sim. – Com mais ímpeto, acrescentou: – Quando foi a última vez que o senhor entrou aqui?

O mestre sopeiro inspirou o ar pelo nariz e, quando expirou, Yashim perguntou-se em que estaria pensando: na resposta para a pergunta? Ou se responderia ou não à pergunta?

– Não sei – disse ele por fim. – Mais ou menos um mês atrás. Talvez mais. Não faltava nada.

– Não. Quem vigia isto aqui à noite?

Em Istambul, o que contava eram sempre as pessoas. Quem você conhecia. O equilíbrio de favores.

A respiração do mestre sopeiro estava ofegante.

– Quem vigia a Casa da Guilda à noite?

– Nós contratamos guardas. Eu mesmo durmo no andar de cima.

– Quantos guardas?

– Ah, dois, talvez três.

O rosto de Yashim se mantinha impassível.

– Eles têm as chaves?

– Eu já lhe disse, eu durmo com as chaves. Eles têm a chave do portão principal, é claro... eu lhes entrego a chave à noite e torno a recolhê-la de manhã bem cedo.

– Posso ver a chave?

O mestre pescou a argola e percorreu um punhado de chaves com os dedos. Ao encontrar a certa, mostrou-a a Yashim, que arqueou as sobrancelhas. Era outra chave antiquada, mais parecendo um grande pente de madeira, com pinos de diferentes tamanhos no lugar dos dentes.

– O senhor disse dois ou três guardas. Quis dizer dois? Ou quis dizer três? Quantos?

– Bem, eu... – O mestre se interrompeu. – Depende.

– De quê? Do tempo? Do humor deles? O que estou vendo aqui é um lugar que respeita as regras, não? Nenhum desvio da rotina, nenhuma inovação, nada de coriandro na sopa. Correto?

O mestre ergueu o queixo.

– Mas, quando se trata da regulamentação da vigilância noturna, o senhor não sabe quantos vigias são empregados. Dois *ou* três? Talvez sejam cinco. Talvez nenhum.

O mestre da Guilda dos Sopeiros abaixou a cabeça por um segundo. Parecia estar pensando.

– É o seguinte – disse ele devagar. – Há sempre vigias suficientes. Algumas vezes são dois, outras vezes três, como eu disse. Não são sempre os mesmos homens todas as noites, mas eu os conheço. Confio neles, sempre confiei. Trabalhamos juntos há muito tempo.

Yashim percebeu um tom de súplica na voz do homem. Encarou-o nos olhos.

– Eles são albaneses, não são?

O mestre piscou os olhos. Encarou Yashim com um olhar firme.

– São. O que tem isso?

Yashim não respondeu. Estendeu a mão e segurou a do mestre, e com a outra agarrou a manga de sua roupa e a levantou. O mestre se desvencilhou com um impropério.

Mas Yashim já tinha visto o que esperava ver. Uma pequena tatuagem azul. Não fora rápido o bastante para reconhecer o símbolo exato, mas só havia um motivo para um homem ter uma tatuagem no antebraço.

– Nós podemos conversar – sugeriu ele.

O mestre apertou os lábios e fechou os olhos.

– Está bem – disse.

17

MUITO perturbado e enojado pela condição e pela aparência do cadáver nu, o *seraskier* voltou para seus aposentos e lá encontrou Yashim – em um estado de total ignorância e despreocupação – examinando as lombadas dos manuais militares e livros sobre regulamentos que enchiam as prateleiras do lado oposto ao do divã.

Enquanto esperava que a raiva do *seraskier* se dissipasse, Yashim o questionou sobre a descoberta do segundo cadáver, pedindo detalhes sobre a posição do bueiro e o estado do corpo. O esforço de descrever o modo como o corpo estava embrulhado pareceu fazer diminuir a raiva do *seraskier*, mas ele não parou de massagear o encosto de uma das cadeiras com os dedos, fazendo-a ranger. Yashim se perguntou se ele iria se sentar.

– Eu pensei – concluiu o *seraskier* com amargura – que a esta altura nós poderíamos já ter feito algum progresso. Fizemos algum progresso?

Yashim deu um puxão no próprio nariz.

– *Efendi*. Ainda não entendo como os homens desapareceram. Eles saíram juntos?

– Sim, pelo que sei.

– Para onde?

O *seraskier* deu um suspiro.

– Ninguém parece saber. Foram dispensados por volta das cinco da tarde. Voltaram para o alojamento e passaram algum tempo lá... Sei disso porque cruzaram com os homens que estavam saindo para trabalhar à noite.

– O que eles fizeram?

– Aparentemente não fizeram muita coisa. Ficaram descansando, jogando conversa fora. Leram livros, jogaram uma partida de cartas, algo assim. O último homem a sair os viu jogando cartas.

– A dinheiro?

– Eu... eu não sei. Provavelmente não. Eram rapazes muito sérios.

– O homem que os viu jogando foi o último homem a vê-los?

– Sim.

– Então ninguém interpela as pessoas que saem da caserna?

– Bem, não. Os vigias têm ordens para revistar as pessoas que entram. Por que revistariam as pessoas que saem?

Para ajudar um homem como eu em uma situação assim, pensou Yashim. Esse era um dos motivos; ele podia pensar em outros. Por uma questão de ordem e disciplina.

– Os homens geralmente saem de uniforme, qualquer que seja o motivo?

– Cinco ou dez anos atrás, isso era raro. Hoje, nós incentivamos os homens a usarem seu uniforme o tempo todo. É melhor que o povo de Istambul se familiarize com os novos costumes, e melhor para os homens. Aumenta seu moral.

– E é útil para o senhor, também, para verificar como se comportam.

O *seraskier* deu um sorriso seco, fato raro.

– Isso também.

– Eles teriam ido a um bordel? Tinham namoradas? Desculpe-me, *efendi*, mas preciso perguntar.

– Esses homens eram oficiais! O que você está dizendo? É claro que homens comuns visitam mulheres na rua. Eu sei que isso acontece. Mas esses são oficiais. De boa família.

Yashim deu de ombros.

– E também existem bordéis bons, pelo que sei. Não parece muito provável que esses quatro homens tenham saído e passado a noite inteira sentados em um café bem iluminado, de uniforme. Não é assim que se desaparece, não é mesmo? Em algum momento durante a noite, o caminho deles tem de ter cruzado o caminho de quem os seqüestrou. Do assassino.

Em algum lugar... como dizer? Obscuro, longe da luz. Um barco, talvez. Ou uma rua escura. Ou em algum lugar escuso... um bordel, um salão de jogos.

– Sim, entendo.

– O senhor me concede permissão para entrevistar os oficiais que compartilhavam o alojamento com eles?

O *seraskier* soltou o ar por entre os dentes e baixou os olhos para o chão. Aquela situação não era nova para Yashim. As pessoas queriam soluções, mas sempre esperavam poder obtê-las sem fazer alarde. O *seraskier* queria fazer um pronunciamento público, mas não parecia de todo disposto a correr o risco de ofender ou alarmar quem quer que fosse. As forças do padixá, declararia ele, estavam trabalhando sem descanso e com total segurança para descobrir quem havia perpetrado aquele ato cruel – e não acreditaria sequer em uma palavra que estivesse dizendo.

– *Efendi*, ou nós devemos tentar descobrir o que aconteceu, ou então não há por que eu continuar com este caso.

– Muito bem. Vou lhe fazer um bilhete.

– Um bilhete. Acha que isso será suficiente? Para conversar, talvez. Mas, no lugar obscuro, será que o bilhete vai bastar?

O *seraskier* olhou bem dentro dos olhos cinzentos de Yashim.

– Vou lhe dar o meu apoio – disse ele, com a voz cansada.

18

YASHIM chegou cedo ao pequeno restaurante abaixo do pontal de Gálata e escolheu uma mesa reservada, tranqüila, com vista para o canal do Bósforo. Fora o Bósforo que fizera de Istambul a cidade que era: a junção da Europa e da Ásia, um caminho do mar Negro ao Mediterrâneo, o grande empório de comércio mundial, dos tempos antigos até os dias de hoje. De onde ele estava sentado, podia ver o curso d'água que tanto amava, a estreita faixa cor de chumbo a refletir a forma da cidade que ela própria havia construído.

A água estava sempre coalhada de embarcações. Uma montanha de velas brancas erguia-se acima do convés de uma fragata otomana que bordejava estreito acima. Um amontoado de barcos de pesca, de vau largo e mastro único, enfrentava o vento leste vindo do mar de Mármara. Um barco aduaneiro passou com seus compridos remos vermelhos, como um inseto a deslizar velozmente sobre a água. Havia barcas de passageiros, esquifes e barcaças abarrotadas; cúteres de velas latinas da costa do mar Negro, barcos que serviam de casa ancorados junto à barra lotada do Corno de Ouro. Do outro lado do movimentado curso d'água, na margem oposta, Yashim podia, com esforço, distinguir Scutari, o começo da Ásia.

Os gregos chamavam Scutari de Calcedônia, cidade dos cegos. Ao fundá-la, os colonos haviam ignorado a localização natural perfeita do outro lado do curso d'água onde, séculos mais tarde, Constantino transformaria a pequena cidade de Bizâncio em uma grande cidade imperial batizada com seu nome. Durante mil anos, Constantinopla fora a capital do Império Romano do Oriente, até esse império ser reduzido a uma pequena faixa de terra em torno da cidade. Desde a Conquista, em 1453, a cidade era a capital do Império Turco-otomano. Oficialmente ainda se chamava Constantinopla, embora a maior parte dos turcos comuns se referisse a ela como Istambul. Ainda era a maior cidade do mundo.

Mil e quinhentos anos de grandeza. Mil e quinhentos anos de poder. Mil e quinhentos anos de corrupção, golpes de Estado e acordos. Uma cidade de mesquitas, igrejas, sinagogas; de mercados e empórios; de comerciantes, soldados, pedintes. A cidade que superava todas as outras cidades, superpopulosa e gananciosa.

Talvez os calcedônios, no final das contas, não tivessem sido tão cegos assim, pensava Yashim de vez em quando.

Ele quase esperava que o albanês não fosse aparecer, mas, quando levantou os olhos, lá estava o homem, imponente e carrancudo, sacudindo sua capa. Yashim fez um gesto indicando o divã e o outro se sentou, retirando de dentro da camisa uma fieira de contas de oração feitas de âmbar. Contou cerca de uma dúzia com um polegar imenso, enquanto encarava Yashim nos olhos.

– Ali Pasha de Janina – disse o mestre sopeiro. – O nome significa alguma coisa para o senhor?

Ali Pasha era o chefe guerreiro que, por meio de traição e crueldade, havia construído um estado semi-independente nas montanhas da Albânia e do norte da Grécia. Fazia 14 anos que Yashim vira sua cabeça exposta sobre uma coluna junto aos portões do Serralho.

– O Leão – disse Mustafa com a voz rouca. – Era assim que nós o chamávamos. Eu lutei em seu exército... era o meu país. Mas Ali Pasha também era astuto. Ele nos deu a paz. Eu queria a guerra. Em 1806, fui para o Danúbio. Foi lá que entrei para a corporação.

– Dos janízaros?

O mestre sopeiro aquiesceu.

– Como cozinheiro. Mesmo naquela época, eu já era cozinheiro. Lutar... Isso não é grande coisa para um homem. Para um albanês, não é nada. Pergunte a um grego. Mas cozinhar? – Ele emitiu um ronco satisfeito.

Yashim uniu as mãos e soprou-as para aquecê-las.

– Sou um homem de tradição – continuou o mestre sopeiro, ainda a deslizar as contas de oração lentamente sob o polegar. – Para mim, os janízaros eram a tradição. Este império... foram eles quem o construíram, não foram? E é difícil para um forasteiro entender isso. O regimento dos janízaros era como uma família.

– Todos os regimentos dizem isso.

O mestre sopeiro lançou-lhe um olhar de desprezo.

– Dizem isso porque têm medo e precisam combater juntos. Isso não significa nada. Havia homens no regimento de quem eu gostava porque sabiam manejar um falcão, ou fazer poesia, melhor do que qualquer pessoa até ou desde então. Acredite. Havia um soldado corajoso que tremia como uma folha antes de cada batalha, mas lutava como dez homens. Nós cuidávamos uns dos outros, e amávamos uns aos outros... Sim... Eles me amavam porque eu era capaz de lhes preparar comida aonde quer que fosse, do mesmo jeito que amavam o sapateiro que consertava nossa sola mesmo quando não tinha nada além de cascas de árvore e agulhas de pinheiro com que trabalhar. Éramos mais do que uma família. Tínhamos um mundo só nosso. Tínhamos nossa própria comida, nossa própria justiça, nossa própria forma de religião. Sim, sim, nossa própria forma. Existem várias maneiras de servir a Deus e a Maomé. Fazer parte de uma mesquita é uma delas, a forma utilizada pela maioria. Mas a maioria de nós, os janízaros, era *karagozi.*

– Está dizendo que ser janízaro era praticar uma forma de sufismo?

– Claro. Isso e todos os outros rituais que faziam parte de ser um janízaro. As tradições.

As tradições. Em 1806, o sultão Selim havia começado a treinar um exército paralelo aos janízaros. Nesse sentido, eles haviam sido os precursores da Nova Guarda de Mahmut. Porém, ao contrário de Mahmut, Selim tivera pouco tempo para se organizar: o resultado foi que, quando os janízaros se rebelaram contra seu sultão, esmagaram-no e destruíram seu exército reformado. Os janízaros rebeldes haviam sido chefiados por Bayraktar Mustapha Pasha, comandante do Danúbio.

– Então o senhor estava lá quando Selim foi forçado a ceder o trono a seu irmão Mustafa – sugeriu Yashim.

– O sultão Mustafa! – O albanês proferiu o título com desprezo, e cuspiu. – Cingido com a espada de Osman, talvez, mas raivoso como um cão. Dois anos depois, as pessoas já estavam pensando em como trazer Selim de volta. Bayraktar também havia mudado de idéia, como o resto de nós. Estávamos em Istambul, na velha caserna, e durante uma noite inteira rezamos por um guia, conversando com os dervixes *karagozi*.

– Eles lhes disseram o que fazer?

– Nós invadimos o palácio de Topkapi no dia seguinte. Bayraktar atravessou os portões correndo, gritando por Selim.

– E nesse momento – recordou Yashim –, Mustafa deu a ordem para estrangularem Selim. Junto com seu primo mais novo... só para garantir.

O mestre sopeiro abaixou a cabeça.

– Assim foi. O sultão Mustafa quis ser o último da Casa de Osman. Caso houvesse sido o último, penso que teria sobrevivido. Quaisquer que tenham sido as outras circunstâncias, os janízaros eram fiéis à casa. Mas a vontade de Deus era outra. Muito embora Selim tenha sido morto, seu primo mais novo escapou com vida.

Graças ao raciocínio rápido de sua mãe, ponderou Yashim. No momento crítico, com os homens de Mustafa invadindo o palácio com seus arcos, a engenhosa francesa que ele agora conhecia como sultana *valide* havia escondido o filho debaixo de uma pilha de roupas sujas. Mahmut havia se tornado sultão graças a uma pilha de panos velhos.

– Você estava lá?

– Eu estava no palácio quando levaram o menino até Bayraktar Pasha. Vi a expressão no rosto do sultão Mustafa: se ele já parecia louco antes, ali então... – O mestre sopeiro deu de ombros. – O mufti, o jurisconsulto supremo, não teve outra escolha senão declarar uma *fatwa* para depô-lo. E Mahmut tornou-se sultão.

"Quanto a mim, eu estava cansado daquele tipo de combate. Rebelião, lutas no palácio, o assassinato de Selim. – Ele fez um gesto com o braço. – De um lado para o outro, aqui, ali. Eu estava farto."

O mestre sopeiro respirou fundo e soltou o ar, estufando as bochechas.

– Saí da corporação na primeira oportunidade. Eu era bom cozinheiro, tinha amigos em Istambul. Cinco anos depois, estava trabalhando por minha conta.

– O senhor abriu mão também de seu salário? – Muitos homens haviam continuado a ser pagos, recebendo o soldo de janízaro e gozando de todos os privilégios da corporação sem a menor intenção de se apresentarem para a guerra. Era uma fraude conhecida.

Mustafa hesitou.

– Não imediatamente – admitiu. – Mas, alguns anos depois, eu já não precisava de ajuda, e abri mão dele.

Yashim duvidou daquilo, mas nada disse. O mestre sopeiro fez um laço com suas contas e o fez rodopiar no ar, tornando a pegá-lo em seguida.

– Pode verificar os registros. Eu deixei de ser janízaro em maio de 1815. Foi preciso coragem. O senhor não entenderia.

Yashim estava fazendo o possível para entender.

– Eles não queriam deixá-lo ir embora? Ou o senhor queria o dinheiro?

O albanês lançou-lhe um olhar de desdém.

– Ouça. Eu vou aonde quero. Hoje é uma exceção. Eu não precisava do dinheiro, estava indo bem. – Yashim piscou, acreditando nele. – Achei difícil romper com eles.

Yashim inclinou-se para a frente.

– Como conseguiu?

O mestre da guilda abriu as mãos imensas e as fitou.

– Aprendi a confiar em mim mesmo. Vi com meus próprios olhos o que havia acontecido com os janízaros, o que eles haviam deixado acontecer com a verdadeira tradição, a que realmente importava. Eles não serviam mais ao império.

Ele ergueu os olhos.

– O senhor acha isso óbvio? Eu estava só esperando... muitos, como eu, estavam só esperando... a tradição de serviço voltar. No final, decidi que não podia mais esperar. Vi que estávamos condenados a repetir nossos próprios erros. O senhor acha que os janízaros eram preguiçosos, covardes, arrogantes. Os motins. A interferência.

O mestre sopeiro afagou a própria barba e apertou os olhos na direção de Yashim, que o escutava, fascinado.

– Estou lhe dizendo, os homens que enforcamos na Árvore dos Janízaros foram fáceis de ser pegos. Quando ficávamos zangados, alguém nos dava os nomes, e nós gritávamos: "Matem-no! Matem aquele fulano!" Eles nos deram esses homens. Pensamos que depois disso tudo fosse melhorar.

"Digamos que você coloque coriandro na sopa. Bem, algumas pessoas gostam, outras não, outras sequer percebem. Esqueça as pessoas que não gostam. Acrescente algumas favas. Algumas cenouras. Mesma coisa. Alguns gostam, outros não. Mas a maioria das pessoas nem liga. No final, você pode até tirar as tripas. Chamar aquilo de sopa. Ninguém vai notar a diferença. Só uns poucos."

Ele deu um puxão no bigode.

– Os janízaros eram assim. Como uma receita que foi modificada discretamente. Na cidade, eu fazia sopa de tripas e cebolas com tripas e cebolas. Mas, na caserna, por assim dizer, eles queriam que eu acreditasse em uma espécia de sopa de tripas e cebolas feita de favas e toucinho. No final, tive de ir embora.

Yashim admirava a coragem do homem mais velho. Muitas coisas naquela cidade eram baseadas em fingimento: era preciso caráter para um homem se afastar. Mas, na verdade, o albanês não havia se afastado de todo. Não se aquilo de que Yashim desconfiava a respeito dos vigias da guilda fosse verdade.

– Seus antigos amigos – sugeriu ele.

– Não, não, eles não tinham poder sobre mim, não desse tipo que o senhor pode estar pensando. Tampouco me culparam. Mas se lembravam de mim. Nossas vidas seguiram cursos distintos. Mas eles se lembravam.

Ele pegou um doce com um gesto estouvado do braço e o enfiou na boca. Yashim o observou mastigar com esmero. Seus olhos brilhavam.

– A noite de 15 de junho foi a pior da minha vida. Eu ouvi os caldeirões... todos nós ouvimos, não foi? O sultão havia esperado 18 anos. Dezoito anos para o menino se transformar em homem, e durante todo esse tempo um só propósito: destruir a força que havia destruído Selim.

Talvez, pensou Yashim. Mas as motivações de Mahmut eram mais complexas do que uma simples vingança pela morte do tio. Ele também queria se livrar dos homens que, quase casualmente, o haviam alçado ao trono: queria extinguir uma dívida ao mesmo tempo em que vingava uma morte. Os janízaros haviam simplesmente esperado gratidão, e tomado todas as liberdades. Yashim se lembrava da caricatura que fora pregada no portão do palácio certa noite, mostrando o sultão como um cachorro conduzido por um janízaro. "É assim que usamos nossos cães", dizia a legenda. "Enquanto são úteis e se deixam levar, nós os tratamos bem; mas, quando deixam de poder servir, nós os chutamos para a rua."

– As pessoas nas ruas tiveram medo. Tum, tum! Tum, tum! Era um barulho assustador, não? A noite caía, e não havia um só ruído nas ruas enquanto escutávamos, todos nós. Eu subi até meu telhado, pisando macio como um gato. Ah, sim, havia uma tradição. Eles diziam que a voz dos janízaros era a voz do povo. Os homens acreditavam nisso. Os caldeirões ressoavam pelo império, como haviam ressoado durante séculos. Apenas o barulho dos caldeirões batendo e os latidos dos vira-latas nas ruas.

"Olhe, eu fiquei de pé sobre o telhado e escutei aquele som, e chorei por aqueles tolos. Chorei por causa de um som. Eu sabia que jamais tornaria a ouvi-lo, nem que vivesse por mil anos."

Ele passou as mãos pelo rosto.

– Mais tarde, depois da matança e da destruição, alguns deles vieram a mim pedir um emprego discreto. Um deles havia passado dias morando dentro de uma toca de raposa, quando tocaram fogo na floresta de Belgrado para fazê-los fugir. Eles tinham de evitar sua família e seus parentes, para o próprio bem desses últimos. Estavam perdidos. Eram caçados. Mas nós havíamos comido juntos. Eu lhes dei dinheiro e lhes disse para fugir, para sair de Istambul. Ninguém mais se interessaria por eles, não depois de algumas semanas, de alguns meses.

"Então, lentamente, alguns começaram a voltar. Procurando empregos discretos, onde não fossem vistos – fornalheiros, vigias, curtidores. Eu conhecia alguns. Imagino que deva ter havido milhares que eu não conhecia."

– Milhares?

– Eu conhecia um punhado deles, então dei-lhes trabalho. Atividades noturnas. Discretas. – Ele fechou os olhos e balançou a cabeça devagar. – Não consigo entender. Dez anos, e eram todos homens bons, tranqüilos. Agradecidos pelo trabalho.

– Então, para que o senhor supõe que eles fossem querer um caldeirão?

O mestre sopeiro abriu os olhos e encarou Yashim.

– É isso que não entendo. De qualquer forma, era só um caldeirão de mentira. Um caldeirão feito de latão preto não serve para nada. Seria apenas um faz-de-conta.

Yashim pensou no oficial morto, encolhido no fundo do caldeirão.

– Foi tudo sempre um fingimento, não foi? – perguntou Yashim. – Foi isso que o senhor disse. Sopa de tripas feita de favas e toucinho.

O mestre sopeiro olhou para ele, surpreso, e uniu as mãos.

19

– VOCÊ precisa chamar Yashim de novo! – A sultana *valide* curvou o dedo e sacudiu-o na frente do filho. – Todos nós podemos ser mortos em nossas camas.

O sultão Mahmut II, Senhor dos Horizontes, Soberano do Mar Negro e do Mar Branco, levantou as mãos e revirou os olhos. Era inconcebível, pensou, que trezentos homens capazes – e nessa conta ele certamente incluía sua própria mãe – pudessem ser realmente mortos, um por um, bem ali no santuário do poder imperial.

Mesmo assim, ele se permitiu brincar com aquela idéia. Manteria a adorável Hadice segura ao seu lado a cada instante, e, no final, por meio de um processo simples de eliminação, saberiam quem era a assassina. Então ele e Hadice surgiriam entre as beldades estranguladas e a eliminariam. Ele anunciaria que estava abalado demais pela experiência para aceitar qualquer outra concubina; seria injusto para com elas, ele estava velho demais. Então se casaria com Hadice, e ela massagearia seus pés.

– *Valide* – disse ele, educado. – Você sabe tão bem quanto eu que essas coisas acontecem. Provavelmente, existe uma explicação muito boa.

Ele queria assinalar que a explicação quase certamente seria muito banal, mas pressentiu que sua mãe se sentiria ofendida por aquela insinuação. Aquele era o seu reino, que ela compartilhava com o *kislar agha*, o chefe dos eunucos negros, e tudo que acontecia ali tinha de ser sério.

– Mahmut – disse a *valide*, ríspida –, eu consigo pensar em uma explicação muito boa. A assassina quer você.

– Eu? – O sultão franziu o cenho.

– Não na cama, seu bobo. Ela quer matar você.

– Ah, claro. Estava escuro, e ela me confundiu com alguma *houri* perfumada com âmbar-gris e sufocou-a antes de perceber o erro.

– É claro que não.

– Então, o que foi aquela moça? Um treino de estrangulamento?

A sultana *valide* inclinou a cabeça.

– Talvez – reconheceu. – Imagino que isso deva exigir treino. Não suponho que uma quantidade grande das moças tenha tido muito treino em estrangulamento antes de chegar aqui.

Ela bateu na almofada ao seu lado e Mahmut sentou-se.

– Fiquei mais preocupada que ela pudesse simplesmente estar apressando o plano – continuou a *valide*. – Ela tem seu lugar na ordem. Mais cedo ou mais tarde, ficará a sós com você. Ela quer que seja mais cedo. Assim poderá matá-lo.

– Então ela elimina a moça boazinha e sobe na fila? Entendo.

– Você faz isso soar ridículo, mas eu estou aqui há muito mais tempo do que você e sei exatamente como coisas ridículas podem se revelar extremamente sérias. Acredite em mim. Acredite na intuição de uma mãe.

– É claro que eu acredito em você. Mas o que não entendo é por que a assassina está com tanta pressa assim. E, de qualquer forma, ao matar aquela moça, ela atrasou as coisas. Depois disso, eu não vou precisar receber nenhuma delas por dias. Meus nervos, mãe.

– Isso torna as coisas mais certas. Aquela infeliz poderia ter agradado você. Você poderia ter continuado a recebê-la durante semanas a fio. Ela poderia, não sei, ter massageado seus pés do jeito que você gosta.

Mahmut deu um sorriso maroto; a *valide* conhecia os segredos de todo mundo.

– E há o édito, não é mesmo? O grande anúncio. Se você morrer, não haverá édito. Não me diga que alguém não vai querer assassiná-lo por causa disso!

– Para me tirar do caminho a tempo, você quer dizer?

– Exatamente. Acho que você deveria mandar chamar Yashim agora mesmo.

– Já chamei. Ele está cuidando do assunto.

– Bobagem. Ele não está cuidando de assunto nenhum. Eu não o vi por aqui o dia inteiro.

20

NA VERDADE, Yashim havia encontrado tempo para visitar o harém naquele dia. Ao voltar do restaurante, entrara discretamente, sem chamar a atenção de ninguém, apenas para ver onde o corpo havia sido encontrado e onde a moça morava.

Seu quarto, que ela havia compartilhado com três outras moças, tinha camas de estrutura de ferro e várias fileiras de cabides onde as moças penduravam suas roupas e os sacos que continham os sabonetes perfumados de que gostavam, alguns xales e chinelos, algumas faixas de tecidos bem lavadas e passadas, e os balangandãs e jóias que possuíssem. Como *cariyeler*, criadas do harém, suas companheiras de quarto ainda não haviam sido alçadas à condição de *gözde*, mas tinham esperanças.

Duas das moças haviam estendido um lençol velho por cima da cama e estavam ocupadas se depilando com uma pasta amarela pegajosa feita de ervas, cinzas perfumadas e cal, que retiravam de uma tigela de latão simples sobre uma pequena mesa-de-cabeceira octogonal. Uma delas, uma ruiva de olhos verdes e pele clara, besuntava-se cuidadosamente com uma espátula quando Yashim chegou à sua porta e fez uma mesura. Ela moveu o queixo, em um cumprimento casual.

– Qual é a cama da *gözde*? – perguntou Yashim.

A moça que estava de joelhos fez um gesto com a espátula.

A outra moça, deitada com as pernas e braços abertos, ergueu a cabeça e olhou para baixo para o próprio corpo.

– Eles deveriam retirar as coisas dela, pobrezinha – falou. – Não é muito agradável para nós.

– Desculpem-me – disse Yashim. – Eu só queria saber o que tem. – Correu as mãos pelas roupas da moça morta e em seguida retirou dois sacos dos cabides e despejou seu conteúdo sobre a cama. – Vocês deviam ser amigas.

A moça ajoelhada desceu da cama e aproximou-se para ver melhor. Tinha o cotovelo levantado, para manter o ungüento em suas axilas ao ar livre, e com uma das mãos juntou os cabelos em um rabo-de-cavalo. Sua pele era morena e seus lábios tinham a cor escura do vinho velho, a mesma cor dos mamilos de seus seios, que se erguiam em curvas firmes.

Yashim desviou os olhos e remexeu os pertences espalhados em cima da cama.

– Ela era do meu tamanho – disse a moça, estendendo a mão para pegar uma trouxa de gaze transparente. – Nós todas sabíamos disso.

A moça que estava em cima da cama deu uma risadinha.

– Era sim! – A moça sacudiu o tecido para abri-lo e puxou-o até a frente do peito, posicionando-o com o braço livre sobre um dos seios, fazendo as fitas de cetim translúcido balançarem sobre seu ventre. Havia algo tão inocente e tão obsceno naquele gesto que Yashim corou.

A moça que estava na cama o poupou de precisar dizer alguma coisa.

– Devolva isso, Nilu. É macabro demais. O senhor veio recolher as coisas dela, *lala*?

Nilu deixou o bustiê flutuar de volta para cima da cama e virou-se para a amiga.

Yashim vasculhou cuidadosamente os pertences da *gözde*.

– Como ela era? – perguntou.

A moça chamada Nilu tornou a subir na cama da amiga; Yashim ouviu o colchão ranger. Houve um silêncio.

– Ela era... normal.

– Era uma amiga?

– Era simpática. Tinha amigos.

– E inimigos? – Yashim se virou. As duas moças estavam sentadas uma ao lado da outra, olhando para ele.

– Ai! – Uma delas de repente levou uma das mãos até entre as pernas. – Está ardendo!

Ela pulou da cama, com os seios pálidos balançando, e uma das mãos apertando o espaço entre as pernas esguias.

– Vamos, Nilu. Preciso me lavar.

Nilu pegou uma toalha pendurada em um cabide.

– Tinha amigos – repetiu ela. Caminhou apressada até a porta. – Muitos amigos – acrescentou, por cima do ombro.

21

– ORA, OLÁ, meu tesouro.

Quem falava era uma mulher de traços marcados e cerca de 40 anos, que usava uma peruca negra reluzente, um bustiê de paetês com enchimento nos seios, uma saia diáfana comprida e um par de grandes chinelos de contas. Estava usando também um quilo de maquiagem. Aquilo a fazia parecer mais velha, pensou Yashim com uma leve pontada de angústia.

Mas quanto tempo fazia – 18 anos? Eram ambos mais velhos do que ele fora da primeira vez em que chegara à cidade, no séquito do grande príncipe-mercador fanariota George Mavrocordato. Mavrocordato não havia demorado para descobrir onde residiam os talentos de Yashim, mandando-o trabalhar nos livros de contabilidade por causa de sua caligrafia elegante, enviando-o ao porto para recolher informações úteis, pedindo-lhe para estudar os manifestos de modo a identificar novos artigos passíveis de serem comercializados. Yashim havia aprendido muito e, com seu dom para línguas – dom ainda maior, caso isso fosse possível, do que o de seu patrão, que falava turco-otomano, grego eclesiástico e demótico, romeno, armênio e francês, mas falava mal russo e nenhum geórgio –, tornara-se indispensável para o clã dos Mavrocordato. Descobrira um talento para a invisibilidade, um jeito de ficar quieto e falar muito pouco, de modo que as pessoas tendiam a não reparar em sua presença.

Porém, apesar de grato pelas longas horas que mantinham seu raciocínio afiado, mesmo assim o antigo tormento, que era ainda pior por ser recente, havia florescido na pesada atmosfera de comércio e política, uma agonia mais secreta do que qualquer outra: naquela época, para Yashim, ser eunuco era a gramática de uma língua que ele não conseguia entender. Assim, ele se sentira isolado na mais cosmopolita das sociedades européias.

Havia conhecido Preen em uma festa organizada por Mavrocordato para um paxá que ele desejava impressionar, convidando dançarinas para a noite. Depois da festa, Yashim fora enviado para pagá-las, e acabara conversando com Preen.

De todas as tradições que uniam os habitantes de Istambul, a longa história das dançarinas *köçek* era provavelmente a menos festejada e possivelmente a mais antiga. Alguns diziam que elas descendiam – no sentido espiritual da palavra – dos meninos dançarinos de Alexandre. A fundação de Constantinopla teria ocorrido quase mil anos depois de a tradição das *köçek* ter migrado de sua região natal, no norte da Índia e no Afeganistão, para as fronteiras do Império Romano. As *köçek* eram criaturas da cidade, e o nascimento de uma cidade às margens do Bósforo as teria tragado como poeira para dentro de um fogo raivoso. O certo era que os gregos haviam conservado essas dançarinas, selecionando-as dentre as fileiras de meninos castrados antes da puberdade e submetendo-as a um rigoroso treinamento nas artes estilizadas e nos mistérios da dança *köçek*. Elas dançavam tanto para homens quanto para mulheres; sob os otomanos, era geralmente para homens. Apresentavam-se em trupes de cinco ou seis, acompanhadas por um músico que dedilhava uma cítara enquanto elas rodopiavam, batiam os pés e dobravam os punhos. Cada trupe era responsável por recrutar novas "moças" e treiná-las. Muitas delas, é claro, dormiam com seus clientes, mas faziam questão de dizer que não eram prostitutas, a quem consideravam inteiramente desregradas – e sem habilidades. "Qualquer garota pode abrir as pernas", lembrara-lhe Preen certa vez. "As *köçek* são dançarinas."

Mas não havia dúvida de que as *köçek* não eram exigentes quando se tratava de escolher amigos. Elas ocupavam a mais baixa das posições da sociedade otomana, acima dos pedintes, mas junto com os malabaristas, atores, feiticeiros e outros que formavam a desprezada – e bem-patrocinada – classe de artistas profissionais. Tinham lá os seus esnobismos – quem não tinha? –, mas viviam no mundo e sabiam como este funcionava.

No início, Yashim havia achado graça em Preen e suas "amigas". Gostava da maneira franca como falavam, de sua sagacidade e franqueza, e em Preen passara a admirar o cinismo estrepitoso que ocultava um coração imerso em sonhos românticos. Comparado aos pesados segredos e aos olhares sombrios da aristocracia fanariota, o mundo de Preen era difícil, mas cheio de riso e de surpresas. E quando, no início da rebelião do Peloponeso, sombras ameaçadoras haviam começado a pairar sobre os gregos de Istambul, Preen atendera ao seu pedido sem pensar duas vezes, quer no perigo que ela própria corria, quer no preconceito que dominava as ruas. Durante dois dias, abrigara a mãe e as irmãs de Mavrocordato, enquanto Yashim organizava o logro que as levaria até a ilha de Égina, e à segurança.

Algumas vezes, ele se perguntava o que ela via nele.

– Vamos entrando. – Ela se afastou da porta com um rodopio e voltou a se olhar no espelho. – Não posso parar, querido. As outras meninas vão chegar daqui a um instante.

– Casamento? – Yashim conhecia o costume. Desde aquele ano dramático, havia ajudado Preen muitas vezes a se preparar para os casamentos, as cerimônias de circuncisão, os aniversários para os quais as pessoas solicitavam a presença das dançarinas *köçek*. E Preen, em troca, talvez sem completa consciência, o havia preparado por sua vez para os seus dias: aqueles dias novos e monótonos em que as agonias da luxúria e da raiva o devoravam por dentro, e todos os dias melhores que estavam por vir.

– Despedida de solteiro – disse ela sem se virar. – Você teve sorte em me encontrar.

– Os negócios vão bem?

– Melhor do que nunca. Olhe. Como estou?

– Chama a atenção.

Ela virou a cabeça para um lado e para outro, acompanhando o próprio reflexo no espelho.

– Não estou velha?

– Claro que não – respondeu Yashim depressa.

Preen levou os dedos à bochecha e empurrou a pele para cima com delicadeza. Soltou-a, e Yashim a viu olhar para ele no espelho. Então ela deu um sorriso radioso e se virou de frente para ele.

– Você está organizando uma festa?

Yashim sorriu e negou com a cabeça.

– Estou procurando informações.

Ela ergueu um dedo e o sacudiu na direção dele. Um imenso anel cravejado de vidro lapidado cintilou à luz: um daqueles artefatos grosseiros que no bazar eram chamados de "explode vizinhos", pela inveja que supostamente deveriam provocar.

– Querido, você sabe que eu nunca revelo uma confidência. Uma garota tem os seus segredos. Que tipo de informação?

– Preciso de um resumo rápido das fofocas.

– Fofocas? Por que cargas d'água você veio perguntar isso a mim?

Ambos riram.

– Homens uniformizados – sugeriu Yashim.

Preen torceu o nariz e fez uma careta.

– Os Novos Guardas, da caserna de Eskeshir.

– Desculpe, Yashim, mas só pensar nisso me dá náuseas. Aquelas calças apertadas! E tão pouca cor. Para mim eles sempre parecem um punhado de gafanhotos de outono saltitando para um funeral.

Yashim sorriu.

– Na verdade, eu quero saber para onde eles *de fato* saltitam. Não tanto os soldados, mas os oficiais, Preen. Rapazes de famílias muito boas, segundo ouvi dizer.

Ele deixou a frase em suspenso.

Preen arqueou as sobrancelhas e levou a mão à parte de trás dos cabelos.

– Já posso ouvir as meninas chegando. Não prometo nada, mas vou ver o que posso fazer.

22

O APOSENTO era minúsculo, mais parecia uma cela, mobiliado espartanamente com um banquinho de pinheiro, uma cama de corda deformada e uma fileira de ganchos de madeira de onde pendiam vários sacos grandes, polpudos e pretos à luz amarelada. O aposento não tinha janelas e seu cheiro era fétido e úmido, um amálgama enjoativo de cheiro de gente com suor e o óleo, que subia da lamparina em forma de fumaça preta.

A pessoa que ocupava aquele aposento moveu-se rapidamente na direção dos sacos e começou a manusear a boca do menor deles, vasculhando o interior com os dedos antes de passar para outro, menor, que em seguida retirou do gancho, puxando as cordas que o mantinham fechado. O conteúdo caiu em cima do colchão com um tilintar suave e metálico.

Um par de olhos negros brilhantes fitou as jóias com ódio, e estas brilharam de volta. Havia uma corrente dourada com pingente escuro de lápis-lázuli. Havia um broche de prata, de um oval perfeito, incrustado de diamantes do tamanho de ervilhas novas. Havia uma pulseira – uma versão reduzida da corrente de ouro, com o fecho escondido debaixo de um rubi preso a um disco de prata – e um par de brincos. Não havia dúvida quanto à origem daquelas jóias. Sobre cada face, elaboradamente esculpida no lápis-lázuli, entre os diamantes, sobre o rubi, aquele símbolo detestável e idólatro, Z ou N, ziguezagueando de um lado para o outro, tão torto quanto o homem que representava.

Fora assim que tudo havia começado, sem dúvida. Não era fácil seguir os passos exatos – aqueles francos eram astutos como raposas –, mas Napoleão fora o autor de tudo. O que era mesmo que os franceses não paravam de repetir para o mundo? Liberdade, igualdade e alguma outra coisa. Uma bandeira com três listras. Havia alguma outra coisa. Não importa, era tudo mentira.

A bandeira havia tremulado sobre o Egito. Homens parecidos com tesouras haviam caminhado de um lado para o outro arranhando, raspando, escavando coisas, escrevendo sobre tudo em pequenos livros. Outros homens-tesoura, liderados por um infiel meio cego, haviam queimado seus navios à sombra de suas pirâmides, e Napoleão em pessoa havia fugido, lançando suas velas ao mar noturno. Então aqueles infiéis haviam marchado, passado fome, ficado sedentos por água, e morrido como moscas nos desertos da Palestina.

Mas aquilo fora apenas o começo. Seria de se pensar que todos veriam a loucura dos estrangeiros, não seria? Mas não: os egípcios haviam tentado ficar mais parecidos com eles. Tinham visto como os franceses se pavoneavam, comportando-se como se fossem os mestres nos domínios do sultão. Atribuíam isso às calças compridas, às armas especiais que os franceses haviam deixado para trás, à maneira como os soldados franceses marchavam e se viravam, lutando como um só corpo no deserto, mesmo quando caíam como moscas.

Novos costumes. Coisas novas que saíam de pequenos livros. As pessoas sempre a escrevinhar, escrevinhar, enterrando o nariz nos livros até seus olhos ficarem vermelhos com o esforço. Fingindo compreender a algaravia dos franceses.

Napoleão. Ele havia matado o rei francês, não? Invadido o Domínio da Paz. Jogado areia nos olhos de seus próprios homens e de todo o mundo. Por que outro motivo ninguém conseguia ver o que estava acontecendo? E aquelas jóias – será que nós iríamos nos vender por bugigangas?

Por mais valiosas que fossem.

Era uma pena que a moça tivesse visto. Aquela morte fora uma tarefa inesperada – e perigosa. Talvez uma reação exagerada. Ela poderia não ter visto nada, não entendido nada. Estaria pensando em outras coisas. Um sorriso secreto de triunfo e expectativa em seu rosto bonito. Nada como o espanto com o qual ela lutou para respirar, ao ver aquelas mãos se fecharem ao redor de seu pescoço. As mãos que haviam levado as jóias.

Mas, bom, havia as outras. Ali o melhor era agir depressa, sem remorso.

Uma bola de cuspe aterrissou sobre o lápis-lázuli e começou a escorrer devagar pela haste da letra N.

23

PREEN sentiu o *ouzo* queimar o fundo de sua garganta e depois escorrer, como uma coisa viva, para dentro do abismo de seu estômago. Tornou a pousar o copo sobre a mesa baixa e escolheu outro.

– Às irmãs!

Uma rodada de pequeninos copos balançou no ar, tilintou e foi jogada para trás por cinco moças de cabelos muito negros e aparência ligeiramente maquiada demais. Uma delas deu um soluço, depois um bocejo, e espreguiçou-se como um gato.

– Está na hora – disse ela. – O sono da beleza.

As outras riram. Fora uma noite boa. Os homens, silenciosos enquanto as *köçek* dançavam, haviam demonstrado seu apreço da maneira consagrada pelo costume, deixando cair moedas dentro da bainha de suas roupas quando elas dançavam mais perto. Nem sempre se podia saber, mas a casa parecera limpa e os cavalheiros, sóbrios. Algum tipo de reunião, ela nunca chegara a descobrir exatamente qual.

Gostava de seus cavalheiros sóbrios, mas, depois de um espetáculo, até ela gostava de ficar um pouco bêbada. Haviam pedido à carruagem para deixá-las no alto da rua que conduzia à beira do rio, e cambaleado no escuro até chegarem à porta de uma taberna que ela conhecia. Era grega, é claro, e estava repleta de marinheiros. Isso em si não era uma coisa má, pensou Preen com um esboço de sorriso, pois na verdade havia dois deles lançando olhares de esguelha para elas de vez em quando, dois rapazes jovens, bastante bonitos, que ela não conhecia. Eram só pescadores das ilhas, mas ainda assim...

Duas outras moças decidiram ir embora, mas Preen pensou que preferia ficar. Só ela e Mina, juntas. Mais uma dose, talvez.

Estava tomando a segunda quando os marinheiros se aproximaram. Eram de Lemnos, como ela havia adivinhado, e tinham vendido uma carga grande no mercado daquela manhã, estavam um pouco ansiosos em sua última noite na cidade e tinham dinheiro para gastar. Depois de alguns minutos, Preen percebeu a mão bronzeada do homem movendo-se em direção à sua perna. Vá em frente!, disse ela com um sorriso.

Com o canto dos olhos, porém, viu um homem baixinho, de rosto marcado pela varíola, entrar na taberna. Yorg era um dos cafetões do porto, e fazia parte do grupo de espertalhões que abordava marinheiros recém-chegados e lhes oferecia hospedagem barata, uma visita à sua irmã ou, caso parecesse seguro, uma bebida grátis em sua casa. A casa de Yorg, é claro, era um bordel onde moças descarnadas vindas da zona rural recebiam um cliente após outro, noite após noite, até serem soltas nas ruas ou mortas e atiradas no Bósforo. Faziam parte do detrito humano que flutuava em torno das docas e dos homens que delas zarpavam; de um modo ou de outro, sua esperança de vida não era grande.

Preen sentiu um calafrio. Com muita delicadeza, afastou a mão que havia acabado de se instalar sobre sua coxa, levou um dedo aos lábios do marinheiro e esgueirou-se por ele com um movimento da cintura elegante. Ele podia esperar, pensou. Ela agora tinha um trabalhinho a fazer.

24

EXISTE UMA parte de Istambul, logo abaixo dos muros da cidade e na barra do Corno de Ouro, que nunca foi inteiramente construída. Talvez o terreno seja inclinado demais para a construção, ou talvez na época dos bizantinos fosse proibido construir tão próximo aos palácios dos Césares. Assim, o local havia permanecido, até o início do século XIX, uma espécie de selva desordenada, salpicada de rochas e árvores encarquilhadas.

Se você soubesse onde procurar, podia encontrar homens vivendo ali – e, algumas vezes, mulheres também –, mas não era sensato vasculhar a área com muita atenção. Alguns dos habitantes dali passavam mais tempo fora durante a noite do que durante o dia e, a qualquer hora que fosse, uma atmosfera de criminalidade resignada pairava sobre as árvores cansadas e as pequenas cavernas e reentrâncias, onde um pouco do lixo da cidade havia sido cuidadosamente empilhado para formar uma espécie de abrigo precário. Cabanas, barracos e aglomerados de habitações engenhosamente construídos por um povo das sombras que, de alguma forma, havia escapado às malhas da rede da caridade – ou ao nó do carrasco.

De vez em quando, as autoridades da cidade ordenavam uma limpeza da encosta, mas invariavelmente a maioria de seus habitantes parecia já ter escapulido sem ser vista. As limpezas encontravam um monte de lixo, que era queimado no sopé da ravina, algumas vezes um cadáver, um cão raivoso esfomeado ou alguém alheio demais ao mundo para fazer outra coisa que não olhar fixamente, com olhos que não vêem, para aquele enxame de homens de uma cidade que há muito já haviam perdido e esquecido. Os homens ruidosos, armados com varas compridas, finalmente iam embora; os habitantes das colinas retornavam em silêncio, e mais uma vez começava a construção dos abrigos.

Agora, alguém descia muito vagarosamente a ravina, movendo-se com paciência e cautela de uma pedra para outra. Havia no céu uma lua pequena, mas uma pesada massa de nuvens em movimento a encobria completamente por minutos a fio, e em um desses interlúdios de escuridão a figura parou, à espera, à escuta.

– Tudo tranqüilo?

A resposta veio em um sussurro.

– Tudo tranqüilo.

Dois homens se aproximaram um do outro no escuro. O recém-chegado pulou em pé para dentro de uma caverna rasa, agachou-se sobre os calcanhares e apoiou as costas na parede.

Minutos depois, a nuvem se abriu. O luar mostrou ao homem tudo que ele precisava ver. Uma pequena caixa de ópio, encostada na parede. Uma pilha escura do que ele sabia serem uniformes. E, nos fundos da caverna, dois homens, amarrados e amordaçados. A cabeça de um deles estava jogada para trás, como se dormisse. Mas os olhos do outro homem faiscavam como os olhos de um animal aterrorizado.

O recém-chegado olhou de relance, instintivamente, para a pequena caixa, aliviado pelo fato de a escolha estar feita.

25

YASHIM jogou a cabeça para trás no instante em que o luar se derramou por entre um vão nas nuvens. Parecia-lhe, ali de pé com as duas mãos tocando-lhe a casca, que a árvore era mais alta do que ele se lembrava: os galhos negros e retorcidos espiralados na vertical acima de sua cabeça, formando um emaranhado tão espesso e tão alto que até mesmo o luar lutava para passar por entre eles.

Os janízaros haviam escolhido aquela árvore para ser sua. Algum instinto feliz os levara a adotar uma coisa viva, em uma parte da cidade coalhada de monumentos à grandeza humana. Comparado àquele imponente plátano, Topkapi parecia frio e morto. À sua esquerda, Yashim podia distinguir a silhueta escura do palácio erigido muito tempo antes por um vizir que se considerava todo-poderoso, antes de ser estrangulado com a corda de seda. Ao norte ficava Aya Sofia, a grande igreja dos bizantinos, agora uma mesquita. Atrás de onde ele estava ficava a mesquita Azul, erguida por um sultão que havia arruinado seu império para concluir sua construção. E ali estava aquela árvore, crescendo silenciosamente sobre o antigo hipódromo, com sua sombra generosa durante a parte mais quente do dia.

Ninguém havia tentado culpá-la pelo que ela passara a representar: o poder desdenhoso da corporação dos janízaros. Esse nunca fora o costume turco, pensou Yashim. O mesmo instinto que levara os janízaros a adotar a árvore fazia as pessoas relutarem em eliminá-la agora que o próprio nome dos janízaros estava relegado ao esquecimento. O povo gostava de árvores, e não gostava de mudanças: o próprio hipódromo era prova disso. A alguns passos dali ficava um obelisco com hieróglifos gravados, que um imperador bizantino havia trazido do Egito. Mais além, uma imponente coluna erigida por algum imperador romano há muito tempo. Havia também a célebre Coluna da Serpente, uma estátua de bronze das três serpentes verdes entrelaçadas que antes ficavam no templo grego de Apolo em Delfos. As serpentes, era verdade, já não tinham mais as cabeças: mas Yashim sabia que isso não era culpa dos turcos.

Sorriu para si mesmo, recordando a noite na residência polonesa quando Palewski, bêbado e com a voz sussurrada, havia lhe revelado a espantosa verdade. Juntos, à luz de velas, haviam examinado as profundezas de um grande e antigo armário, onde duas das três cabeças que haviam maravilhado o mundo antigo jaziam sobre uma pilha de panos empoeirados, praticamente intocadas desde que haviam sido arrancadas da coluna por alguns jovens mais animados do séquito do embaixador polonês, um século antes. "Uma lástima", havia murmurado Palewski, estremecendo diante da visão das cabeças de bronze. "Mas agora é tarde demais. Melhor não remendar o que foi quebrado."

Assim, a Árvore dos Janízaros havia sobrevivido. Yashim apoiou a fronte no tronco descascado e perguntou-se se era verdade que as raízes de uma árvore eram tão compridas e profundas quanto seus galhos eram altos e frondosos. Mesmo quando se abatia uma árvore, suas raízes continuavam vivas, sugando a umidade do solo, fazendo novos brotos surgirem do tronco cortado.

Fazia apenas dez anos que os janízaros haviam sido suprimidos. Muitos haviam sido mortos, a começar pelos que haviam se trancado dentro da antiga caserna quando a artilharia fora trazida para reduzir o prédio a uma ruína fumegante. Mas outros haviam fugido – um número maior do que Yashim teria suspeitado, caso o mestre sopeiro albanês estivesse dizendo a verdade.

E isso levando em conta apenas os regimentos estacionados em Istambul. Todas as cidades do império tinham seu próprio contingente de janízaros: Edirne, Sófia, Varna, a oeste; Scutari, Trabzon, Anatólia. Havia janízaros estacionados em Jerusalém, em Alepo e em Medina: regimentos de janízaros, bandos de janízaros, imames *karagozi*, havia de tudo. De vez em quando, seu poder nas cidades do interior lhes havia permitido formar juntas militares, que controlavam a renda pública e mandavam no governador local. Quantas delas ainda existiriam?

Quantos homens teriam formado a corporação?

Quantos teriam sido efetivamente eliminados?

Dez anos depois, quantos janízaros ainda sobreviveriam?

Yashim sabia exatamente onde fazer aquelas perguntas. Não tinha certeza, porém, se conseguiria alguma resposta.

Ergueu os olhos para os galhos do grande plátano pela última vez e alisou seu tronco maciço. Ao fazê-lo, sua mão encontrou algo mais fino e menos sólido do que a casca que se desprendia.

Por curiosidade, ele puxou o papel. Com o último resquício de luar, leu:

Ignorantes,
E sem se saberem ignorantes,
Eles se espalham.
Fuja.

Ignorantes,
E sem se saberem ignorantes,
Eles procuram.
Ensine-os.

Yashim olhou em volta, preocupado. Como a nuvem escondia a luz, o hipódromo parecia deserto.

Ainda assim, teve a desconfortável sensação de que os versos que acabara de ler haviam sido escritos para ele. De que alguém o estava vigiando.

26

Os GIGANTESCOS registros da administração otomana ficavam guardados em um grande pavilhão que constituía uma parte da divisória entre o segundo e o terceiro, ou mais interno, pátio do palácio em Topkapi. Entrava-se nele passando pelo segundo pátio, através de uma porta baixa protegida por um pórtico profundo, guardado noite e dia por eunucos negros. Havia sempre um arquivista de plantão, pois há muito tempo se havia observado que, embora a maioria dos sultões evitasse trabalhos muito cansativos à noite, seus vizires podiam solicitar documentos a qualquer momento. Mesmo naquela hora, quando Yashim se aproximou, duas tochas ardiam na entrada da Divisão dos Arquivos. A luz revelou quatro formas embrulhadas em roupas, agachadas diante da porta: a guarda de eunucos.

A noite estava fria, e os homens, segurando bem rente à cabeça os pesados albornozes, dormiam profundamente, ou gostariam de estar dormindo. Yashim passou por cima deles pisando com cuidado, e a porta cedeu sem fazer ruído à pressão de seus dedos. Ele a fechou atrás de si sem fazer barulho. Viu-se em pé dentro de um pequeno vestíbulo, com um teto intrincadamente trabalhado e cursivos cúficos gravados pelas paredes em uma bela caligrafia. Velas ardiam em nichos tremeluzentes. Ele tentou abrir a porta à sua frente e, para sua surpresa, encontrou-a destrancada.

No escuro, o lugar parecia ainda maior do que o depósito de livros de que ele se lembrava: as estantes que ocupavam o espaço no centro do aposento eram invisíveis na penumbra. Em um dos lados da sala havia um banco baixo para leitura, com uma fileira de almofadas, e bem longe, quase perdido na escuridão cheia de ecos, um diminuto ponto de luz que parecia atrair a escuridão mais para perto de si. Enquanto ele olhava, a luz desapareceu, depois tornou a surgir.

– Um intruso – anunciou a voz de alguém, agradável. – Que bom.

O bibliotecário veio se aproximando pela sala. Fora o requebro exagerado de seu andar, percebeu Yashim, que havia ocultado a luz da vela por um instante.

– Espero não o estar incomodando.

O bibliotecário aproximou-se de uma lamparina ao lado da porta e reduziu a mecha até a luz ficar forte o bastante para que pudesse olhar um para o outro. Yashim fez uma mesura e se apresentou.

– Encantado. Meu nome é Ibou – disse o outro com simplicidade e um leve movimento de cabeça. Tinha uma voz suave e quase feminina. – Do Sudão.

– Claro – disse Yashim. Os eunucos mais requisitados do palácio vinham do Sudão e da região próxima à nascente do rio Nilo, rapazes ágeis, imberbes, cuja feminilidade contradizia sua enorme força e seus ainda mais colossais poderes de sobrevivência. Centenas de meninos, ele sabia, eram tirados a cada ano da região da cabeceira do Nilo e levados pelo deserto até o mar. Somente poucos deles chegavam ao destino. Em algum lugar do deserto, era realizada a operação; o menino era mergulhado em areia quente para mantê-lo limpo, e não deixavam que bebesse água durante três dias. Se, ao cabo desses três dias, ele não houvesse enlouquecido e conseguisse urinar, suas chances eram muito boas. Ele seria o sortudo.

No Cairo, seu preço aumentava em conseqüência.

– Talvez você possa me ajudar, Ibou. – De alguma forma, Yashim duvidava que fosse o caso: era mais provável que aquele rapaz encantador estivesse ali na biblioteca fazendo um favor para algum velho eunuco apaixonado. Ele mal parecia ter idade suficiente para saber o que era um janízaro, quem dirá ter dominado o funcionamento do sistema dos arquivos.

Ibou havia adotado uma expressão séria, solene, de lábios contraídos. Ele era realmente muito bonito.

– O que estou procurando – explicou Yashim – é um registro geral de todos os regimentos de janízaros do império antes do Acontecimento Auspicioso. – Acontecimento Auspicioso: aquela expressão pouco comprometedora, de uso comum, havia escapado devido à força do hábito. Ele teria de ser mais explícito. – O Acontecimento Auspicioso... – começou ele. Ibou o interrompeu.

– Shh! – O rapaz levou uma das mãos aos lábios e abanou a outra no ar. Seus olhos se reviraram para um lado e para o outro, em uma mímica de cautela. Yashim sorriu. Pelo menos ele sabia alguma coisa sobre o Acontecimento Auspicioso.

– O senhor quer nomes? Ou apenas números?

Yashim ficou surpreso.

– Números.

– Quer o compêndio, então. Não vá embora.

Ele se virou e afastou-se rumo à escuridão com seu passo cadenciado. Depois de algum tempo, Yashim viu a vela distante começar a se mexer, oscilando um pouco antes de desaparecer. Atrás das estantes, supôs.

Yashim não conhecia bem os arquivos, apenas o suficiente para entender que sua organização era abrangente e inspirada. Caso um vizir do divã, ou uma reunião do conselho, precisasse de um documento ou de uma referência, por mais remota no tempo ou por mais desconhecida que fosse a sua natureza, os arquivistas eram capazes de localizá-lo em questão de minutos. Quatro ou cinco séculos de história otomana estavam guardos ali: ordens, cartas, questionários do censo, declarações de impostos, proclamações do trono e petições dirigidas aos governantes, detalhes sobre empregos, promoções e rebaixamentos, biografias dos oficiais mais exaltados, detalhes sobre gastos, mapas de campanhas, relatórios de governadores – tudo remontando ao século XIV, quando os otomanos haviam iniciado sua expansão para fora de Anatólia e pelos Dardanelos, em direção à Europa.

Ouviu passos voltando. A vela e o homem esguio que a carregava surgiram na escuridão. Com exceção da vela, as mãos de Ibou estavam vazias.

– Não teve sorte? – Yashim não conseguiu deixar de imprimir à própria voz um tom condescendente.

– Hummm... Hummm – murmurou o jovem. – Vamos dar uma olhada.

Ele virou para cima uma série de lamparinas presas à parede acima do banco de leitura e ajoelhou-se sobre uma almofada. Acima do banco corria uma prataleira sem nada em cima a não ser livros-razão altos, robustos, de lombadas verdes, um dos quais o rapaz retirou, produzindo um ruído seco, e abriu sobre o banco. As páginas grossas estalavam enquanto ele as virava, murmurando baixinho para si mesmo. Depois de algum tempo, desceu o dedo por uma coluna na página e parou.

– Achou agora?

– Vamos chegar lá em algum momento – disse Ibou. Fechou o livro-razão com uma pancada forte e ergueu-o de volta até seu lugar. Então, caminhou saltitando até um conjunto de gavetas encravado na parede perto da porta e abriu uma delas. Lá de dentro, escolheu uma ficha.

– Ah. – Ele olhou para Yashim: era um olhar de tristeza. – Está fora – disse. – Não o senhor. O senhor é simpático. Estou falando dos registros que queria ver.

– Estão fora? Quem os retirou?

– Tsk, tsk. Isso não cabe a mim revelar.

Ibou sacudiu a pequena ficha diante do rosto como se estivesse abrindo e fechando um leque, com um movimento do punho.

– Não. Não, claro que não. – Yashim franziu o cenho. – Mas eu esperava que...

– Sim?

– Estava me perguntando se você poderia por acaso me dizer qual foi a renda que o bei de Varna obteve de... dos direitos de exploração de minérios durante a década de 1670.

Ibou franziu os lábios e emitiu um sopro de ar. Parecia, pensou Yashim, que estava prestes a recitar os números de cabeça.

– Algum ano específico? Ou só a década inteira?

– Mil seiscentos e setenta e sete.

– Um instante, por favor.

Ele largou a ficha de cabeça para baixo sobre a gaveta aberta, pegou a vela e um segundo depois já havia desaparecido atrás das estantes. Yashim deu um passo à frente, pegou a ficha e leu:

Rolos dos janízaros; 7-3-8-114; compêndio: fig., 1825.
Por ordem superior.

Devolveu a ficha, intrigado.

No minuto seguinte, enquanto ele e Ibou examinavam um rolo volumoso de pergaminhos amarelados que tinham um cheiro pungente de pele de carneiro e sobre os quais, para sua infinita falta de interesse, estavam registradas várias quantias e comentários com relação ao bei de Varna para o ano de 1677, ele disparou a pergunta.

– O que significa "Por ordem superior", Ibou? O sultão?

Ibou franziu o cenho.

– O senhor andou bisbilhotando?

Yashim sorriu.

– É só uma expressão que escutei em algum lugar.

– Entendo. – Os olhos de Ibou se apertaram por um instante. – Não toque no rolo, por favor. Bem, poderia significar o sultão. Mas provavelmente não. Certamente não significa, por exemplo, os alabardeiros das tranças, nem os jardineiros, nem qualquer um dos cozinheiros. Nós obviamente os teríamos registrado pela posição e pelo local.

– Então, quem foi?

Ibou fez um gesto dissimulado em direção ao rolo de pergaminho.

– O senhor está interessado nisto ou é só um pretexto para conversar?

– É só um pretexto. Quem?

O arquivista enrolou o pergaminho com cuidado. Tornou a amarrá-lo com um pedaço de fita roxa e segurou-o nas mãos.

– Deixe-me só pôr tudo isto aqui em ordem.

Yashim riu consigo mesmo enquanto observava o rapaz caminhar, com seus membros flexíveis e insuportavelmente ágeis, até as gavetas. Ele tornou a inserir a ficha no lugar, fechou a gaveta com os dedos compridos e desapareceu em meio às estantes com a vela. Deus ajude os homens mais velhos! Yashim nunca vira tamanha vanidade. Mas estava também impressionado. Ibou tinha a aparência e a voz de uma jovem africana, mas certamente sabia o que estava fazendo. E não apenas entre os registros empoeirados, pelo que ele podia ver.

O rapaz voltou bem depressa.

– Por ordem superior – retomou Yashim.

– A casa imperial. O sultão, sua família, seus oficiais mais importantes.

– As mulheres imperiais?

– Claro. Toda a família do sultão. Mas não seus escravos, veja bem.

– Por ordem superior. – Yashim pensou um pouco. – Ibou, quem você acha que queria esse registro?

– Não sei. – Ele franziu o cenho. – Será que... – Ele deu de ombros e se calou.

– Quem? Em quem você está pensando?

O arquivista fez um gesto de desinteresse com a mão.

– Em ninguém. Em nada. Não sei mais o que ia dizer.

Yashim decidiu deixar aquilo passar.

– Mas estou pensando onde poderia descobrir o que quero saber.

Ibou inclinou a cabeça e fitou uma das lamparinas na parede.

– Pergunte em alguma das embaixadas estrangeiras. Eu não ficaria surpreso.

Ao ouvir aquela sugestão inusitada, Yashim começou a sorrir. Mas por que não?, pensou. Era exatamente o tipo de informação que eles provavelmente teriam.

Olhou com curiosidade para Ibou. Mas este havia levado as costas da mão até o queixo e fitava a lâmpada com ar inocente.

27

– Maldição! – Preen não havia pensado em dinheiro.

O cafetão Yorg não pensava em outra coisa.

– O que houve, bailarina *köçek*, estamos só aqui sentados tomando uma bebida? Compartilhando histórias? Não. Você vem até mim e pede uma informação. Algo que você quer, e que talvez eu tenha. Uma troca.

Ele lhe lançou um sorriso torto e bateu com o dedo na cabeça.

– Minha loja.

Para Preen, parecia que a informação de Yorg estava guardada em outro lugar: em sua corcunda. Eram informações venenosas, e ele as tinha de sobra.

– O que você quer? – perguntou ela.

Os olhos de Yorg passaram por ela velozes como os de um lagarto.

– Estou vendo que você tem amigos.

– São só uns rapazes. Você não respondeu à minha pergunta.

Os olhos dele tornaram a olhar para ela.

– Ah, acho que sim – disse ele, suave. – Você tem uma coisa que eu posso usar, certo, *köçek*? Um marinheiro bêbado para Yorg.

Ela olhou para trás por cima do ombro dele. Seu marinheiro grego estava sentado com o cenho franzido, levantando e pousando o copo. Mina e o outro rapaz estavam com as cabeças bem juntas, até ele dizer alguma coisa que fez Mina soltar uma risada sonora e reclinar-se para trás, levando uma das mãos ao peito.

– É mesmo!

Preen tornou a olhar para Yorg. Os olhos dele eram duros como pedra. Seus dedos estavam fechados em volta de um copo: eram quase chatos, com as articulações das falanges imensas e disformes.

– Você estaria fazendo um favor a ele, *köçek* – cuspiu ele.

Ficou olhando para ela, pressentindo uma pequena vitória.

– Aquele sujeito merece uma mulher de verdade, você não acha? – Bailarinas *köçek*! Antigas tradições, anos de treinamento, blablablá. O que dava àqueles patifes miseráveis o direito de olhar para ele com ar de superioridade? – Sim, uma mulher. E talvez, por que não, uma mulher jovem.

Preen se retesou.

– Você é mau, Yorg. Acho que vai se arrepender disto um dia. Pode ficar com o marinheiro.

Ela voltou para sua mesa. Mina ergueu os olhos, mas o sorriso nos lábios dela sumiu ao ver o cafetão vindo atrás da amiga. O marinheiro olhou supreso para Preen e em seguida para Yorg.

– Eu preciso ir – sussurrou Preen em seu ouvido depois de se inclinar. Um pouco mais alto, disse: – Este é Yorg. Ele parece o dedo do pé do diabo, mas hoje... ele quer lhe pagar uma bebida. Não é mesmo, Yorg?

Yorg lançou-lhe um olhar de repulsa e estendeu a mão.

– Olá, Dmitri – grasnou.

28

Embaixada Britânica
Pera

Querida Irmã,

... muito alegre. Perguntam muito por você.

Estou tentando escrever todas as minhas Impressões, exatamente como você queria que eu fizesse, mas elas são tantas que eu mal sei por onde começar. Imagine se você estivesse tentando escrever uma carta que descrevesse tudo que você já viu no armário de louça da Vovó, você sabe – xícaras empilhadas de qualquer maneira, & pequenos pires, & pastoras de porcelana & bules de chá & açucareiros coloridos com tampas em forma de cone: é assim que eu vejo este lugar. Sem falar na fita azul de água sobre a qual a coisa toda parece repousar – não o armário, quero dizer –, Constantinopla.

Fizerly diz que os turcos não ligam a mínima para Ontem ou amanhã – são todos Fatalistas –, certa vez ele entrou na grande igreja construída por Justiniano – Aya Sofia (em grego, faça o favor) – todo disfarçado de maometano (Fizerly, quero dizer, não Justiniano – nossa!) e disse que é simplesmente horrível, não tem nada a não ser alguns gongos de jantar pendurados nos cantos para mostrar o que Ali Otomano realizou ali durante os últimos quatrocentos anos. Ele é um ótimo sujeito, esse Fizerly, e você deveria conhecer a Irmã dele, pois ele diz, e eu acredito nele, que seremos grandes Amigos.

Falando nisso, porém, passei no meu primeiro Grande Teste Diplomático. Fizerly mal tinha acabado de me dizer que os turcos só vivem no presente quando um deles adentrou pela porta da Embaixada – todos usam capuz, sabe, e se parecem com Magos – os turcos, quero dizer, não as portas –, e declarou ser um historiador! Fizerly falou um pouco de turco com ele, e o homem retrucou em um francês perfeito. Fizerly e eu nos entreolhamos – achei que fosse morrer de tanto rir –, mas o turco era muito sério e queria investigar os regimentos dos janízaros etc. Segundo Fizerly, o Embaixador diz que Istambul é muito mais sem graça sem os janízaros. Não sem graça demais para

Seu irmão que muito a ama,

Frank

– Para quem o senhor trabalha?

Frank Compston falava mal francês. Yashim desejou que ele fosse embora e o deixasse sozinho para continuar a avaliação. O inglês parecia intrigado.

Yashim falou:

– Digamos que eu trabalho para mim mesmo.

– Ah. Um membro autônomo?

Yashim saboreou na língua aquela expressão desconhecida. Membro autônomo? Pensou que de fato o era: pelo menos o seu não era atrapalhado pelos penduricalhos que os outros homens traziam balançando no meio das pernas.

– O senhor é muito observador – disse, inclinando a cabeça.

O rapaz enrubesceu. Tinha certeza de que o outro homem estava fazendo troça dele, mas não conseguia entender direito aquele diálogo. Talvez fosse melhor ficar calado durante algum tempo. Seria mais diplomático. Cruzou os braços e sentou-se, rígido, na cadeira estofada, observando o turco rabiscar algumas listas.

Depois de um minuto, disse:

– Foi mesmo ruim essa história dos janízaros, não?

Yashim ergueu os olhos, surpreso.

– Para os janízaros, sim – observou, seco.

O rapaz aquiesceu energicamente, como se Yashim tivesse acabado de fazer uma observação profunda.

– Nossa! Sim! Terrível para eles.

Ele sacudiu a cabeça e arqueou as sobrancelhas.

– Ser queimado vivo não tem muita graça – murmurou Yashim. *Pas trop amusant.*

O rapaz arregalou os olhos, reagindo conforme o esperado.

– Certamente, não é o meu conceito de divertimento! – Ele abaixou a cabeça e deu uma boa risada. Yashim continuou a escrever.

– Escute – recomeçou o rapaz, animado. – O que as pessoas fazem para se divertir aqui em Istambul?

Ele agora estava inclinado para a frente, com as mãos dependuradas entre os joelhos e uma expressão confusa no rosto.

Yashim apertou os olhos. Quando falou, foi quase em um sussurro.

– Bem, alguns homens usam uma ovelha morta.

O rapaz se empertigou.

– Ovelha?

– Eles a abrem e retiram sua... como se diz... sua bexiga.

O rosto do rapaz estava congelado em uma expressão de horror.

– Um deles, geralmente o mais forte, leva os lábios à uretra...

– Ah, sim, estou... estou entendendo. Por favor, não foi isso que eu quis dizer.

Yashim adotou uma expressão intrigada.

– Mas vocês não jogam futebol no seu país também?

O rapaz olhou para ele, e então sua expressão se desfez.

– Desculpe, sim, claro. Eu... eu... – Ele estava com o rosto muito vermelho. – Acho que vou pegar um copo d'água. Por favor, com sua licença.

Yashim deu um sorriso breve e voltou aos registros.

Havia encontrado o que procurava. Imaginava que fossem apenas estimativas, mas, se os números estivessem ao menos parcialmente corretos, já constituíam uma leitura instigante.

Quantos janízaros haviam morrido nos acontecimentos de junho de 1826? Mil, possivelmente, na caserna. Várias outras centenas eliminados na caçada que se seguiu – quinhentos, digamos. Houve enforcamentos e execuções, mas surpreendentemente poucas, a maioria de líderes conhecidos.

Quanto ao resto, haviam permitido que eles desaparecessem. Três deles, talvez mais alguns outros, haviam encontrado emprego na Guilda dos Sopeiros, como Yashim sabia.

Caso aqueles números pudessem servir de guia, isso ainda deixava muitos homens cujo paradeiro era desconhecido. Homens que, em algum lugar, levavam vidas tranqüilas, pacatas. Formavam famílias. Trabalhavam para viver. Bem, isso representaria um choque para o sistema.

Yashim recostou-se na cadeira e olhou para os totais de suas contas. Muitos homens arrependidos e pesarosos.

Cerca de 50 mil, na verdade.

29

O IMAME fez uma careta. Será que poderia alegar outro compromisso? Sabia que o eunuco rezava em sua mesquita, mas eles nunca haviam conversado até aquele dia. Ele o havia abordado depois da prece do meio-dia e pedido para conversar. E o imame inclinara a cabeça, muito solícito, antes de perceber quem estava perguntando.

Enquanto o eunuco seguia atrás dele, o imame refletiu que não tinha motivos para tratá-lo mal, ou negar-lhe seu conselho. Ainda assim, considerava aquela conversa um mau presságio.

Como um homem poderia ser bom muçulmano quando tantos dos caminhos pelos quais um muçulmano se aproximava de Deus já estavam, por assim dizer, fechados? O imame sem dúvida se considerava um professor. Mas uma parte muito grande de seus ensinamentos envolvia considerações sobre a família: a bênção das crianças, a regulamentação do que era apropriado para a vida em matrimônio. Ele aconselhava pais em relação a seus filhos e filhos em relação a seus pais. Ensinava os homens – e as mulheres – a se comportarem no casamento. Maridos dissolutos. Mulheres ciumentas. Eles vinham procurá-lo como um juiz, com perguntas. Seu trabalho consistia em considerar as perguntas e responder sim ou não; em geral, era por meio das perguntas que eles chegavam a um entendimento de sua situação. Ele os guiava em direção às perguntas certas: no caminho, eles precisavam examinar a própria conduta, à luz dos ensinamentos do Profeta.

Sobre o que poderia conversar com uma criatura que não tinha família?

Chegaram ao seu quarto. Um divã, uma mesa baixa, uma jarra sobre uma bandeja de latão. Algumas almofadas. O quarto tinha poucos móveis, mas mesmo assim era suntuoso. Do chão até a altura dos ombros, as paredes estavam decoradas com uma fantástica e inestimável azulejaria de Iznik, com séculos de idade, saída do período mais opulento dos fornos de Iznik. Os desenhos azuis geométricos pareciam ter sido aplicados na véspera: luziam brilhantes e puros, refletindo a luz que se derramava pelas janelas mais acima. No canto, um fogareiro preto irradiava um calor agradável.

O imame indicou o divã com um gesto, enquanto permanecia em pé de costas para o fogareiro.

O eunuco sorriu, um pouco nervoso, e acomodou-se sobre o divã, descalçando as sandálias antes de recolher os pés debaixo do albornoz. Por dentro, o imame grunhiu. Aquilo ia ser difícil, pensou. Passou a ponta de um dedo por uma das sobrancelhas.

– Fale.

Sua voz trovejava: Yashim ficou impressionado. Estava acostumado a encontrar pessoas com alguma coisa a esconder, com o discurso maculado pela dúvida e pela hesitação, e ali estava um homem capaz de lhe dar respostas revestidas de autoridade. Ser imame era viver sem incertezas.

Para ele, sempre haveria uma resposta. A verdade era palpável. Yashim invejava aquela segurança.

– Quero saber sobre os *karagozi* – disse ele.

O imame parou de alisar a sobrancelha quando seu cenho se franziu.

– Como?

Yashim pensou se teria dito a coisa errada. Repetiu.

– Os *karagozi*.

– São uma seita proibida – disse o imame.

Não apenas a coisa errada, pensou Yashim. O homem errado também. Começou a se levantar, agradecendo ao imame por seu esclarecimento.

– Fique, por favor. Você quer saber sobre eles? – O imame havia levantado uma das mãos. Uma conversa sobre doutrina era inteiramente diferente. O imame sentiu um grande peso ser retirado de cima de seus ombros. Eles não precisariam falar sobre luxúria ou sodomia, ou qualquer que fosse o assunto sobre o qual eunucos desejavam conversar quando visitavam seus imames. Sobre se era ou não possível para um homem sem colhões gozar dos prazeres das *houris* no paraíso.

Yashim tornou a se sentar.

– Os *karagozi* eram importantes na corporação dos janízaros – observou o imame. – Talvez você saiba disso.

– Sim, claro. Sei também que eles não eram ortodoxos. Quero saber em que sentido.

– O xeque Karagoz era um místico. Isso foi há muito tempo, antes da Conquista, quando os otomanos ainda eram um povo nômade. Eles tinham algumas mesquitas, aqui e ali, espalhadas pelas cidades que haviam conquistado dos cristãos. Mas seus guerreiros eram *ghazi*, guerreiros santos, e não tinham o costume de viver em cidades. Ansiavam pela verdade, mas era difícil para professores e imames permanecer entre eles. Muitos desses *ghazi* turcos escutavam seus velhos *babas*, seus pais espirituais, que eram homens sábios. Eu disse sábios: nem todos eles eram iluminados.

– Eram pagãos?

– Pagãos, animistas, sim. Alguns, porém, foam tocados pelo Profeta, que a paz esteja com ele. Mas eles incorporaram a suas doutrinas uma grande quantidade de antigas tradições, muitos ensinamentos esotéricos, e até mesmo erros que recolhiam entre os incréus. Você há de se lembrar que esses eram tempos tumultuados. O pequeno Estado otomano estava crescendo, e muitos turcos foram atraídos por ele. A cada dia, descobriam novas terras, novos povos, crenças que não conheciam. Era difícil para eles entender a verdade.

– E os janízaros?

– O xeque Karagoz fez a ponte. Imagine o seguinte: os primeiros janízaros eram homens jovens, incertos quanto a sua fé, pois haviam sido retirados das fileiras dos incréus e precisavam esquecer muitos erros. O xeque Karagoz facilitou as coisas para eles. Você conhece a história, é claro. Ele estava com o sultão Murad, o primeiro a criar a corporação dos janízaros a partir de prisioneiros capturados durante suas guerras balcânicas. Quando o xeque os abençoou, com a mão estendida em uma comprida manga branca, essa manga tornou-se o símbolo dos janízaros, o adereço de cabeça que usavam como ornamento em seus turbantes.

– Então o xeque Karagoz era um *baba*?

– Em certo sentido, sim. Ele viveu um pouco depois dos últimos *babas* da tradição turca, mas os princípios eram os mesmos. Seus ensinamentos eram islâmicos, mas falavam de mistério e união sagrada.

– União sagrada?

O imame contraiu os lábios.

– Eu quis dizer união de crenças, união com Deus. Nós dizemos, por exemplo, que existe apenas um caminho até a verdade, e que ele está escrito no Alcorão. O xeque Karagoz acreditava na existência de outros caminhos.

– Como os dervixes. Estados de êxtase. Libertação da alma da prisão do corpo.

– Exatamente, mas os meios eram diferentes. Mais primitivos, você poderia dizer.

– Como assim?

– Os verdadeiros adeptos consideravam estar acima de todas as obrigações e regras terrestres. Então, quebrar as regras era uma maneira que tinham de demonstrar sua aliança à irmandade. Eles bebiam álcool e comiam carne de porco, por exemplo. As mulheres eram aceitas sob as mesmas condições que os homens. Muitas das diretrizes claras do Alcorão eram simplesmente ignoradas, consideradas sem importância ou mesmo irrelevantes. Essas transgressões ajudaram a criar um vínculo entre eles.

– Entendo. Talvez isso tenha facilitado a introdução ao islamismo para os que haviam nascido cristãos?

– A curto prazo, concordo. Eles abriam mão de uma quantidade menor de seus reles prazeres. Você sabe como são os soldados.

Yashim aquiesceu. Vinho, mulheres e música: a litania dos acampamentos militares, qualquer que fosse o período.

– Se eles ignoravam as diretrizes do Alcorão – disse ele devagar –, quem lhes servia de guia?

– Muito boa pergunta. – O imame uniu a ponta dos dedos. – Em certo sentido, ninguém. O verdadeiro *karagozi* não confiava em ninguém a não ser nele mesmo, acreditava que sua alma perdurava em todos os estados: criação, nascimento, morte e mais além. As regras eram irrelevantes. Mas o mais ridículo é que ele também tinha suas próprias regras. Números mágicos. Segredos. Superstições. Um *karagozi* não pousa sua colher sobre a mesa nem fica em pé no vão de uma porta, esse tipo de coisa.

"Obedecer ao insignificante regulamento da ordem permitia ao *karagozi* quebrar as regras de Deus. Não é de espantar que todo tipo de mau-caráter tenha sido atraído para a ordem dos *karagozi*. Não vamos exagerar. O impulso original, embora confuso, era puro. Os seguidores *karagozi* se consideravam muçulmanos. Ou seja, compareciam à prece nas mesquitas, como todas as outras pessoas. O elemento *karagozi* era apenas mais uma camada de sua crença espiritual, uma camada secreta. Eles se organizavam em lojas, o que chamamos de *tekkes*. Locais de reunião e de oração. Havia muitos deles, em Istambul e em outros lugares."

– Todos os *karagozi* eram janízaros?

– Não. Todos os janízaros eram *karagozi*, de modo geral. O que não é a mesma coisa. Talvez, meu amigo, tenhamos nos precipitado ao falar neles e em sua doutrina no passado. O golpe incorrido pelos janízaros? Uma derrota temporária. Talvez, no final das contas, uma derrota criativa. Você sabe, a adversidade é capaz de moldar a fé. Eu diria que ainda vamos ouvir falar nos *karagozi*. Talvez não com esse mesmo nome, mas as correntes espirituais das quais eles fazem parte são muito arraigadas.

– Mas proscritas, como o senhor disse. Proibidas.

– Bom, aqui em Istambul, sim. Mas eles viajaram muito por muitos séculos e muitas terras, dos desertos orientais às fronteiras do Domínio da Paz.

O imame sorriu.

– Não faça essa cara de surpresa. A doutrina dos *karagozi* conquistou muitas fronteiras para o islamismo. Talvez volte a fazer a mesma coisa.

– Que fronteiras? De que o senhor está falando?

– Eles são fortes quando se espera que sejam. Na Albânia. Onde os janízaros sempre foram fortes.

Yashim assentiu.

– Existe um poema. O senhor parece conhecer muitas coisas, então talvez conheça isto, também. – Ele recitou os versos que havia encontrado pregados na Árvore dos Janízaros.

Ignorantes,
E sem se saberem ignorantes,
Eles se espalham.
Fuja.

Ignorantes,
E sem se saberem ignorantes,
Eles procuram.
Ensine-os.

O imame franziu o cenho.

– Que eu me lembre, é um poema *karagozi*. Sim, eu conheço. Muito esotérico, não concorda? A continuação sugere alguma forma de união mística e divina, até onde me lembro.

– O que o senhor quer dizer, que o poema continua?

– O poema que você recitou está incompleto. – O imame pareceu surpreso. – Infelizmente sou incapaz de recitá-lo todo.

– Mas talvez o senhor pudesse descobrir?

– Com a graça de Deus – disse o imame placidamente. – Se estiver interessado, posso tentar.

– Eu ficaria grato – disse Yashim, levantando-se.

Cumprimentaram-se com uma mesura. No instante em que Yashim se virou para ir embora, o imame virou o rosto para a janela.

– Mistérios sufistas – disse ele baixinho. – Bonitos à sua maneira, mas etéreos. Não penso que significariam muita coisa para as pessoas comuns. Ou talvez eu não conheça muita coisa. Existe muita paixão, e até mesmo fé, nesse tipo de poesia, mas no final das contas ela não se presta aos fiéis. É livre demais, perigosa demais.

Livre eu não sei, refletiu Yashim.

Mas perigosa, sim.

Com certeza perigosa.

Talvez até assassina.

30

Ele a viu descer a rua rebolando, alta e graciosa, desafiando os homens a olharem para ela. A alguns metros de onde ele estava, ela diminuiu o passo e começou a olhar em volta. Ele ergueu uma das mãos e a chamou para perto.

Ela puxou um banco e sentou-se pesadamente. Um espanto evidente fez corar o pescoço de um grupo de velhos que jogava gamão na mesa ao lado, mas Preen não percebeu ou não ligou.

– Café – pediu ela.

Yashim pediu dois, evitando o olhar curioso do garçom. Não era a primeira vez na vida que ele sentia vontade de se levantar e explicar. Ela na verdade não é mulher, então tudo está como deveria estar. É um homem vestido de mulher. Mas ele admirava a coragem dela de entrar naquele café. Meneou a cabeça para os velhos, sério.

Sem quase nenhum pingo de maquiagem, o rubor nas faces de Preen era real: assim ela fica mais bonita, pensou Yashim.

– Não podemos conversar aqui – disse ele. – Vou indo para casa, e você pode vir...

– Vamos conversar aqui – retrucou ela por entre os dentes cerrados. O menino serviu os cafés e começou a manejar um espanador em cima de uma das mesas próximas. Yashim encontrou seu olhar e fez um gesto com a cabeça. O menino afastou-se, desapontado.

Ele olhou para ela.

– Você está muito bonita hoje – falou.

– Pare com isso.

Seu tom de voz era firme, mas ela mantinha os olhos fixos sobre a mesa e balançava a cabeça devagar de um lado para o outro. Um vestígio de prazer.

– É melhor não sermos vistos juntos por ora. Meu trabalho é me misturar, passar despercebido. Quanto a você, bem, não tenho certeza de onde estamos nos metendo.

– Eu sou uma moça crescida – disse Preen. Seus lábios tremeram. Yashim deu um sorriso. Preen cobriu a boca com uma das mãos e lançou-lhe um olhar. Então deu uma risadinha.

– Ah, eu sei que sou travessa, meu bem. Mas simplesmente não pude evitar. Eu precisava fazer alguma coisa um pouco impensada, ver alguém de quem eu gosto. Chocar essa pessoa, também. Para me sentir viva. – Deixou um arrepio de prazer percorrer-lhe o corpo. – Eu conversei com o homem mais repulsivo de Istambul.

Yashim arqueou as sobrancelhas.

– Estou pasmo por você ter tanta certeza disso.

– Um cafetão corcunda das docas? Tenho certeza, sim. Ele diz que alguém viu os seus amigos algumas noites atrás.

Yashim inclinou-se para a frente.

– Onde?

– Um lugar relativamente salubre. Será "salubre" a palavra que estou procurando, Yashim?

– Possivelmente. O seu... informante... ele não estava presente?

– Não segundo o que me contou. Você não quer saber onde?

– É claro que eu quero saber.

– É uma espécie de jardim – explicou Preen. – Na margem do Bósforo.

– Ah. – Talvez salubre fosse *mesmo* a palavra que Preen estava procurando: no final das contas, tudo é relativo.

– Aparentemente, lá existe um quiosque, perfeitamente limpo. Há até pequenas lanternas nas árvores. – Preen soava quase sonhadora. – É possível ficar sentado ali conversando, olhando os navios nos estreitos e tomando um café ou fumando um narguilé.

Os jardins de Yeyleyi já tinham sido um dos lugares preferidos da corte: o sultão costumava levar suas mulheres para fazer piqueniques ali, em meio às árvores. Isso devia fazer mais de um século. Os sultões haviam parado de freqüentar o local quando ele se tornara popular; com o tempo, ele ganhara certa fama. Não inteiramente respeitáveis, os jardins de Yeyleyi tinham sido o tipo de lugar onde amantes costumavam combinar um encontro ao acaso, comunicando-se na linguagem carinhosa e semi-secreta das flores. Naqueles dias, os encontros eram mais espontâneos, mas até mais bem organizados, e sua linguagem era, decididamente, mercenária. Ele podia muito bem imaginar o lugar sendo visitado – com alguma esperança – pelo que o *seraskier* chamava de rapazes de boa família.

– Então... o que aconteceu? Eles chegaram, fumaram um narguilé, tomaram um café e foram embora juntos?

– Foi o que me disseram.

– De barco?

– Não sei. Ele não disse nada sobre nenhum barco. Não, espere, acho que foram embora de cabriolé.

– Os quatro juntos?

– Os cinco.

Yashim ergueu os olhos, atento. Preen reprimiu uma risadinha.

– Quatro chegaram, cinco saíram.

– Sim, entendo. E você sabe alguma coisa sobre esse Número Cinco, Preen?

– Ah, sim. Ele era russo.

– Russo? Tem certeza?

Yashim pensou no assunto. Ultimamente, os habitantes de Istambul tinham tendência a chamar qualquer pessoa vagamente estrangeira, e de cabelos louros, de russa. Era uma conseqüência da guerra, de todas as guerras que a Porte havia travado com os homens do tsar ao longo dos últimos cem anos.

– Acho que deve ter sido verdade – disse Preen. – Ele estava de uniforme.

– O quê?

Preen riu.

– Um uniforme branco, com galão dourado. Muito elegante. Um homem *muito* alto. E com uma espécie de medalha no peito, como uma estrela, com raios.

– Preen, isso é ouro puro. Quem lhe contou isso?

Ela pensou no jovem marinheiro grego.

– Eu fiz alguns sacrifícios. – Ela sorriu. Então pensou em Yorg, e seu sorriso se dissipou.

31

ISTAMBUL não era uma cidade que vivesse à noite. Depois das dez, com o sol já afundado havia muito tempo abaixo das ilhas dos Príncipes no mar de Mármara, a maioria das ruas ficava silenciosa e deserta. Cães de vez em quando rosnavam e latiam nos becos, ou punham-se a uivar à beira-mar, mas aqueles sons, assim como o chamado do muezim para a prece à primeira luz da aurora, eram os sons noturnos de Istambul, e ninguém lhes prestava nenhuma atenção.

Nenhum outro lugar da cidade era mais silencioso do que o Grande Bazar, um labirinto de ruas cobertas que ondulavam e serpenteavam como enguias por toda a extensão da encosta da colina, de Beyazit até as margens do Corno de Ouro. Durante o dia, o burburinho do bazar era o do mais fantástico caravançará do mundo, empório de ouro e especiarias, de tapetes e tecidos, sabonetes, livros e remédios em potes de barro. Alguns dos produtos mais refinados e mais úteis do império eram fabricados a cada dia dentro daquele quilômetro e meio quadrado de corredores e cubículos. O bazar era uma concentração da riqueza e da industriosidade do império; era servido por seus próprios cafés, restaurantes, imames e banhos turcos; sua segurança era mantida por regras muito rígidas.

O promontório sobre o qual se erguia o bazar – a chamada Terceira Colina de Istambul –, onde ficava a mesquita de Beyazit, havia sido escolhido pelo Conquistador, o sultão Mehmed, para seu palácio imperial, mas a construção ainda não fora completada quando ele começara a trabalhar em outro palácio, Topkapi, ou Pontal do Serralho, destinado a ser muito maior e mais magnífico. O antigo palácio, ou Eski Serai, serviria mais tarde de anexo a Topkapi. Era uma escola onde se treinava os escravos do palácio; uma companhia de janízaros ficava estacionada entre seus muros; mas seus únicos habitantes de verdade eram as mulheres de antigos sultões, expulsas de Topkapi depois da morte de seu mestre e senhor para uma sombria aposentadoria no Eski Serai.

Essa prática cruel havia sido abandonada muitos anos antes. Depois de algum tempo, o Eski Serai deixara de ser conservado, e, finalmente, estava em ruínas; seus resquícios haviam sido removidos e, dos escombros, erguera-se a fina torre que ainda presidia atentamente ao Grande Bazar.

O saco, que aparecera durante a noite, tinha as tiras presas a uma pesada grade de ferro que protegia o Grande Bazar dos olhos curiosos e dos ladrões empreendedores. Ao amanhecer, mais de uma dúzia de pessoas já havia comentado a respeito e, menos de uma hora depois, diante de uma multidão muito compacta, o saco fora finalmente baixado até o chão.

Ninguém estava disposto a ser aquele que iria abri-lo. Ninguém achava que contivesse algum tesouro. Todos pensavam que, o que quer que contivesse, seria horrível, e todos queriam saber o que era.

Ao final, decidiu-se levar o saco, ainda fechado, até a mesquita, e pedir a opinião do cádi.

32

VÁRIAS horas depois, o saco foi aberto pela segunda vez naquela manhã.

– Que coisa terrível – repetiu o cádi, retorcendo as mãos. Era um homem velho, e o choque fora grande. – Nada assim... nunca... – Ele jogou as mão para cima. – Isto não tem nada a ver conosco. Uma gente pacífica... bons vizinhos...

O *seraskier* aquiesceu, mas não estava escutando. Estava observando Yashim puxar os cordões. Yashim levantou-se e virou o saco para despejar seu conteúdo no chão.

O cádi agarrou o batente da porta para se apoiar. O *seraskier* afastou-se para um dos lados. O próprio Yashim permaneceu onde estava, respirando pesadamente, com os olhos cravados na pilha de ossos brancos e colheres de madeira. Aninhada na pilha, inconfundivelmente escura, estava uma cabeça humana.

Yashim abaixou a cabeça e não disse nada. Que violência terrível, pensou. E o que eu fiz para impedi-la? Preparei uma refeição. Fui procurar um caldeirão de brinquedo.

Preparei uma refeição.

O *seraskier* esticou um pé calçado com bota e cutucou a pilha com a ponta. A cabeça acomodou-se em seu ninho sinistro. Sua pele tinha um aspecto retraído e amarelado, e seus olhos cintilavam débeis debaixo das pálpebras semicerradas. Nenhum dos dois homens percebeu quando o cádi deixou o aposento.

– Não há sangue – disse o *seraskier.*

Yashim agachou-se ao lado dos ossos e das colheres.

– Mas é um dos seus homens?

– Sim. Acho que sim.

– Acha que sim?

– Não, tenho certeza. Pelo bigode. – Ele fez um gesto desanimado na direção da cabeça cortada.

Mas Yashim estava mais interessado nos ossos. Começou a arrumá-los, um por um, prestando atenção especial à tíbia, ao fêmur e às costelas.

– É muito estranho – murmurou ele.

O *seraskier* baixou os olhos.

– O que é estranho?

– Não há uma marca sequer neles. Estão limpos e inteiros.

Segurou o osso pélvico e começou a virá-lo de um lado para o outro nas mãos. O *seraskier* fez uma careta. Já havia lidado com cadáveres muitas vezes – mas manusear ossos. Eca.

– Era um homem, isso é certo – observou Yashim.

– É claro que era um homem, porra. Era um dos meus soldados.

– Eu só estava pensando em voz alta – respondeu Yashim, calmo, recolocando o osso pélvico no lugar. Visto de cima, ele parecia obscenamente grande, destacando-se do resto do esqueleto espalhado sobre o chão de mármore. – Talvez eles tenham usado outro corpo. Eu não saberia dizer.

– Outro corpo? Para quê?

Yashim levantou-se e limpou as mãos na barra da capa. Encarou o *seraskier* com um olhar vago.

– Não tenho idéia.

O *seraskier* indicou a porta com um gesto e deu um suspiro.

– Queiramos ou não – disse ele –, vamos ter de dizer alguma coisa às pessoas.

Yashim piscou os olhos.

– Que tal a verdade? – sugeriu.

O *seraskier* olhou para ele, sério.

– Alguma coisa assim – falou, abrupto. – Por que não?

33

BELAS cidades cujos cidadãos satisfeitos apóiam uma administração inteligente existem, e não contêm sequer um edifício público dilapidado, um terreno baldio desolado coberto de mato ou mesmo um palacete em ruínas; mas uma grande cidade deve possuir tudo isso, pois a decomposição também é sinal de vida. Para quem sabe escutar, a putrefação traz consigo uma promessa de oportunidade. Para outros ouvidos, sugere delinqüência e corrupção. A Istambul dos anos 1830 não era nenhuma exceção.

A corda puída da campainha que agora jazia, inerte, nas mãos de Yashim convidava a uma reflexão semelhante; ele estava em pé no alto dos degraus diante da porta da frente de um edifício em Pera, o chamado bairro europeu de Istambul, do outro lado do Corno de Ouro. Sentia que, de alguma forma, a campainha rota pertencia à mesma categoria de tudo aquilo que havia de gasto e bolorento na antiga metrópole, das basílicas rachadas às casas de madeira desmoronadas, do escritório do patriarca aos pilares infiltrados do porto.

Com o último e mortal puxão da corda, uma campainha havia retinido em algum lugar dentro da velha mansão. Pela primeira vez em semanas, e pela última vez em muitos anos, uma campainha anunciava ao embaixador polonês que ele tinha visitas.

Palewski saiu-se do divã com um impropério e um tilintar de vidro quebrado.

No alto das escadas, agarrou a balaustrada e começou a descer, bastante devagar, em direção à porta da frente. Fitou as trancas por um ou dois instantes, depois espreguiçou-se, flexionou os músculos das costas, correu uma das mãos pelos cabelos e pela volta do colarinho, e abriu a porta. A súbita irrupção da luz de inverno o fez piscar os olhos involuntariamente.

Yashim depositou em suas mãos os restos da corda da campainha e entrou. Palewski fechou a porta, resmungando.

– Por que você simplesmente não entra pelas janelas dos fundos?

– Não queria surpreender você.

Palewski deu-lhe as costas e começou a subir as escadas.

– Nada me surpreende – disse ele.

Yashim viu um corredor escuro, que conduzia aos fundos da residência, e um lençol cobrindo alguns móveis empilhados no corredor. Seguiu Palewski escada acima.

Palewski abriu uma porta.

– Ah – disse.

Yashim seguiu o amigo para dentro de um cômodo pequeno, de pé-direito baixo, iluminado por duas janelas compridas. Na parede oposta às janelas havia uma ornamentada lareira decorada com partes de escudos em alto-relevo, e os arcos e flechas de uma era mais cavalheiresca; lá dentro, um fogo reluzia debilmente. Palewski atirou nele outro pedaço de madeira e chutou o fogo; algumas faíscas voaram. As chamas começaram a crescer.

Palewski jogou-se sobre uma imensa poltrona e gesticulou para que Yashim fizesse o mesmo.

– Vamos tomar um chá – disse ele.

Yashim já estivera muitas vezes naquele cômodo; mesmo assim, olhou em volta com uma expressão de prazer. Um espelho manchado com moldura dourada estava pendurado entre as duas janelas de persianas; abaixo dele ficava a pequena escrivaninha de Palewski e a única cadeira do aposento. As duas poltronas, que haviam sido aproximadas da lareira, estavam rasgadas e regurgitavam seu estofamento, mas eram confortáveis. Acima da lareira estava pendurado um retrado a óleo de Jan Sobieski, o rei polonês que havia posto fim ao cerco a Viena em 1683; dois outros óleos, um de um homem montado a cavalo com uma elaborada peruca, e o outro uma cena de família, estavam pendurados na parede junto à porta, acima de um aparador de mogno. Sobre este descansava o violino de Palewski. A parede mais distante e as alcovas ao lado da lareira eram ocupadas por livros.

Palewski estendeu a mão e deu um ou dois puxões em um cordão de campainha feito de tapeçaria. Uma jovem criada turca de aparência arrumada chegou à porta, e Palewski pediu chá. A moça trouxe uma bandeja e a pousou sobre a mesinha de dobrar diante do fogo. Palewski esfregou as mãos.

– Chá inglês – disse. – *Keemun* com um pouquinho de bergamota. Leite ou limão?

O chá, o fogo e o tiquetaque grave do relógio alemão sobre a lareira tranqüilizaram o embaixador polonês, fazendo seu humor melhorar. Yashim também sentiu-se relaxar. Durante um bom tempo, nenhum dos dois homens disse nada.

– No outro dia você me citou alguma coisa... um exército marcha sobre o estômago. Quem disse isso? Napoleão?

Palewski assentiu e fez uma careta.

– É típico de Napoleão. No final, seus exércitos marcharam foi sobre os pés congelados.

Não pela primeira vez, Yashim prometeu a si mesmo tentar descobrir a origem da atitude de Palewski em relação a Napoleão. Parecia uma mistura de admiração com amargura. Em vez disso, porém, perguntou:

– Alguma coisa na maneira como os janízaros se referiam às suas patentes lhe parece importante?

– Importante? Eles tiravam seus títulos das cozinhas. O coronel se chamava sopeiro, não? E eu me lembro de outras patentes... ajudante de cozinha, padeiro, preparador de panquecas. Os sargentos-ajudantes carregavam uma comprida concha de madeira como símbolo de sua posição. Quanto aos soldados, perder uma terrina regimental durante alguma batalha... um daqueles caldeirões grandes que eles usavam para preparar o *pilaf*... era a pior das desgraças. Eram eles quem organizavam a provisão dos mantimentos. Por que o interesse nos janízaros?

Yashim lhe contou. Contou-lhe sobre o caldeirão, sobre o homem amarrado como se fosse ser assado, sobre a pilha de ossos e colheres de pau. Palewski o deixou falar sem interromper.

– Perdoe-me, Yashim, mas você não estava em Istambul dez anos atrás? Eles chamam de supressão, não é? O riso pode ser suprimido. As emoções. Mas estamos falando de carne e osso. Eles faziam parte da história. Da tradição. Suprimidos? O que aconteceu com os janízaros não foi sequer um massacre.

Para surpresa de Yashim, Palewski estava se pondo de pé.

– Eu estava lá, Yashim. Nunca lhe contei isso antes porque ninguém... nem mesmo você... teria querido saber. Não é o costume otomano. – Ele hesitou, com um sorriso tristonho. – Eu *já* lhe contei isso antes?

Yashim negou com a cabeça. Palewski ergueu o queixo.

– Dezesseis de junho de 1826. Dia ensolarado. Eu estava em Istambul fazendo alguma coisa da qual já não me lembro – começou ele. – E bum... a cidade explodiu. Caldeirões ressoavam no Atmeidan. O zumbido entre os alunos das madraçais parecia um queijo maduro. Volte, pensei. Desça até o Corno de Ouro, arrume um caíque, tome um chá no gramado e aguarde notícias.

– Chá? – perguntou Yashim.

– Modo de falar. Eu bem que gosto do gramado. Mas não importa: nunca consegui chegar lá. O Corno de Ouro. Silêncio. Lá estavam os caíques, ancorados do lado de Pera. Eu acenei e saltitei no deque, mas nenhuma alma penada se prontificou a me levar até o outro lado. Estou lhe dizendo, Yashim, aquilo fez os cabelos da minha nuca ficarem em pé. Tive a sensação de ter sido posto em quarentena.

"Eu tinha uma idéia genérica do que estava se armando. Pensei em alguns dos paxás que conhecia... mas eles já teriam problemas suficientes sem precisar me levar junto, pensei. Para ser honesto, eu não tinha certeza de que me encastelar na mansão de algum figurão fosse a melhor alternativa naquele momento de crise que todos sabíamos que estava por vir. Adivinhe, então, para onde eu fui."

Yashim franziu o cenho. Sei exatamente para onde você foi, velho amigo, mas não vou estragar sua surpresa.

– Uma taberna grega? Uma mesquita? Não sei.

– Fui ao encontro do sultão. Encontrei-o no Serralho, no Quiosque da Circuncisão... ele acabara de chegar de Beşiktas, subindo o Bósforo. Tinha vários comandantes consigo. O grande mufti também estava lá. – Palewski lançou a Yashim um olhar demorado, severo. – Não me fale em supressão. Eu estava lá. "Vitória ou morte!", gritavam os paxás. Mahmut segurou com as duas mãos o Estandarte Sagrado do Profeta. "Ou nós vencemos hoje", disse ele, "ou Istambul será uma ruína onde os gatos irão perambular." Posso dizer uma coisa sobre a casa de Osman: eles podem ter demorado 250 anos para tomar a decisão, mas, quando a tomaram, estavam falando sério.

"Os alunos começaram a chegar aos bandos no Grande Pátio de Topkapi. Receberam armas, e levaram o Estandarte Sagrado para a mesquita do sultão Ahmet... e toda a cidade tornou-se nossa, em volta do hipódromo, em Aya Sofia e no palácio. Os rebeldes estavam no final da rua, mais perto de sua caserna, em torno da mesquita de Beyazit e mais abaixo, perto do bazar de roupas, que sempre havia sido um reduto de janízaros. Foi ali que as tropas do sultão atacaram primeiro. Metralha de canhão. Como Napoleão nas Tulherias. Uma rajada de metralha de canhão.

"Só havia dois canhões... mas eles eram manejados por um sujeito que chamavam de Ibrahim. Ibrahim, o Infernal. Os janízaros correram de volta para sua caserna e começaram a barricar as portas com pedras... sem pensar por um só instante em seus companheiros que haviam ficado do lado de fora, nas ruas. Mesmo depois de cercados pela artilharia, recusaram-se a falar em capitulação. Aparentemente, tudo que fizeram foi se aglomerar do lado de dentro do Grande Portão. A primeira canhonada que estourou o portão matou dúzias deles, na mesma hora.

"Nós vimos as chamas, Yash. Elas obrigaram os janízaros a sair... pelo menos alguns. Foi como derrubar um monte de feno, matando os ratos que saem correndo. Os prisioneiros foram enviados para a mesquita do sultão Ahmet, mas os que foram estrangulados ali mesmo foram jogados debaixo da Árvore dos Janízaros... quando a noite caiu, havia meia dúzia de corpos ali. No dia seguinte, o hipódromo inteiro era uma pilha de cadáveres.

"Aquela árvore sempre me deu náuseas. Pensar nos homens enforcados em seus galhos, como frutas. E nos cadáveres dos janízaros empilhados em volta de seu tronco. Aquela árvore deve ter sangue, Yash. Sangue nas raízes.

"Mas foi isso que eu vi, e estou lhe dizendo. Já vi *pogroms* e massacres. Já vi coisa pior, para ser sincero, do que os janízaros agüentaram no final. Mulheres e crianças... já vi isso. Os janízaros eram homens, e de certa forma mereceram aquilo, pobres tolos, por causa do que haviam feito, e do que os homens antes deles haviam feito e continuavam a fazer desde tempos imemoriais. Eles sabiam em que estavam se metendo. Aquilo estava matando o império aos poucos, e eles já deveriam saber que um dia haveria um acerto de contas.

"Talvez não estivessem esperando que o momento chegasse daquela forma, tão tremendo e tão completo. Não foi algo do tipo 'A festa acabou, deixem seus sabres sobre a bancada antes de saírem', não é? Foi uma aniquilação, Yash. Dez mil mortos? Puseram fogo na floresta de Belgrado para fazê-los sair. Expulsaram-nos das cidades da província. Cavaleiros tártaros percorreram o império para espalhar a notícia. O Acontecimento Auspicioso, foi essa a expressão que usaram, não foi? Os janízaros sequer são mencionados em seu próprio atestado de óbito. Eles desapareceram, sem deixar rastros.

"Sabe, algumas semanas depois, vi o sultão na companhia de um carrasco, em um cemitério entre os ciprestes. Seus antigos mortos. Os leais e os corajosos, assim como os venais e os corruptos. O carrasco decapitou cada uma das lápides com uma pesada espada."

Yashim ergueu um dedo.

– Sobrou uma. Lá em Scutari, com a manga talhada na pedra.

Palewski fez um gesto de desinteresse.

– Sempre sobra uma. E talvez dúzias. Isso não quer dizer nada. O Império Otomano sobrevive, mas está mudando bem debaixo dos nossos narizes. Tudo que havia de estranho e de magnífico em seu povo, Yash, tudo que manteve este mundo girando por séculos... tudo isso está se desintegrando debaixo dos nossos pés porque os janízaros não estão mais entre nós. Eles eram o fundamento do império, você não entende? Todos os dias, vêem-se coisas em Istambul que fariam chorar seus antepassados. O sultão montado em uma sela européia. O exército treinando como soldados napoleônicos. Cristãos abrindo lojas de bebidas alcoólicas em Pera, homens de fez na cabeça em vez de turbante, tudo isso. E mais: os janízaros eram patifes, ladrões, arrogantes, curtos de idéias, mas eram poetas, e hábeis artesãos também, alguns deles. E todos possuíam uma certa forma de cultura. Uma coisa que era maior do que eles, maior do que sua ganância e do que seus defeitos.

"Se eu sinto falta deles? Não. Mas lamento o seu desaparecimento, Yashim. Sou o único nesta cidade a chorar sua morte, porque eles eram a alma deste império, no bom e no mau sentido. Com eles, os otomanos eram únicos. Orgulhosos, peculiares e, de certa forma, livres. Os janízaros lhes lembravam quem eles eram e o que eles queriam ser. Sem eles?

São muito normais agora, infelizmente. Normais demais: até mesmo a lembrança dos janízaros está obscurecida. E eu acho que o império é incapaz de prosseguir com essa normalidade por muito mais tempo. Ela é tênue demais, frágil demais, sem memória. Ser capaz de recordar: é isso que faz um povo. Esse também é o caso de nós poloneses", acrescentou ele, subitamente melancólico.

Ele se deixou cair sobre uma poltrona e ficou calado, pensativo, com uma das mãos a cobrir os olhos. Yashim bebeu um gole de seu chá, viu que já havia esfriado e esvaziou a xícara.

– Perdoe-me – disse ele. – Eu não deveria tê-lo incomodado.

Palewski ergueu a cabeça devagar.

– Incomode-me, Yashim. Incomode-me o quanto quiser. Eu sou apenas o embaixador, o que sei eu sobre qualquer assunto?

Yashim sentiu um impulso infantil de se levantar e ir embora.

– Fiquei intrigado com os ossos – disse –, porque estavam muito limpos. Quantos dias eles tiveram... seis? Como se limpa os ossos de um homem em um tempo tão curto?

– Bem – murmurou Palewski –, você o ferve.

– Humm. E inteiro, além do mais... em um grande caldeirão. Não há uma só marca de faca nos ossos.

Palewki serviu mais chá. Percebeu que sua mão tremia.

– Pense no cheiro – Yashim estava dizendo. – Certamente, alguém teria percebido.

– Yashim, meu amigo – protestou Palewski. – Existe algum aspecto desse mistério que não diga respeito à culinária? Acho que vamos ter de suspender nossas noites de quinta-feira até tudo isso terminar. Não tenho certeza se terei forças.

Yashim parecia não ter escutado.

– Pela maneira como os corpos aparecem, é quase como se eles estivessem marcando seu território: primeiro, nas estrebarias novas acima de Aksaray, depois, do outro lado do Corno de Ouro, em Gálata, perto da mesquita da Vitória. Por fim, hoje, encontramos outro nos próprios portões do bazar. Cadáveres que se materializam do nada... e mais um ainda por vir – acrescentou ele. – A menos que consigamos chegar na frente.

– Vocês só conseguiriam fazer isso se... como dizer?... se houvesse algum tipo de padrão. Algo a respeito de cada um desse locais que fosse conveniente para o assassino, por mais distantes que eles sejam um do outro. Depositar cadáveres por toda a cidade, e até mesmo em Gálata, tem de ser muito mais complicado do que simplesmente deixá-los aparecer boiando no Bósforo.

Yashim ergueu os olhos e assentiu.

– Mas, por algum motivo, os assassinos acham que essas dificuldades a mais valem a pena.

– Um padrão, Yashim. Você precisa encontrar um mapa decente e marcar os locais.

– Um mapa decente – repetiu Yashim em uma voz sem entonação. Já fazia muitos anos desde que alguém tentara fazer um mapa decente de Istambul.

Palewski sabia disso tão bem quanto ele.

– Muito bem, o que mais você sabe?

– Um verso sufista. Que pode, ou não, ser relevante. Um russo de uniforme – respondeu Yashim.

– Ah. Um russo. Eis aí algo com que eu posso ajudá-lo.

Yashim lhe contou o que Preen havia descoberto a respeito do quinto homem condecorado.

– Eu não me espantaria se fosse a Ordem de Vasilyi. Ela só é concedida por experiência em campo de batalha, mas não é uma condecoração muito alta. Ninguém a usaria caso pudesse conseguir algo mais grandioso.

– O que significa...?

– O que significa que o seu rapaz é provavelmente um bom soldado, mas não uma eminência. Aristocrata de quarta categoria, ou menos. Poderia ser um soldado de carreira.

– Em Istambul?

– Ligado à embaixada. Não há outra explicação possível. Vou encontrá-lo para você agora mesmo.

Palewski saiu-se de cima da poltrona e vasculhou uma prateleira baixa. Retirou de lá vários exemplares da *Le Moniteur*, a gazeta da corte otomana, voltou a seu assento e começou a folhear as páginas.

– Deve estar aqui... quem chegou, quem foi embora, quem apresentou suas credenciais na corte. Olhe aqui: rapaz novo na embaixada britânica, adido de negócios norte-americano promovido a um posto consular, emissário persa plenipotenciário recebido, blablablá. Número seguinte. Novo agente comercial russo, ocupação errada, partida do cônsul francês... ah, eu queria ter ido a essa festa... etc., não. Número seguinte. Pronto, aqui está. N. P. Potemkin, adido júnior junto ao adido assistente para assuntos militares apresenta suas credenciais aos vizires da corte. Bem baixo, o nível. Não foi um credenciamento completo. Quero dizer, ele não encontrou o sultão.

Yashim sorriu. A recepção do próprio Palewski pelo sultão havia sido o ponto alto de uma carreira diplomática de resto natimorta. Além de proporcionar assunto para uma história que Palewski contava da maneira mais seca possível.

Por uma ironia da história, o embaixador polonês foi mantido em Istambul às custas do sultão. Tratava-se de um retrocesso à época em que os otomanos eram poderosos demais para se submeterem às leis comuns da diplomacia européia e não permitiam que nenhum rei ou imperador se julgasse igual ao sultão. Segundo seu raciocínio, um embaixador era uma espécie de querelante junto à fonte de justiça mundial, não um potentado que gozasse de imunidade diplomática e, portanto, eles sempre haviam feito questão de pagar-lhe as contas. Outras nações haviam contestado com sucesso essa concepção da natureza de uma embaixada; os poloneses, ultimamente, não podiam se dar a esse luxo. Desde 1830, seu país havia deixado de existir quando sua última parte, ao redor de Cracóvia, havia sido incorporada pela Áustria.

O salário recebido pelo embaixador polonês não parecia cobrir os custos de manutenção da embaixada em si, conforme Yashim pudera observar, mas permitia ao menos que Palewski vivesse em relativo conforto. "Fala-se em justiça cristã", explicava Palewski, "mas a única justiça que a Polônia jamais recebeu foi das mãos de seu inimigo muçulmano. Vocês, otomanos, entendem a justiça melhor do que qualquer outro povo do mundo!" Palewski tomava cuidado para não reclamar do fato de que o salário recebido não mudava há duzentos anos. E Yashim jamais dizia o que ambos sabiam: que os otomanos só continuavam a reconhecer os poloneses para irritar os russos.

– Parece, então – refletiu Yashim –, que o adido júnior Potemkin entrou em um cabriolé com quatro dos mais brilhantes cadetes da Nova Guarda... e estes nunca mais foram vistos com vida.

As sobrancelhas de Palewski se arquearam.

– Encontrar um russo... desaparecer... esse é um fenômeno conhecido. Vive acontecendo na Polônia.

– Mas por que eles iriam encontrar um oficial russo, para começo de conversa? Estamos praticamente em guerra com a Rússia. Se não hoje, ontem com certeza e, provavelmente, amanhã.

Palewski ergueu as mãos em um gesto de quem não entendia.

– Como podemos saber? Estariam vendendo segredos? Teriam se encontrado nos jardins, por acaso, e decidido passar a noite na companhia uns dos outros?

– Ninguém encontra ninguém nos jardins por acaso – lembrou-lhe Yashim. – Quanto a vender segredos, tenho a impressão de que somos nós quem precisamos dos segredos deles, não o contrário. O que os cadetes poderiam estar vendendo... velhas tabelas de trigonometria francesas? Detalhes de canhões que eles provavelmente copiaram de projetos russos, para começo de conversa? O nome de seu chapeleiro?

Palewski fez cara de contrariado e franziu os lábios.

– Acho que chega de chá – falou, pensativo. – A compreensão de mistérios arcanos exige algo mais forte.

Mas Yashim conhecia as conseqüências de seguir os conselhos bem-intencionados de Palewski. Então pediu licença e retirou-se.

34

YASHIM andou rapidamente até o cais de Pera, no Corno de Ouro, e cruzou a caíque até o lado de Istambul. Uma carroça puxada a jumento prosseguia devagar e aos solavancos, impedindo-o de passar enquanto ele caminhava até sua casa. O condutor olhou para trás e ergueu o cabo do chicote, reconhecendo sua presença, mas as ruelas eram estreitas demais para que ele o deixasse passar, e Yashim foi obrigado a seguir arrastando os pés, fumegando de impaciência. Finalmente, a carroça dobrou em outra ruela, e nesse instante Yashim viu um homem espiando, mais ou menos na metade da rua. Suas roupas vermelhas e brancas indicavam que ele trabalhava como pajem no serviço doméstico do palácio. Estava olhando para o outro lado, e Yashim tornou a se esconder na ruela de onde saíra.

Encostou-se no muro e considerou sua situação. O *seraskier* havia lhe dado 11 dias antes da grande revista que mostraria o sultão no comando de um exército eficiente, moderno, capaz de enfrentar qualquer coisa que os inimigos do império pudessem pôr em campo contra ele. Quatro dias já haviam passado. Já era domingo, e o tempo parecia estar se esgotando: havia a questão do assassinato que ainda estava por vir, a pertinente observação de Palewski de que ele precisava arranjar um bom mapa e o problema do adido russo, Potemkin. Mas havia também o estrangulamento no palácio e a ameaça levemente velada da *valide* de que era melhor ele encontrar suas jóias se algum dia quisesse outro romance francês. Bem, ele queria outro romance, mas Yashim não era ingênuo. Os romances eram o menor dos problemas. Favores. Proteção. Uma amiga poderosa. Poderia precisar disso a qualquer momento.

Ele tampouco era ingrato. O palácio havia descoberto – e em seguida permitido que ele exercitasse – seus talentos específicos, da mesma forma que, durante centenas de anos, havia selecionado e treinado seus funcionários para explorar seus dons naturais.

E, quando o palácio pedia sua ajuda, era obrigação sua atender.

Mas isso o colocava em uma posição difícil. Ele estava ocupado com o *seraskier*: o *seraskier* o havia chamado antes.

Um assassinato no harém era ruim. Mas o que ele estava enfrentando do lado de fora parecia pior.

Para o quarto cadete, o tempo estava se esgotando.

Ele respirou fundo, endireitou os ombros, e dobrou a esquina para entrar em sua rua.

35

O CAMAREIRO das moças olhou para Yashim com uma expressão de súplica e em seguida para o *kislar agha*, o chefe dos eunucos negros, que havia espalhado seu considerável volume sobre uma espreguiçadeira. Nem o camareiro nem Yashim haviam sido convidados a entrar.

Yashim amaldiçoou em silêncio a própria impetuosidade. Ele havia sido admitido no palácio na hora exata em que a *valide* estava tirando sua soneca da tarde e o *kislar agha* rapidamente assumira o controle da situação. O *kislar agha* não dormia nunca. Depois de Yashim lhe informar o que tinha para dizer, ele mandara chamar o camareiro imediatamente.

Yashim sabia que era assim que o sistema funcionava. Todo mundo tinha sua própria imagem do harém imperial, mas no fundo este se parecia com uma máquina. Quando selecionava uma nova recruta em meio à coorte de concubinas imperiais, o sultão era apenas um pistom importante de um mecanismo destinado a garantir a produção contínua de sultões otomanos. Todo o resto – os eunucos, as mulheres – era engrenagem.

Os cristãos viam o harém do sultão de forma bem diferente. Depois de ter lido alguns dos romances franceses preferidos da *valide*, Yashim havia lentamente percebido que os ocidentais, de modo geral, tinham uma imagem altamente romântica e imaginativa do harém. Para eles, tratava-se de uma jazida humana, onde as mais belas mulheres do mundo executavam espontaneamente, segundo o bel-prazer de um único homem, atos desavergonhados de amor e paixão, em uma bacanal narcotizada. Como se as mulheres tivessem apenas seios e coxas e fossem desprovidas de cérebros e de histórias. Deixe que sonhem, pensou Yashim. O palácio era uma máquina, mas as mulheres tinham suas vidas, sua vontade e sua ambição. Quanto às pitadas de lascívia, a máquina simplesmente as ia soltando como se fosse vapor.

O camareiro era um exemplo perfeito disso. Ele parecia um limão espremido, uma criatura amarga e afetada, negra, esquelética, de 45 anos, meticulosa em relação a detalhes, com toda a efervescência espontânea de uma torneira pingando. As tarefas do camareiro iam de preparar a *gözde*, ou a escolhida, para a cama do sultão a comprar suas roupas íntimas. Sua equipe incluía cabeleireiros, alfaiates, joalheiros e um perfumista, cujo trabalho consistia, entre outras coisas, em amassar e moer substâncias aromáticas, misturar perfumes para atender ao gosto do sultão, preparar sabonetes, óleos e afrodisíacos, e supervisionar a fabricação do incenso imperial. Caso alguma coisa desse errado, o camareiro era o único a assumir a culpa: mas ele sempre tinha funcionários subalternos que, por sua vez, podia chutar.

– Um anel, camareiro – estava dizendo o *kislar agha*. – Segundo nosso amigo aqui, a moça estava usando um anel. Não sei se ela o estava usando quando a infeliz circunstância ocorreu. Talvez você possa nos dizer.

A leve depressão no formato de um anel no dedo médio da moça morta, que Yashim havia percebido antes de a sultana *valide* interromper sua inspeção do corpo, o havia interessado na ocasião. Apesar de toda sua elegância e de suas jóias preciosas, fora o anel desaparecido que lembrara, por mais infimamente que fosse, sua existência como uma pessoa viva, com pensamentos e sentimentos próprios. Perfeitamente preparada para a tarefa que jamais viria a desempenhar – perfeita, linda, impecavelmente vestida, banhada e perfumada –, teria ela, mesmo assim, se preparado para se aproximar da cama do sultão com o mais leve traço de imperfeição, uma depressão fria e branca no dedo médio da mão direita: a tênue marca de uma escolha?

Teria o anel sido retirado na hora de sua morte, ou mesmo depois?

O camareiro olhou para Yashim, que o fitava sem expressão, com os braços cruzados pacientemente sobre o peito. O camareiro olhou para cima, tamborilando os dedos com nervosismo sobre os lábios fechados. Yashim teve a impressão de que ele já conhecia a resposta que buscavam. Estava tentando controlar o pânico e avaliar as conseqüências prováveis do que estava prestes a dizer.

– De fato. Um anel. Um só. Ela estava usando o anel, sim.

O *kislar agha* puxou o lóbulo da orelha. Virou um dos olhos avermelhados para Yashim, que disse:

– E o criado de quarto encontrou o corpo. Podemos falar com ele?

O criado de quarto, cuja tarefa era conduzir a *gözde* até o sultão, foi chamado: ele nada sabia sobre um anel. O *kislar agha*, que havia sido a pessoa seguinte a chegar ao local, deu sua resposta a Yashim com um simples abaixar das pálpebras.

– Ela foi instalada na câmara nupcial, do mesmo jeito que você a viu.

– Por...?

– Pelo camareiro, entre outros.

O camareiro não conseguia se lembrar se o anel já havia desaparecido naquele momento.

– Mas você poderia ter percebido se ele não estivesse mais lá? – sugeriu Yashim.

O camareiro hesitou.

– Sim, sim, suponho que isso teria chamado minha atenção. Afinal, eu posicionei as mãos dela. Em outras palavras, *efendi*, é evidente que ela estava usando o anel quando... ahn... quando ela...

– Morreu. Pode descrever o anel?

O camareiro engoliu em seco.

– Um anel de prata. Nada de valor. Já o vi muitas vezes. Várias das moças o usam, passam-no umas para as outras. Há vários pequenos objetos assim, não muito especiais, que pertencem às mulheres em geral, por assim dizer. Elas o usam um pouco, cansam-se dele, entregam a outra. Francamente, considero esse tipo de bugiganga indigno da minha atenção... a não ser que sejam feios, ou que estraguem um conjunto, é claro.

– E você a deixou usar esse anel para servir ao sultão?

– Achei mais prudente deixá-la ficar com o anel do que ter uma marca feia no dedo. Não mencionei isso.

O camareiro se virava e se remexia involuntariamente de um lado para o outro.

– Eu fiz bem, chefe, não fiz? Era só um anel. Simples, de prata.

O *kislar agha* cravou os olhos nele. Então, com um dar de ombros e um aceno de desinteresse, dispensou-o do aposento. O camareiro retirou-se de costas, nervoso.

O *kislar agha* pegou um pêssego e deu uma mordida na fruta. O suco escorreu por seu queixo.

– Você acha que foi ele quem pegou?

Yashim fez que não com a cabeça.

– Um pedacinho de prata, por que ele se daria ao trabalho? Mas alguém pegou. Estou me perguntando quem foi.

– Alguém pegou – repetiu o *kislar agha* devagar. – Então, ainda deve estar aqui.

– Sim, imagino que sim.

O homem negro se reclinou para trás e examinou as próprias mãos.

– Ele vai ser encontrado – disse.

36

Sua Excelência, o príncipe Nikolai Derentsov, ordem do tsar Pedro, primeira classe, camarista hereditário dos tsares de todas as Rússias, e embaixador russo junto à Sublime Porte, observou o contraste das nódoas dos dedos esbranquiçadas contra a madeira da escrivaninha.

Como ele próprio teria sido o primeiro a admitir, o príncipe era um homem extraordinariamente bonito. Agora beirando os 60 anos, com bem mais de um metro e oitenta de altura, os ombros largos acentuados por um casaco de colarinho alto e folgado, uma gravata engomada no pescoço, fitas de cetim nos ombros, ele tinha uma aparência ao mesmo tempo elegante e imponente. Usava os cabelos grisalhos curtos e as costeletas compridas. Tinha uma cabeça bem-formada, olhos azuis frios e uma boca um tanto pequena.

A família Derentsov havia descoberto que a vida era cara. Apesar de vastas propriedades, apesar de terem acesso às posições mais importantes do país, um século de bailes, vestidos, jogos e politicagem em São Petersburgo haviam levado o príncipe Nikolai Derentsov à incômoda descoberta de que suas dívidas e gastos excediam em muito sua renda. Seu sucesso ao atrair uma lindíssima jovem esposa havia sido o assunto da temporada anterior – embora moças lindas sejam tão comuns na Rússia quanto em qualquer outro lugar.

O que animava os boatos – provocando inveja e congratulações – era que, graças ao casamento, o príncipe também havia garantido acesso à considerável fortuna da esposa. Não que as pessoas que Derentsov freqüentasse se referissem ao fato sempre dessa maneira. Pelas suas costas, elas comentavam que a moça – por mais bonita que fosse – era simplesmente uma mercadoria. Seu pai havia ganhado milhões negociando peles.

– Parece que você foi descuidado – Derentsov estava dizendo. – Na minha embaixada, não posso me dar ao luxo de manter pessoas que cometem erros. Está me entendendo?

– Eu sinto muitíssimo, excelência.

O rapaz abaixou a cabeça. Nikolai Potemkin certamente parecia arrependido. *Estava* arrependido, de fato: não apenas pelo que tinha feito, que não era culpa sua, mas porque seu chefe estava zangado e sendo injusto, e, pela voz, parecia que iria demiti-lo naquela mesma hora. Fazia apenas dois meses que estava ali, tendo conseguido passar de um trabalho de escritório no exército russo para o serviço diplomático graças aos interesses na corte de um parente mais velho – um parente distante e um interesse ínfimo. A sorte não se repetiria.

Como seu chefe, ele tinha mais de um metro e oitenta de altura, mas não era bonito. Seu rosto, com uma cicatriz de um ferimento de sabre recebido na guerra da Turquia, nunca havia cicatrizado direito: uma protuberância lívida corria do canto de seu olho esquerdo até seu lábio superior. Ele era muito louro e seus olhos quase sem pestanas eram pálidos e sem brilho. Naquela mesma luta contra um cavaleiro turco, ele havia agarrado o sabre com a mão esquerda descoberta e três de seus dedos eram agora ganchos curvos inúteis. O jovem Potemkin havia compreendido que, para ele, era o serviço diplomático ou... nada. Dois mil hectares na fronteira da Sibéria. Uma propriedade de terceira categoria, crivada de dívidas, a 1.600 quilômetros de qualquer outro lugar.

O príncipe Derentsov tamborilou com os dedos sobre a mesa.

– O estrago está feito. Daqui a alguns minutos, falarei com o enviado da Sublime Porte. Vamos esclarecer as coisas. Você se encontrou com os homens uma vez. Conversaram em francês. Você lhes deu uma carona e os deixou... onde?

– Em algum lugar perto de sua caserna, não tenho certeza. Só estive na cidade poucas vezes.

– Humpf – resmungou o príncipe. – Mais nada, entendeu? – Potemkin assentiu. – Muito bem.

Ele tocou uma sineta e pediu ao ordenança que mandasse entrar o cavalheiro otomano.

37

OS RUSSOS avaliaram a aparência de Yashim.

Um sujeito sem importância, pensou o embaixador. Não tem posto.

O adido júnior Potemkin sentiu uma onda de alívio quando lhe ocorreu que, se os próprios turcos davam tão pouca prioridade àquele encontro, seu chefe não poderia classificar seu erro como uma ofensa passível de demissão.

Observaram Yashim se curvar em um cumprimento. O embaixador não lhe ofereceu um assento.

– Fico grato por sua ajuda hoje – disse Yashim. O príncipe deu um sorriso forçado e desviou os olhos. Yashim percebeu sua expressão e sorriu.

– Fomos informados de que o conde Potemkin passou algum tempo com quatro oficiais da Nova Guarda imperial na semana passada. O senhor é o conde Potemkin.

Potemkin inclinou-se.

– Se me permite perguntar, vocês eram amigos? Não faz muito tempo que o senhor está em Istambul.

– Não. Eu ainda mal sei me movimentar por aqui. – Potemkin mordeu o lábio: isso deveria vir depois. – Não éramos amigos. Só conhecidos.

– Claro. Então já haviam se encontrado antes?

– De forma alguma. Nós nos encontramos nos jardins, por puro acaso. Imagino que estivéssemos todos levemente curiosos. Conversamos, em francês. Infelizmente meu francês não é bom – acrescentou Potemkin.

Yashim não viu motivo para elogiá-lo.

– E conversaram... sobre o quê?

– Para dizer a verdade, eu mal me lembro. Acho que lhes falei sobre isto. – Potemkin ergueu a mão paralisada até o rosto. – Ferimentos de guerra.

– Sim, entendo. O senhor é um homem com experiência em batalha.

– Sim.

– O que estava fazendo nos jardins?

– Olhando. Dando uma volta.

– Uma volta? Para quê?

– Achei que talvez pudesse fazer um pouco de exercício. Em algum lugar tranqüilo, onde eu não fosse chamar tanta atenção.

Yashim pensou que o russo aleijado poderia de fato causar certo rebuliço em alguma rua da cidade.

O embaixador deu um bocejo e preparou-se para se levantar.

– É só isso? Tenho certeza de que todos nós temos trabalho a fazer.

Yashim inclinou-se em uma mesura.

– Eu queria apenas perguntar ao adido como ele foi embora dos jardins.

O embaixador suspirou, levantou-se e autorizou a pergunta com um gesto da mão.

Potemkin falou:

– Nós saímos juntos. Eu os deixei em algum lugar perto da caserna, acho. Não conheço bem a cidade.

– Não compreendo. Tomaram um cabriolé?

Potemkin hesitou e relanceou os olhos para o chefe.

– Sim.

– Como dividiram o preço da corrida?

– Perdão?

– O senhor os deixou. Imagino que depois tenha vindo para cá, para a embaixada?

– Isso mesmo.

– Então, quem pagou o condutor do cabriolé? Vocês dividiram a corrida?

– Ah, entendo o que quer dizer. – Potemkin correu os dedos pelos cabelos. – Não, não, fui eu quem ofereci a corrida. Eu paguei. Estava voltando para cá de qualquer maneira, como o senhor diz.

– O senhor se lembra de quanto custou? Isso pode ser muito importante.

– Acho que não – interveio o embaixador com uma voz de profundo desprezo. – Como eu acabei de dizer, estamos todos muito ocupados. Então, se o senhor nos permite...

Yashim havia se virado de frente para o embaixador. Inclinou ligeiramente a cabeça para um dos lados e ergueu a mão.

– Sinto muito – disse ele, de forma muito clara –, mas preciso insistir. O conde Potemkin foi a última pessoa a ver os guardas vivos, entende?

As sobrancelhas do embaixador estremeceram por um instante. Os olhos de Potemkin se arregalaram.

– Meu Deus! – disse ele. Não olhou para Yashim.

– Sim, é muito triste. Então os senhores hão de entender que qualquer coisa que possamos fazer para reconstituir os últimos movimentos desses homens poderia ser útil. Como, por exemplo, encontrar o condutor do cabriolé.

– Tenho certeza de que o conde Potemkin não vai se lembrar de quanto custou a corrida – disse o príncipe com a voz mansa. – Não incentivamos nossos oficiais a andarem com muito dinheiro no bolso. Quem paga os cabriolés são os porteiros, na entrada.

– Mas é claro – disse Yashim. – Como fui estúpido. Os porteiros, naturalmente, mantêm um registro de suas despesas.

O príncipe se retesou, percebendo o próprio erro.

– Vou pedir para o conde Potemkin cuidar do assunto. Se soubermos de alguma coisa, é claro que o informaremos.

Yashim fez outra mesura.

– Espero que o conde não tenha nenhum projeto de viagem. Pode ser preciso falar com ele novamente.

– Tenho certeza de que isso não será necessário – disse o príncipe, rangendo os dentes.

Yashim saiu, fechando a porta.

O príncipe sentou-se pesadamente diante de sua escrivaninha.

– Bom! – disse ele.

Potemkin não disse nada. Achava que o encontro tinha corrido bastante bem.

No final das contas, ele não voltaria para casa.

38

UMA VEZ do lado de fora do escritório do príncipe, Yashim ficou parado por um instante no vestíbulo, de cenho franzido. Um lacaio de uniforme estava a postos junto às portas de mogno abertas. Perdido em seus pensamentos, Yashim percorreu o aposento devagar até ver-se diante de um mapa emoldurado, que fingiu examinar, sem na verdade ver coisa alguma.

Ninguém, refletiu ele, havia lhe feito nenhuma pergunta. Seria isso estranho? O trabalho de uma embaixada era recolher informações, mas eles não haviam demonstrado nenhum interesse por suas perguntas. É verdade que poderiam já ter ouvido falar que os homens estavam mortos. Mas ele disse que Potemkin fora a última pessoa a vê-los com vida e ninguém lhe perguntou como ele sabia disso. Era como se não estivessem interessados no assunto, e isso em si era interessante.

Mais interessante ainda, porém, era a mentira sobre o cabriolé.

A mentira – e o fato de que o príncipe sabia da mentira.

O fato de que o próprio príncipe havia tentado acobertá-la.

– *Excusez-moi, monsieur.*

Yashim se virou. Pela primeira vez na vida ficou sem ação.

Ele não a tinha visto entrar.

No entanto, em pé ao seu lado agora estava a mulher mais linda que ele jamais vira.

39

– Madame – murmurou ele. Ela era alta, quase do seu tamanho, e ele adivinhou que era a princesa, esposa do embaixador, embora talvez esperasse alguém mais velho. A princesa mal parecia ter 20 anos. Seus cabelos estavam presos, revelando seu pescoço e delicados ombros, embora alguns cachos negros caíssem exoticamente sobre sua pele clara. Ele reparou nos lóbulos de suas orelhas, na curva suave de seu queixo, no oblíquo quase turco de suas maçãs do rosto. Seus grandes olhos negros cintilavam.

Ela olhava para ele com uma expressão de divertimento.

Yashim não conseguia entender como o lacaio conseguia ficar ali impassível enquanto a mais arrebatadora das criaturas, olhos negros, cabelos negros, rosto aparentemente esculpido de neve imaculada, passava pela sua frente desacompanhada. Será que ele era cego?

– Sou Eugenia, *monsieur. La femme de l'ambassadeur le prince.*

Esposa do embaixador. Mulher do embaixador. A voz dela era particularmente grave. Seus lábios mal se moviam quando ela falava.

– Yashim – murmurou ele. Percebeu que ela havia estendido a mão, com os dedos apontados para o chão. Como em um sonho, ele a segurou e levou-a aos lábios. A pele estava morna.

– O senhor deveria ser mais ousado, *monsieur* Yashim – disse ela, fazendo aparecerem covinhas em suas faces.

Os olhos de Yashim se arregalaram. Ele sentiu-se corar.

– Eu... perdão...

– Estou falando, é claro, sobre olhar mapas antigos de sua cidade. – Ela tornou a olhar para ele, curiosa. – O senhor fala mesmo francês, ou estou sonhando? Que maravilha.

"O mapa? Interessante, é claro... é um dos primeiros mapas detalhados de Istambul jamais feitos, pouco depois da Conquista. Bem, cem anos depois ou algo assim. Mil quinhentos e noventa e nove, Flensburg. Melchior Lorich. Mesmo assim, sugiro que olhemos alguns dos quadros. Assim talvez o senhor possa formar uma opinião sobre aquilo de que *nós* gostamos."

Yashim mal escutava o que ela dizia. A sensação que estava experimentando era diferente de qualquer outra coisa que jamais houvesse conhecido, e ele reconhecia que não era apenas o efeito da beleza dela que a estava produzindo. Imaginava que homens comuns pudessem ficar desconcertados, mas Yashim? Ridículo! Lindas mulheres desfilavam na sua frente a cada vez que ele entrava no harém do sultão. Algumas vezes, ele as via praticamente nuas: e com que freqüência o provocavam, com seus seios perfumados e suas coxas generosas! Como lhe imploravam, aquelas criaturas perfeitas, por um toque passageiro daquilo que lhes era proibido e desconhecido! No entanto, elas sempre lhe pareciam, de alguma maneira fundamental, vestidas, veladas, proibidas.

Ali estava uma mulher quase inteiramente vestida – embora ele pudesse ver seus lábios, a depressão em sua garganta, seus delicados ombros nus. E era ela quem parecia mais nua.

Nunca, em um lugar público, uma mulher havia lhe dirigido a palavra daquela maneira. Permitido que ele lhe tocasse a pele com os lábios.

Ela pousou uma das mãos em seu ombro e o conduziu pela frente dos quadros pendurados na parede.

– Diga-me, *monsieur*, isto o choca de alguma forma?

Aquela mão o chocava.

Estavam parados diante de um retrato de família do tsar Alexandre, sua mulher e seus filhos. Era uma composição informal, ao estilo francês: o tsar sentado debaixo de uma árvore ao sol; a tsarina, como uma maçã madura, inclinada em sua direção; e vários menininhos louros de calças de seda e menininhas de vestido branco agrupados ao seu redor.

Yashim tentou examinar o quadro, mas, sim, ela estava certa.

– Estou um pouco chocado, sim.

– Ah!

– Não por causa da mulher... – Yashim, seu mentiroso! – Mas por causa da intimidade. É... é tão público. Mostra algo que deveria ser íntimo, entre o homem e a mulher.

– Então o senhor não acredita na representação da forma humana? Ou estabeleceria outros limites?

Até mesmo sua voz era escandalosa, pensou ele. A curiosidade dela mais parecia uma lenta carícia, como se ele estivesse sendo explorado, pedaço por pedaço.

– Não tenho certeza de como responder. Quando leio um romance, encontro ali uma representação da forma. E também a mesma intimidade... além de outros estados emocionais. No romance, elas me agradam. Mas em alguns desses quadros me parecem chocantes. A senhora vai me acusar de ser irracional.

– Não vou acusá-lo de nada, *monsieur*. Quando lê... talvez o senhor mesmo possua os personagens? O que acontece entre o senhor e eles permanece privado. Mas os quadros são muito públicos, como o senhor diz.

Ela olhou para ele timidamente, com o canto do olho.

– Acho que vocês turcos sabem muita coisa sobre questões particulares.

Yashim continuava contemplando o quadro na parede, pouco à vontade.

– *Harem*... quer dizer proibido, não?

– Mas não para a senhora, madame – retrucou Yashim.

Eugenia conteve uma pequena exclamação de surpresa.

– É mesmo? Como mulher, o senhor quer dizer?

– É claro. E por causa da sua posição. Não tenho dúvida de que a senhora poderia visitar os aposentos do próprio sultão, caso desejasse. – Ele viu a ânsia na expressão dela, e quase se arrependeu daquela observação.

– Se fosse convidada, certamente? – A voz dela agora era de provocação.

– Mas eu tenho certeza de que um convite poderia ser providenciado – respondeu Yashim com a voz arrastada, intrigado por seu próprio comportamento. O que ele estava fazendo?

– Eu nunca havia pensado nisso – disse ela baixinho. – Providenciado pelo senhor?

Yashim estava prestes a responder quando a porta do escritório do embaixador se escancarou e o príncipe apareceu, seguido por Potemkin.

– Que diabos... – A imprecação congelou nos lábios do embaixador.

Eugenia deu-lhe um sorrisinho frio.

– *Monsieur* Yashim e eu estávamos tendo uma conversa das mais interessantes. Sobre arte – acrescentou ela. – Não é?

Yashim curvou-se ligeiramente em uma mesura.

– Certamente, princesa.

Sério, o príncipe olhou para Yashim, e em seguida para sua mulher.

– O cavalheiro estava de saída – disse, ríspido. – Tenho certeza de que é um homem muito ocupado. Como todos nós. Tenha um bom dia, *monsieur*.

Yashim levou uma das mãos ao peito e inclinou a cabeça. Tornou a beijar a mão esguia de Eugenia.

Ela disse:

– Perdoe-me por tê-lo atrasado. Espero sinceramente que possamos continuar nossa conversa em outra ocasião.

O tom de sua voz era impecavelmente adequado a uma embaixatriz. Frio. Desinteressado.

Mas os dedos de Yashim estavam quentes onde ela os havia apertado de leve nos seus.

40

NOS BANHOS, ele quis calor, e mais calor. Quando sua cabeça parecia cingida por laços flamejantes, ele deixou o massagista manipulá-lo como uma massa de pão e, depois, passou muito tempo deitado na sala intermediária, de olhos fechados, quase sem respirar.

Em seguida, no caminho para casa, irrompeu no mercado de frutas e legumes com uma espécie de frenesi: seu velho amigo George, o comerciante grego que arrumava suas mercadorias como armas em um arsenal, ou jóias em uma bandeja, chegou a sair de trás de sua bancada para pôr a mão pesada sobre o braço de Yashim.

– Calma. Calma – disse ele com sua voz grave de baixo. – Você parecer ladrão grego enchendo a cesta, isto, aquilo, tudo. Diga para George o que querer preparar.

Ele retirou a cesta do braço de Yashim e ficou ali parado, grande e de peito largo, vestido com sua túnica encardida, as mãos sobre os quadris, impedindo a passagem de Yashim.

Yashim baixou a cabeça.

– Dê-me a cesta, seu patife grego – disse ele.

George não se mexeu.

– A cesta.

– Ei. – A voz de George era muito suave. – Ei. – Mais alta agora. Ele pegou alguns repolhos novos. – Você querer?

Yashim fez que não com a cabeça.

– Entendi – disse George. Virou as costas para Yashim e começou a retirar todos os legumes de sua cesta. Por cima do ombro, disse: – Vá, comprar um peixe. Eu dou molho. Você assar peixe no espeto, um pouco de cebola espanhola, pimentões. Você colocar molho. Você pôr peixe no fogo. Você comer. Vá.

Yashim foi. Depois de comprar o peixe, voltou, e George estava abrindo nozes com as mãos e descascando cabeças de alho, que ia juntando dentro de um cone de papel.

– Agora você, *efendi*, ir para casa e cozinhar. *O* pimentão. *A* cebola. Não, eu não aceitar dinheiro de homem louco. Amanhã você vir, pagar em dobro.

Ao chegar em casa, Yashim pôs o peixe e os legumes sobre a bancada e fatiou-os com uma pequena faca. O suco das cebolas era ardido e o fez lacrimejar. Ele atiçou o fogo e atirou lá dentro um outro pedaço de carvão. Depois de enfiar os legumes em espetos, amassou as nozes e o alho com a parte plana de uma faca grande e picou-os juntos, trabalhando a mistura com a palma da mão até ela ficar tão pegajosa que ele precisou usar a lâmina da faca para raspá-la da pele. Untou o peixe com aquela mistura e deixou-o descansar enquanto lavava as mãos na tigela de água que sua empregada preparava para ele todas as manhãs e todas as tardes.

Depositou os espetos sobre as brasas e regou-os com um fio de azeite. Quando o azeite fez o fogo chiar, espantou a fumaça com um pano e girou os espetos mecanicamente.

Pouco antes de o peixe ficar pronto para ser retirado dos espetos, fatiou um pedaço de pão branco e depositou-o sobre um prato com um pequeno recipiente de azeite, algumas sementes de gergelim e algumas azeitonas. Encheu um pequeno bule de chá esmaltado com galhinhos de hortelã, um torrão de açúcar e algumas folhas de chá chinês enroladas em formato de balas de arma de fogo, despejou água da jarra e colocou o bule sobre as brasas até a base ficar enterrada na parte mais quente.

Finalmente, pôs-se a comer, sentado na alcova, retirando os pimentões e o peixe dos espetos com uma fatia de pão.

Somente então foi que pegou um pequeno bilhete dobrado que encontrara à sua espera ao chegar em casa.

Era do imame, que enviava seus cumprimentos. Ele também havia feito algumas pesquisas. Com uma caligrafia firme, havia escrito as estrofes finais do poema sufi de Yashim.

Ignorantes,
E sem se saberem ignorantes,
Eles dormem.
Acorde-os.

Ignorantes,
E sem se saberem ignorantes,
Os poucos silenciosos se unem ao Centro.
Aproxime-se.

Yashim ergueu-se e cruzou as pernas. Em seguida abriu uma fresta da janela, preparou um cigarro do jeito que um mercador de cavalos albanês o havia ensinado a fazer, com uma das pontas enrolada e 1 centímetro de papelão na outra, e bebeu uma xícara de chá de hortelã doce e escaldante enquanto relia os versos.

Deitou-se de lado. Quinze minutos depois, sua mão deslizou até encontrar a velha pele que estava amarfanhada em algum lugar junto a suas pernas. Puxou-a até cobrir o corpo com ela.

Três minutos depois – pois já estava meio sonhando – o eunuco Yashim dormia profundamente.

41

A RESIDÊNCIA polonesa era favorecida pela escuridão. Quando a noite caía, até mesmo seus corrimãos pareciam despir-se da ferrugem, enquanto a cortina falhada de murta selvagem que protegia a entrada da carruagem dos olhos dos passantes se juntava mais, tornando-se escura e sólida à medida que escurecia. Os aposentos vazios, há muito desabitados, onde o gesso se deprendia em uma chuva de flocos dos telhados ornamentados, amontoando-se sobre pisos de madeira que a falta de uso havia tornado foscos e empoeirados, emitiam sinais falsos de vida em seu interior, como se estivessem apenas fechados para a noite. E, à medida que esta caía, a elegante mansão tornava a adquirir um aspecto de imponência e prosperidade que já não possuía havia sessenta anos.

A luz que tremeluzia de forma irregular vinda de duas janelas do piso principal parecia ficar mais intensa conforme a noite se adensava. Essas janelas, que nunca ficavam fechadas – que, na verdade, não podiam ser fechadas, devido ao desmoronamento de várias de suas folhas e da lenta ferrugem que carcomia as dobradiças na umidade do inverno –, revelavam uma cena de total desordem.

O aposento onde, apenas algumas horas antes, Yashim havia deixado o embaixador polonês meditando sobre abrir ou não a garrafa de vodca aromatizada ou simplesmente um álcool rústico que lhe era fornecido, a preço muito baixo, por marinheiros da Criméia, parecia agora ter recebido a visita de um bibliófilo descontrolado. Um violino jazia de cabeça para baixo sobre uma bandeja de chá. Uma dúzia de livros, aparentemente abertos a esmo, estava espalhada pelo chão, e outros vinte ou mais estavam enfiados sem ordem visível entre os braços de uma enorme poltrona. Sebo pingava de um candeeiro sobre a superfície de uma escrivaninha gasta, em cima da qual estava empilhada uma coleção de in-fólios e vários pequeninos copos de chá decorados que não haviam sido usados para tomar chá. Parecia que alguém estivera procurando alguma coisa.

Stanislaw Palewski estava caído no chão ao lado de uma das poltronas. Tinha a cabeça jogada para trás, a boca aberta e os olhos revirados para cima em direção ao teto.

De vez em quando, emitia um leve ronco.

42

O *seraskier* pegou um punhado de areia e salpicou-a sobre o papel. Então, inclinou a folha e deixou a areia escorrer de volta para dentro do recipiente.

Tornou a ler o documento mais uma vez, e tocou a sineta.

Havia cogitado mandar imprimir o aviso para divulgá-lo mas, depois de pensar melhor, decidiu apenas mandar transcrevê-lo e entregar nas mesquitas. Os imames poderiam interpretá-lo como bem entendessem.

> Do Comandante da Nova Guarda de Sua Alteza Imperial em Istambul, saudações e um alerta.
>
> Dez anos atrás foi a vontade do Trono garantir a paz e a prosperidade do Império por meio de uma série de Atos Auspiciosos, cujo objetivo foi extirpar uma heresia mentirosa e pôr fim a um abuso que Sua Alteza Imperial não estava mais disposta a tolerar. Em seus atos, assim como em suas guerras, o Sultão logrou uma vitória completa.

Àqueles que, ao imporem a morte, desejarem fazer a cidade retornar a seu estado anterior, cuidado. As forças do Padixá não dormem, e tampouco tremem. Aqui em Istambul, um soldado enfrenta a morte com orgulho desdenhoso, seguro na certeza de estar sacrificando aquilo que é irreal em nome daquilo que é sagrado, e servindo ao poder maior do Trono.

Apesar de toda a sua força, vocês serão esmagados. Apesar de toda a astúcia, serão derrotados. Apesar de todo o seu orgulho, vocês serão subjugados e expostos para enfrentar a penalidade máxima.

Mais uma vez hão de fugir, e ser expulsos de seus antros pelo Sultão e pelo seu povo.

Vocês foram avisados.

O *seraskier* sentiu que havia feito um esforço para esclarecer a situação. Os boatos eram uma força insidiosa. Tinham uma característica em comum com a paixão pela guerra: podiam e precisavam ser controlados.

Treine os homens. Desminta os boatos. Mantenha a iniciativa e deixe o inimigo em dúvida. O eunuco suspeitava de algum tipo de complô janízaro, mas o *seraskier*, prudentemente, havia decidido manter-se vago. A implicação estava lá, é claro, nas entrelinhas.

Uma abordagem como mandava o manual.

O *seraskier* levantou-se e caminhou até a janela escurecida. Dali, podia ver mais abaixo a cidade que era seu dever defender. Deu um suspiro. À luz do dia, sabia que ela não passava de uma confusão sem nexo de telhados, minaretes e cúpulas, que escondiam uma miríade de ruas tortas e becos sinuosos. Agora, os pontinhos de luz lançados pelas lamparinas se misturavam à escuridão, reluzindo suaves aqui e ali, como algas cintilando sobre um pântano assassino.

Ele curvou os dedos em torno da bainha do casaco e deu-lhe um puxão firme.

43

O PRIMEIRO pensamento de Yashim ao acordar foi que havia deixado uma panela sobre as brasas. Levantou-se do divã com um pulo e entrou na cozinha, trôpego, oscilando sobre os calcanhares. Olhou em volta, atordoado. Tudo estava no lugar: o fogo baixo no fogareiro, a placa superior apenas morna; uma pilha de panelas e louça suja; as bancadas de trabalho e as facas. Mas ele sentia cheiro de queimado.

Do lado de fora vinha uma algaravia confusa de gritos e estrondos. Ele espiou pela janela aberta. O céu estava aceso com um brilho que parecia o início da aurora e, enquanto ele olhava, a silhueta de um telhado inteiro foi repentinamente destacada por uma imensa língua de fogo que se ergueu no ar em direção ao céu e dissipou-se com um rastro de faíscas. Ele avaliou que estivesse a menos de 100 metros de distância: uma, talvez duas ruas mais abaixo. Podia ouvir o estalo da madeira queimando e sentir o cheiro de cinza no ar.

Uma hora, pensou. Dou a ele uma hora.

Olhou em volta para seu pequeno apartamento. Os livros arrumados nas estantes. Os tapetes da Anatólia no chão.

– Ah, pelas jóias!

As chamas haviam chegado a uma viela que dava para a Kara Davut. A entrada da viela estava bloqueada por uma multidão de passantes curiosos, moradores aflitos, muitos de cabeça descoberta, e mulheres em estágios variados de nudez, embora todas fizessem questão de cobrir o nariz e os lábios com um pedaço de pano. Uma das mulheres, ele reparou, havia levantado a parte de cima do pijama, expondo uma camada de pele em volta da barriga de modo a esconder o rosto. Ninguém tirava os olhos do fogo.

Yashim olhou em volta. Na Kara Davut, as pessoas saíam de suas casas. Um homem que Yashim reconheceu como o padeiro os instava a voltarem e pegarem seus baldes. O homem estava em pé sobre um degrau ao lado do poço no alto da rua, gesticulando. Subitamente, Yashim compreendeu.

– Tirem essas mulheres daqui – gritou ele, cutucando o homem ao seu lado. – Precisamos formar uma fila!

Ele saiu empurrando os homens: o transe que se abatera sobre eles havia se rompido. Alguns se deram conta de que suas mulheres estavam ali seminuas.

– Levem-nas para o café – sugeriu Yashim.

Ele interceptou um rapaz que chegava correndo com um balde.

– Dê-me isto... vá buscar outro! – Entregou o balde para um homem parado ali perto. – Formem uma fila... pegue isto e passe adiante!

O homem agarrou o balde e o passou adiante, para um par de mãos que aguardavam. Outro rapaz chegou correndo até Yashim com um balde cheio. Este percebeu que a parte de trás da fila precisava ser organizada.

– Você, fique aqui. Passe este balde e fique a postos para pegar outro.

Ele correu fila acima, agarrando os passantes e postando-os em posições a poucos metros de distância um do outro. Alguns carregadores de água profissionais já estavam no local, conforme determinavam suas obrigações. Mais baldes iam surgindo; com a mesma rapidez que chegavam, o padeiro os lançava dentro do poço e os passava adiante. Yashim corria pela fila, verificando a existência de buracos, e em seguida até o início, para certificar-se de que os baldes vazios estavam sendo devolvidos. Pela primeira vez, chegou à viela.

As chamas irrompiam ao longo da rua estreita: enquanto Yashim olhava, uma janela explodiu lançando uma chuva de faíscas e uma comprida língua de fogo projetou-se lá de dentro e lambeu as ameias da casa vizinha. As chamas recuaram, mas no instante seguinte tornaram a irromper, sopradas na direção da casa vizinha pelo vento que já estava sendo sugado como o ar de um fole pela abertura estreita da viela. Yashim, a vários passos de distância, pôde sentir o vento desarrumando seus cabelos ao mesmo tempo em que sentia o bafo quente na lateral do rosto. Sentiu-se impotente. Subitamente, lembrou-se do que deveria ser feito.

– Uma brecha! Uma brecha! – Lançou-se sobre a porta mais próxima e encontrou uma família inteira ocupada em tirar água do poço no pátio dos fundos. – Precisamos abrir uma brecha... aqui não, do outro lado da rua. – Ninguém prestou-lhe a menor atenção: estavam todos ocupados buscando água e despejando-a sobre a fachada de sua casa, que já começava a enegrecer e encrestar-se com o calor. – Um machado! Dêem-me um machado!

O homem da casa meneou a cabeça na direção de uma pilha de lenha no canto do pátio. Com um puxão, Yashim arrancou o machado de lâmina larga usado para cortar lenha da base de madeira onde ele estava fincado, e saiu correndo para a rua.

– Uma brecha! – berrou, brandindo o machado. Vários curiosos olharam para ele sem entender. Ele se virou para eles. – Peguem suas ferramentas. Precisamos demolir esta casa.

Sem esperar pela reação deles, girou o corpo soltando um grito e enterrou o machado no revestimento de gesso. Um pedaço do tamanho de um punho desprendeu-se. Ele tornou a golpear: ripas se partiram e cederam. Alguns minutos depois, havia aberto um espaço grande o suficiente para atingir com o machado os pilares verticais. A essa altura, outros homens já haviam se juntado a ele: mandou que dois deles vasculhassem a casa para verificar que não havia ninguém lá dentro e, em seguida, que atacassem pelo outro lado. Parou para tomar fôlego, apoiado no machado. Os quatro homens que o ajudavam estavam despidos até a cintura, e a luz do incêndio que se aproximava se refletia em lampejos vívidos no suor da sua pele.

– Obra de janízaros – disse um deles através dos dentes cerrados, enquanto desferia com a parte plana do machado golpes curtos e furiosos contra uma respiga. O pino de madeira já estava ficando amassado na ponta; o homem deu mais alguns golpes rápidos e tornou a cortá-lo e, com um empurrão da parte plana do machado, o fez despontar pelo outro lado. Yashim agarrou o pino e arrancou-o.

O edifício oscilou. Vários painéis de gesso do piso superior desabaram a seus pés e desfizeram-se em um pó que foi imediatamente levado pela rajada de vento quente que soprava pela rua. Yashim olhou para trás. A duas casas de distância, o fogo começava a pegar. Faíscas passavam voando: um dos homens que ele havia mandado para os fundos da casa enfiou a cabeça por entre duas colunas já oblíquas em relação ao solo e retirou-a rapidamente. Todos riram.

– Eles vão sair em um instante. Já não era sem tempo – disse um dos homens. Eles podiam sentir o cheiro da vitória: a atmosfera havia mudado.

Conforme previsto, os dois homens surgiram repentinamente do outro lado da estrutura da parede e passaram correndo através do vão desmoronado da porta.

– E pensar que antigamente nós tínhamos os janízaros do Quartel de Beyazidiye para fazer isto por nós!

Eles agora estavam se divertindo. Um estrondo de algo despencando com força lhes avisou que os encaixes haviam cedido: o piso do andar superior estava inclinado em um ângulo que já pressionava a sustentação do telhado, empurrando-o para cima.

– Está abrindo! – berrou Yashim. Era verdade: a estrutura inteira da casa estava se inclinando na direção deles, virando-se. – Cuidado! – Yashim recuou, e disparou rua abaixo na direção oposta à do incêndio. Os outros foram atrás. Vinte metros mais adiante, pararam para ver a estrutura inteira da casa desabar repentinamente na rua como um bêbado caindo de junto de uma parede. As telhas do telhado pareceram ficar suspensas no ar até que, com um estrondo que pôde ser ouvido mais alto do que os rugidos do incêndio e os gritos vindos da outra ponta da rua, o edifício ruiu com um súbito *vum!*, e uma imensa nuvem de poeira e detritos levantados pelo vento flutuou em sua direção como um djim enfurecido.

Yashim jogou-se no chão, protegendo a cabeça com os braços: era como uma tempestade do deserto zumbindo acima dele. Alguém próximo gritou. Ele pressionou o rosto contra o chão enquanto a chuva de detritos começava a se dissipar. Alguns pedaços de telha partida projetaram-se pelo chão e bateram em seus braços sem causar-lhe dano.

Com cuidado, ele espiou por cima do cotovelo. Mais adiante na rua, o fogo ainda ardia: agora havia chegado bem perto deles, e as persianas da última casa ainda de pé se abriram com uma explosão tão forte que as fez girar descontroladamente nas dobradiças. Mas as chamas que se projetaram do vão das janelas espicharam-se em vão. Onde antes houvera madeira e beirais, agora havia apenas um buraco escuro, e algumas ripas soltas penduradas de uma fina viga.

Alguém agachou-se e ajudou-o a se levantar. Ele reconheceu o homem do machado: apertaram-se as mãos e, em seguida, como a animação fora intensa e o esforço havia sido recompensado, abraçaram-se três vezes, encostando os ombros um no outro.

– Você nos fez um favor, amigo – disse o outro homem. Ele parecia um fantasma, com o rosto embranquecido pela poeira. – Sou Murad Eslek.

Yashim abriu um sorriso.

– Yashim Togalu. – Não Yashim, o Eunuco. – No Letreiro do Cervo, em Kara Davut. – E, então, porque era verdade, acrescentou: – Sou eu quem devo agradecer.

O tom refinado de sua voz pegou o homem de surpresa.

– Perdão, *efendi*. No escuro... toda esta poeira... eu não...

– Esqueça, amigo. Somos todos iguais aos olhos de Deus.

Murad Eslek abriu um sorriso e fez o sinal da vitória para Yashim, com os polegares para cima.

44

YASHIM mexeu seu café mecanicamente, tentando identificar o que ainda o incomodava em relação aos acontecimentos daquela noite.

Não era o incêndio em si. Havia sempre incêndios em Istambul – embora aquele quase tivesse terminado em tragédia. E se ele tivesse deixado a janela fechada – será que o cheiro da fumaça o teria alcançado a tempo? Ele poderia ter continuado a dormir, alheio à raivosa cortina de labaredas que vinha dançando em direção à sua rua: poderia talvez ter acordado quando já fosse tarde demais e o vão da escada estivesse tomado por nuvens revoltas de fumaça preta, as janelas rebentando com o calor...

Pensou na multidão que vira naquela manhã, as mulheres e crianças hipnotizadas na rua. Arrancadas da cama. Graças à misericórdia de Deus, elas também haviam acordado a tempo.

Lembrou-se subitamente do verso do poema *karagozi. Acorde-os.*

A colher parou de se mexer dentro da xícara.

Havia alguma outra coisa. Algo que um dos homens dissera.

Obra de janízaros. *E pensar que antigamente nós tínhamos os janízaros do Quartel de Beyazidiye para fazer isto por nós!*

Uma brigada antiincêndio formada por janízaros costumava ficar estacionada perto da mesquita de Beyazit, a primeira e, talvez, a seu modo, a mais grandiosa das mesquitas dos sultões: pois até mesmo Sinan Pasha, o mestre arquiteto cuja sublime mesquita de Süleymaniye superava Aya Sofia, reconhecia que a mesquita de Beyazit havia sido uma precursora. Mas o importante não era a mesquita: era sua localização. Pois a mesquita de Beyazit ficava bem a cavalo sobre o cume da colina acima do Grande Bazar, um dos pontos mais elevados de Istambul.

Um posto de observação privilegiado. Tão único, na verdade, que havia sido escolhido para abrigar a mais alta, e talvez a mais feia, construção do império: a torre de incêndio que levava seu nome. O saco de ossos havia sido descoberto a poucos metros de lá.

E havia também outro posto de observação dos janízaros, do outro lado da cidade, operado da Torre Gálata. A Torre de Incêndio de Gálata. Localizada bem acima do bueiro onde fora jogado o corpo nauseabundo do segundo cadete.

E no antigo centro de operações dos janízaros, a antiga caserna agora demolida e substituída pelas estrebarias imperiais, houvera uma torre de que Yashim ainda tinha uma vaga lembrança.

Palewski havia sugerido que poderia existir um padrão que explicasse a distribuição dos corpos – assim, se cada um deles tivesse sido depositado nas proximidades de um antigo corpo de bombeiros, um posto de observação dos janízaros, uma torre... Yashim refletiu sobre aquilo por um instante.

O fogo sempre fora responsabilidade especial dos janízaros. Tornara-se também sua arma. As pessoas eram tiradas da cama pela sineta dos bombeiros. *Acorde-os.*

Mas onde, afinal, ficava o outro corpo de bombeiros? Haveria quatro corpos. Era preciso haver quatro corpos de bombeiros. Quatro torres.

Talvez, pensou Yashim com impetuosidade, ele ainda pudesse chegar a tempo.

45

O *kislar agha* tinha a voz de uma criança, o corpo de um praticante de luta-livre aposentado e pesava mais de 110 quilos. Ninguém poderia ter lhe adivinhado a idade, e nem mesmo ele tinha certeza absoluta de quando havia saído do útero de sua mãe sob o céu africano. Uns poucos quilos indesejados de vida. Mais uma boca para alimentar. Seu rosto era coberto por rugas escuras, mas suas mãos eram lisas e negras como as mãos de uma moça.

Era com uma moça que ele estava lidando agora.

Em uma daquelas mãos lisas, ele segurava um anel de prata. Na outra, segurava o queixo da moça.

O *kislar agha* arrastou o rosto da moça para o lado.

– Olhe para isso – sibilou ele.

Ela fechou os olhos. Ele apertou mais a mão.

– Por... que... você... pegou... o... anel?

Asul apertou as pálpebras, sentindo a ardência das lágrimas de dor. Os dedos dele haviam encostado na parte macia de sua boca e ela subitamente a escancarou. Os dedos dele escorregaram entre seus dentes.

Ela mordeu com força. Com muita força.

Fazia muitos anos que o *kislar agha* não soltava um grito. Era um som que ele próprio não ouvia desde que era um menininho em uma aldeia do Sudão: o som de um leitão berrando. Ainda berrando, ele subiu a mão esquerda por entre as pernas dela, abaixando-se um pouco para segurar com mais força. *Não danifique a mercadoria.*

Seu polegar procurou o portão. Seus dedos se esticaram e encontraram um feixe duro de músculos. Sua mão se fechou com força, dura como ferro.

A moça soltou um arquejo, e o *kislar agha* libertou a outra mão. Levou os dedos machucados à axila, mas não a soltou.

Ele agitou os dedos e a moça jogou a cabeça para trás. O *kislar agha* apertou com mais força. A moça sentiu-se impelida a rolar de lado e obedeceu à pressão.

O eunuco viu a moça virar-se de bruços e estender os braços para aparar a própria queda. Deu um súbito empurrão com a mão fechada.

Agora arfando, deixou-se cair de joelhos e começou a lutar com as dobras da própria capa.

Já havia se esquecido por completo do anel de prata.

Lembrava-se apenas da necessidade de punição e da ânsia de prazer.

46

PREEN HAVIA achado difícil de acreditar no que o imame parecia estar dizendo. Um ressurgimento dos janízaros? Cadetes da Nova Guarda encontrados mortos de formas inomináveis?

Ela pegou uma pinça e começou a depilar as sobrancelhas.

Perguntou-se, olhando no espelho, se o recado do imame teria algo a ver com a informação que dera a seu amigo Yashim.

Assassinato.

Seu coração deu um pulo.

Naquele dia, ela faria o arco um pouquinho mais alto: sempre poderia realçar a curva com *khol*. Começou a cantarolar.

Nada do que ouvira na mesquita dizia respeito a Yashim, nem a ela, nem àquele cafetão nojento.

Ela trabalhava depressa ao longo do arco da sobrancelha, com a mão experiente, observando-se no espelho.

Mas Yorg poderia estar envolvido em qualquer coisa. Com qualquer um.

Tudo que ela fizera fora repassar uma fofoquinha sem importância. Não era nada.

Embora Yashim tivesse ficado contente. Ouro puro, dissera ele.

Mas Yashim não contaria. Ela moveu a mão e passou à outra sobrancelha.

Yorg contaria. Yorg contaria *qualquer coisa*, se lhe pagassem o suficiente.

Ou se o assustassem o suficiente.

Preen soltou uma exclamação. A idéia de Yorg com medo era, bem, assustadora.

Ela abaixou a pinça e usou-a para segurar um pedaço de *khol*. Com cuidado, começou a engrossar a linha.

O que Yorg faria caso ouvisse falar nos soldados mortos?, perguntou-se ela. Não na mesquita. Os Yorg deste mundo nunca escutavam nada na mesquita. Eles sequer iam à mesquita.

Mas, e se ele ouvisse, e começasse a somar dois e dois?

O *khol* tremeu. O rosto no espelho estava muito pálido.

Ele abriria o bico, com certeza.

47

O BOMBEIRO Orhan Yasmit levou as mãos em concha à boca e soprou. Aquela fora uma manhã horrorosa, e não apenas por causa do frio e da umidade, mas porque a bruma tornava quase impossível que ele fizesse um trabalho adequado. Quem seria capaz de avistar um incêndio em meio àquele miasma? Ele mal conseguia ver o outro lado do Corno de Ouro.

Bateu com os pés no chão algumas vezes para se aquecer e em seguida atravessou a torre até o lado sul e espiou por cima do Bósforo, desanimado. Em dias de sol, a Torre Gálata lhe proporcionava uma das vistas mais bonitas que havia na cidade, quase 100 metros acima do Corno de Ouro, até o bairro de Stamboul do outro lado, com seus minaretes e cúpulas, e ao sul até o Bósforo e Scutari na margem oposta – algumas vezes ele chegava a conseguir ver as montanhas de Gule, púrpuras, ao longe.

Era uma torre sólida, feita de pedras brutas alinhadas, construída pelos genoveses quase quinhentos anos antes, quando o imperador grego governava Bizâncio e Gálata era seu subúrbio italiano. Desde então, ela sobrevivera a guerras e terremotos – até mesmo a incêndios. O aspecto da cidade havia mudado, à medida que os minaretes haviam substituído as agulhas das igrejas e cada vez mais pessoas vinham morar no porto próspero, construindo suas casas de madeira umas bem junto das outras, frágeis casas de madeira aglomeradas como lenha seca nos declives das sete colinas. Também fazia muitos séculos que eles chutavam seus fogareiros, esqueciam suas velas acesas e lançavam faíscas descuidadas. Era raro que dez anos passassem sem que alguma parte da cidade fosse destruída por um incêndio. O fato de que qualquer parte dela ainda estivesse de pé era um testemunho da sabedoria dos mestres genoveses que haviam construído a Torre Gálata.

O segredo, com qualquer incêndio, era pegá-lo no começo e contê-lo rapidamente – na época dos janízaros, controlá-lo e moldá-lo da maneira mais vantajosa possível do ponto de vista dos janízaros. Orhan Yasmit era jovem demais para ter vivido aquela época, mas escutara as histórias. Ah, os janízaros apagavam incêndios, sim – no final.

Orhan Yasmit apoiou-se no parapeito, perguntando-se quanto tempo ainda levaria para seu substituto chegar. Olhou para baixo. Não tinha problemas de vertigem. Gostava de observar as pessoas afobadas passando de um lado para o outro tão lá embaixo: com o sol a aquecer-lhe as costas, havia momentos em que ele quase se sentia um pássaro em pleno vôo, dando rasantes pelos telhados e por cima dos mercados. Lá de cima, com seus turbantes, as pessoas pareciam ovos de pássaros, rolando a seus pés: os estrangeiros pareciam esquisitos, com suas cabecinhas. Mais pareciam insetos.

Ao ouvir passos, ele desceu do parapeito e virou-se. Esperava ver o bombeiro que viria rendê-lo, mas o homem que apareceu na plataforma era um civil, um desconhecido usando uma capa marrom sem ornamentos. Orhan franziu o cenho.

– Perdoe-me – disse ele, incisivo. – Não sei como o senhor entrou, mas não é permitido a civis subir até aqui.

O desconhecido deu um sorriso vago e olhou em volta.

– Dois pares de olhos são melhores do que um – observou ele. – Não vou tomar muito do seu tempo.

Orhan não entendeu o que ele queria dizer.

– Pode dizer que estamos os dois trabalhando para o mesmo serviço. Estou aqui a mando do *seraskier.*

Instintivamente, Orhan se empertigou mais um pouco.

– Bem – disse ele, de má vontade –, não adianta nada o senhor ficar aqui agora. Ninguém consegue ver nada em um dia como este.

Yashim piscou os olhos para o nevoeiro.

– Não, não, imagino que não. – Foi até o parapeito e debruçou-se para fora. – Incrível. O senhor costuma olhar para baixo?

– Não muito.

Yashim inclinou a cabeça.

– Mas imagino que escute coisas. Eu mesmo percebi isso. O modo como o som pode viajar muito mais longe do que você espera. Especialmente para cima.

– É verdade. – Orhan perguntou-se aonde aquilo estaria levando.

– O senhor estava trabalhando no dia em que encontraram aquele corpo?

– Estava de plantão na noite anterior. Mas não vi nem ouvi nada. – Ele franziu o cenho. – Afinal, o que o senhor quer aqui em cima?

Yashim assentiu com a cabeça, como quem compreende.

– Esta torre deve estar aqui há muito tempo.

– Quinhentos anos, dizem. – O bombeiro bateu com uma das mãos no parapeito. – A Torre Stamboul, Beyazit, são praticamente novas.

– Praticamente novas?

– Sempre houve uma torre de incêndio aqui, entende, mas a torre costumava ser mais baixa. Uma boa visão sobre o bazar, essas coisas, mas a leste há a mesquita, e ela costumava bloquear a vista daquele lado. Não tinha muita importância, não com a torre dos janízaros para assumir o trabalho.

– Ah. Eu achava mesmo que houvesse outra torre por ali... acima de Aksaray?

Orhan assentiu.

– Parece que era bem boa. Hoje não existe mais, nem ela, nem o *tekke* debaixo dela, nem todo o resto.

– *Tekke?* De que *tekke* está falando?

– *Tekke*, sala de oração, o que seja. Como aqui, no andar de baixo. Para aquelas superstições *karagozi*. Eram os *tekkes karagozi* mais antigos da cidade, aparentemente. Como eu disse, aquela torre não existe mais. Pegou fogo durante o... bom, alguns anos atrás, entende o que estou dizendo? Então, o que fizeram foi que ergueram uma torre em Beyazit.

Para poder olhar por cima da mesquita, entende? Acho que devem ter dobrado a altura... e a torre agora é toda de pedra, como esta aqui. As antigas eram de madeira e estavam sempre pegando fogo. Então é isso, temos duas torres tão boas quanto as três antigas. Melhores, na verdade, pois são todas de pedra.

– Tenho certeza. Continue. Fale-me sobre a quarta torre.

Orhan lançou um olhar ao desconhecido.

– Não existe uma quarta torre. Gálata, Stamboul, é isso.

– Deve ter havido alguma outra. Yedikule, talvez?

– Yedikule? – O bombeiro sorri, maroto. – Diga-me quem ficaria triste se Yedikule pegasse fogo?

Yashim franziu o cenho; o bombeiro tinha certa razão. Yedikule era a fossa da cidade, e ficava a sudeste, onde as muralhas de Bizâncio alcançavam o mar. Além da sujeira e dos cães raivosos que infestavam suas ruas miseráveis, escuras, lá também ficavam os curtumes; havia também um edifício sombrio, que já era antigo até mesmo na época em que os otomanos tinham conquistado Istambul, conhecido como Castelo das Sete Torres, usado alternadamente como casa da moeda, zoológico e prisão, sobretudo esta última. Muitas pessoas haviam morrido dentro de seus muros; uma quantidade maior havia desejado fazê-lo.

– Mas é possível ver Yedikule da torre nova em Beyazit, *efendi*. Stamboul e Gálata, como eu lhe disse. Cobrem a cidade inteira.

Yashim fez uma careta. A segunda estrofe do poema sufi veio-lhe à lembrança.

Ignorantes,
E sem se saberem ignorantes,
Eles procuram.
Ensine-os.

Ele, obviamente, era lento para aprender.

– Olhe – disse Orhan, amável. – Pode perguntar ao velho Palmuk, se o senhor quiser.

Um rosto adornado por costeletas apareceu no alçapão. Palmuk não chegava a ser velho, tinha apenas o dobro da idade de Orhan, talvez, com fartos bigodes brancos e uma pança proeminente. Emergiu ofegando do alçapão.

– Malditas escadas – resmungou. Yashim percebeu que ele carregava um cone de papel cheio de bolinhos doces. – Nada de bebês, então? – Ele piscou para Yashim.

– Ora, Palmuk, não acho que o cavalheiro queira tudo isso. Ele veio a mando do *seraskier*.

Palmuk recebeu aquele aviso com um revirar exagerado dos olhos.

– Ah, o velho Perna de Sapo, é? Bem, *efendi*, diga-lhe que não precisa se preocupar conosco. Passamos frio, suportamos chuva, mas fazemos o nosso trabalho, não é, Orhan?

– O senhor pode não acreditar, *efendi* – disse Orhan –, mas Palmuk tem o melhor par de olhos de Gálata. Parece que ele sente cheiro de incêndio antes mesmo de o fogo começar.

O rosto de Palmuk estremeceu com um espasmo.

– Calma lá, rapaz. – Virou-se para Yashim. – O senhor está intrigado com os bebês de que falei? É coisa de bombeiro, só isso. Um bebê é um incêndio. Um menino é um incêndio do lado de Stamboul. Nós penduramos as cestas assim – ele gesticulou em direção a quatro cestos de vime pendurados do lado de dentro do parapeito –, e isso indica aos rapazes a direção certa, está vendo? Uma menina é do lado de Gálata.

Yashim sacudiu a cabeça. Por mais tempo que se vivesse, por mais que se pensasse conhecer aquela cidade, sempre havia mais alguma coisa a aprender. Algumas vezes, ele pensava que Istambul era apenas um emaranhado de códigos, tão incompreensível e intrincado quanto seus becos impenetráveis: um clamor silencioso de sinais herdados, de línguas particulares, de gestos velados. Pensou no mestre sopeiro e seu coriandro. Tantas regrinhas. Tantos hábitos desconhecidos. O mestre sopeiro tinha sido janízaro. Ele tornou a olhar para Palmuk, perguntando-se se ele também teria uma tatuagem no antebraço.

– Faz muito tempo que o senhor é bombeiro, então?

Palmuk cravou os olhos nele, sem expressão.

– Nove, dez anos. Qual o assunto?

Orhan disse:

– O cavalheiro quer saber sobre outra torre. Não a da antiga caserna. Uma quarta torre. Eu lhe disse que não existia.

Palmuk enfiou a mão dentro de seu cone de papel, tirou de lá um bolinho, olhou para ele e deu uma mordida.

– Fez bem, Orhan. Pode ir andando agora, o velho Palmuk é quem manda.

Orhan bocejou e espreguiçou-se.

– Estou precisando de um cochilo – disse ele. – O fogo está aceso?

– Quente e brilhante, companheiro.

Com um suspiro de contentamento e uma pequena mesura para Yashim, Orhan desceu pelo alçapão e foi aproveitar o braseiro no cubículo reservado aos bombeiros logo abaixo.

Palmuk deu uma volta pelos muros, olhando para fora e terminando seu bolinho.

Yashim não havia se movido.

Palmuk debruçou-se sobre o parapeito e olhou para baixo.

– Engraçado – disse ele. – Conforme se vai ficando mais velho, vem o medo de altura. Eles deveriam aumentar meu salário, não acha?

Tornou a olhar para Yashim, com a cabeça inclinada.

– Entende o que estou dizendo?

Yashim fitava o bombeiro com frieza.

– E a quarta torre?

Palmuk inclinou-se por cima de um cesto e encaixou seu cone de bolinhos na trama do vime. Em seguida, ficou em pé olhando na direção de Stamboul. Parecia não ter escutado.

Reprimindo um suspiro, Yashim tateou à procura da bolsa nas dobras da capa. Depois de escolher três moedas, fê-las tilintar juntas na palma da mão.

Palmuk se virou.

– Ora, *efendi*, que beleza. Uma bela contribuição para o fundo.

O dinheiro desapareceu em um bolso de sua túnica.

– Quer informação, não é, companheiro? *Efendi.* Meia palavra para bom entendedor, certo? O senhor foi camarada comigo, então serei camarada com o senhor, como diz o ditado. Muito bem: não existe uma quarta torre. Nunca existiu, até onde sei.

Fez-se silêncio. O bombeiro passou a mão pelos bigodes.

Os olhos dos dois homens se cruzaram.

– Só isso?

O bombeiro deu de ombros.

– Foi isso que o senhor perguntou, não foi?

– Certo.

Durante alguns instantes nenhum dos dois homens se moveu. Então, Palmuk deu as costas a Yashim e parou junto ao parapeito, olhando para o sul em direção ao Bósforo, perdido na bruma.

– Cuidado com as escadas ao descer, *efendi* – disse sem se virar. – Elas ficam escorregadias quando o tempo está úmido.

48

– É MEU – disse a moça.

Fora a única coisa que ela dissera até ali.

Yashim mordeu o lábio. Fazia meia hora que estava tentando falar com ela.

No início, fora de leve. De onde ela vinha? Sim, ele conhecia o lugar. Não o lugar exato, mas – fez um desenho para ela com palavras. Montanhas. Brumas. A aurora espalhando-se pelo vale. Era assim?

Nada.

– É o meu anel.

Pesado: não achamos que seja seu. Uma acusação séria. A menos que você nos conte o que sabe, vai ser pior para você, garota.

– É meu.

Persuasivo: vamos, Asul. Você tem uma vida que metade das mulheres da Circássia morreria para ter. Caprichos atendidos. Luxos. Uma posição segura, honrada, *invejável*. Uma moça bonita como você. A cama do sultão e, depois – quem poderá saber?

Asul fez um biquinho e virou a cabeça, enrolando um cacho de cabelos nos dedos.

Puxou o cacho com violência, apertou mais os lábios.

– Meu anel – repetiu.

– Entendo. Ela deu para você? – perguntou Yashim, delicado.

– Não acredite em uma palavra – interrompeu o *kislar agha*. – Elas todas mentem como hienas.

Yashim ergueu os ombros e engoliu a irritação.

– Asul pode responder como quiser, mas espero que seja com a verdade.

O *kislar* bufou. A moça lançou-lhe um olhar de desprezo.

– Ela nunca me deu.

– Hum. Mas vocês tinham algum acordo, algum entendimento em relação ao anel?

A moça lançou-lhe um olhar estranho.

– Eu não sei do que o senhor está falando. Que importância tem isso, afinal? Ela está morta, não está? Virou comida para peixe. Que importância tem se eu peguei o anel?

Yashim franziu o cenho. Será que teria de explicar a definição de roubo? Havia algo de particularmente repugnante no fato de roubar um cadáver. Era sacrilégio. Se ela não sentisse pelo menos isso, por onde ele poderia começar?

– Por ter muita importância, muita mesmo. Ela estava morta ou viva quando você pegou o anel?

Mas o lindo rosto havia tornado a se fechar.

Yashim conhecia aquela gente das montanhas, criada entre os cumes distantes do Cáucaso. Duras como suas casas de pedra, como seus caminhos congelados no inverno. Vivendo da terra, enternamente às turras com seus vizinhos. Deus lhes dera imensa beleza, especialmente às mulheres: mas lhes dera também dureza.

Cansado, ele tornou a fazer a pergunta. Viva? Ou morta?

Ela não respondeu.

Talvez, no final das contas, ela tivesse razão. Que diferença fazia? Yashim tornou a olhar para o anel na palma de sua mão. O camareiro estava certo. Não passava de uma porcaria de mercado, uma faixa simples de prata, com um desenho gasto na parte externa que parecia retratar duas cobras mordendo o rabo uma da outra.

Ele olhou para a moça. Usava pulseiras e tornozeleiras, uma gargantilha: tudo de ouro. Aquilo não era incomum ali, no harém, onde ouro e jóias dos confins do império vinham satisfazer os desejos das mulheres de – qual havia sido a palavra da *valide* – distinção? No entanto, ele sabia que objetos como aquele podiam adquirir um significado que nenhum forasteiro jamais seria capaz de detectar ou adivinhar: como podiam se tornar foco de desprezo ou de inveja apesar de sua intrínseca falta de valor, causa de discussões violentas, acessos de raiva, lágrimas, brigas.

As mulheres do sultão haviam crescido na miséria. O que significava a morte ali? Bebês morriam. Mulheres morriam dando à luz bebês que morriam e homens levavam tiros nas costas por causa de uma palavra impensada – ou então viviam até os cem anos. A morte não era nada: só a honra importava. No mundo da montanha de onde elas vinham, as pessoas se ofendiam com qualquer palavra, e deixavam rixas se transformarem em banhos de sangue que varavam gerações, muito depois de sua causa original já ter sido esquecida.

Seria possível, perguntou-se Yashim, que uma rixa daquelas tivesse sido levada até o palácio? A distância que separava o Cáucaso de Istambul era grande demais. Era mais do que geográfica.

O que significavam as cobras? Davam voltas e voltas, eternamente engolindo o rabo uma da outra: seria um símbolo de eternidade, herdado de alguma crença sacrílega transmitida pelos xamãs da montanha?

Yashim suspirou. Tinha a sensação de que estava desencavando problemas onde eles não existiam, criando confusão onde não era necessário. Perdendo o próprio tempo. Tudo que havia conseguido fora aguçar a animosidade que detectava entre Asul e o *kislar agha*.

– É isso – falou. Fez uma reverência para o eunuco negro e, tomando-o pelo braço, puxou-o de lado. – Mais cinco minutos, *kislar*. Dê-me isso. A sós.

Fitando seus olhos avermelhados, Yashim achou difícil saber o que ele estava pensando.

O *kislar* grunhiu.

– Você está perdendo tempo – falou. Seus olhos deram a volta para se fixar na moça.

– O *lala* vai falar com você em particular. – Ela ergueu os olhos, sem expressão. – Você sabe o que esperamos.

E saiu do aposento.

49

ASUL VIU a porta se fechar e, muito lentamente, virou os olhos para olhar para Yashim. Ele teve a sensação de que era a primeira vez que ela o olhava. Talvez sequer houvesse registrado sua presença no aposento.

– Tome – disse ele baixinho. – Pegue.

Os olhos da moça seguiram o anel pelo ar. No último instante, em um movimento veloz como o de uma cobra, ela estendeu uma das mãos. Apertou o anel no punho e encolheu-o contra o peito.

– Eu já vi o senhor antes – disse ela com a voz tímida.

Yashim piscou os olhos devagar, mas não disse nada.

Asul olhou para baixo e abriu os dedos.

– Ele vai tomá-lo de mim novamente – falou.

– Mas eu vou pedir a ele para não fazer isso – disse Yashim.

A moça quase sorriu. Um tênue lampejo de expressão atravessou-lhe o rosto.

– O senhor.

Yashim tocou o próprio rosto com a palma das mãos.

– Quando você se machuca – começou ele devagar –, quando perdeu alguma coisa... ou alguém... isso a deixa triste, não é? Algumas vezes a mudança é algo bom, e outras vezes ela apenas nos dá vontade de chorar. Quando se é jovem, é difícil acreditar na dor ou na perda. Mas a tristeza é o que nos torna vivos. Os mortos não lamentam nada.

"Mesmo aqui há muita tristeza. Mesmo na Morada da Felicidade. No Lugar Feliz."

Ele fez uma pausa. Asul não havia se movido, exceto para esfregar o anel lentamente entre os dedos.

– Você não precisa dizer nada, Asul. Não agora. Não para mim. A tristeza é sua, e só sua. Mas eu quero lhe dar mais uma coisa, além desse anel.

Asul ergueu o queixo.

– Um conselho. – Yashim inclinou a cabeça, perguntando-se quanto poderia dizer. Quanto ela poderia entender. – Nada pode ser mudado, Asul. A perda jamais é reparada, a dor nunca passa de todo. Essa é a nossa sina, sejamos homens ou mulheres.

"A amargura não é um tipo melhor de tristeza, Asul. A tristeza tem seu lugar, mas a amargura invade a ferida como uma podridão. Lentamente, aos poucos, ela vai isolando você. E no final, mesmo estando viva, você na verdade está morta. Já vi isso acontecer."

Asul apertou os lábios. Baixou os olhos, piscando.

– Vou ficar com o anel? – Sua voz era débil, trêmula.

Yashim fitou-a em silêncio durante um instante. Alguns minutos a mais e ela lhe contaria o que sabia. E, com aquele único ato de traição a si mesma, talvez a amargura voltasse.

Ele encontrou a maçaneta da porta.

– Vou falar com a *valide* pessoalmente – disse.

Precisava falar com ela de qualquer forma, pensou. Para cumprir uma promessa. Para conseguir um convite.

50

O *SERASKIER* arrastou-se até a ponta do divã usando os calcanhares e pôs-se de pé.

– Você deveria ter me avisado. – Sua voz era destacada, formal. – Eu não lhe pedi para falar com estrangeiros. Infiéis.

Sentado no divã, Yashim encostou o queixo nos joelhos.

– Você sabe por que eu o convoquei? Acha que foi porque eu queria discrição? – Ele olhava para Yashim com raiva. – Foi porque você tem reputação de ser rápido. Meus homens estão morrendo. Eu quero saber quem os está matando, e não tenho muito tempo. Hoje já é segunda-feira; só temos exatamente uma semana antes da revista. Dias se passaram, e você não me disse nada. Foi rápido o bastante na Criméia. Quero ver a mesma coisa aqui. Em Istambul.

As veias em suas têmporas pulsavam.

– Poemas. Viagens de cabriolé. Isso não significa nada para mim.

Yashim se levantou e fez uma mesura. Quando chegaram à porta, o *seraskier* disse:

– Esses encontros foram organizados por mim.

A capa de Yashim esvoaçou quando ele se virou.

– Encontros?

O *seraskier* estava em pé junto à janela com as mãos nas costas.

– Com os russos. Eu fiz questão de que os meus rapazes recebessem instrução. Apresentar armas e saudar o oficial superior? Muito bem. Aprender a carregar uma arma pela culatra, ou a fazer simulações como um francês? Isso é apenas a metade. Algum dia nós vamos lutar contra os russos. Ou contra os franceses. Ou contra os ingleses.

"Como eles pensam? Com que disposição os homens lutam? Quem são seus heróis? Você pode aprender muita coisa se entender quem são os heróis de outro homem."

O *seraskier* estalou as juntas dos dedos.

– Eu poderia fingir que nada disso importa. Houve um tempo em que nós encontrávamos nossos inimigos no campo de batalha e os esmagávamos sob nossos pés. Éramos muito bons. Mas os tempos mudaram. Não somos mais tão rápidos quanto antes, e o inimigo ficou mais rápido.

"Não podemos nos dar ao luxo de ignorá-los... russos, franceses. Sim, até mesmo aqueles egípcios podem nos ensinar alguma coisa, mas não se ficarmos chupando narguilés aqui, em Istambul, tentando imaginar como eles são. Cabe a nós ir ao seu encontro e aprender como eles pensam."

Yashim coçou a orelha.

– E o senhor acha que seus oficiais podem aprender tudo isso tomando café com o adido militar russo?

O *seraskier* pensou: ele não é um homem do exército. Sequer é um homem.

Falou com uma precisão exagerada:

– No outro dia, você me perguntou se eu falava francês. A verdade é que não. Hoje em dia, nós temos um livro, um dicionário, que traz todas as palavras em turco e em francês de modo que nossos homens possam ler alguns dos manuais franceses. Esse livro não existia quando eu era moço. Com exceção dos oficiais que contratamos para ensinar nossos homens, nunca conheci nenhum francês. Nem um inglês, nem russo. E nunca, é claro, conheci nenhuma de suas senhoras. Claro que não. Eu não saberia como...

Ele se interrompeu, agarrando o ar com as mãos estendidas.

– Como agir. Como conversar com elas. Entende? Trinta anos atrás, essa idéia sequer teria me ocorrido. Agora penso nisso o tempo todo.

– Entendo. – Yashim sentiu uma onda de pena pelo *seraskier*, com seu uniforme ocidental, suas botas eficientes, sua túnica abotoada. Eram símbolos que ele perpetuava, sem saber exatamente por quê, como aqueles ignorantes do bazar que acham que um remédio só é bom o bastante quando causa dor. Botas mágicas, botões mágicos. Mágica *ferenghi*.

– As coisas estão indo rápido. Até mesmo aqui. – O *seraskier* esfregou uma das mãos no queixo, observando Yashim. – O sultão reconhece que nossa revista militar significa uma oportunidade para ele. Na segunda-feria que vem, a cidade inteira vai estar olhando. As pessoas verão a bandeira do Profeta encabeçando as tropas. O tilintar da cavalaria, os metais reluzindo, montarias impecáveis. Haverá fileiras e mais fileiras de soldados, todas marchando no mesmo passo. O que quer que pensem de nós agora, ficarão emocionados. Ficarão impressionados, tenho certeza disso. Melhor ainda, ficarão orgulhosos.

O *seraskier* ergueu o queixo como se imitasse a população, e suas narinas inflaram como se já pudessem sentir o cheiro do orgulho no ar.

– Para coincidir com a exibição, o sultão proclamará um édito. Um édito que nos fará ir, todos, na direção que ele quer que tomemos. Cabe a nos apoiá-lo. Tentar aprender as coisas boas que os infiéis podem nos ensinar agora. Até mesmo, como você diz, tomando café com os russos.

Mas Yashim não estava mais escutando.

– Um édito?

O *seraskier* baixou a voz.

– Não há motivo para não lhe contar. Haverá mudanças em muitas áreas. Igualdade do povo sob uma só lei. Administração. Ministérios em vez de paxás, esse tipo de coisa. Na mesma linha das reformas militares que foram feitas no Ocidente, e não será o bastante. Naturalmente.

Yashim sentiu-se aplastrado. O que ele sabia na verdade sobre o que estava acontecendo? Dali a seis dias, um édito imperial. Uma ordem de mudança. Com esforço, afastou os pensamentos que se aproximavam.

– Por que os russos? Por que não mandar nossos rapazes tomar chá com os ingleses? Ou beber vinho com o embaixador francês?

O *seraskier* passou uma das mãos atrás de seu enorme pescoço.

– Os russos... estavam mais interessados.

– E isso não o fez desconfiar de nada?

– Eu não sou ingênuo. Assumi um risco. Os rapazes da Guarda estavam... como direi?... protegidos. Achei mais seguro deixá-los cometer alguns erros agora, em Istambul, do que continuarem ignorantes mais tarde, no campo de batalha.

No entanto, pensou Yashim, eles poderiam ter sobrevivido a uma batalha.

Em Istambul, não tinham a menor chance.

51

O HOMEM que mata no escuro não teme a escuridão.

Ele a aguarda. Ela é confiável, sempre vem.

A escuridão é sua amiga.

Seus pés estavam descalços, para não fazer barulho. Ele sabia que não faria barulho.

Anos antes, era um dos Homens Silenciosos. Fazia parte da elite. Agora via a luz do dia se esvair pelas grades acima de sua cabeça. Dali a quatro horas, ergueria a grade com a mesma facilidade e silêncio como se ela fosse uma pluma, e começaria seu trabalho. Mas, por ora, esperaria.

Lembrou-se do dia da seleção. O coronel, sentado com uma rosa no colo e uma venda nos olhos no centro do salão da caserna, intimava os homens a se aproximarem, um a um. A erguer a rosa – e voltar para seu lugar. A recompensa: uma missão junto aos sapadores.

O chão de pedra do salão estava coalhado de grãos-de-bico.

Ninguém tivera a mesma paciência e destreza que ele. Seu autocontrole. Um ou dois outros chegaram até a rosa: mas sua ansiedade os atrapalhara.

Eles o ensinaram a se movimentar no escuro, sem fazer barulho. Era fácil.

Ensinaram-no a viver debaixo da terra. Enterraram-no vivo, respirando através de um caniço.

Explicaram-lhe como funcionavam as sombras, o que o olho era capaz de ver, a diferença entre movimento e movimento.

Ordenaram-lhe que fosse uma sombra. Que vivesse como um rato. Trabalhasse como um mineiro. Matasse como uma cobra.

Paciência. Obediência. O tempo é uma ilusão, diziam: as horas passam como segundos, os segundos podem parecer vidas inteiras.

Avançar centímetro por centímetro sob as linhas inimigas. Penetrar suas defesas. Escutar os sapadores inimigos, as contraminas, os estalos dos equipamentos. Absorver a escuridão como uma segunda pele. Matar em silêncio.

E, caso fosse pego – isso podia acontecer, quando se estava tão na frente das linhas –, não dizer nada. Não dar nada.

De qualquer forma, eles não falavam muito. Aquilo também lhe convinha, pois ele nunca fora de falar muito. Os sapadores eram os Homens Silenciosos.

Quando tinha a corporação, ele não havia precisado de amigos. Pertencia a eles. Compartilhava uma fé. E a fé o impelia para a frente. Através do túnel estreito. Além das cãibras nos músculos. Além do medo e do pânico, rumo ao centro atemporal e imóvel de todas as coisas.

Então veio a traição. O bombardeio à caserna. Poeira, alvenaria desmoronando, farpas de madeira. Uma parede suspensa no ar antes de cair. Ele se lembrava daquele instante: uma parede inteira, de 10 metros de altura, projetada de suas bases e flutuando, suspensa no ar.

Lembrava-se de como ela se dobrava e girava como os flancos de um cavalo a galope. Como se o próprio ar fosse espesso como água. Aquele instante pareceu uma eternidade.

Na ocasião, ele teve tempo de sobra para encontrar um vão e encolher-se dentro dele.

Como um homem enterrado vivo. Mas não morto. Respirando através de uma fresta nos escombros. Retirando o entulho aos poucos, dos pés à cabeça, como uma minhoca subindo à procura do orvalho.

A grade acima de sua cabeça ainda estava invisível. O sapador podia vê-la, porém, movendo a cabeça uma fração de centímetro. Usando a luz que ninguém mais conseguia ver.

Ergueu o queixo. Era agora.

Paciência era tudo que importava.

Obediência era tudo que importava.

Pessoas morreriam. Pessoas precisavam morrer.

Somente a morte poderia santificar o renascimento do império.

Somente o sacrifício poderia purificar e proteger os santuários sagrados.

Os quatro pilares dos *karagozi.*

O assassino tateou o bolso. Tocou o solo com a palma da mão.

Então, como um gato, começou a se mexer.

52

YASHIM inclinou-se para a frente e fixou os olhos na página 34 de *Les Liaisons Dangereuses.* Mas não adiantou. O livro estava aberto na mesma página havia meia hora.

De quem seria a nova lei? Seria como as leis francas, que permitiam aos gregos ter um país, mas negavam o mesmo privilégio aos poloneses? E a lei funcionaria da mesma forma nas terras altas da Bulgária e nos desertos da Tripolitânia?

O salto necessário? Talvez. Uma única lei para todos, independentemente de sua fé, de sua língua, de sua linhagem. Por que não? Ele tinha dúvidas de que algo assim fosse sacrílego, mas mesmo assim... muitos outros pensariam diferente.

Enquanto trabalhava essas questões em sua mente, Yashim se perguntou quem mais, exatamente, sabia sobre o édito. O sultão e seus vizires, é claro. Dignatários importantes como o próprio *seraskier*, sem dúvida. Os líderes religiosos – o mufti, o rabino, o patriarca? Provavelmente. Mas e os que vinham em seguida na hierarquia – os padres e imames, por exemplo? Não. E não o povo comum da cidade. Para eles, seria uma surpresa. Como tinha sido para ele.

Fechou o livro com um estalo e cerrou os olhos, reclinando-se no divã.

Durante as últimas horas, havia pensado naquilo uma dúzia de vezes. Haveria problemas, ele podia ter certeza disso.

Mas havia alguma outra coisa.

Algo que ele sabia que estava ali, como um rosto na multidão. Algo que havia deixado passar.

55

O HOMEM sentou-se, subitamente ereto.

O assassino pensou: ele está sentindo o meu cheiro. Isso tornava as coisas mais interessantes. Ele havia sido treinado para se infiltrar como um odor, não como um homem. Agora não conseguia se livrar do odor.

O homem farejou o ar.

Clique.

Muito lentamente, o homem pôs-se de pé. Havia uma faca em sua mão. Mas de onde surgira aquilo?

O assassino sorriu. Apalpou o próprio bolso. Seus dedos se fecharam em volta de algo duro.

O homem que segurava a faca estava agachado, esticando o pescoço.

– Quem está aí? O que você quer?

O assassino não se moveu.

Uma brisa sacudiu a cortina puída na janela, que adejou. O homem da faca se virou para trás, depois de novo para a frente. Tentou ver na escuridão.

Esticou o pescoço. Muito lentamente, virou a cabeça.

Estava tentando escutar.

O assassino esperou. Atento.

A cabeça do homem passou da metade de seu giro.

O assassino estalou o pulso e a corda zuniu pelo ar como uma cobra. Ele a puxou de volta com um grunhido feroz, desequilibrando o homem da faca, que se lançou com as duas mãos em sua garganta.

O assassino deu outro puxão violento na corda.

O homem começou a golpear o ar, tentando cortar a corda. O assassino saiu das sombras e o derrubou no chão. Agarrou o pulso da mão que segurava a faca e apertou o polegar entre os tendões: a faca caiu no chão, retinindo, quando as mãos se abriram em um espasmo.

O assassino agora estava montado sobre o homem, com uma perna de cada lado. Levou uma das mãos ao cinto e tirou de lá uma colher de pau.

O homem no chão estava sufocando.

O assassino afrouxou a corda por um instante. Sua vítima soltou um arquejo trêmulo, mas era uma trégua fingida. O assassino passou a colher de pau por baixo da corda e começou a girá-la.

54

UM HOMEM gordo, ansioso para dormir, sentiu que alguém o fazia rolar para fora da cama e caiu no chão. Abriu os olhos e viu um par de pés femininos.

– Tudo bem, docinho? Aqui está sua roupa. Vista logo, amor, eu já terminei. Vamos.

O homem gordo vestiu sonolentamente as roupas. Saia daqui, pensou. Podia apostar que sairia antes mesmo de ela perceber.

A mulher o viu sair apressado pela porta.

Sua noite havia terminado. Pelo menos o trabalho para fora havia terminado. Ninguém mais viria.

O andar de cima saberia que o último cliente havia ido embora. Ela ainda tinha mais um atendimento a fazer, o pior de todos.

Carregando a lamparina, subiu as escadas. No alto, parou, sem escutar nada.

Muito devagar, abriu uma fresta da porta. O quarto tinha um cheiro horrível.

Silenciosamente, pôs a cabeça para dentro. Esticou a mão que segurava a pequena lamparina e as sombras começaram a dançar pelo quarto.

Meses antes, a mulher havia perdido sua fé em Deus. Havia implorado, havia rezado, havia suplicado a Ele dia e noite, e cada madrugada trouxera a mesma resposta. Então ela O amadiçoou. Nada mudou. Por fim, ela O esqueceu.

Mas o que via agora era como uma revelação.

– Graças a Deus – falou.

55

YASHIM desceu até os degraus do cais à primeira luz da aurora, ainda segurando firme o bilhete escrito pelo cádi logo após a prece da manhã. Quando conseguiu se acomodar no fundo do barco, o bilhete já estava desmilingüido com as emanações da umidade matutina de Istambul, entre nevoeiro e garoa, mas ele não precisava tornar a lê-lo.

Enquanto o condutor se esforçava para arrastar os pesados remos e fazer o caíque começar a deslizar em direção ao pontal do Serralho, Yashim ergueu os joelhos sobre a almofada de crina de cavalo e automaticamente apoiou o peso do corpo sobre o braço esquerdo, para distribuir melhor a carga da embarcação. Uma colher de pau, escrevera o cádi: depois de ter visto o saco de ossos e colheres de pau ser esvaziado em seu chão na véspera, a coincidência o levara a informar Yashim.

Vinte minutos depois, o remador fez uma curva com o caíque e o aproximou habilmente dos degraus de Yedikule de marcha a ré, com uma série de remadas reversas e impropérios.

Assim que Yashim viu o homenzinho caído de bruços na lama com uma colher de pau presa bem apertada na nuca, soube que aquele não era o quarto cadete. As mãos do cadáver estavam junto às orelhas, os joelhos ligeiramente dobrados, e havia uma curvatura em suas costas que, segundo pensou Yashim, o fazia parecer estar apenas examinando um buraco na lama.

Yashim virou o cadáver de frente e olhou para seu rosto.

Globos oculares fixos. Língua para fora.

Ele sacudiu a cabeça. O vigia noturno, que passara várias horas de cócoras ao lado do corpo, cuspiu no chão.

– Você o conhece?

O vigia noturno deu de ombros.

– Acontece, num é? – Olhou de relance para o corpo e sua expressão se iluminou. – É, boa gente e tal. Já fez favor a alguns caras. Mulheres, sabe, essas coisas.

Ele coçou a cabeça.

– Mas foi bem ruim. – Sua mente simples começou a funcionar ao contrário. – Meio pesado, na minha opinião. Elas não gostavam dele, as mulheres.

Yashim deu um suspiro.

– Essas mulheres. Você está dizendo que ele administrava um bordel?

– É. Cara esquisito, também.

Yashim afastou-se, pisando em lama até os tornozelos. Ao chegar ao cais, viu a entrada para um pátio e abriu caminho entre um amontoado de lixo até chegar a uma bomba. Manejou a alavanca. Um filete ralo de água marrom saiu da ponta.

Nos apartamentos e no pátio, as pessoas começavam a acordar. Uma persiana bateu, e uma mulher se debruçou em uma janela do andar de cima.

– Ei, o que está fazendo?

– Lavando meus pés – resmungou Yashim.

– Vou jogar este balde, então cuidado.

Yashim recuou apressado, com a lama ainda presa aos pés. Que bairro mais sujo, aquele!

Dobrou a esquina, esperando encontrar um cabriolé ou uma cadeira de transporte. Cada porta parecia ter seu mendigo esfarrapado ou seu bêbado a roncar: alguns deles voltavam para Yashim seus olhos embaçados quando ele passava. A regra era que os bares fechassem à meia-noite, mas Yashim sabia que a tendência era ficarem abertos enquanto alguém tivesse dinheiro para gastar, finalmente jogando os últimos clientes na rua quando suas bolsas estivessem vazias e sua barriga, cheia. Ele não conseguia entender o interesse daquilo. Preen certa vez discutira com ele, dizendo que gostava dos bares, de sua mistura de felicidade e tristeza.

"Com exceção dos bêbados, nunca se sabe quem se vai encontrar, ou por que essas pessoas estão ali. Todo mundo tem uma história. Eu gosto de histórias", dissera ela.

Um número demasiado grande dessas histórias terminava assim, pensou Yashim, embebidos no próprio vômito em um vão de porta frio. Ou de cabeça para baixo na lama, mortos, como aquele proprietário de bordel corcunda que ele acabava de ver, fazendo jus à fama do bairro.

Preen não disse que havia falado com um corcunda?

Um asqueroso rato das docas que a fizera sentir-se suja.

Que lhe contara sobre o encontro dos cadetes com o russo nos jardins de Yeyleyi.

Seu informante.

E lá, no meio da lama, recém-assassinado, um cafetão corcunda.

Nem com um esforço da imaginação seria possível dizer que ele havia sido vítima de um crime passional. Um golpe violento demais. A faca de açougueiro que simplesmente estava a mão.

Não. Aquele havia sido um assassinato profissional. Alguém que matava com um pedaço de corda – e uma colher de pau.

Yashim pôs-se a correr.

56

TODA CIDADE tem seus bairros que vivem no limite da respeitabilidade, independentemente de sua proximidade do centro rico e desejável. Por mais amplas que sejam as casas, por mais convenientes que pareçam, elas são sempre maculadas, de algum modo indefinível, pela passagem incessante de outras pessoas: pessoas que pagam sua hospedagem semanalmente, ou mesmo a cada noite; pessoas que vêm e vão, e podem ou não voltar, e cujos propósitos são efêmeros e difusos demais para serem corretamente compreendidos. Ninguém pergunta. Nada é presumido. Os serviços são pagos adiantado, e a confiança custa caro. Os preços são sempre um pouco mais caros do que em outros lugares, mas a clientela fica feliz por poupar-se de uma caminhada, ou não tem alternativa melhor, por ser estrangeira.

Preen, porém, era praticamente uma residente, e seu aluguel era pago de acordo com esse status. Seu proprietário não tinha nada do que reclamar: ele mal sabia de sua existência, uma vez que era mandado para um café onde passava o dia jogando gamão com outros velhotes, só sendo chamado de volta caso sua esposa precisasse vetar algum novo candidato ou assustar um inquilino recalcitrante. Ciosa de sua privacidade, a senhoria de Preen conduzia a maioria de seus negócios gritando de trás de um biombo de ripas no pé da escada. Havia uma pequena janela que as pessoas podiam usar para pagá-la: elas inseriam o dinheiro pela abertura, e ela o pegava. Caso precisasse dar uma olhada, podia aproximar o olho das ripas. Atrás do biombo, seu próprio quarto era bastante escuro.

Naquele momento, ela estava olhando um homem negro baixo lutar com uma cangalha da qual pendiam dois vasos de cerâmica oscilantes. Sem prestar atenção aos olhos que sabia estarem observando-o de trás do biombo, o homem passou com seu fardo pela frente da porta e correu com as pernas tortas até o pátio lá fora. A senhoria acompanhou seus movimentos com inveja e irritação.

Não que a senhoria quisesse levar o lixo até o bueiro todas as manhãs. O problema era que o homenzinho negro que ela havia contratado para realizar essa tarefa sabia tudo que estava acontecendo antes dela.

O carregador de lixo voltou com os vasos e depositou-os em uma fileira ao lado dos outros para secar. Encarou as ripas.

– Três cavalheiros no número 5. No 8 ninguém dormiu, mas o cheiro está muito ruim.

A proprietária mordeu os lábios e tornou a esticá-los para fora. O número 5 estava alugado pela semana inteira, para um único cavalheiro. Ela esclareceria as coisas com ele quando tentasse sair de fininho mais tarde. Quanto ao número 8, não era a primeira vez que ela passava a noite fora. Um cheiro ruim era o motivo pelo qual ela desencorajava seus inquilinos a levarem comida para os quartos.

Se tivesse tempo, pensou, subiria para se livrar do que quer que estivesse causando o mau cheiro no quarto de Preen.

Um homem apareceu na porta. Ela o reconheceu como um amigo do número 8.

Ela deu algumas batidinhas nas ripas com o nó dos dedos.

– Pode se poupar das escadas – grasnou, com o que esperava ser um tom amigável. A número 8 era sua melhor inquilina. – Ela saiu.

Yashim apertou os olhos em direção às ripas.

– Saiu hoje de manhã, a senhora quer dizer?

Era uma idéia improvável. O carregador de lixo pegou um pano e começou a passá-lo pelo chão do corredor, com os lábios esticados por um sorriso.

– Não sei – respondeu a senhoria. – Ela não está agora. Posso avisar que o senhor passou aqui, *efendi*.

– Sim, obrigado. E dê-lhe este recado, sim? – Ele rasgou uma folha de um pequeno caderno de anotações que carregava, rabiscou algumas palavras e dobrou-a. A janelinha das ripas foi aberta e a mão encarquilhada de alguém se esticou para pegar o bilhete.

– É importante que ela receba isto assim que possível – acrescentou Yashim. – A senhora não sabe aonde ela foi?

– Entregarei sem falta – disse a senhoria com firmeza.

Yashim hesitou. Haveria mais alguma coisa que ele pudesse fazer? Pensou em subir para deixar um recado no quarto dela, mas a velha das ripas já estava com o recado, e o criado negro já havia molhado o chão do corredor mais adiante.

Desejou bom-dia às ripas e saiu para a rua.

57

Já estava escuro quando Preen voltou para a pensão. Não que tivesse feito muita coisa naquele dia: a noite, sim, fora movimentada, uma despedida de solteiro onde haviam servido álcool e onde a própria Preen havia concordado em tomar um trago depois da dança. Aquilo quebrava uma de suas regras básicas, mas mesmo as regras básicas são feitas para serem quebradas, pensara ela, à medida que um trago se transformava em dois e o futuro noivo lhe fazia perguntas aflitas sobre a noite de núpcias.

Então ela acabara dormindo por lá, acordando tarde e levantando de ressaca. Os outros convidados já haviam ido embora muito tempo antes, deixando o noivo lá: ela se lembrava vagamente de ouvir risos abafados e grunhidos de manhã cedo, antes de rolar para o lado e voltar a dormir. Uma armênia muito gorda, fungando em reprovação, havia lhe preparado um pouco de café, e ela passara o resto do dia nos banhos com a cabeça coberta por uma toalha.

No caminho de casa, parara para comer um doce, mas a ressaca lhe havia tirado o apetite e ela só fez mordiscar o canto antes de pedir ao vendedor para embrulhá-lo. O doce agora estava em sua bolsa, mas na verdade tudo que ela queria era subir as escadas e dormir. Empurrou a porta e sua senhoria imediatamente arranhou as ripas.

– Recado para você – crocitou ela. A janelinha se abriu e Preen viu sua mão se estender, apertando um bilhete dobrado.

– Obrigada – disse ela. – Pode me dar uma luz?

– Urgente, disse ele. Foi o cavalheiro seu amigo que esteve aqui no outro dia. O que fala bem. Aqui está.

Ela está falando de Yashim, pensou Preen enquanto pegava o castiçal. Como de hábito, a vela era apenas um toco: a senhoria tomava cuidado com essas coisas. Ela se perguntou se deveria dar meia-volta e tentar encontrar Yashim naquele mesmo instante: certamente não iria conseguir ler o bilhete, mas não queria que a senhoria soubesse disso.

Talvez, se ela não estivesse ali no pé da escada segurando a vela, tivesse saído à procura de Yashim. Ou se a senhoria não tivesse acrescentado, no que poderia ser interpretado como um tom confidencial, que ficaria grata se todo mundo se lembrasse de não levar comida para os andares de cima – o cheiro em seu quarto havia incomodado os empregados.

Preen subiu as escadas devagar. Naquela época do ano, havia uma corrente de ar perpétua na velha casa, e foi preciso proteger o toco de vela. No segundo andar, ela dobrou à esquerda, desceu um corredor comprido passando por duas portas, ambas fechadas e silenciosas do outro lado, até chegar ao pequenino e torto lance de escadas que conduzia à sua própria porta. Aos poucos, foi subindo, seguindo a curva acentuada de que nunca gostara porque, de alguma forma, alienava-a do restante da casa, prendendo-a dentro de seu quarto. Olhou para cima e viu a porta. Na escada estreita, as sombras se agitavam como um bando de macaquinhos selvagens.

Ela parou e farejou o ar. Havia um cheiro, exatamente como dissera a proprietária. Pela primeira vez, perguntou-se o que poderia ser. Talvez um rato tivesse morrido debaixo das tábuas do piso. Ela estremeceu e esticou o dedo.

E aquilo era outra coisa de que ela não gostava naquela escada, naquela porta: ter de enfiar o dedo no buraco escuro para alcançar o trinco do lado de dentro.

Era como enfiar o dedo em uma boca escura.

58

YASHIM HAVIA voltado ao Arquivo Imperial depois de deixar o recado com a senhoria de Preen. À luz do dia, com um sol fraco de inverno filtrando pelas altas janelas, o lugar parecia mais comum, a atmosfera mais sem relevo. Havia outro motivo para a mudança, também. Vários arquivistas estavam ali trabalhando, mas o rapaz sudanês chamado Ibou não estava entre eles. O Anjo da Biblioteca, pensou Yashim.

O arquivista-chefe era um sujeito de ar pesaroso, com bigodes caídos, não um eunuco, mas um velho aluno da escola do palácio.

– O divã está reunido – explicou ele de má vontade. – Volte hoje à tarde.

Mas Yashim não queria voltar naquela tarde.

– É urgente – disse ele.

O arquivisita o encarou com olhos tristes. Parecia inteiramente sobrecarregado, mas Yashim suspeitava que fosse apenas preguiçoso.

– Ajude-me agora. O senhor pode parar no meio, caso chegue alguma ordem do conselho dos vizires.

O arquivista aquiesceu devagar, estufando as bochechas.

– Faça sua requisição por escrito. Veremos o que pode ser feito.

Yashim apoiou os cotovelos na mesa de leitura e mordiscou um lápis. Depois de algum tempo, escreveu: "Torres de incêndio de Istambul. Detalhes de localização." Então, depois de pensar mais um pouco, acrescentou: "Resumo de despesas de renovação/manutenção, 1650-1750", pedido mais provável de produzir aquilo que ele queria saber.

O arquivista olhou para o pedacinho de papel com um grunhido curto, mas não fez nenhum esforço para lê-lo. Deixou-o parado em cima de sua mesa durante vinte minutos, enquanto percorria um quarto cheio de números e Yashim andava de um lado para o outro junto à entrada. Depois de algum tempo, ele pegou o papel, olhou-o rapidamente e tocou uma sineta.

Seus subordinados se moviam em uma imitação do tédio pesado de seu chefe, balançando as cabeças e erguendo os olhos de vez em quando para Yashim como se desconfiassem que ele só estivesse ali para testar sua paciência. Finalmente, um deles desapareceu entre as estantes. Demorou cerca de meia hora.

– Nada específico sobre localização. Existem dois volumes de contabilidade, referentes ao serviço de brigada de incêndio de forma geral. Eles englobam o intervalo de tempo que o senhor especificou. Quer vê-los?

Yashim conteve o impulso de dar um puxão no nariz do homem.

– Sim, por favor – disse, controlado.

O arquivista se afastou, arrastando os pés. Voltou com dois livros surpreendentemente pequenos, menores do que a mão de Yashim, encadernados em tecido azul. O mais antigo, que de forma geral cobria o período do início do século XVII até 1670, estava em bastante mau estado, e os cadernos que seguravam as páginas unidas estavam tão apodrecidos que elas saíam da posição às dezenas, ameaçando cair inteiramente das capas.

O arquivista franziu o cenho.

– Não tenho certeza de que podemos deixá-lo examinar este aqui – começou ele.

Yashim explodiu.

– Eu não esperei a manhã inteira para me dizerem que sou incapaz de manter na ordem algumas páginas de um livro. Vou consultar o livro aqui, no banco. Não vou abaná-lo, nem sacudi-lo, nem jogá-lo para o alto.

No entanto, os livros se revelaram decepcionantes. Meia hora depois, Yashim só havia encontrado três referências, duas relacionadas à Torre Stamboul, que havia pegado fogo duas vezes, e a outra fazendo a mais vaga das alusões às torres de incêndio, sem numerá-las nem nomeá-las. Os registros dos livros haviam sido escritos por muitas mãos, o que tornava a atividade de decifrar alguns dos registros, sobretudo os mais antigos, ao mesmo tempo exaustiva e frustrante.

Foi enquanto tentava decodificar um registro escrito em uma caligrafia particularmente antiquada que Yashim pensou subitamente em seu recado para Preen. Ele o havia escrito com clareza suficiente, e se ela tivesse seguido seu conselho, provavelmente estaria abrigada em segurança em algum cantinho do café da Kara Davut, esperando por ele e desafiando os homens a encará-la. Aquela idéia o fez sorrir, mas o sorriso logo morreu.

Ele havia escrito um alerta para Preen, deixando suas instruções bem claras. Sufocando a poesia da palavra escrita, exagerando as curvas da caligrafia, havia escrito umas poucas linhas que qualquer pessoa poderia ler, até uma criança.

Até, mas somente.

Somente uma criança que soubesse ler.

59

PREEN ENFIOU o dedo no pequeno buraco preto da porta e o dobrou, tateando para cima à procura do delgado trinco de madeira.

Sentiu-o encostar na ponta de sua unha e o empurrou para cima. Quando a porta se abriu, uma súbita lufada de ar, pungente com o cheiro desagradavelmente doce de carne podre, apagou a vela em sua mão. Ela soltou um gritinho de aflição e recuou na escuridão.

Ao abrir-se, a porta bateu na parede lateral. No mesmo instante, Preen sentiu alguma coisa roçar-lhe o rosto, zumbindo como um inseto contra sua pele. Impeliu a cabeça para trás, tropeçou e perdeu o equilíbrio no último degrau da escada escura. Caiu com um estrondo, ricocheteando na parede dos fundos e despencando de lado pela escada estreita.

Preen aterrissou toda embolada e dolorida, com o rosto pressionado no chão do corredor. Seu braço direito latejava. Durante alguns segundos, ela não se mexeu, escutando apenas o ruído do sangue pulsando em sua cabeça e o arquejar da própria respiração. No escuro, o barulho tinha uma altura surpreendente.

Mas então ela ouviu um estalo abafado vindo de trás dela nas escadas, junto a seus pés, como o ruído de alguém testando seu peso sobre um degrau de madeira.

O ruído de alguém se aproximando dela no escuro.

Alguém estava descendo as escadas, vindo de seu próprio quarto.

Com um safanão convulsivo, ela suspendeu as pernas e deu um salto em direção ao corredor. Quando o peso de seu corpo se apoiou sobre o braço, uma corrente de dor subiu por seu ombro até seu pescoço e ela abriu a boca para gritar.

Mas o som morreu em seus lábios.

60

SUBINDO os degraus de dois em dois, Yashim ouviu o estrondo de Preen caindo de costas e, já no alto das escadas, agarrou-se à parede e projetou-se pela curva rumo ao corredor. A escuridão o desorientava. Ouviu outro movimento na passagem e gritou: "Preen!"

Sem hesitação, deu dois passos no escuro. Apenas dois – mas eles salvaram-lhe a vida. Não havia ido muito longe quando foi jogado para trás com uma força que, segundos antes, o teria catapultado escada abaixo.

Sentiu um golpe violento no rosto e o ar fugiu-lhe dos pulmões enquanto ele era projetado de encontro à parede.

Duas coisas passaram por sua mente em um clarão enquanto ele arquejava em busca de ar. Uma, que já era tarde demais. O assassino estivera com Preen, e ela estava morta. A segunda, que o assassino que o havia golpeado e naquele mesmo instante descia desabalado a escada escura, lance a lance, não iria escapar com facilidade.

Ele estendeu uma das mãos e agarrou o corrimão. O movimento pareceu devolver o ar a seu peito; o movimento seguinte o pôs de pé. Por um instante ele ficou ali, arquejando, e então, proferindo um impropério, mergulhou escada abaixo.

Chegou ao corredor no térreo e atravessou enfurecido a entrada na direção da rua, onde girou e olhou em volta. Um homem negro que ele reconheceu daquela mesma manhã jazia esparramado no chão, ainda segurando dois penicos no ar com cada uma das mãos e encarando-o com total incompreensão. Ele sacudiu a cabeça e lançou um penico por cima do ombro. Yashim começou a correr.

Ainda havia muita gente por ali, e embora fosse difícil ver quantas pessoas eram, ou onde elas estavam até se estar quase em cima delas, já que estava muito escuro, algo no modo como as pessoas se encolhiam ao vê-lo se aproximar dizia a Yashim que ele estava no caminho certo. Um homem passa correndo por uma multidão, pensou ele, e a multidão instintivamente espera que outro venha em seu encalço: presa e caçador, perseguido e perseguidor, aquilo era antigo como a humanidade, mais antigo do que Istambul. A imagem de duas cobras engolindo o rabo uma da outra passou por sua cabeça. Ele continuou a correr.

Chegou à esquina da rua e mergulhou à esquerda, guiado por uma intensa raiva e por um ímpeto instintivo de subir, de chegar a um lugar mais alto. Pessoas se afastavam ao vê-lo se aproximar. Em uma esquina iluminada pelas tochas de um café, viu algumas pessoas virando a cabeça para trás para fixar o olhar nele e pensou: estou chegando mais perto. Mas as ruas tornaram a se estreitar. Na junção de três ruelas, ele quase parou e quase perdeu o rumo: mas então qualquer coisa de muito leve no ar, o cheiro doce e enjoativo que ele havia sentido antes mas não conseguia identificar, deu-lhe a pista que ele buscava, e, ignorando uma ruela vazia e bem-iluminada, e outra que ele pensou reconhecer como um beco sem saída, mergulhou na mais escura e mais ameaçadora de todas. Não sabia se estava sendo movido por instinto, ou por magia, ou por sinais que sequer conseguia parar para decifrar – uma tênue inclinação, uma preferência pela escuridão em vez da claridade, uma consciência irracional e inexplicável da diferença entre uma rua e um beco sem saída que ele havia provavelmente adquirido durante os anos vividos em Istambul: se houvesse parado para pensar, teria parado por completo, pois o ar corria por seus pulmões como um lagarto furioso; ele podia sentir-lhe as escamas eriçadas, as garras pontiagudas.

Virou-se abruptamente para a parede e estendeu a mão para apoiar-se, e ficou parado por alguns segundos, respirando pesadamente. Mais adiante, as luzes piscavam e cintilavam vermelhas na escuridão, uma fieira de pequenos santuários de rua iluminados por velas a luzir por trás do vidro colorido. Ele adivinhou onde estava. E naquele instante percebeu também para onde estava indo.

E continuou a correr com uma convicção tão feroz, tão informe e tão intensa que, na ruela seguinte, dobrou repentinamente à direita e quase derrubou um homem no chão.

Foi um encontrão de raspão, ombro com ombro, mas fez o homem rodopiar e, quando ele rodopiou, Yashim virou a cabeça e pôde ver-lhe o rosto. Aquele rosto, ele pôde ver, continha uma gama inteira de expressões – raiva, incompreensão e uma centelha de súbito reconhecimento.

– O incêndio! – gritou o homem, quase rindo.

Yashim acenou com um braço e continou em disparada, mas o homem veio correndo atrás dele.

– *Efendi!*

Yashim reconheceu a voz. E, naquele exato instante, a ruela fez uma curva súbita e fechada e viu-se uma luz ardendo em seu final: e, bem na sua linha de visão, ele pôde ter um vislumbre do que já sabia ter estado em sua boca o tempo todo, como o rabo de uma cobra: a imagem fugidia de um homem desaparecendo.

Uma voz veio de trás dele:

– Eu o vi! Vamos!

Yashim olhou para o outro homem ao seu lado, recém-chegado à perseguição, correndo junto com ele.

– Murad Eslek! – falou ele, ofegando. Yashim lembrou-se da rua incendiada, do homem preto de fuligem que havia sorrido e apertado sua mão.

Ao chegar a uma ruela que oferecia a escolha de se dobrar à direita ou à esquerda, Yashim hesitou. Parecia ter perdido o senso de direção: a súbita aparição de Eslek o deixara confuso. Tinha consciência de que estava correndo havia muito tempo. Tinha a sensação de estar muito próximo, mas podia sentir a própria raiva e confusão, ressoando com seus passos pesados por uma ruela comum de Istambul. O que ele havia tomado por inspiração transformara-se repentinamente em banalidade: tornara-se nada mais do que coincidência.

– Os curtumes! – arquejou Yashim. O cheiro o havia ao mesmo tempo distraído e guiado pelo que pareciam horas. Ele o havia sentido no mesmo instante em que o assassino de Preen lhe dera aquele violento empurrão no alto da escada. O cheiro o havia arrastado pelas ruas, atraindo-o instintivamente para ruelas, direcionando-o para a esquerda e para a direita, e agora, quando já era possível ver sua presa, o cheiro o envolvia.

Cambaleante, sentindo pela primeira vez o próprio peso sobre os pés, Yashim dobrou à esquerda em uma encruzilhada de duas ruelas miseráveis. Mesmo na escuridão, podia ver que os muros ao seu redor não eram contínuos. Aqui e ali, um brilho débil lhe dizia que estava passando por uma residência de algum tipo, mas durante a maior parte do tempo ele se movia na escuridão enquanto a rua dava lugar à terra batida, com cabras e ovelhas amarradas ou reunidas em currais em pátios improvisados. Ele as ouviu se mexer, com um tênue retinir de sinos; deu de cara com um portão onde o caminho fazia uma curva. Seu companheiro havia abandonado a perseguição já fazia tempo: ele não conseguia mais ver sua presa. Não conseguia mais sentir seu cheiro.

O fedor dos curtumes o havia encoberto.

61

A PRIMEIRA coisa que Yashim percebeu, depois do mau cheiro que foi forçado a absorver no peito arquejante, foi a luz.

Ela se erguia em colunas sinistras das caldeiras dentro das quais as peles dos animais eram colocadas para serem fervidas e tingidas. Diante de um fundo formado por uma floresta de tochas tremeluzentes, cada uma das caldeiras exalava uma espuma de vapor colorido, o vermelho, o amarelo e o índigo se misturando e se dissolvendo lentamente na escuridão do ar noturno. O ar fedia a gordura e pêlo queimado e, pior do que todo o resto, tinha o cheiro penetrante da merda de cachorro usada para curtir o couro. Parecia o inferno.

Um inferno onde a presa de Yashim havia desaparecido.

Yashim deixou-se cair sobre um dos joelhos e deu uma olhada cuidadosa ao seu redor.

Já ouvira falar no pátio dos curtumes, e já sentira seu cheiro também, mas aquela era a primeira vez em que o via com os próprios olhos. Um muro alto cercava cerca de meio hectare de terreno onde, aglomeradas, com as bordas quase se tocando, as caldeiras ficavam enterradas em um piso elevado feito de barro e cimento, que reluzia gorduroso à luz das tochas e permitia aos curtidores caminhar entre as caldeiras e remexer seu conteúdo borbulhante com uma vara comprida. Moldadas em barro, revestidas de telhas, cada uma das caldeiras tinha cerca de 2 metros de circunferência. Aqui e ali, gruas grosseiras haviam sido montadas para erguer as pesadas trouxas de peles molhadas para dentro e para fora das caldeiras e, na junção de cada grupo de quatro caldeiras, em um espaço parecido com uma estrela de quatro pontas, haviam sido fixadas grades de ferro circulares que, segundo imaginou Yashim, serviam para permitir a entrada de ar nos canais que corriam por baixo. De onde ele estava, era possível ver várias dessas grades.

Não havia sinal do assassino, mas Yashim sabia que ele estava ali, em algum lugar, escondido atrás da borda de uma das caldeiras, talvez, ou em pé, imóvel, junto a uma das paredes cobertas pela sombra. Yashim não sabia quase nada sobre o assassino, exceto que ele era capaz de trabalhar no escuro: fora no escuro que havia se jogado em cima dele, no escuro que havia matado Preen, no meio da noite que havia entrado às escondidas para garrotear o corcunda. A escuridão, pensou Yashim, é amiga desse homem.

Tornou a passear os olhos pelo curtume. Este era cercado por muros altos: somente no lado mais distante, após o brilho crepitante das cores, é que ele podia ver outros vãos de porta escuros. Não achava que o assassino tivesse tido tempo para alcançá-los.

Yashim mudou o foco para examinar as caldeiras mais próximas. As cores do vapor eram menos vívidas, talvez por causa da maneira como a luz incidia sobre elas; era somente mais ao longe, à medida que os pilares de vapor se sobrepunham, que estes adquiriam uma iridescência de arco-íris. Algumas das caldeiras mais próximas pareciam estar vazias.

Yashim chegou mais perto, ainda agachado, segurando a barra da capa. Pisou sobre o barro do chão. Estava surpreendentemente escorregadio, salpicado de gotículas de vapor e gordura, e ele se movia com cautela, pousando os pés com extremo cuidado. Podia sentir o calor das caldeiras mas, sim, havia caldeiras vazias entre elas. Eram esvaziadas, como ele agora podia ver, por meio de uma rolha de madeira presa a uma corrente que percorria o interior de cada caldeira e era presa na borda por uma argola de metal. Teve uma visão do assassino jogando-se dentro de uma daquelas caldeiras: como o soldado morto dentro do caldeirão nas estrebarias, dias antes.

Pôs a mão dentro da capa e desembainhou a pequena adaga que trazia no cinto. Por um instante, a lâmina cintilou intensamente àquela luz estranha, e então se tornou opaca, conforme o vapor que enchia o ar se condensava sobre o metal frio. Ele estendeu a adaga, segurando o cabo abaixo do polegar e aninhando-o nos dedos dobrados, usando-a como para apontar.

Pousou um dos pés sobre a grade, sentindo um jato de ar quente subir por sua perna; apoiou o peso em cima dela e sentiu a grade balançar, com um som metálico quase imperceptível. Tornou a empurrar, agora com um pouco mais de força. Novamente o mesmo ligeiro movimento em resposta à pressão, mas dessa vez a grade de metal emitiu um estalo distinto ao bater na moldura.

Yashim recuou um passo e agachou-se para inspecionar a grade. Tinha cerca de 50 centímetros de diâmetro e era constituída de barras de ferro arredondadas espaçadas de 5 centímetros. Levantou a cabeça, pensativo. Houvera tão pouco tempo para se esconder. Agachado dentro de uma das caldeiras vazias, o assassino seria capturado como um urso em uma armadilha: era apenas uma questão de tempo até Yashim encontrá-lo, e então...

Ele esticou a mão e empurrou a extremidade mais distante da grade, observando-a oscilar muito de leve na outra direção. Não estava adequadamente presa em um dos lados e, ao balançá-la para a frente e para trás, ele descobriu onde ficava seu eixo. Yashim correu os dedos pela borda e emitiu um grunhido ao sentir um pequenino retalho de pano quase do tamanho de uma unha alojado no vão.

Levantou-se e deu um passo para trás, com cuidado, para remover uma das tochas flamejantes de um nicho na parede. Tornou a olhar para o curtume à sua volta, mas nada se mexia. Ao lado da grade, ajoelhou-se e aproximou a tocha da grade.

Túneis. Aquelas grades tinham de ser mais do que dutos de ventilação: deviam também funcionar como pontos de acesso para uma rede de túneis que permitia aos curtidores alimentar as fornalhas que ferviam a água dentro das caldeiras. O assassino poderia ter descido por ali para dentro dos túneis: em sua pressa, porém, um pedaço de sua manga devia ter ficado preso no vão quando ele recolocou a grade no lugar.

Já foi dito que Yashim era razoavelmente corajoso: mas isso só acontecia quando ele parava para pensar.

Sem um só instante de reflexão, ele removeu a grade e passou as pernas para dentro do duto. No instante seguinte, estava agachado em sua base, cerca de um metro e meio mais abaixo, olhando atônito para o que havia sido revelado pela luz tremeluzente de sua tocha.

62

O ASSASSINO passou um instante parado de quatro, para recuperar o fôlego. Forte: sim, ele era muito forte. Mas aquela corrida era para um homem mais jovem, talvez, um homem treinado. Ele não treinava assim havia dez anos.

Mexa-se, disse a si mesmo. Rasteje para longe da grade lá em cima. Pela primeira vez nas últimas 48 horas ele se sentiu cansado. Sem sorte.

A missão fracassara. Ele havia esperado horas dentro daquele quarto, com os olhos cravados na porta. Uma ou duas vezes havia testado o trinco, para ver quanto tempo a porta levava para se abrir. A escuridão havia chegado: seu elemento.

Ele a ouvira chegar. Viu a luz se aproximar, observou com satisfação um dedo se inserir dentro do buraco para levantar o trinco. Sua mão se enroscou em volta do peso na ponta da corda.

Então, no escuro, tudo dera errado. A dançarina andou para trás, não para a frente. O peso cortou o ar vazio, e então houve o estrondo. Teria sido possível continuar – mas alguém havia chegado.

Se houver qualquer risco de ser descoberto, aborte a missão.

O assassino começou a se mover novamente, em silêncio, rastejando para longe da grade pelo duto. Esqueça o fracasso, pensou. Esconda-se. Vá para dentro da terra.

O movimento o reconfortou. Sua respiração tornou-se mais suave. Agora descanse. Ninguém o seguiria até ali embaixo, e mais tarde ele poderia retificar seu erro. Agora durma.

Durma em meio aos altares.

Cada altar encimado por um braseiro aceso.

O ar fétido e quente.

O ar cheio de sono.

O assassino contorceu-se para passar por um arco baixo e encontrou um espaço livre sobre o tijolo morno. Encontrou também um naco de pão dormido sobre a borda de um dos braseiros e enfiou um pedaço na boca. Retirou a rolha da garrafa de barro e sorveu um grande gole de água tépida.

Por fim, estendeu-se sobre os tijolos mornos, unindo as mãos atrás da cabeça.

E então, erguendo os olhos para a pança curva das caldeiras, o assassino gritou.

63

YASHIM VIU que estivera errado quanto aos espaços que havia debaixo das caldeiras. Pelo que podia distinguir, uma sucessão de dutos de ventilação conduzia a uma câmara imensa e muito baixa, erguida sobre arcos baixos de tijolo. Entre os arcos, a intervalos regulares, grandes braseiros estavam dispostos sobre pilhas de tijolos para aquecer as caldeiras revestidos de telhas lá em cima: à luz difusa e enfumaçada, as caldeiras pareciam suspensas como as tetas de uma monstruosa diaba.

Seus olhos passaram das rolhas de madeira penduradas tal qual mamilos até os tijolos que formavam o chão sobre o qual ele agora estava agachado. De certa forma, ele estava certo. Esperava um emaranhado de túneis, mas o que encontrou foi a planta baixa de um labirinto, como se o chão do curtume tivesse sido marcado por uma imensa roda; como se os túneis que ele havia imaginado houvessem sido abandonados quando tinham apenas poucos centímetros de altura. Estavam cobertos por uma grossa camada de gordura colorida.

Ele seguiu em frente, arrastando os pés, com a tocha em uma das mãos e a faca na outra. Sentiu a gordura se juntar debaixo de seus dedos dos pés: ao olhar para baixo, viu que ela formava uma borda escorregadia junto a seus pés. Olhando para a frente, viu que a gordura na verdade se movia vagarosamente em sua direção. Alguém já a havia empurrado para o lado, deixando um rastro tênue, mas inconfundível, e ela estava escorrendo silenciosamente para o lugar, revelando sua direção enquanto se movia.

Tomado por uma idéia, ele recuou novamente até o duto de ventilação e se levantou. Posicionou a tocha no chão acima de sua cabeça e agarrou a borda da grade, içando-se para o ar não tão fresco lá em cima.

Durante os cinco minutos seguintes, Yashim esgueirou-se de um lado para o outro entre as caldeiras. Foi até o final do curtume e retirou a grade, atirando sua tocha pelo duto. Passou alguns instantes observando a gordura que escorria.

Encaminhou-se até o centro do curtume e mexeu em uma corda presa a uma das gruas usadas para erguer e abaixar as trouxas de peles para dentro das caldeiras.

Uma vez pronto, desceu uma das mãos por uma das correntes que saíam de dentro das caldeiras e deu um puxão.

Então atirou-se sobre outra, e mais outra, puxando com toda a força.

E, em algum lugar ao longe, como que debaixo da terra, ouviu um grito.

64

O ASSASSINO viu a primeira rolha desaparecer.

Dez anos antes, vira um muro desabar sobre si, e considerara aquele instante uma eternidade.

Nessa hora, durante uma eternidade, não emitiu nenhum som.

Durante uma eternidade, esforçou-se à procura de uma explicação.

E só rolou para o lado quando a rolha foi substituída por um tubo preto de gordura e água escaldantes, que explodiram sobre o tijolo.

A mistura respingou sobre suas costas, a gordura quente penetrando como agulhas.

E ele gritou.

Cilindros de corante fervente estouraram a toda sua volta. A calha onde ele estava deitado foi subitamente preenchida com líquido borbulhante. Aterrorizado, ele estendeu as mãos em direção à torrente fumegante e lutou para encontrar uma abertura. Ergueu os braços, pôs as mãos escaldadas na grade e empurrou.

E, enquanto se arrastava para fora do duto, mal percebeu a corda enrolada que apertou com força seus tornozelos queimados.

65

Yashim se apoiou sobre o contrapeso e teve a satisfação de ver o assassino ser suspenso pelos pés. Porém, quando o nó do laço alcançou a polia, o braço da grua desceu pesadamente em sua direção, e a corda afrouxou. Yashim jogou-se mais para trás para recuperar a tensão, mas nesse instante a corda que sustentava o peso do assassino escorregou de suas mãos, quase fazendo-o cair: a corda zuniu por entre suas palmas e ele se viu subitamente tendo que apoiar os pés no declive gorduroso. Projetou os dois pés para a frente: sua perna esquerda escorregou da borda e o pé tocou a água fervente. Ele o puxou de volta com um arquejo e caiu de lado.

Lutando para recuperar o apoio naquela superfície escorregadia, Yashim viu a corda ir passando lentamente por entre seus dedos, untada de gordura. Esticou a mão esquerda e agarrou a corda, tesa e firme como uma barra de metal, alguns centímetros mais acima, passando uma das mãos por cima da outra até conseguir segurar firme. Por um instante, sentiu as sandálias derraparem no chão escorregadio, então inclinou-se para trás para equilibrar o peso. Tudo havia acontecido tão depressa que, quando ele finalmente ergueu os olhos, não conseguiu compreender o que via.

Alguns metros à sua frente, alguma coisa parecida com um caranguejo gigante sacudia as pinças em meio a um jato de vapor rosado.

Preso pelos tornozelos, de cabeça para baixo, as pernas do assassino se abriam e se fechavam nos joelhos. Sua túnica havia caído por cima de sua cabeça, mas seus braços se agitavam para cima por baixo da tenda de tecido, esforçando-se para segurar as próprias pernas. A bainha da túnica flutuava em um banho de corante. Ele estava suspenso bem em cima de uma caldeira fervente, para onde a grua o havia deslocado no instante em que sentira o peso de seu corpo no braço.

Yashim puxou a corda e se levantou, mas, no instante em que afrouxou a pressão na corda que segurava, o assassino caiu. Yashim tornou a segurar, enrolando um pedaço da corda na cintura e recostando-se na caldeira atrás de si.

Não posso soltar, pensou.

As pernas do homem, que se debatiam, tornaram a se abrir. O que ele está fazendo? Yashim espiou por cima do ombro: estava recostado em uma banheira revolta de líquido fétido. Podia ver as peles emboladas lá dentro, girando. Precisava manter seu peso equilibrado ali, manter os pés apoiados na borda da caldeira, movê-los pela beirada gordurosa e, gradualmente, levar a corda esticada até junto da grua.

Então viu o que o homem estava tentando fazer: com a faca que tinha nas mãos, ele golpeava para cima, dobrando as pernas para diminuir a distância, procurando atingir o nó com a lâmina.

Ele não sabia onde estava.

Se a corda fosse cortada, o assassino mergulharia dentro do corante.

Enquanto isso, Yashim também estava apoiado em uma caldeira de líquido venenoso e fervente. Somente o peso do assassino mantinha seus pés firmes na borda da caldeira.

E a qualquer momento a corda passaria zunindo pela polia e Yashim mergulharia de costas na mistura fervente.

Eles estavam equilibrados.

A corda deu um puxão e cedeu meio centímetro.

Yashim segurou com mais força. Relanceou os olhos por entre as colunas de púrpura e amarelo e viu que os vãos escuros das portas do outro lado dos curtumes estavam se alargando.

Uma massa de homens se destacou da escuridão da porta e começou a se mover pela superfície reluzente dos curtumes em sua direção.

Pela direção de onde vinham, e pela maneira como se moviam, Yashim não achou que estivessem com cara de muitos amigos.

66

A CORDA DEU outro safanão e Yashim lutou para manter o equilíbrio na borda da caldeira. Seu pé direito perdeu contato e por um instante ele se inclinou para trás por cima da borda. Para recuperar o equilíbrio, precisou soltar mais a corda até ficar quase na horizontal. Pôde sentir o calor na nuca e o peso do líquido que empapava sua capa.

Não foi tanto uma decisão consciente quanto o instinto que o fez lançar-se furiosamente sobre a corda para recuperar o equilíbrio. A resposta de seu contrapeso humano o pôs momentaneamente de pé: o assassino caiu e, quando sua forma atingiu a água fervente, suas pernas se cruzaram convulsivamente pela última vez enquanto a corda finalmente se partia. Yashim tropeçou, os braços cortando o ar, enquanto o assassino continuava sua descida caldeira adentro. Recuperando o equilíbrio, Yashim teve tempo de ver a mão de alguém se projetar para fora do recipiente antes de afundar na água revolta.

Não teve tempo de pensar no que havia acontecido. Evitando a superfície escorregadia entre as caldeiras, os homens vindos da porta estavam agora se dividindo em duas fileiras junto à extremidade mais próxima das paredes, aos gritos de: "Detenham-no!" e "Fechem a entrada!". Yashim começou a recuar aos trancos, em um ziguezague diagonal, na direção do portão do canto, por onde havia entrado. Mas precisava se mover com cautela, enquanto os outros, mais distantes das bordas das caldeiras e com a ajuda da parede, iam se aproximando.

Vários curtidores já estavam no portão quando Yashim passou pela grade pela qual havia descido primeiro. Esticou a mão esquerda para baixo e levantou a grade como um escudo; com a outra mão, segurou a faca de lâmina curta. Mas ele já sabia que aquele gesto era inútil. Os homens no portão estavam agachados, de joelhos dobrados e pernas tortas, esperando uma briga. E os outros, pressentindo uma oportunidade, haviam se afastado da parede para se aproximar dele por entre as caldeiras.

Ele girou o corpo. Um homem atrás dele se lançou, e Yashim golpeou-o no rosto com a faca. Outro homem chegou perto, e Yashim empurrou a grade em sua direção como uma luva de ferro, projetando-o para trás. Virando-se, viu que o portão estava coalhado de homens: não havia escapatória naquela direção.

Sentiu um movimento e se virou, um pouco tarde demais. Só teve tempo de ver um rosto escurecido de raiva antes de sentir um golpe atordoante sobre o olho direito e cair no chão. Golpeou às cegas com a faca e esperou que o homem corresse para cima dela ou se esquivasse e lutasse com ele, mas, quando nada aconteceu, rolou de lado para erguer a grade como um escudo.

Bem a tempo de ver o homem de rosto escurecido girar para a direita depois de receber um puxão no braço. O homem que puxava se abaixou, ergueu-se como um peixe e bateu com a cabeça em cheio no nariz do atacante de rosto preto. O atacante caiu, e o homem que dera o golpe se virou para Yashim e sorriu.

– Vamos tirar você desta merda – disse ele.

67

CORREU A notícia de que a batalha – chamada apenas de confusão – continuou muito depois de Murad Eslek ter ajudado Yashim a abrir caminho aos socos, chutes e facadas para fora dos curtumes e para dentro da escuridão do lado de fora.

Enquanto seguiam tateando pelos becos, pequeninas luzes brilhavam atrás de persianas acima deles. De vez em quando, uma porta batia. Ao longe, um cão começou a ladrar. Seus passos ecoavam de leve sobre as pedras do calçamento, repercutidos por edifícios adormecidos e em paz. Um vento frio trazia cheiro de gesso úmido e o aroma persistente dos temperos da noite.

– Pff! Você está fedendo, meu amigo – disse Murad Eslek, sorrindo.

Yashim sacudiu a cabeça.

– Se não fosse você – disse –, não haveria mais nada para feder. Eu lhe devo a minha vida.

– Esqueça isso, *efendi*. Foi uma boa briga, isso sim.

– Mas diga-me como... – Yashim fez uma careta. Agora que a emoção havia passado, seu pé queimado começava a arder.

– Foi bem fácil – respondeu Eslek. – Vejo você passar correndo como um demônio... talvez tenha sido roubado, ou alguma coisa assim. Mas quando começou a ir na direção dos curtumes, não pareceu ser boa coisa... quero dizer, eles são da pesada, esses caras. Foi aí que comecei a pensar que iria precisar de uma artilharia pesada. Então recuei e chamei os rapazes. Passei por alguns cafés. Espalhei a notícia. Brigalhada no curtume? Sem problemas. Ora, quando chegamos lá e vimos a confusão em que você estava metido, os rapazes se jogaram como jumentos em cima de uma cenoura. Coisa linda.

Yashim sorriu. Já estavam de volta à cidade. As ruas estavam vazias e era tarde demais, pensou ele, para tomar um banho. Eslek pareceu ler seus pensamentos.

– Eu trabalho com transporte. Nós trabalhamos à noite, *efendi.* Nos mercados... de frutas e legumes, principalmente, e pequenos animais. Eu estava indo para lá quando nos encontramos de novo. Há uma casa de banhos que nós usamos, fica aberta a noite inteira, da qual você, como cavalheiro que é, talvez nunca tenha ouvido falar. É pequena, sim, mas acho que é limpa. Pelo menos vai evitar que você volte e empesteie a própria casa. Com todo o respeito – acrescentou ele às pressas –, mas os curtumes se entranham na pele da pessoa. É a gordura.

– Não, não, você tem toda a razão. Eu ficaria grato, de verdade. Mas você já fez tanta coisa por mim esta noite, não quero tirá-lo do seu caminho.

Eslek sacudiu a cabeça.

– Estamos quase chegando – disse ele.

Na porta dos banhos, despediram-se com um aperto de mãos. Yashim havia murmurado – e Eslek havia protestado.

– Esqueça, *efendi.* Você veio nos ajudar na noite do incêndio. Eu tenho mulher e filhos pequenos lá na rua que sabem que você fez um trabalho de primeira por eles. Eu ia dar meia-volta para encontrá-lo... o Letreiro do Cervo, não foi o que disse?... e agradecer direito. Meu conselho é: não vá mais se meter com os curtidores. Eles são sujos, *efendi,* e não é só por causa da gordura.

Yashim ficou grato pelos banhos. Eslek tinha razão: eram limpos. O dono, um velho armênio encovado com um rosto cansado e inteligente, concordou até em mandar um menino buscar roupas limpas com a senhoria de Yashim enquanto este lavava a gordura colorida que havia penetrado entre seus dedos dos pés e o miasma de merda que se prendia à sua pele. Durante todo o tempo, lutou para não se lembrar do que sabia.

Yashim desenrolou seu turbante e jogou água sobre os cabelos. *Preen estava morta.* Concentrou-se no ambiente ao seu redor. Quando o atendente lhe ofereceu uma barra de sabão, percebeu que ela recendia a Murad Eslek. Tocou a face esquerda: no dia seguinte, estaria com um olho roxo. Continuou a usar a concha, despejando a água quente sobre a cabeça ritmadamente, massageando o sabão no couro cabeludo, atrás das orelhas, pelo pescoço dolorido. Suas costelas estavam sensíveis onde o assassino havia se jogado em cima dele no corredor de Preen. *E Preen estava morta.* Yashim ergueu a cabeça com um safanão e viu que o atendente vinha lhe trazendo uma bacia de água fria para seus pés escaldados. Não havia nada que pudesse fazer em relação a seu joelho. Estava vermelho e dolorido. Iria sarar.

Forçou-se a se lembrar da perseguição pelos becos. Palewski lhe contara certa vez como Napoleão havia entrado na Itália, ganhando uma batalha após outra contra os austríacos, até sentir que a própria terra passava voando sob seus pés. Ele havia tido a mesma sensação ao perseguir o homem que matara o corcunda pelas vielas inclinadas de Istambul. O homem que matara Preen.

Ele não fora capaz de salvar o assassino, era verdade. Nesse caso, poderia tê-lo feito falar. Poderia ter descoberto – o quê? Detalhes, nomes, lugares.

Mesmo agora, não conseguia decidir se o assassino tinha consciência do que estava acontecendo enquanto se debatia tentando cortar a corda que o prendia à grua. Yashim tinha esperança de conseguir içá-lo de volta, para longe da caldeira fervente. Será que o assassino sabia onde estava? Teria sido suicídio? Yashim era crente o bastante para esperar que não.

No entanto, não conseguia se livrar da idéia de que o assassino, assim como ele próprio, entendia que estavam ambos nas extremidades de uma mesma corda: presos por minutos em um entendimento mútuo perfeito. Ele queria que nós dois fôssemos juntos, suspeitava Yashim.

Tudo que conseguira saber, em vez disso, fora como o terceiro cadete morto havia sido fervido de modo que todos os seus ossos ficassem limpos. E isso, raciocinou, era algo que ele poderia ter adivinhado. Afinal, o mestre sopeiro já lhe dissera como os janízaros haviam voltado a Istambul, assumindo empregos discretos. Vigias. Fornalheiros. *Curtidores.* Lembrava-se do rosto escurecido e cheio de cicatrizes do homem que o havia derrubado.

Era por isso que Preen havia morrido?

Yashim apertou os cabelos.

Preen estava morta.

E por que o assassino estava tão determinado a morrer?

O que poderia haver, com exceção da ameaça de justiça, que fosse capaz de fazer um homem decidir morrer em vez de falar?

Yashim só conseguia pensar em duas coisas.

Uma delas era medo.

A outra era fé: a morte do mártir.

Ele recuou de repente, arquejando em busca de ar, com os olhos ardendo.

Preen havia morrido sozinha, para nada, no escuro.

Sábia e dissoluta, amorosa e para sempre condenada, ela havia morrido por sua causa.

Ele pedira ajuda a ela.

Não era isso. Yashim soltou um gemido, dentes à mostra, olhos cerrados com força, batendo com a cabeça na parede azulejada.

Ele nunca a havia ensinado a ler direito.

68

O DIA NASCEU ensolarado. Na rua, os habitantes de Istambul se congratulavam uns com os outros pela volta do tempo bom, e exprimiam o desejo de que a escuridão que havia se abatido sobre a cidade durante a última semana pudesse por fim ceder. Otimistas declaravam que a seqüência de assassinatos parecia ter chegado ao fim, provando que a mensagem dos imames havia funcionado. Pessimistas previam mais nevoeiro pela frente. Somente os fatalistas, que em Istambul somavam centenas de milhares, simplesmente davam de ombros e diziam que, como no caso de incêndios e terremotos, seria feita a vontade de Deus.

Yashim encaminhou-se bem cedo para o café na Kara Davut. O dono do café percebeu que ele estava mancando e, sem dizer palavra, ofereceu-lhe um divã acolchoado afastado da calçada, onde ele ainda poderia aproveitar a visão das idas e vindas das pessoas na rua.

Depois de ele trazer os cafés, Yashim lhe perguntou:

– Há alguém que possa levar um recado para mim, e trazer a resposta? Eu pediria ao seu filho, mas é bem longe.

Ele deu o endereço. O dono do café franziu o cenho e seus lábios se curvaram para baixo.

– É cedo – disse ele, mal-humorado. – Mehmed pode ir. Ei, ei! Mehmed!

Um menino pequeno com cerca de 8 anos surgiu saltitando dos fundos da loja, atendendo ao chamado do pai. Fez uma mesura solene e ficou em pé olhando para Yashim com seus grandes olhos castanhos, esfregando um dos pés na perna oposta.

Yashim deu-lhe uma bolsa e explicou-lhe cuidadosamente aonde ir. Falou-lhe sobre a velha senhora atrás do biombo.

– Você tem de bater. Quando ela atender, apresente meus cumprimentos. Dê-lhe o dinheiro, e diga-lhe que são... para as despesas... da senhora Preen, do quarto 8. O que quer que ela diga, não fique com medo. Lembre-se do que eu lhe disse.

O menino aquiesceu e saiu correndo pela porta, onde uma pequena multidão havia se juntado para ver um dervixe executar sua dança na rua. Yashim viu o menino mergulhar sem hesitação entre as dobras de suas capas e, então, se afastar, descendo a rua. Um recado fúnebre, pensou; o pai do menino não ficaria satisfeito.

– Bom menino – disse ele, culpado. – O senhor deveria ter orgulho.

O pai fez um gesto com a cabeça que não significava nada e começou a limpar copos com um pano.

Yashim bebeu um gole de café e virou-se para observar o espetáculo na rua.

O dervixe dançava dentro do espaço delimitado por um círculo de espectadores, que de vez em quando precisavam se afastar para deixar alguém entrar ou sair do café, permitindo que Yashim tivesse um vislumbre do homem. Ele usava uma túnica branca, grevas brancas, uma boina branca, e flexionava as mãos e pernas na cadência de alguma melodia interna, com os olhos fechados. Mas o dançarino não estava em transe: pelo que Yashim podia ver, aquela parecia uma das danças mais simples de alguém que busca a verdade, uma versão estilizada da Ignorância buscando o Caminho.

Ele ergueu uma das mãos para esfregar os olhos e soltou um ganido involuntário. Havia se esquecido do olho roxo.

Uma estação antiincêndio. Outra torre. Sua exploração dos documentos no Arquivo Imperial havia sido inconclusiva, na melhor das hipóteses. As referências a torres de incêndio eram tênues demais para lhe fornecer alguma pista: não significavam nada, como quer que fossem interpretadas. Tudo que se podia dizer era que as torres de incêndio existiam; Gálata, Beyazit. Todo mundo sabia disso. Talvez ele tivesse lido o livro errado.

Se ao menos pudesse encontrar aquele prestativo sudanês. Ibou.

Ele fora procurar provas da existência de uma quarta torre. Não havia encontrado nada.

Talvez não houvesse nenhuma.

E se a quarta localização não fosse uma torre, no final das contas?

Mas, se não havia torre, o que ele estava procurando?

Pensou na segunda estrofe do poema *karagozi.*

Ignorantes,
E sem se saberem ignorantes,
Eles procuram.

Bem, ali estava ele. Ignorante, à procura. E o refrão?

Ensine-os.

Tudo muito bem, pensou, mas ensinar-lhes o quê? A iluminação? É claro, devia ser isso. Mas nada significava para ele. Como dizia o poema, ele sequer sabia o que desconhecia. Poderia continuar rodando em círculos daquela maneira para sempre.

Então, quem seriam aquelas outras pessoas, as pessoas que deveriam ensinar? Professores, simplesmente. Imames, por exemplo, repetindo o Alcorão para seus inquietos discípulos com suas bengalas. Instrutores de artilharia *ferenghi*, talvez, tentando explicar as regras da matemática a uma leva de recrutas de rosto quase imberbe. E nas madraçais, as escolas ligadas às mesquitas da cidade, meninos espertos aprendiam rudimentos de lógica, retórica e árabe.

Do lado de fora, na calçada, o dervixe havia terminado sua dança. Tirou uma boina do cinto e percorreu o café, pedindo doações. Para todos aqueles que lhe davam alguma coisa, ele estendia uma das mãos e murmurava uma bênção. Pelo canto do olho, Yashim viu o dono do café a observá-lo de braços cruzados. Não tinha dúvida de que, se o homem fosse um simples pedinte, o dono o teria expulsado, talvez com uma moeda, mas um dervixe, não, os *babas* mereciam respeito, porque eles mostravam às pessoas o caminho. O caminho rumo a uma verdade maior.

Os dervixes eram professores de verdades maiores.

Os *karagozi*, também, eram professores de seu Caminho.

Yashim encolheu os ombros, tentando se concentrar.

Nos últimos tempos, aquele verso não lhe saía da cabeça. *Ignorantes, eles procuram. Ensine-os.* E dissera a si mesmo – ou talvez fosse apenas um pensamento – que devia ser lento para aprender.

Onde tinha sido? Tinha a impressão de que, no final das contas, havia aprendido alguma coisa. Havia pensado naquele verso, e escutado algo útil. Mas não conseguia se lembrar de quando nem de onde.

Fechou os olhos. Em sua mente, esforçava-se para encontrar uma resposta.

Lento para aprender. Onde havia pensado isso antes?

Sua mente estava vazia. Tente de novo.

Ele havia adivinhado que as torres eram quatro. O velho Palmuk, o vigia de incêndio, havia negado.

Então ele se lembrou. Não fora o velho; fora o outro, Orhan. Fora Orhan quem lhe falara sobre as torres lá em cima, no parapeito da Torre Gálata, em meio ao nevoeiro. Descrevera a torre que fora perdida e contara como a Torre Beyazit fora erguida para compensar. A velha torre havia pegado fogo, dissera ele: junto com o *tekke*. Um *tekke*, como aquele lá embaixo.

Então, ambas as torres haviam abrigado um *tekke karagozi*. Ele ainda não podia ter certeza se havia um também na torre de incêndio de Beyazit, mas um *tekke* sem dúvida era o lugar onde se ensinava a verdade, na concepção dos *karagozi*. *Ignorantes, eles procuram. Ensine-os.* E os *tekkes* das torres de incêndio, coincidentemente, eram os *tekkes* mais antigos da cidade.

– Já revirei a história inteira do avesso – anunciou Yashim. Levantou-se abruptamente e viu um dervixe piscando, sorrindo, estendendo-lhe a boina para receber esmolas. A boina do dervixe passou flutuando por baixo de seu nariz.

Yashim caminhou para a rua.

O dervixe estendeu os dois braços em uma bênção. Dentro da boina, tinha visto um cequim de ouro.

69

– *Charmante! Tout à fait charmante!* Se eu fosse mais jovem, querida, certamente ficaria com inveja.

Eugenia corou de leve e fez uma mesura. Não havia dúvida em sua mente de que a *valide*, que estava reclinada em almofadas espalhadas por um divã próximo à janela, deveria ter sido lindíssima também. Com a luz suave a iluminá-la por trás, tinha a postura descontraída de uma mulher bonita. E as maçãs do rosto também.

– Estou tão contente por termos conseguido convencê-la a vir – prosseguiu a *valide*, sem um pingo de ironia. Ergueu as lunetas e examinou o vestido de Eugenia.

– As meninas vão achar você bastante *à la mode* – declarou. – Quero que fique sentada aqui ao meu lado, antes que elas venham devorá-la. Podemos conversar um pouco.

Eugenia sorriu e sentou-se na beirada do divã.

– Foi muita gentileza da senhora me convidar – disse ela.

– Os homens não acham isso, mas nós mulheres conseguimos organizar tantas coisas, *n'est-ce pas*? Mesmo daqui. *Tu ne me crois pas*?

– É claro que acredito na senhora, *valide*.

– E vocês russos estão muito em voga nos dias de hoje. O conde Orloff, predecessor do seu marido, foi um bom amigo do império durante a crise egípcia. Ele tinha uma esposa muito feia, pelo que sei. Mas sem dúvida eram felizes juntos.

Os olhos de Eugenia se apertaram imperceptivelmente.

– Ela era uma Voronsky – retrucou.

– Acredite ou não – disse a *valide* –, as exigências de famílias antigas nunca me impressionaram. Nem eu nem minha querida amiga de infância Rose éramos exatamente Almanach de Gotha. Éramos espertas, e isso conta muito mais. Ela se tornou imperatriz. Seu marido Napoleão, é claro, veio de lugar nenhum. Encanta-me dizer que os otomanos não têm esnobismos desse tipo.

Eugenia piscou os olhos preguiçosamente e sorriu.

– Sem dúvida existe uma antiga família no império cujas exigências precisam ser respeitadas? – disse ela, sem prestar atenção.

A *valide* estendeu uma das mãos e a pousou sobre o braço de Eugenia.

– Você está perfeitamente certa, minha querida. Mas o meu filho foi educado para defender essas exigências, mais do que se apoiar nelas. Pouco importa se você é o quinto, ou o 25º, ou, no caso de Mahmut, o 33º sultão do Império Otomano, e descendente direto do próprio Osman Bey, se você não pode provar que o império precisa de você. Mahmut superou minhas expectativas.

"Eu gostaria que você o conhecesse. Ele ficaria encantado com você, é claro."

A *valide* viu a surpresa na expressão de Eugenia e riu baixinho.

– Ah, não fique alarmada. Meu filho não é nenhum Suleiman.

Involuntariamente, Eugenia riu. Suleiman, o Magnífico, o grande sultão do Renascimento, havia se apaixonado perdidamente por uma cortesã russa, Roxelana. Acabaria se casando com ela – a última vez em que qualquer sultão havia se casado.

A *valide* deu-lhe um apertão no braço.

– E, *entre nous*, ele as prefere um pouco mais recheadas. Você vai ver.

Ela ergueu a mão. Como em um passe de mágica, duas moças entraram e fizeram uma mesura. Uma delas segurava uma bandeja com café em xícaras pequeninas. A outra, um narguilé.

– Você fuma?

Eugenia lançou um olhar espantado para a *valide*. Esta deu de ombros.

– Sempre me esqueço. Infelizmente, é um vício do harém. Um dentre vários. As modas parisienses são outro.

Ela gesticulou para as moças, que pousaram a bandeja e o narguilé. Uma delas ajoelhou-se graciosamente ao pé de Eugenia e ofereceu-lhe uma xícara de café.

– A inspeção começou – disse a *valide*, seca. Eugenia segurou a xícara e murmurou um agradecimento. A moça não fez nenhum esforço para se mover, mas levou a mão à testa e dirigiu algumas palavras à *valide*.

– Como eu esperava – disse a *valide*. – As meninas estavam querendo saber se você gostaria de juntar-se a elas nos banhos.

70

Enquanto subia a escada em espiral, Yashim ainda estava encantado com as notícias.

O menino o havia encontrado na calçada do lado de fora do café. Pusera-se muito rígido, em atitude de atenção, e cuspira o recado que havia decorado na corrida de volta da visita à senhoria de Preen.

– A senhora diz que sua amiga não vai morrer e que eu não deveria perguntar sobre essas coisas. Diz que ela machucou o braço e precisa de muito descanso. Ela diz... ela diz... – Ele contorceu o rosto. – Não consigo me lembrar da outra coisa, mas era igual à primeira parte. Acho.

Yashim o havia feito repetir o recado. Ficou imóvel durante vários segundos, e em seguida riu.

– Você foi muito bem... e me trouxe as melhores notícias possíveis. Obrigado.

O menino aceitou a moeda com um ar de grave cerimônia e voltou correndo para dentro do café para mostrá-la à mãe. Yashim virou-se para o alto da rua e saiu mancando em direção ao Corno de Ouro, cantarolando.

Seu humor não mudou quando ele passou a cabeça pelo alçapão e viu o velho Palmuk, o vigia de incêndios, apoiado no parapeito de costas para ele. Pelo contrário. Com um sorriso, subiu silenciosamente para o telhado. Postou-se atrás de Palmuk e, com um gesto repentino, agarrou-lhe a cintura da roupa. Antes de o vigia poder reagir, já o havia içado por cima do parapeito.

– Aaargh! Aaaargh! Não faça isso! Orhan! Aaaargh! Solte! Seu patife. Ah. Ah. Meu coração. Orhan?

– Não é Orhan – disse Yashim com a voz controlada. – É o homem para quem você mentiu ontem. A torre? Está lembrado? Acho que você disse também que não gosta de altura. Mas em que parte devo acreditar?

– Não gosto, *efendi*, não mesmo. E juro que não menti.

As pernas do velho Palmuk se debatiam, mas seus braços já estavam muito para o outro lado do parapeito para conseguir agarrar-se a ele. Yashim deu-lhe um pequeno empurrão.

– Não, por favor! – Ele agora estava quase gritando, desferindo as palavras em pequenas golfadas rígidas. – O que eu disse... eu queria o dinheiro. Vou devolver.

– Um *tekke* – gritou Yashim. – Existe um quarto *tekke*, não é?

Mas o homem não se mexia. Os olhos de Yashim se apertaram. Ele se perguntou se aquilo era um truque. Puxaria o homem de volta e então – vum! O velho Palmuk pularia em seu pescoço.

– É para baixo, então – disse ele bem alto.

Ou o velho Palmuk estava desmaiado, ou tinha muito sangue-frio.

Yashim pensou no assassino, mergulhando a si mesmo no corante fervente. Puxou o velho Palmuk de volta para o parapeito.

O rosto do homem estava da cor do cimento. Seus olhos se agitavam freneticamente para a esquerda e para a direita, e ele parecia estar tendo dificuldade para respirar. Emitiu uma série de estalos secos.

Yashim o deitou de costas e rasgou o colarinho de sua camisa. Massageou-lhe o peito, bombeando com os antebraços. As bochechas do velho Palmuk recuperaram um pouco de sua cor e o movimento rápido de seus olhos diminuiu o ritmo. Por fim, ele soltou um silvo longo e estremecido, e fechou os olhos.

Yashim nada disse. Esperou.

Os olhos do homem se entreabriram e deslizaram até ele.

– Não precisava ter feito isso – balbuciou ele. – O senhor tirou vantagem, *efendi*.

Agachado, Yashim inclinou-se para trás sobre os calcanhares e respirou pesadamente pelo nariz.

– Você mentiu para mim – disse ele, frio.

Um sorriso dissimulado espalhou-se pelo rosto de Palmuk, e ele deu um soluço triste.

– Era o que o senhor queria, não? – Ele falava muito baixo. – Velho Palmuk, atenda ao cliente. Ei, Palmuk, conte-nos uma história. – Ele tornou a fechar os olhos. – Não precisava ter feito isso.

Yashim mordeu o lábio. Na noite anterior, havia praticamente matado um homem. E agora...

– Sinto muito – disse.

Palmuk levou uma das mãos ao peito e segurou a camisa, amassando os dois pedaços rasgados juntos.

– Era uma camisa nova, *efendi.*

Yashim deu um suspiro.

– Eu lhe compro outra. Compro-lhe duas. Mas, primeiro, diga-me o seguinte. Os *karagozi* tinham um *tekke* na torre de incêndio de Beyazit? Como o que existia aqui?

O velho Palmuk manteve o olhar fixo.

– *Tekke*? Torre Beyazit? – Ele começou a sibilar. Yashim levou um instante para perceber que ele estava rindo.

– Qual a graça?

– Um *tekke* em Beyazit, o senhor disse? – O velho Palmuk esfregou o nariz com a palma da mão, disfarçando o riso. – Havia mesmo um *tekke* lá. A torre inteira era construída em cima dele.

Yashim gelou.

– O Eski Serai?

– Foi o que ouvi dizer. Na época, os janízaros costumavam guardar o velho palácio. Ele desmoronou. Mas os *karagozi* não abandonaram o *tekke.* Encontraram um jeito de mantê-lo... protegido, por assim dizer. Mandaram construir a torre de incêndio inteira por cima dele, entendeu?

Yashim entendia.

– Outro *tekke*, então. É disso que eu preciso. O quarto.

O vigia de incêndio abriu um sorriso.

– Havia dúzias, *efendi.* Centenas.

– Sim. Mas para os vigias de incêndio? Havia algum... especial?

O velho Palmuk ergueu-se com esforço. Sentou-se de pernas cruzadas, sacudindo a cabeça.

– Quisera eu saber, *efendi*. Quisera eu saber do que o senhor está falando. Não sei quem o senhor acha que eu sou, mas pegou o homem errado. Eu... eu não entendo o que o senhor quer dizer.

Virou-se para olhar para Yashim, seus olhos cinzentos arregalados.

– Eu costumava trabalhar como garoto de recados. Nas docas. – Ele agora assentia com a cabeça, encarando Yashim como se fosse a primeira vez. – Entenda isso, *efendi*. Eu não estava lá.

Yashim pensou: é verdade.

Eu dou dinheiro ao sujeito. Compro-lhe camisas. E ele na verdade não sabe nada.

71

YASHIM encontrou o embaixador polonês vestindo um roupão de seda com leões e cavalos bordados em fios de ouro desbotado, que Yashim supôs ser chinês. Ele estava bebendo chá e olhando fixa e silenciosamente para um ovo cozido, mas, quando Yashim entrou, ergueu uma das mãos para proteger os olhos, virando a cabeça de um lado para o outro como uma tartaruga ansiosa. A luz do sol destacava nuvens de poeira que subiam lentamente em direção às janelas compridas.

– Você sabe que horas são? – perguntou Palewski com a voz pastosa. – Beba um chá.

– Você está doente?

– Doente? Não. Mas estou sofrendo. Por que não poderia estar chovendo?

Incapaz de pensar em uma resposta, Yashim aninhou-se em uma poltrona e deixou Palewski servir-lhe uma xícara com a mão trêmula.

– *Mezes* – disse Yashim. Ergueu os olhos. – *Mezes.* Petiscos antes do prato principal.

– Precisamos falar sobre comida?

– *Mezes* são uma forma de chamar a atenção das pessoas para a excelência do banquete que está por vir. Dedica-se muito esforço à sua preparação. Ou, melhor dizendo, à sua escolha. Algumas vezes, os melhores *mezes* são as coisas mais simples. Pepinos frescos de Karaman, sardinhas de Ortaköy, no máximo empanadas e grelhadas... Tudo da melhor qualidade, da época: em outras palavras, o tempo certo é fundamental.

"Agora pense nesses assassinatos. Você tinha razão... são mais do que atos isolados de violência. Existe um padrão, e mais do que isso. Juntos, eles não são um fim em si, entende. A refeição não termina com os *mezes*, não é mesmo? Os *mezes* anunciam o banquete."

– E essas mortes, como *mezes*, dependem do tempo certo – continuou ele. – Passei os últimos três dias me perguntando: por que agora? Estou falando dos assassinatos, dos cadetes. Quase por acaso, descubro que o sultão está prestes a promulgar um édito daqui a poucos dias. Uma grande série de reformas.

– Ah, sim, o édito. – Palewski assentiu e juntou as pontas dos dedos.

– Você sabe sobre isso? – A argumentação de Yashim desmoronou com a surpresa.

– De forma tortuosa. Uma explicação foi dada a, ahn, membros selecionados da comunidade diplomática em Istambul, algumas semanas atrás. – Ele viu que Yashim estava prestes a falar e ergueu uma das mãos. – Quando digo selecionados, quero dizer que eu, por exemplo, não fui incluído. Não é difícil ver por quê, caso eu esteja certo em relação ao édito e ao que ele significa. Um de seus objetivos... seu objetivo principal, até onde sei... é tornar a Porte elegível para empréstimos estrangeiros. A Polônia, obviamente, não está em condições de influenciar o mercado de títulos. Então eles me deixaram de fora. De modo geral, foi um arranjo entre Grandes Potências. Fiquei sabendo dele pelos suecos, que ouviram dos norte-americanos, acho eu.

– Você está dizendo que os norte-americanos foram convidados?

– Por estranho que pareça. Mas, bom, você sabe quem são os norte-americanos? São os especialistas mundiais em emprestar dinheiro à Europa. A Porte os quer do seu lado. Talvez possam coordenar seus esforços. E, para ser franco, não acho que a Porte jamais conseguiu descobrir de que lado os norte-americanos estão. Seus paxás ainda estão interpretando a Declaração de Independência sessenta anos depois do ocorrido.

Palewski esticou a mão para pegar o bule de chá.

– A idéia de uma república sempre os fascinou, de um modo um tanto pueril. A Casa de Osman deve ser a linhagem real mais longeva da Europa. Um pouco mais de chá?

Yashim estendeu sua xícara e pires.

– Andei pensando em quem sabe sobre o édito. Não haviam me ocorrido potências estrangeiras.

– Mas as potências estrangeiras – disse Palewski, com cinismo paciente – são o mais importante: potências estrangeiras, empréstimos estrangeiros.

– Sim. Sim, é claro.

Passaram alguns minutos em silêncio bebendo seu chá, perturbados apenas pelas batidas do relógio alemão.

– Os seus janízaros – disse Palewski depois de algum tempo. – Você ainda acredita que eles existem?

Yashim aquiesceu.

– Goste ou não, tenho certeza. Você os viu serem eliminados, como me contou. Muito bem. A Polônia, conforme o mundo supõe, desapareceu cinqüenta anos atrás. Sequer é possível encontrá-la em um mapa. Mas não é isso que você me diz. Você diz que ela ainda existe. A Polônia existe na língua, na lembrança, na fé. Ela perdura como idéia. Estou falando da mesma coisa.

"Quanto às torres de incêndio, eu estava certo apenas em parte. Estabeleci uma ligação entre as três torres de incêndio que conhecia: as duas ainda de pé, bem como a que pegou fogo e foi demolida em 1826; e os cadetes, cujos corpos apareceram próximos às torres. Eu precisava encontrar uma quarta torre de incêndio, não é? Mas não consigo. Nunca houve uma quarta torre. Mas eu sabia que o padrão estava certo. As torres de incêndio levavam a marca dos janízaros, assim como esses assassinatos. Tinha de estar certo."

– Talvez. Mas, sem uma quarta torre, nada disso faz sentido.

– Era o que eu pensava, também. A menos que houvesse alguma outra coisa relacionada às torres que eu não estivesse conseguindo ver... algo que pudesse ligar todas as três a outro lugar que não fosse uma torre de incêndio.

Palewski projetou o lábio inferior para a frente e deu um suspiro.

– Detesto dizer isso, Yash, mas você está se aventurando em terreno muito perigoso. Vamos deixar minhas reservas de lado por um instante. Você suspeita que os janízaros assassinaram esses cadetes, por causa das colheres de pau e de todo o resto. – Ele franziu o nariz. – O padrão das torres de incêndio lhe ocorreu porque elas costumavam ser operadas pelos janízaros, já que eles eram os bombeiros da cidade. Se você abandonar as torres de incêndio, o que acontece com sua teoria dos janízaros? Você não pode ter as duas coisas.

Yashim sorriu.

– Mas eu acho que posso. Descobri o que precisava saber alguns dias atrás, mas foi só hoje que vi como tudo se encaixa. A Torre Gálata abrigava um *tekke karagozi*, um lugar sagrado para os janízaros. A torre de observação destruída na caserna dos janízaros também tinha um.

– Mas a Torre Beyazit é moderna – objetou Palewski. – E é exatamente disso que estou falando. Quando ela foi construída, os janízaros já não existiam mais, nem os *karagozi*. Francamente, Yash, essa obsessão com os janízaros só o está atrapalhando.

– Não acho. Acabo de descobrir que a Torre Beyazit foi construída exatamente em cima do antigo *tekke karagozi* no Eski Serai. Então já são três. O que estou procurando agora é outro *tekke karagozi*... e sequer sei por onde começar.

Palewski remexeu na mesa ao seu lado e pegou uma pasta de couro. Dentro dela havia uma única folha de papel exibindo uma marca-d'água, dobrada em dois, mas solta. Ele desdobrou a folha e, para surpresa de Yashim, revelou uma vista de Istambul a vôo de pássaro meticulosamente executada a tinta. No lugar onde deveria estar o céu, o papel estava coalhado de nomes, anotações e números.

– Você estava pedindo um mapa. Na noite passada, me lembrei de Ingiliz Mustafa – disse ele. – Virei esta casa de pernas para o ar para encontrar isto aqui.

– Mustafa, o inglês?

– Na verdade, ele era escocês. Campbell. Veio para Istambul cerca de sessenta anos atrás para fundar uma escola de matemática para artilheiros. Também se converteu ao islamismo.

– Ele ainda está vivo?

Palewski deu um muxoxo.

– Não, não. Infelizmente, nem a prática do islamismo foi capaz de fazer isso por ele. Uma de suas obsessões preferidas era a santidade de Istambul: como a cidade estava imersa em fé. Ouso dizer que ele se tornou muito bom muçulmano, mas não é fácil superar um treinamento científico escocês. Este mapa mostra todas as mesquitas, túmulos santos, *tekkes* dervixes e que tais que ele foi capaz de encontrar na cidade. Ele também mandou imprimi-lo aqui.

Palewski enfiou a mão no bolso do roupão para pescar um par de óculos de leitura.

– Olhe, cada local sagrado da cidade tem um número. A legenda está aqui em cima. Quatorze: Camii Sultão Mehmed. A mesquita de Mehmed. Vinte e cinco: Turbe Hasan. O túmulo de Hasan. Trinta, veja, *Tekke Karagozi*. E outro aqui. Aqui também.

Yashim sacudiu a cabeça, incrédulo.

– Somente um estrangeiro faria uma coisa destas – disse. – Quero dizer, é tão, tão... – Ele estava prestes a dizer inútil, mas pensou melhor. – Tão incomum.

Palewski soltou um grunhido.

– Ele queria mostrar como sua fé de adoção estava inserida na própria trama da cidade. A escolha de *tekkes karagozi* é bem farta.

Yashim examinou o mapa durante algum tempo.

– Farta demais – murmurou. – Qual será o certo? Qual será o quarto?

Palewski recostou-se para trás com os dedos cobrindo os olhos, pensando.

– Você não me disse que as três torres de incêndio eram também os *tekkes* mais antigos da cidade? Não foi isso que os vigias de incêndio disseram?

Os pensamentos de Yashim começaram a disparar. Palewski prosseguiu:

– Talvez eu só esteja dizendo isto porque sou polonês, e todos os poloneses, no fundo, prezam as antigüidades. Este roupão, por exemplo. Sabe por que eu o uso?

– Porque é confortável – disse Yashim, distraído.

– Sim e não. Ele é sarmatiano. Sabe, anos atrás, nós poloneses acreditávamos ser descendentes de uma tribo semimítica de guerreiros vindos da Sarmátia, em algum lugar da Ásia central. Em outras palavras, imagino que não soubéssemos exatamente de onde vínhamos, e estávamos procurando uma linhagem. Havia uma ânsia por isso, e supostamente o estilo sarmatiano... você sabe: seda, plumas, couro cor de carmim. Encontrei isto aqui pendurado em um armário quando cheguei aqui. É uma relíquia de outra era. É disso que mais gosto nele. A cada manhã, eu me enrolo em história. Na glória adorada do passado. Também é muito confortável, como você diz.

"Bem, o que me chama a atenção é pensar que esses *tekkes* são antigos, muito antigos. Talvez tenham sido os primeiros estabelecidos na cidade. É essa a sua linhagem, pode-se dizer. Talvez seja por aí que seus amigos queiram começar. Talvez o quarto *tekke* também seja um dos núcleos originais da cidade. O primeiro, ou o quarto, o que seja. Então você precisa procurar um *tekke* que seja tão antigo quanto os outros três que você conhece."

Yashim assentiu. Os quatro *tekkes* originais. Aquilo se encaixava: era os que os tradicionalistas desejariam.

– O que poderia explicar outra coisa que vem me incomodando – disse ele em voz alta. – Não a hora dos acontecimentos... isso se deve ao édito; mas o número. Por que quatro? Se você estiver certo, se alguém estiver voltando ao início, tentando recomeçar, então quatro é o número óbvio. Quatro é o número da força, como as pernas de uma mesa. É um reflexo da ordem terrena. Quatro cantos da Terra. Quatro ventos. Quatro elementos. O quatro é um pilar.

"E ele remonta aos próprios primórdios de toda a empreitada otomana! A guerra santa... e Istambul como o próprio umbigo do mundo."

Yashim podia ouvir o mestre sopeiro explicando que os janízaros haviam construído o império: que eles, com os *babas karagozi* a lhes servirem de guia, haviam conquistado aquela cidade para a fé.

– Sempre que as coisas deram errado, surgiram pessoas para explicar que nós simplesmente nos desviamos do caminho certo, que deveríamos voltar e tentar ser o que éramos quando a Europa inteira tremia a nossos pés.

– Bem, não a Europa inteira – disse Palewski secamente.

– Com exceção da Polônia, o inimigo valente – disse Yashim, generoso. Uma expressão de dúvida atravessou-lhe o rosto.

– Mas como podemos descobrir qual era o quarto *tekke* original? O seu mapa não fornece datas, mesmo que alguém as conhecesse.

Palewski mordeu as unhas.

– Se tivéssemos um mapa mais antigo – disse ele devagar –, um mapa realmente bom, para comparar com este. Afinal, a maioria destes *tekkes* aqui não existiria. Seria possível chegar a algum lugar por um processo de eliminação.

Ele esfregou as palmas da mão uma na outra.

– Teria de ser um mapa muito bom – ponderou. Então sacudiu a cabeça. – Para ser honesto, não tenho certeza de que exista alguma coisa antiga o bastante para você. Eu certamente não possuo tal coisa.

Yashim ficou sério e olhou fixamente para o fogo.

– O nome Lorich significa alguma coisa para você? – perguntou, em voz baixa. – Flensburg. Mil quinhentos e alguma coisa.

Palewski arregalou os olhos.

– Como diabos, Yash? É o mais incrível panorama da cidade jamais feito. Ou pelo menos foi isso que me disseram. Eu nunca o vi, para ser honesto. Devem ter existido várias cópias, mas você não vai encontrar nenhuma aqui em Istambul, isso é certo.

– Um panorama incrível – repetiu Yashim. – Você está errado, meu amigo. Acho que sei exatamente onde encontrá-lo.

72

MEIA HORA mais tarde, Yashim estava em pé sob o pórtico da embaixada russa, refletindo irritado sobre a idéia de que saber não era exatamente a mesma coisa que encontrar. Ele estava a apenas 800 metros da residência de embaixador de Palewski, e sequer a 20 metros do mapa que vira pendurado na galeria do vestíbulo no andar de cima. No que dizia respeito à sua facilidade para chegar até o mapa, porém, este poderia ter estado na Sibéria.

Parecia que o embaixador não estava em casa. Yashim perguntou-se se ele teria os mesmos horários que Palewski: talvez naquele exato momento estivesse na cama com sua adorável esposa. Aquela idéia o perturbou, e ele pediu para ver o primeiro-secretário no lugar do embaixador. Mas o primeiro-secretário tampouco pôde ser encontrado. Ocorreu a Yashim pedir para ver a esposa do embaixador: mas o bom senso, assim como uma antiga noção de decoro, eliminou essa possibilidade. Nem mesmo mulheres cristãs vinham até a porta para qualquer homem que batesse.

– Há alguém com quem eu possa falar? É muito urgente.

No instante em que escutou as passadas distintamente militares, Yashim se deu conta de quem poderia ser encontrado para falar com ele. A mão aleijada. A feia cicatriz.

– Boa-tarde – disse Potemkin. – Não quer entrar?

Enquanto seguia o jovem diplomata para dentro do grande salão, seus olhos se desviaram automaticamente em direção às escadas.

– Os funcionários geralmente não deixam entrar ninguém sem hora marcada. Sinto muito se o senhor está esperando há muito tempo. O embaixador e sua equipe estão muito ocupados hoje. Sua Excelência é aguardado no palácio esta noite. Infelizmente, será impossível interrompê-los.

Sua voz parecia nervosa, pensou Yashim, à flor da pele.

– Talvez o senhor possa me ajudar. No outro dia, vi um mapa interessante do lado de fora do escritório do embaixador. Eu gostaria de examiná-lo novamente. Será que...?

Potemkin pareceu intrigado.

– Um mapa?

– Sim. Feito por Melchior Lorich. Está pendurado no vestíbulo do primeiro andar.

– Tenho certeza de que Sua Excelência ficaria encantado em mostrá-lo ao senhor – disse Potemkin, mais afável. – Se puder fazer seu pedido por escrito. Eu mesmo me certificarei de que ele considere o pedido.

– Agora?

Potemkin conseguiu dar um meio sorriso.

– Infelizmente, isso é impossível. Pedidos dessa natureza levam, quanto seria, um mês ou algo assim para serem organizados. Talvez nós possamos apressar o prazo, porém. Digamos, três semanas?

– Eu sei que o mapa está bem ali, no alto da escada. Não vou incomodar ninguém.

Potemkin continuou a sorrir e não disse nada.

– Quinze minutos – disse Yashim, em desespero.

– O senhor se esquece de que isto aqui é uma embaixada em funcionamento. Não é um museu nem uma galeria pública. Mas tenho certeza de que Sua Excelência o príncipe ficaria encantado em considerar seu pedido... no seu devido tempo. Enquanto isso, a menos que tenha mais alguma coisa...

– Não imagino que o senhor já tenha tido oportunidade de examinar as contas do porteiro – observou Yashim, sardônico.

– Não – concordou o adido mansamente. – Não tive oportunidade. Permita-me acompanhá-lo até a porta, senhor.

73

NAQUELE mesmo instante, a mulher do embaixador estava sendo ajudada a se despir por cinco afoitas ajudantes, que seguravam cada uma das peças enquanto estas iam sendo retiradas e a examinavam com graus variados de animação e admiração.

A sugestão da *valide* de que ela deveria ir aos banhos com as mulheres do harém do sultão, vindo logo em seguida à sua oferta de um trago do narguilé, havia deixado Eugenia temporariamente sem fala. Não era fácil deixá-la perplexa, mas ocorrera-lhe imediatamente que o sultão poderia ele próprio ter vontade de ir aos banhos. Ou, então, que ele pudesse decidir assistir ao espetáculo de trás de um biombo escondido. Por fim, ela se perguntou se a *valide* a estaria simplesmente provocando.

– Não tem problema nenhum – disse a *valide*. – O sultão nunca usa os banhos das mulheres. As meninas ficariam encantadas, mas se você preferir não fazê-lo...

Eis a resposta para duas das minhas perguntas, pelo menos, pensou Eugenia.

– Eu ficaria encantada – respondeu ela.

Minutos depois, ela ria enquanto as moças examinavam seu espartilho, fazendo caretas divertidas. Uma delas estufou as bochechas e soprou. Outra, para alegria generalizada, fez uma mímica imitando o giro de uma pequena chave em uma fechadura. Com um gesto dos ombros firmes e leitosos, ela demonstrou a Eugenia que as otomanas gozavam de certas liberdades negadas a suas primas européias. Mas, quando Eugenia despiu a anágua, elas recuaram com o que parecia uma sincera admiração pelo efeito causado por sua nudez – até descobrirem seus pêlos púbicos. Diante destes, com igual sinceridade, simplesmente esbugalharam os olhos de surpresa. Então a ajudaram a desfazer os cadarços e a escoltaram até os banhos.

Mais tarde, Eugenia refletiria sobre a diferença entre um banho turco e um banho russo. Na propriedade de seu pai, nos arredores de Moscou, ela muitas vezes havia pulado para fora da cabana de madeira fumegante para arquejar de prazer na neve, enquanto as criadas que a ajudavam no banho batiam meticulosamente em sua pele com um punhado de galhos de bétula à guisa de açoite, até fazê-la corar. Nos banhos do harém, o prazer era obtido sem a dor, por assim dizer: o prazer parecia infinito e curiosamente detalhado. Ela foi ensaboada, esfregada, massageada, e pareceu que nenhuma parte de seu corpo escapou às atenções das moças, ou da mulher robusta que lhe flexionava os membros, estalava o pescoço e chegava até a torcer seus dedos das mãos e dos pés. Foi somente graças a uma tremenda força de vontade, da qual depois se arrependeu um pouco, que ela conseguiu transmitir sua opinião sobre a cera quente e uma navalha providenciadas automaticamente pela atendente dos banhos. Depois de se banhar, recostada nua sobre um sofá na sala adjacente, cercada pelas outras mulheres que fumavam, bebericavam café e avaliavam sua convidada – e todas as suas roupas –, Eugenia não fazia idéia de quanto tempo havia transcorrido. A algaravia das mulheres era muito relaxante, e suas cadências parecidas com a dos pássaros se misturava ao cheiro de polpa de maçã e fumo para fazê-la voltar, quando fechava os olhos, a uma infância outonal às margens de um rio distante, não muito tempo antes.

Foi acordada pela mão fria de alguém pousada em seu ombro. Automaticamente, ergueu-se e deparou com o *kislar agha* a fitá-la de maneira impassível. Ele então assentiu várias vezes e exibiu os dentes pequeninos, informando-a com gestos de que ela deveria se levantar.

Ela se levantou devagar, sorrindo para suas novas amigas. Estas sorriram de volta, mas furtivamente, e a ajudaram a se vestir. Ela vestiu primeiro a anágua, depois cobriu a parte da frente do corpo com o espartilho. Uma das moças o amarrou nas costas; ela teria preferido que ficasse mais apertado, mas de alguma forma a atmosfera de descontraída frivolidade que lhe teria permitido pedir à moça para puxar com mais força não estava mais ali. Ela relanceou os olhos para onde o chefe dos eunucos negros estava de pé junto à porta, correndo os olhos pelo aposento. Uma vez vestida, ergueu o queixo e lançou-lhe um olhar direto e lânguido. Ele fez uma mesura quase imperceptível e abriu a porta.

De volta aos aposentos da *valide*, encontrou a velha senhora em seu divã, tagarelando com um gordote de meia-idade a cavalo sobre uma cadeira em estilo ocidental, balançando-a para a frente e para trás.

O sultão se virou e levantou-se com um ligeiro esforço.

– *Princesse!* – Fez uma mesura, tomou-lhe a mão e a pressionou contra os lábios. Eugenia curvou-se em uma profunda reverência.

– Bravo! – A *valide* bateu palmas. – Estou vendo que você escapou tão bem vestida quanto antes. As meninas poderiam facilmente ter roubado as roupas dela – explicou.

– As roupas dela? – O sultão parecia não estar entendendo. – Mas nós mandamos buscar roupas em Paris todo ano, *valide*.

Eugenia deu uma risada agradável.

– Eu acho, Sua Majestade, que não são as roupas em si que as moças acham interessantes. É a maneira como são usadas. E todo mundo – acrescentou, incapaz de pensar em uma alcunha para as mulheres do sultão – foi encantador.

Ao dizer todo mundo, não estava se referindo ao *kislar agha*. O *kislar agha* lhe dava arrepios.

74

— Já de volta?

— Stanislaw Palewski — anunciou Yashim —, nós temos exatamente quatro horas. Você vai a uma festa.

Palewski sorriu e sacudiu a cabeça.

— Eu sei o que você está pensando: o recital do embaixador no palácio. É tudo muito tentador, mas eu não freqüento mais essas festas. Ultimamente, eu... — Ele abriu os dedos das mãos. — Para ser franco, Yash, é uma questão de roupa. — Baixou a voz. — Uma questão de traças, se preferir.

Yashim ergueu uma das mãos, imperioso.

— Não estamos falando daqueles horríveis casacos de besouro que vocês todos costumam usar. Você tem roupas esplêndidas e quatro horas à sua disposição. Eu já mandei chamar o alfaiate. Hoje à noite, você vai aparecer no palácio como a encarnação da história polonesa.

— Ahn?

— Você vai vestido de sar... como é mesmo?

— Sarmatiano.

— Exatamente.

O embaixador polonês cruzou os braços, teimoso.

— Que idéia mais tola. Quem você pensa que é? Minha fada-madrinha?

Yashim piscou os olhos, sem entender, e Palewski soltou uma risadinha seca.

— Deixe estar, é uma história antiga. — Ele franziu o cenho. — O que você está fazendo?

Pois Yashim havia erguido os braços e estendido as mãos, recuando um passo, como se Palewski fosse um djim que ele houvesse acabado de fazer surgir do nada.

Palewski estreitou os olhos, desconfiado.

– Desculpe, Yash. Eu faria qualquer coisa por você, você sabe disso. Mas somente dentro dos limites da razão. Como embaixador da Polônia junto à Sublime Porte, tenho uma responsabilidade maior. Minha nação é uma nação caída, eu sei disso. Mas teimosa, meu senhor, muito teimosa. – Ele sacudiu um dedo. – Pode chamar isso de orgulho, ou de vaidade, se quiser... mas estou lhe dizendo. Nem por você... nem mesmo pela Madona Negra de Czestochowa em pessoa... eu apareceria diante de meus pares vestindo um roupão velho e bolorento.

75

– Sua Excelência não está – trovejou o mordomo.

Ele manteve a porta entreaberta, espiando o turco que havia tocado a campainha.

– Eu preferiria esperar – disse Yashim. – Tenho tempo de sobra.

O mordomo avaliou o comentário. Por um lado, ele sugeria um elogio a seu patrão, que era, naturalmente, um homem ocupado. Por outro, ninguém em Istambul nunca dizia exatamente o que queria dizer. Ele estudou Yashim. Suas roupas sem dúvida eram limpas, ainda que simples. Ele gostaria de esfregar aquela capa com os dedos, para certificar-se de que se tratava realmente de cachemira, mas, sim... talvez aquele homem no final das contas pudesse ser alguém importante.

– Tenha a bondade de entrar – entoou o mordomo –, poderá encontrar uma cadeira no vestíbulo.

Yashim encontrou a cadeira, e sentou-se nela. O mordomo fechou a porta atrás deles com um clique audível. Yashim ficou sentado de frente para a porta que havia acabado de atravessar e para duas enormes janelas de guilhotina que desciam quase até o chão. A escadaria à sua esquerda subia rodopiando por suas costas até o vestíbulo no andar de cima. O mordomo cruzou o aposento com andar majestoso até um lacaio de peruca e calças curtas, postado solenemente no pé da escada, e murmurou algumas palavras em russo. O lacaio manteve os olhos fixos para a frente e não respondeu nada.

– Tenho certeza de que não precisará esperar muito – disse o mordomo ao passar por Yashim e desaparecer por uma porta à sua direita.

Yashim permaneceu sentado com as mãos unidas no colo.

O lacaio permaneceu de pé com as mãos ao lado do corpo.

Nenhum dos dois se mexeu durante vinte minutos.

Ao final desse intervalo, Yashim sobressaltou-se de repente. Levantou a cabeça. Algo havia atraído sua atenção na janela. Ele se inclinou ligeiramente para um dos lados e forçou a vista, mas o que quer que houvesse atraído seu olhar parecia ter desaparecido. Mesmo assim, ele continuou a observar a janela.

Cerca de trinta segundos mais tarde, estava quase em pé, olhando fixamente para a janela. Os olhos do lacaio passaram por ele, em seguida pela janela, mas esta estava preta e não lhe revelou nada.

A atenção de Yashim, no entanto, foi atraída para alguma coisa quase fora de seu campo de visão. Curioso, ele se inclinou mais para a direita, para segui-lo melhor. De onde estava em pé, o lacaio percebeu que não podia ver aquilo que o estrangeiro estava observando.

Perguntou-se o que seria.

Yashim deu um leve sorriso, soltou o ar pelo nariz com um assobio e continuou a observar, inclinando a cabeça.

O lacaio esfregou os dedos nas palmas das mãos. O estrangeiro, percebeu, havia inclinado a cabeça ligeiramente, para acompanhar o acontecimento do lado de fora. Este parecia estar se afastando, porque o sujeito agora estava se inclinando para a frente.

Bem devagar, Yashim recostou-se na cadeira. Parecia intrigado. Na verdade, simplesmente não conseguia imaginar o significado do que parecia ter visto.

Alguma coisa dentro do terreno da embaixada, o lacaio sabia.

Quando não deveria haver nada. Ninguém.

O lacaio se perguntou o que poderia ter sido. Tinha de ser uma luz. Uma luz no escuro, dentro da propriedade. Dando a volta pela lateral da embaixada.

O que o mordomo teria feito? O lacaio olhou de relance para o turco, que ainda estava sentado exatamente onde havia se instalado meia hora antes. Com o cenho levemente franzido.

Depois de ter visto algo que não esperava. Que ninguém mais havia observado.

O lacaio deu um passo cauteloso para a frente, hesitou, e então seguiu até a porta da frente e a abriu.

Olhou para a esquerda. Os espaços entre as colunas do pórtico estavam negros como breu. Deu um passo para fora, e mais outro, esticando o pescoço para ver melhor.

Pressentiu uma escuridão às suas costas e se virou pela metade. O turco enchia o vão da porta.

O turco estendeu as mãos, com as palmas para cima, e deu de ombros. Então gesticulou para si mesmo e para a guarita.

– Estou indo – disse ele em turco.

O lacaio entendeu o gesto. Sua ansiedade aumentou.

O turco desceu os degraus.

O lacaio esperou até ele ter saído do pórtico, e então desceu ele próprio os degraus bem depressa e dobrou à esquerda, em direção à escuridão.

Em seu íntimo, sentiu prazer no ventinho frio que o atingiu no rosto, mas foi absolutamente incapaz de despentear seus cabelos artificiais. Mesmo assim, ele nada viu. Correu até o canto do prédio e olhou para a extremidade do muro da ala leste.

Era o mais longe que ele se atrevia a ir.

76

YASHIM tornou a subir correndo os degraus, atravessou o vestíbulo vazio e subiu as escadas pulando os degraus de três em três. No alto, reduziu a velocidade e pôs a mão na maçaneta do vestíbulo.

E se houvesse outro lacaio de sentinela ali, como antes?

Empurrou a maçaneta e entrou.

O aposento estava quase escuro. Duas velas ardiam em seus nichos no outro canto do cômodo, de fato distantes demais para ter qualquer serventia para ele. Ele se virou para a direita, percorrendo a galeria. Era difícil distinguir os óleos, mas ele fazia uma pausa ao passar diante de cada um deles. Dava um passo para o lado, para permitir que a luz fraca o revelasse, e embora ali quase só houvesse sombras, a composição das figuras agrupadas bem juntas em seu centro era inconfudivelmente a do tsar e sua amorosa tsarina, com seus filhos pequenos.

Deu meia-volta e examinou a galeria na outra direção.

Dois retratos. Uma pintura em tamanho real de um homem a cavalo. Uma cena que ele não conseguiu decifrar, que incluía um rio e uma massa de homens e cavalos precipitando-se em sua direção. Outro retrato.

E ele chegou novamente à porta. Pôde ouvir o lacaio batendo a porta no andar de baixo.

Olhou em volta, atônito.

Conforme ele se lembrava, o vestíbulo ainda abrigava um Parlamento inteiro de nobres russos, um Hermitage inteiro de cabeças coroadas. Quanto a paisagens, bem, muitas verstas de estepe russa haviam sido abarrotadas ali também, e nelas hussardos cossacos se curvavam em ruas de aldeias para dar beijos de adeus em suas namoradas.

Não havia nenhum mapa de Istambul à vista.

Onde antes estivera o mapa, ele via o retrato de um tsar afligido pela gota.

Deu um passo para a frente. O tsar parecia surpreso: talvez não gostasse de ser ignorado. Mesmo à luz difusa das velas, Yashim pôde distinguir o tênue contorno da moldura, marcado na madeira pintada da parede.

Eles haviam se livrado do mapa.

Yashim mal teve tempo de registrar essa idéia assustadora quando ouviu passos subindo as escadas.

Sem hesitar um segundo sequer, precipitou-se em direção à porta na outra ponta do aposento. A maçaneta girou com facilidade, e em um instante ele estava do outro lado.

77

O EMBAIXADOR russo levou um monóculo ao olho e o deixou cair sem ruído enquanto seu olho se expandia de surpresa.

– Não acredito nisto! – murmurou, sem se dirigir a ninguém em particular. Um segundo secretário, de pé ali perto, abaixou-se como se fosse pegar o comentário e levá-lo ao ouvido; no entanto, não escutou nada. Levantou a cabeça e seguiu o olhar do patrão.

Em pé junto à entrada, com uma taça de champanhe em uma das mãos e um par de luvas de pelica na outra, estava Stanislaw Palewski, o embaixador polonês. Mas ele não se parecia com nenhum embaixador polonês que o russo jamais houvesse visto. Em um rosto pálido como a própria morte, seus olhos azuis faiscavam de interesse: mas não foi a expressão de seu rosto que surpreendeu o ministro do tsar.

Palewski estava vestido com um casaco de montaria acolchoado que descia até os tornozelos, feito de seda pura vermelha, coberto de fantásticos bordados a fios de ouro, com um magnífico debrum de arminho na gola e nas mangas. Seu colete comprido era de veludo amarelo: sem se deixar estragar por nada tão vulgar quanto botões, era mantido no lugar por uma esplêndida faixa de seda vermelha e branca. Abaixo dessa faixa, ele usava calças bufantes de veludo azul, enfiadas em botas de cano flexível tão bem enceradas que refletiam o quadriculado do chão do palácio.

As botas, dissera o alfaiate de Yashim em tom desafiador, estavam além da sua capacidade.

Mas naquele instante, graças a algum enceramento habilidoso dos próprios pés do embaixador, era impossível detectar que as botas estavam furadas.

"É um truque antigo sobre o qual li em algum lugar", havia observado Palewski, escurecendo calmamente os dedos dos pés com uma escova. "Os oficiais franceses faziam isto na última guerra, sempre que Napoleão ordenava uma guarda de honra."

78

YASHIM puxou a porta atrás de si para fechá-la, soltando a maçaneta delicadamente para não fazer barulho.

Foi bem a tempo: no instante em que encostou o ouvido à porta, pôde ouvir a outra porta sendo aberta. Alguém marchou vestíbulo adentro e em seguida parou.

Daqui a cinco segundos, a pessoa vai chegar a esta porta, pensou Yashim. Olhou em volta, esperando encontrar um lugar para se esconder.

E percebeu imediatamente que a estonteante jovem esposa do embaixador russo, coberta por um reluzente manto de zibelina, estava sentada diante de um espelho, encarando-o boquiaberta.

E, tirando o casaco de peles, estava nua.

79

O PRÍNCIPE Derentsov lançou um olhar para o embaixador austríaco, homem cujo pescoço não se via, de bigode farto, e cuja barriga se assemelhava a um odre de vinho de Bukovina. Ele estava em pé de costas para a porta, de modo que Derentsov teve a satisfação de observar sua reação a Palewski quando, ao perceber uma mudança na expressão do homenzinho com quem conversava, virou-se e deparou com o embaixador polonês.

Sua pesada mandíbula despencou. Seus olhos saltaram das órbitas. De macilento, ele adquiriu uma cor parecida com o púrpura imperial.

Tolo, pensou o príncipe Derentsov. Com certeza, o fato de o polonês ir até lá naquela noite, vestido daquela forma, era um insulto deliberado aos poderes que haviam silenciado a pequena e belicosa nação quarenta anos antes. Mas a reação daquele mercador de salsichas austríaco poderia proporcionar alguma satisfação ao polonês.

O austríaco tentava encontrar seu olhar, agitando uma munheca gorda no ar como uma foca ferida. Derentsov deu-lhe as costas e começou a conversar com seu segundo secretário.

O embaixador britânico, sem interromper sua conversa, permitia que seus olhos se desviassem de vez em quando de seu acompanhante austríaco para o príncipe Derentsov. Beliscava o próprio lábio para conter um sorriso.

O embaixador norte-americano disse:

– Quem diria! – Teve vontade de se aproximar e apertar a mão de Palewski, mas era novo ali, não apenas em Istambul, mas nos meandros do protocolo diplomático. Falarei com esse sujeito antes de a noite terminar, pensou.

O embaixador francês se aproximou ligeiramente, de modo que, quando Palewski adentrou o aposento, gravitou naturalmente para o meio do pequeno grupo do francês.

E o regente imperial, Giacomo Donizetti, uma vez que era italiano e muito romântico, travava uma conversa sussurrada com o primeiro violino. Seu programa de leve música alemã ocasional encerrou-se discretamente e, depois de um instante de farfalhar de partituras, a orquestra atacou a última polonesa de Chopin. Algumas das pessoas mais inteligentes no salão aplaudiram. O príncipe Derentsov, naturalmente, prosseguiu sua conversa.

O sultão Mahmut escolheu esse momento para adentrar o salão. Ouviu os aplausos e, sentindo-se novamente confiante – pois detestava aquelas reuniões internacionais –, adiantou-se para falar com o embaixador francês.

Mais tarde, tentou explicar aquilo para a mãe.

– Achei que ele estava muito elegante. Concordet também, acho eu. Gostaria que pudéssemos ter um regimento assim, cheio de faixas e cor. Ele parecia um de nós.

– Até esse ponto posso compreender – interrompeu a sultana *valide*, ríspida. – O que não entendo é por que você teve de mandar prendê-lo.

O sultão torceu os dedos.

– Não seja ridícula, *valide*. Ninguém foi preso. Eu apenas mandei que o escoltassem até um aposento contíguo. Eu... eu conversei com ele mais tarde. Fiz o mesmo com o russo, Derentsov, e foi tudo culpa dele, a sugestão do duelo. Praticamente debaixo do meu nariz!

A *valide* entendia o que ele estava querendo dizer. Fora por recomendação dela, vários anos antes, que o sultão emitira um decreto formal, apoiado pelos ulemás, proibindo a prática de duelos dentro do império. O decreto tinha como alvo, sobretudo, os montanheses teimosos da Circássia, cujas rixas distantes de vez em quando traziam dor de cabeça e ansiedade para o harém do sultão e irritavam a sultana *valide*, mas também se aplicava aos suscetíveis forasteiros de Gálata.

– O embaixador britânico levou Palewski até um lugar onde o russo podia escutá-lo – explicou o sultão. – Então a culpa também foi dele. Eu não estava por perto, mas aparentemente Stratford Canning esforçou-se para atrair a atenção de Derentsov, e o russo se virou tão abruptamente que atingiu o copo de Palewski com o cotovelo, e acabou com a camisa toda molhada de champanhe. Você sabe como eles são. Bem, pelo menos pode imaginar. O polonês sacou um lenço e começou a enxugar-lhe o peito... he he he!

– Mahmut!

– Ora, *valide*, foi engraçado. Os russos nunca reconheceram sequer uma vez a existência de Palewski. Sempre fingiram que não o viam. Mas ali estava Derentsov mandando buscar pistolas para a madrugada e o embaixador polonês enxugando-o com um guardanapo!

A *valide* também se rendeu ao humor da situação.

– Mas o que o polonês falou?

Mahmut se sacudia todo, de olhos fechados.

– Ele disse... he he he... ele disse... ha ha ha... "Bem, neste caso eu aceito o desafio, e o senhor pode usar seu próprio lenço!" He he he!

A sultana *valide*, que não ria havia vários anos, ou mais, sentiu-se contagiada pela risada do filho. Fazia muitos anos desde que ela fora a uma festa, mas sabia como os homens podiam ser engraçados juntos.

O sultão Mahmut foi o primeiro a se acalmar, com um bufo de hilaridade ocasional a interromper-lhe o relato.

– Depois disso, tive de separá-los. O polonês se afastou com muita educação. Eu conversei com ele e o deixei ir embora. Derentsov já estava possesso quando me aproximei dele, falando em violação de seus direitos diplomáticos e essas coisas. Eu o deixei vociferar, e então disse meu texto sobre duelos e a lei, o mesmo que havia recitado para o embaixador polonês. Disse que a marca de uma nação civilizada era seu respeito pelo indivíduo, e o respeito do indivíduo pela lei, e que eu, obviamente, entendia que outras nações tivessem princípios diferentes, mas que, dentro do império que controlo, duelos são proibidos. É por isso, eu disse, que temos leis... e leis, acrescentei, que serão reforçadas e esclarecidas em questão de dias. Enquanto isso, eu pedia o seu perdão.

– E?

– Se tivesse dependido de desculpas para ser dispensado, *valide*, talvez o embaixador russo ainda estivesse de molho naquela sala. O que ouvi à guisa de contrição foram algumas palavras resmungadas... impropérios, tenho certeza... e disse isso a ele. Então sugeri que ele fosse para casa e me retirei.

– *Flûte, mon brave!* Você é muito esperto!

A *valide* agarrou o filho pelas orelhas e lhe deu um beijo.

80

ANTES QUE Yashim conseguisse se recuperar do susto, Eugenia já havia apontado um dedo imperioso.

– Poderia tentar debaixo da cama.

Yashim não precisou ouvir uma segunda ordem. Praticamente mergulhou em direção à cama, e se contorceu para baixo dela. Viu Eugenia aproximar-se da porta com os pés descalços; ao passar, ela pegou algo em cima da cama. Um robe de seda sibilou pelo ar e ondulou em volta de seus tornozelos.

Houve uma batida na porta. Yashim esforçou-se para escutar, mas tudo que conseguiu ouvir foi o "*Nyet, nyet*" de Eugenia e algumas palavras murmuradas. A porta se fechou, e os pés tornaram a se aproximar da cama. Então o robe escorregou até o chão em uma nuvem suave e os pés desapareceram.

Eugenia estava sentada na cama, bem em cima de onde ele estava. Esperava a aparição de seu turco. Trazia no rosto um pequeno sorriso, e mais nada.

Sentindo-se ridículo, Yashim pôs-se de pé atabalhoadamente e fez uma mesura.

– Perdoe-me, Excelência – disse ele. – Eu me perdi. Não fazia idéia...

Eugenia fez um biquinho.

– *Não fazia* idéia, *monsieur otomane*? Que decepção. Venha aqui.

Ela correu a mão por entre os seios. Pelas jóias, pensou Yashim, como ela é linda: mais linda do que as moças do harém do sultão. Que pele tão branca! E os cabelos – negros como ébano reluzente.

Ela ergueu um dos joelhos e o lençol de seda se levantou, expondo uma coxa comprida e esbelta.

Ela me quer, pensou Yashim. *E eu a quero.* Aquela pele: ele desejava estender a mão e acariciá-la. Ansiava por respirar seu aroma peculiar, exótico, por descobrir suas curvas com as mãos, por tocar com os seus aqueles lábios escuros.

Proibido. Este é o caminho da paixão e do arrependimento.

É por aí que você não pode ir. Não se der valor a sua sanidade.

– A senhora não entende – disse Yashim, desesperado. – Eu sou... eu sou... – Qual era mesmo a expressão que o rapaz inglês havia usado? Ele se lembrou: – Eu sou um membro autônomo.

Eugenia fez cara de quem não entendia.

– Você quer que eu lhe pague? – Ela soltou uma risada de incredulidade e balançou os cachos. E não só os cachos. – E se eu não pagar?

Yashim não estava entendendo nada. Ela viu a confusão no rosto dele e ergueu as mãos.

– Venha aqui – disse ela.

Apoiou as mãos espalmadas sobre a cama, atrás das costas. Yashim grunhiu baixinho e fechou os olhos.

Cinco minutos depois, Eugenia havia descoberto o que ele queria dizer com autônomo.

– Melhor ainda – disse ela, e tornou a se jogar sobre os travesseiros. Ergueu um dos joelhos bem torneados.

– Então eu sou sua, turco! – arquejou.

81

BEM LONGE, no primeiro grande pátio do palácio do sultão em Topkapi, as carruagems rodaram sobre as pedras do calçamento e atravessaram o alto portão para desaparecer em direção ao hipódromo e à escuridão da cidade. Agora restava apenas uma dessas elegantes carruagens, com seu condutor imóvel na boléia, de chicote na mão, e dois lacaios postados atrás de si qual homens de pedra, indiferentes à garoa fina. Com o vento a açoitar as tochas penduradas pelos muros internos, a luz se refletia no verniz espesso e negro da porta da carruagem, e iluminava o brasão real dos Romanov com sua águia de duas cabeças: o símbolo que, tantos séculos antes, havia se originado naquela mesma cidade.

Se na carruagem do embaixador russo tudo ainda estava imóvel, no *boudoir* da esposa do embaixador russo a situação havia alcançado um nível de atividade decididamente intenso.

Erguendo os ombros com um arquejo, Eugenia deu um suspiro longo e satisfeito.

Instantes depois, estava sorrindo preguiçosamente, com a boca encostada na orelha de Yashim.

– Eu posso ser vaidosa, mas não suponho que tenha sido por isto que você veio até aqui – sussurrou.

Yashim ergueu o corpo, apoiado nos braços. Seus olhos estava cerrados com força, como se ele sentisse alguma dor. Eugenia estendeu uma das mãos e acariciou sua testa suada.

– Desculpe – disse ela apenas.

Yashim soltou a respiração e abriu os olhos. Inspirando profundamente, disse:

– O... mapa... no... vestíbulo. Onde foi parar?

Eugenia riu mas, ao ver a expressão nos olhos dele, virou-se para o lado e ajoelhou-se sobre a cama.

– Está falando sério?

– Preciso olhar aquele mapa – disse ele. – Antes que o seu marido volte.

– Aquele lá? – Uma expressão de desprezo atravessou-lhe o rosto. – Ele não vai entrar aqui. – Ela pulou da cama e recuperou o robe, apertando o cinto com um puxão irritado.

– Ele nunca me perdoou por ter me casado com ele. E você não faz idéia de como estou *entediada.*

Yashim franziu o cenho. Era difícil acreditar que o príncipe conseguisse passar um só instante sem tocar a esposa. Mas vejam só. Talvez, ele, Yashim, não fosse diferente daqueles ocidentais que imaginavam o sultão em um salão perfumado cheio de *houris.*

– Faz seis meses que estou aqui. Eu não saio nunca. Troco de vestido três ou quatro vezes por dia... para quê? Para quem? Para os guardas? Uma vez por semana, meu marido dá um jantar muito aborrecido.

Ela juntou os cachos pretos em uma das mãos e ergueu-os até a nuca. Em seguida deixou os cachos caírem.

– Na Rússia, toda noite há um baile. Eu encontro meus amigos. Saio para cavalgar na neve. Eu... ah, eu não sei, eu rio, flerto, converso sobre literatura e sobre arte, tudo isso. Acho que foi por isso que me atirei em cima de você. Você foi o primeiro turco com quem tive oportunidade de conversar. Meu primeiro amante turco.

Yashim baixou os olhos. Eugenia tornou a rir.

– Vou lhe mostrar o mapa. Está bem ali.

Ela apontou por cima do ombro dele. Ele olhou em volta, e ali, apoiado na parede, estava o formato conhecido da cidade, parecendo o focinho de um animal agarrado às costas da Ásia.

– Preciso comparar – explicou ele, estendendo a mão para pegar a capa. Tirou do bolso o mapa de Palewski, desdobrou-o e agachou-se junto ao mapa de Lorich, alisando o de Palewski por cima do vidro.

– Não consigo imaginar o que você está querendo, mas posso ajudar? – Ela pousou uma das mãos sobre o ombro dele.

Yashim explicou:

– Neste mapa aqui, temos todos os edifícios religiosos de Istambul conforme existiam há mais ou menos trinta anos. Aqueles que me interessam são os *tekkes karagozi*... os símbolos parecem ser uma letra árabe *K*, assim.

– São bem difíceis de encontrar – disse Eugenia, fazendo biquinho. – Parece uma floresta de garranchos árabes.

Os olhos de Yashim varreram o mapa.

– Originalmente, eu estava procurando uma torre de incêndio, mas tive de mudar de estratégia. O mapa mais antigo, este seu, nos mostra todos os edifícios que existiam em 1599. Comparando os dois, deveríamos conseguir dizer onde ficavam os *tekkes karagozi* mais antigos.

– Você quer dizer que se alguma coisa aparecer nos dois mapas é porque foi construída antes de 1599.

Eugenia mordeu o lábio.

– O melhor seria dividir a cidade em várias faixas, correndo de norte a sul, digamos, para você não se perder e não deixar escapar nada.

– É uma idéia muito astuta – disse Yashim. – Vamos fazer isso.

Eugenia pegou o mapa de Palewski e o dobrou em quatro como uma sanfona. Então virou a primeira dobra para cima, e começaram a identificar os *tekkes*.

Vinte minutos mais tarde, haviam terminado de vasculhar o primeiro quarto da cidade e descartado cerca de 12 *tekkes* por serem modernos demais. Yashim os riscou. Aquilo os deixava com dois ainda possíveis.

– Próxima faixa – disse Eugenia.

Continuaram a trabalhar.

– Algumas pessoas poderiam pensar que este é um jeito esquisito de passar o tempo com uma moça russa seminua no meio da noite.

– Sim. Eu sinto muito.

– Estou gostando. – Os olhos de Eugenia traíam seu divertimento. Ela segurou os joelhos. – Mesmo assim, quem sabe você me leva para a cama de novo daqui a pouco?

Completaram a segunda parte. Um candidato possível havia surgido próximo às muralhas da cidade, mas dessa vez foi o mapa mais novo que causou a confusão, tornando difícil dizer exatamente qual dos edifícios havia abrigado o *tekke*.

– Já estamos na metade – lembrou-lhe Yashim.

– Já passamos da metade – disse ela. – A cidade fica cada vez mais estreita a partir daqui, até chegar ao pontal do Serralho.

– É verdade. Continue.

Cerca de dez minutos depois, identificaram a Torre Stamboul como um *tekke*.

– Muito bom – disse Yashim. – Isso mostra que o sistema está funcionando.

– Ufa! Que bom que você me avisou.

A última dobra do mapa destacou a Torre Gálata, e também o antigo *tekke* no quartel dos janízaros, agora soterrado debaixo das Estrebarias Imperiais. Conforme Eugenia havia previsto, completaram sua comparação com mais rapidez, pois não apenas a cidade ficava mais estreita, mas grande parte dela era ocupada pelo palácio e pelos terrenos acima do pontal do Serralho. Não encontraram ali nada que os surpreendesse.

– Está tarde – disse Yashim. – Eu deveria ir embora.

Eugenia se levantou e espreguiçou-se, primeiro um dos pés, depois o outro.

– Como? Talvez você não tenha pensado nisso, mas a embaixada fica trancada durante a noite. Muros altos. Guardas. Nem um camundongo conseguiria entrar… ou sair. Felizmente para mim, você não é um camundongo.

Com um floreio, ela desfez o cinto da cintura. Seu robe se abriu e, com um movimento dos ombros, ela se livrou dele.

– O prazer é todo meu – disse Yashim com um sorriso.

– Quanto a isso, veremos – disse ela, e estendeu a mão.

82

O MESTRE DA Guilda dos Sopeiros segurou as pontas dos bigodes com as duas mãos e puxou-as, pensativo.

Então, pegou a velha chave que o guarda acabara de devolver e tornou a colocá-la na argola grande.

Sabia que o investigador do palácio tinha de estar certo: somente os vigias noturnos poderiam ter organizado o roubo. Mas por quê? Aquilo deveria ser uma brincadeira boba, concluiu. Talvez algum ritual sentimental próprio a eles. Quando explicou que um dos caldeirões havia desaparecido, esperava que eles ficassem esquivos e envergonhados, esperava que confessassem. Que confiassem. Esperava que tivessem confiança nele.

Em vez disso, eles o fitaram com olhos deprovidos de expressão. Negaram tudo. O mestre sopeiro ficara desapontado.

Ele recomeçou:

– Não estou em busca de punição. Talvez o caldeirão seja devolvido, e talvez não precisemos falar mais nada sobre o assunto. Mas... – ele ergueu um dedo pesado – ... estou preocupado. A guilda é uma só família. Nós temos dificuldades, e nós as resolvemos. Eu as resolvo. É isso que faço, sou o chefe desta família. Então, quando algum forasteiro vem me falar de problemas sobre os quais eu nada sei, fico preocupado. E também envergonhado.

Ele fez uma pausa.

– Um bisbilhoteiro do palácio vem me contar alguma coisa que aconteceu na minha própria casa. Ah... estão me entendendo agora, não é?

Ele havia detectado um estremecimento de interesse – mas que não se desenvolvera.

O mestre sopeiro tornou a puxar os bigodes. Aquela reunião o incomodava. Os homens não estavam se mostrando exatamente insolentes, mas frios. O mestre sopeiro tinha a sensação de ter corrido um risco em seu nome, dando-lhes trabalho quando estavam desesperados, mas agora não havia uma resposta de gratidão.

Ele estava a um passo de dispensá-los, com uma sensação incômoda de que uma ameaça muda havia sido proferida. De que ele deveria cuidar dos próprios assuntos – como se o roubo de uma panela e as subseqüentes negações não fossem um assunto inteiramente seu! Mas ele não podia simplesmente dispensá-los naquele momento. Se eles sofressem, ele poderia sofrer. Poderia ser acusado de ajudar e apoiar os inimigos da Porte.

Uniu as mãos imensas, massageando os próprios dedos.

Não haveria nenhum jeito de fazê-los pagar por sua deslealdade? Ele pensou no eunuco.

O eunuco tinha algum status no palácio.

O mestre sopeiro perguntou-se como poderia conhecer melhor aquele homem.

83

Yashim passou a manhã visitando os três locais que havia identificado no antigo mapa na noite anterior. Esperava que algo chamasse sua atenção, contanto que procurasse com a mente aberta.

Um *tekke* não precisava ser grande, mas um espaço amplo poderia fornecer uma pista. Por si só, um *tekke* não precisava se limitar a nenhum formato específico, mas uma pequena cúpula poderia sugerir um local de prece. O mesmo poderia valer para um recipiente de água benta, ou para um nicho redundante, ou para uma inscrição esquecida acima de uma porta em algum corredor – pequenos indícios que poderiam parecer insignificantes por si sós, mas que, juntos, ajudariam a lhe indicar a direção certa.

Em último caso, ele sempre poderia perguntar.

A primeira rua que visitou estava se recuperando gradualmente dos efeitos de um incêndio tão intenso que os poucos edifícios de pedra haviam acabado por explodir. Alguns blocos de pedra grandes e quebrados ainda jaziam enterrados nas cinzas que flutuavam incessantemente pelo ar da rua carbonizada. Alguns homens vasculhavam as cinzas com varas; Yashim supôs que fossem antigos moradores à procura de suas economias. Eles lhe responderam lentamente, como se seus pensamentos ainda estivessem distantes. Nenhum deles sabia sobre nenhum *tekke.*

O segundo local era uma praça pequena, de formato irregular, colada à parte interna dos muros da cidade. Tratava-se de um bairro operário, com um número significativo de armênios e gregos entre os comerciantes turcos cujas pequenas lojas se aglomeravam ao longo de sua extremidade meridional. Os edifícios estavam em péssimo estado. Era quase impossível adivinhar-lhes a idade. Em um bairro pobre, os prédios tinham tendência a ser reformados e reciclados além de sua esperança de vida normal. Caso houvesse um incêndio, as pessoas tornavam a construir no mesmo estilo que seus pais e avós.

Em frente às lojas ficava uma mesquita pequena, mas tranqüila e limpa, e atrás dela uma pequena casa caiada onde morava o imame. Este veio atender a porta pessoalmente, apoiado em uma bengala: era um homem velho, muito curvado, com uma barba branca emaranhada e óculos grossos. Era um tanto surdo, e pareceu confuso e até irritado quando Yashim lhe perguntou sobre os *karagozi*.

– Nós aqui somos todos muçulmanos ortodoxos – ele não parava de repetir com uma voz esganiçada. – Hein? Não estou entendendo. O senhor não é muçulmano? Bem, então. Não vejo o que... nós aqui somos todos muçulmanos ortodoxos.

Bateu duas vezes com a bengala no chão e, quando Yashim finalmente se afastou, continuou de pé em frente à porta, apoiado na bengala, e seguiu-o através dos óculos grossos até ele dobrar a esquina.

Pelos comerciantes, Yashim descobriu que dia sim, dia não, havia um mercado na praça. Quanto a um *tekke* sufi, porém, abandonado ou não, tudo que fizeram foi dar de ombros. Um grupo de velhotes, sentados debaixo de um alto cipreste que crescia junto à base do antigo muro, discutiram o assunto entre si, mas sua conversa logo passou a lembranças de outros lugares, e um deles deu início a uma história comprida sobre um dervixe *mevlevi* que conhecera certa vez em Ruse, onde nascera quase um século antes. Yashim se afastou discretamente enquanto os homens continuavam a conversar.

Quando a manhã ia se aproximando do fim, já havia chegado à terceira e última das possibilidades sugeridas pelo mapa de Eugenia: um denso emaranhado de pequenas ruelas na parte oeste da cidade, onde fora impossível determinar, com qualquer grau de exatidão, a rua ou o edifício que o *tekke* parecia ocupar.

Yashim andou por ali, definindo uma espécie de circuito que passou mais de uma hora a explorar. Mas aquelas ruas estreitas, como sempre, pouco revelavam: era impossível adivinhar o que acontecia atrás das altas fachadas cegas, quem dirá imaginar o que poderia ter acontecido ali 15 ou cem anos antes. Foi apenas no último minuto, quando Yashim estava pronto para desistir, que conseguiu abordar um homem com cara de fuinha e bigode encerado que saía de uma porta-cocheira carregando uma sacola de barbante.

O homem sobressaltou-se quando Yashim o abordou.

– Quem está procurando? – perguntou, ríspido.

– Um *tekke* – começou Yashim, e ao dizer isso, uma idéia lhe veio à cabeça. – Estou procurando um *tekke* sufi, não tenho certeza a quem pertence.

O homem o olhou de cima a baixo.

– Não faz diferença? – Ele parecia genuinamente surpreso. – Eles não são todos iguais, sabe.

– Claro, entendo – disse Yashim, afável. – Nesse caso, estou procurando um *tekke* particularmente antigo... Eu sou arquiteto – acrescentou, desesperado.

Havia passado a manhã inteira perguntando às pessoas se elas se lembravam de um *tekke karagozi*. Supunha que um *tekke* abandonado pudesse ser transformado em qualquer coisa, de loja a salão de chá. Não lhe ocorrera até então que o destino mais provável de um *tekke* abandonado era ser adotado por outra seita. Um *tekke karagozi* passaria a pertencer a outro grupo.

– Um *tekke* antigo. – O homem torceu o nariz de um lado para o outro. – Há um *tekke nasrani* na próxima rua. Faz só dez anos mais ou menos que eles estão lá, mas o edifício é muito antigo, se é isso que o senhor quer dizer.

Os *karagozi* haviam sido banidos dez anos antes.

– É exatamente o que quero dizer – disse Yashim, sorrindo.

O homem se ofereceu para lhe mostrar o lugar. Enquanto caminhavam, perguntou:

– O que o senhor acha de todos esses assassinatos?

Foi a vez de Yashim sobressaltar-se. Um cão sem dono surgiu no vão de uma porta e latiu para eles.

– Assassinatos?

– Os cadetes, o senhor deve ter ouvido falar. Todo mundo está falando disso.

– Ah, sim. O que o senhor acha?

– Eu só acho... o que todo mundo está dizendo. É algo grande, não é? Alguma coisa está prestes a acontecer. – Ele ergueu a mão no ar como se o acariciasse com os dedos curvados. – Eu crio ratos.

– Ratos.

– O senhor gosta de animais? Eu costumava criar pássaros. Adorava quando a luz batia em suas gaiolas no inverno. Eu as pendurava do lado de fora da janela. Os pássaros sempre cantavam com a luz do sol. No final, soltei-os. Mas ratos são espertos, e não se importam em ficar engaiolados. Além disso, eu os solto para que corram. É possível vê-los parar para pensar de vez em quando.

"Tenho três ratos. Eles têm se comportado de maneira esquisita nestes últimos dias. Não querem sair das gaiolas. Eu os tiro, é claro, mas eles só querem se esconder em algum lugar. Se fosse só um, eu poderia entender. Eu às vezes também não quero ver gente, quero apenas ficar em casa e brincar com meus animais. Mas todos os três, pense bem. Acho que eles também estão sentindo."

Yashim, que nunca havia gostado de ratos, perguntou:

– O quê? O que eles estão sentindo?

O homem sacudiu a cabeça.

– Não sei o quê. As pessoas resmungando, todas trancadas em casa. Como eu disse, alguma coisa está acontecendo e não sabemos o quê. Aqui está o *tekke*.

Yashim olhou em volta, surpreso. Já havia passado antes pelo edifício quadrado, atarracado e sem janelas. Parecia um armazém ou entreposto.

– Tem certeza?

O homem assentiu com movimentos rápidos.

– Pode ser que não tenha ninguém, mas eles parecem vir à noite. Boa sorte. – Ele acenou com a sacola de barbante. – Preciso buscar comida para os ratos – explicou.

Yashim lançou-lhe um sorriso débil.

Então bateu com força na porta dupla.

84

– SIM, *KARAGOZI*. – O homem continuava a sorrir, educado.

Então é isso, pensou Yashim. Ao mesmo tempo, olhou em volta com súbita curiosidade. Seria ali, então, que os janízaros haviam se dedicado a seus ritos bacanais? Bebida, mulheres e poesia mística! Ou algo mais prosaico, como uma câmara de comércio, onde se fazia negócios e onde os soldados que haviam se tornado comerciantes e artesãos falavam da condição do mercado e do que poderiam extrair dele.

Não havia nada de particularmente sagrado naquele lugar. Da forma como se apresentava, poderia com facilidade ter sido o armazém com o qual Yashim de início o confudira: um aposento simples, caiado, iluminado por janelas altas, com uma mesa de carvalho posicionada no centro e bancos dos dois lados. Um salão de banquetes, digamos. As paredes estavam recém-caiadas, mas parecia que antes haviam sido pintadas, a julgar pelas imagens embaçadas que ele ainda podia distinguir por trás da cal.

– Estas paredes eram decoradas?

O mestre do *tekke* assentiu com a cabeça.

– Belíssimo trabalho.

– Mas... o que eram, pinturas sacrílegas?

– Aos nossos olhos, sim. Os *karagozi* não tinham medo de fazer representações do que Deus criou. Talvez fossem capazes de fazê-lo com o coração puro. Porém, para quem acredita, como eu, as pinturas teriam constituído uma distração. Não posso dizer, no entanto, que tenha sido por isso que pintamos por cima delas. Isso se deveu mais a uma motivação de retornar à antiga pureza do *tekke*.

– Entendo. Então as pinturas murais foram introduzidas nos *tekke karagozi* mais recentemente? Não era a idéia original?

O mestre do *tekke* pareceu pensativo.

– Não sei. Para nós, a ocupação pelos *karagozi* foi um interlúdio que preferimos não comemorar.

Yashim ergueu os olhos para o rebaixo de madeira do teto.

– Interlúdio? Não estou entendendo bem.

– Perdoe-me – disse o mestre do *tekke* com humildade. – Não fui claro o bastante, então talvez o senhor não saiba que isto aqui era um *tekke nasrani* até a época da rebelião de Patrona. Os *karagozi* se fortaleceram muito nesse período, e precisavam de mais espaço, então nós lhe cedemos o *tekke*. Acontecimentos recentes – acrescentou ele, com a circunspecção habitual – nos permitiram readquirir o prédio, e as pinturas foram cobertas, como pode ver.

Yashim virou-se para ele com uma expressão de derrota. A rebelião de Patrona ocorrera em 1730.

– O senhor quer dizer que este *tekke* foi construído pela sua ordem. Não era originalmente uma construção *karagozi*?

O homem sorriu e sacudiu a cabeça, negando.

– Não. Assim, como vê, nós andamos em círculos. O que está aberto será fechado.

Cinco minutos depois, Yashim estava de volta à rua.

O mapa de Palewski, feito pelo escocês Ingiliz Mustafa, identificava o antigo *tekke* corretamente – *para a época em que o mapa fora feito.* Os *karagozi* não o haviam construído: ele não era um dos quatro *tekkes* originais.

Mas o princípio tinha de estar certo.

Yashim tornou a pensar na pequena praça debaixo das antigas muralhas bizantinas da cidade.

Visualizou-a mentalmente. A mesquita. A fileira de lojas. Um velho cipreste junto à gasta superfície de pedra da muralha.

O *tekke* estava ali. *Tinha* de estar ali.

85

MEIA HORA mais tarde, Yashim aproximou-se da praça por uma ruela comprida e estreita vinda do sul.

Bem à sua frente, depois da entrada da ruela, tinha uma visão desimpedida do esplêndido cipreste onde, mais cedo, havia conversado com os velhos.

De onde estava, uns 500 metros mais atrás, podia ver o que não fora capaz de ver antes. Podia ver por cima da copa da árvore.

Logo atrás de sua extremidade delgada, em solitário e semi-arruinado esplendor, uma torre bizantina erguia-se das grossas muralhas da cidade.

O Kerkoporta. O portão pequeno.

Não eram muitos os nativos de Istambul que conheciam em detalhes a história da Conquista de 1453. Era uma história antiga, com quase 400 anos de idade. A tomada da cidade havia sido o cumprimento de um destino, e o como ou o porquê de sua bem-sucedida captura dos gregos que a defendiam era uma questão de pouca importância ou relevância para os moradores da Istambul turca do século XIX.

Apenas dois tipos de pessoas haviam se mantido interessadas e contado a história para quem quisesse ouvir.

Os janízaros, com orgulho.

Os fanariotas, com pesar – embora Yashim nunca tivesse sido capaz de formar uma opinião clara sobre se esse pesar era inteiramente genuíno. Pois os príncipes mercadores gregos de Fanar, no fim das contas, haviam acumulado suas fortunas sob o domínio otomano.

Yashim se lembrava exatamente de onde estava na primeira vez em que ouvira alguém contar, em detalhes, a história da Conquista turca. A mansão dos Mavrocordato, no alto do bairro fanariota, era o palacete mais grandioso e mais sombrio de sua rua. Trancado atrás de muros altos, e construído em estilo alto rococó, era o quartel-general de uma operação familiar multitentacular, que se estendia até os principados do Danúbio e os armazéns de Trabzon, recolhendo pelo caminho comendas civis e eclesiásticas. Ao longo dos séculos, os Mavrocordato haviam produzido estudiosos e imperadores, senhores boiardos e almirantes dos mares, malfeitores, santos e belas filhas. Eram fantasticamente ricos, maravilhosamente bem-relacionados e perigosamente bem-informados.

Naquele dia, eram sete deles em volta de uma mesa, além de Yashim. Seus rostos exprimiam muitos sentimentos diferentes – irritação e amargura, medo ou inveja, complacência e desprezo: mas havia também um lindo rosto que, de vez em quando, ele ainda via em sonhos, cujo olhar expressava alguma outra coisa. Somente os olhos eram iguais, azuis e taciturnos; fora ali que Yashim havia entendido por que os turcos temiam os olhos azuis.

A mesa estava coberta por um tapete de Anatólia que devia ter levado anos para ser fabricado, tão fechada era sua trama. Fora servido café e, depois de as pesadas cortinas serem fechadas e de os criados se retirarem, George Mavrocordato, o patriarca do clã, com seu maxilar quadrado, havia pedido a Yashim para fazer seu relatório.

Em seguida, George havia atravessado o aposento devagar até a lareira, e o resto da família o seguira para sentar-se em sua companhia, em um silêncio tão completo que chegava a ser uma forma de discurso. Depois de algum tempo, a vetusta mãe de George havia alisado a parte da frente do vestido de seda preta e acenado para Yashim, chamando-o para perto.

E ela então havia lhe contado a história da Conquista.

86

NAQUELE instante, completamente imóvel na ruela, ele se lembrava de tudo.

Lembrava-se principalmente da amargura dela ao lhe falar sobre o Kerkoporta. O portão pequeno.

O cerco já durava noventa dias quando o jovem sultão Mehmed ordenou uma investida final às muralhas. Exaustos e enfraquecidos, os poucos milhares de bizantinos que haviam ficado para proteger sua cidade ouviram o rufar dos tambores e viram as colinas além das muralhas começarem a se mexer à medida que dezenas de milhares de soldados de Mehmed desciam para o ataque. Ondas sucessivas se abateram sobre as muralhas esparsamente defendidas, erguidas mil anos antes: recrutas da Anatólia, *bashi-bazouks* das montanhas da Sérvia e da Bulgária, renegados e aventureiros de todo o mundo mediterrâneo. A cada assalto que repeliam, os defensores ficavam mais fracos, e ainda assim o ataque continuava, com a polícia de Mehmed a postos na retaguarda com chicotes e marretas para impedir que os homens batessem em retirada, as escadas lançadas contra as muralhas com grande estrondo, o assobio descontrolado das flautas anatólias, a luz frenética dos disparos de fogo e o súbito estrondo ensurdecedor do gigantesco canhão húngaro.

E os sinos da cidade dobravam. Conforme a fumaça ia clareando no rasgo das muralhas onde as tropas invasoras agonizavam, à medida que os defensores se apressavam para reerguer os escombros e a lua se desvencilhava com esforço de uma fita de nuvens pretas e velozes, o próprio Mehmed avançou à frente de sua infantaria de honra, os janízaros. Avançaram não em um desregrado frenesi de golpes, como as tropas irregulares e os turcos que haviam sido arremessados contra as muralhas durante toda a noite mas, na hora antes do amanhecer, o sultão os conduziu em direção ao fosso.

"Eles lutaram nas muralhas, homem a homem, durante uma hora ou mais", dissera a velha senhora. "Os bizantinos acreditavam que os turcos estavam fraquejando. Que mesmo os janízaros estavam perdendo as forças. Não... não era verdade."

Yashim vira os lábios dela se agitarem junto às gengivas desdentadas. Com os olhos secos, ela continuara: "Havia um portãozinho, sabe, no canto onde as grandes muralhas antigas de Teodósio se juntavam com as muralhas mais baixas atrás do palácio dos Césares. Ele havia sido bloqueado, não se sabia quantos anos antes. Então, esse portãozinho. Não acho que dois homens pudessem passar por ele ombro a ombro, mas foi ali que... O desígnio de Deus é infinito em seu mistério. Ele foi aberto no início do cerco, para sortidas. Um grupo acabava de voltar de uma dessas incursões e... você acredita nisso?... o último homem a entrar se esqueceu de trancar o portão atrás dele."

Fora a descoberta do portãozinho escancarado – uma pequenina brecha nos 13 quilômetros de sólidas muralhas e muralhas internas, um lapso momentâneo de atenção em uma história que já durava mil anos – que mudara o rumo do cerco. Cerca de cinqüenta janízaros arremeteram por ali, e ocuparam o espaço entre as duas muralhas. Mas sua posição era desesperadoramente exposta, e eles ainda poderiam ter sido repelidos ou mortos pelos defensores caso um dos heróis da resistência, um capitão de marinha genovês, não tivesse sido ferido seriamente por um tiro à queima-roupa naquele exato instante. Seus homens o carregaram para longe das muralhas; os bizantinos sentiram que ele os havia abandonado, e soltaram um grito de desespero. Os otomanos lançaram-se sobre as muralhas internas e um gigante chamado Hasan assomou por cima da barricada à frente de sua companhia de janízaros.

Dez minutos depois, as bandeiras turcas tremulavam na torre acima do Kerkoporta.

Tudo aquilo fazia quatrocentos anos.

Mas, naquele instante, erguendo-se atrás do grande cipreste na praça, a torre do Kerkoporta ainda resistia, vermelha, branca e vazia diante do céu azul de inverno.

O ponto exato onde 2 mil anos de história romana haviam chegado a seu sangrento fim, quando o último imperador de Bizâncio rasgara suas insígnias imperiais e, de espada na mão, entrara no combate para nunca mais ser visto.

O ponto exato onde Constantinopla, a Maçã Vermelha e umbigo do mundo, fora conquistada pelos janízaros em nome do Islã e do sultão.

Apesar do que dissera o velho Palmuk, havia, sim, uma quarta torre.

O quarto *tekke.*

Balançando a cabeça com as lembranças que havia despertado, Yashim seguiu em frente rumo à luz do sol invernal.

87

O LANCE DE escadas de pedra que conduzia ao parapeito interno da primeira muralha não era visível da ruela. Para chegar até ele, Yashim seguiu às cegas por uma discreta passagem entre duas casas de madeira construídas junto à base da muralha. Uma vez lá em cima, virou-se e seguiu o caminho do parapeito até a Torre Kerkoporta.

Ao nível do parapeito, havia uma porta de madeira incrustada na alvenaria. Estava entreaberta, com as dobradiças enferrujadas, presa ao umbral por um pedaço carcomido de corrente de ferro que quase se desfez quando Yashim o tocou. Ele empurrou. A porta estremeceu de leve.

Ele encostou o ombro nas tábuas e fez força até as dobradiças gemerem e a porta se abrir para a escuridão no interior.

O chão estava coalhado de poeira, reboco despencado e dejetos secos de animais. Erguendo com cuidado os pés calçados de sandálias, Yashim adiantou-se sob a luz oblíqua até o centro do aposento e olhou em volta. O teto perdia-se nas sombras. As paredes exibiam sinais de terem sido um dia revestidas de gesso, mas agora revelavam camadas de tijolos romanos entremeados a extensões de pedra nua, enquanto no canto mais afastado do aposento uma escada de pedra subia do andar de baixo em espiral e desaparecia lá em cima.

Ele andou até a escada e olhou para baixo. Uma brisa leve parecia subir em sua direção, sugerindo que o aposento do andar de baixo era arejado, e talvez provido de luz; o vento trazia cheiro de alvenaria úmida e palha. Ele pisou com cautela e começou a descer rumo à escuridão, com a mão esquerda afastando as teias de aranha da áspera parede externa da espiral.

Por vários degraus, ficou imerso em total escuridão, e ao pensar no sol da praça, e nos comerciantes sentados do lado de fora de suas lojas a poucos metros, teve consciência de que aquele talvez fosse o lugar mais desolado e silencioso de toda Istambul.

Outra curva sinuosa da espiral modificou ligeiramente a qualidade da escuridão, e conforme Yashim continuava a descer, e descer mais, esta foi se transformando em um lusco-fusco cinzento, até ele descer do último degrau e pisar em um cômodo encimado por uma abóbada, guarnecido de cada lado por uma janela de venezianas; mas as venezianas estavam rachadas e salpicadas de raios cintilantes de luz do sol.

Uma umidade esverdeada escurecia as paredes, mas estas conservavam seu revestimento de gesso e, ao examiná-las mais de perto, Yashim pôde distinguir formas parecidas com as formas etéreas que vira por baixo da cal do *tekke nasrani* naquela mesma manhã. Reconheceu árvores, pavilhões e um rio. Uma comprida mesa de carvalho ocupava o aposento no sentido do comprimento, e havia bancos encostados nas paredes.

Ele deu um passo à frente e correu a ponta de um dedo pelo tampo da mesa. Estava limpo.

No entanto, o aposento do andar de cima era uma confusão de poeira e lixo.

Postou-se de frente para a janela. Os raios de luz ofuscavam sua visão, então ele ergueu uma das mãos para proteger os olhos e viu uma porta. Estava trancada pelo lado de fora.

Deu as costas para a mesa e examinou o aposento. Dali, podia ver o outro lado da mesa.

Lá no canto havia o que parecia um baú de madeira de tampa lisa.

Yashim atravessou o aposento até chegar ao seu lado. A tampa ficava na altura de sua cintura. Ele passou os dedos por baixo da borda e tentou levantá-la delicadamente.

A tampa se ergueu com facilidade, e ele olhou para dentro.

88

STANISLAW Palewski abriu a boca para gemer, como fazia todas as manhãs ao acordar. Mas o gemido não saiu.

– Ah!

Os acontecimentos da noite anterior lhe haviam voltado à lembrança com inesperada clareza.

Ele remexeu os dedos dos pés, e estes surgiram obedientemente no pé da cama, espiando por baixo do edredom que havia adotado fazia muito tempo, à moda turca. Seus dedos dos pés lhe pareceram bem sujos, até ele se lembrar de como os havia escurecido com uma escova.

Lembrou-se do champanhe execrável que estivera prestes a beber na noite anterior. Sem dúvida, alguma vinícola francesa espertalhona havia desembarcado um carregamento de uma safra ruim na ingênua Porte, cobrando o preço de uma bebida mais cara, e certa de que nunca seria desmascarada. Afinal, quem poderia reclamar? Não os turcos, que supostamente não podiam beber álcool. E era pouco provável que os convidados se manifestassem.

Mesmo assim, pensou Palewski, ele não tomava champanhe todos os dias, e poderia ter bebido bem mais, caso aquele russo arrogante não tivesse sido tão desajeitado.

Ele riu, exibindo os dentes.

Derramar sua bebida em cima do príncipe Derentsov havia sido uma manobra astuta, pensou. Mas fingir enxugá-la depois, para garantir um máximo de desconforto, havia sido um ato inspirado.

Que importância tinha o fato de, em seguida, ele ter sido repreendido pelo próprio sultão? O russo quase com certeza havia enfrentado coisa pior – fora ele, afinal, quem o desafiara para um duelo. Ele havia desrespeitado a ordem do sultão. Palewski só fizera responder como deve fazer um homem honrado.

Ele e o sultão haviam tido uma conversa interessante, também. Surpreendentemente franca e amigável, e tudo porque ele havia derramado sua bebida e vestido um arremedo sem graça, mas extremamente bem bolado, da elegância sarmatiana de seus distantes predecessores.

O sultão havia gostado do casaco. Junto com Palewski, havia recordado os velhos dias que nenhum dos dois chegara a conhecer, mas que ambos imaginavam coloridos por um encanto e sucesso que nem a Polônia nem o império jamais haviam recuperado. E o sultão dissera, com uma voz que soara subitamente cansada e pouco segura de si, que o mundo todo estava mudando muito depressa.

"Mesmo este mundo."

"O seu édito?"

O sultão aquiescera. Descrevera algumas das pressões que agora o obrigavam a fazer mudanças na maneira como seu império funcionava. Fraqueza militar. O espírito de revolta crescente, abertamente incentivado pelos russos. O mau exemplo dos gregos, cuja independência havia sido comprada para eles por potências estrangeiras.

"Acredito que estejamos tomando as medidas certas", dissera ele. "Estou muito seguro quanto ao édito. Mas compreendo também que será extremamente difícil convencer muitas pessoas da necessidade dessas mudanças. Algumas vezes, para lhe dizer a verdade, vejo oposição por toda parte... até na minha própria casa."

Palewski ficara bastante comovido. A casa do sultão, como ambos sabiam, continha cerca de outras 20 mil pessoas.

"Haverá quem pense que estou sendo precipitado. Somente poucos irão pensar que fui devagar demais. E, algumas vezes, até eu temo que aquilo que estou tentando fazer seja mal compreendido, seja tão deturpado e atacado que a longo prazo signifique o fim de... tudo isto." E ele gesticulara tristemente para as decorações. "Mas não há outro caminho, entende, Excelência. Não há mais nada que possamos fazer."

Haviam passado alguns instantes sentados em silêncio.

"Eu acredito", dissera Palewski devagar, "que não devemos temer a mudança. O desfecho da batalha pode mudar aqui e ali, mas os corações dos homens que lutam nela nem por isso são mais fracos, suponho. Também acredito, e espero, que o senhor tenha agido a tempo."

"*Inshallah.* Esperemos juntos que a próxima leva de mudanças seja melhor para nós... e para o senhor."

E ele tornara a agradecer ao embaixador por escutá-lo, e cumprimentaram-se com um aperto de mão.

Quando o sultão estava se levantando para ir ter com o príncipe russo, virara-se junto à porta e, com um aceno da mão, dissera:

"Esqueça o incidente desta noite. Eu já me esqueci. Mas não de nossa conversa."

Inacreditável. Até mesmo Stratford Canning, o Grande Elchi, como os turcos gostavam de chamá-lo, que ajudara a fortalecer a Porte diante das pretensões dos russos, teria desmaiado de prazer caso o sultão houvesse lhe dirigido a palavra com tamanha gentileza.

Palewski – que normalmente enfrentava as manhãs uma de cada vez – entrelaçou os dedos das mãos atrás da cabeça sobre o travesseiro, sorriu, remexeu os dedos dos pés, puxou o cordão da sineta para pedir seu chá e decidiu que a primeira coisa que faria naquele dia seria uma visita à casa de banhos.

E mais tarde, como era quinta-feira, iria jantar com Yashim.

89

QUANDO A tampa se levantou em suas dobradiças bem azeitadas, Yashim deu uma olhada cautelosa lá para dentro.

A luz era fraca, e o interior do baú estava na sombra, mas, mesmo assim, Yashim pôde reconhecer algo que era ao mesmo tempo prosaico e inesperado.

Em vez do cadete morto que ele temia, uma pilha de pratos.

Ao lado dos pratos havia uma bandeja com pequenos copos um tanto rebuscados, virados de cabeça para baixo para protegê-los da poeira. Ao seu lado, uma caneca de metal coberta com o que ele descobriu ser um pedaço de pano bordado e dobrado. E um livro.

Yashim pegou o livro. Era o Alcorão.

Com exceção desses objetos, o baú estava vazio e recendia a verniz.

Yashim sorriu, um pouco preocupado.

Eles estão organizando o material, pensou consigo mesmo. Para um banquete.

Uma bacanal *karagozi.*

Fechou a tampa e tomou a direção das escadas. Na metade da subida, viu-se engolido pela escuridão e começou a subir os degraus dois a dois, afastando-se correndo da escada em espiral e atravessando o aposento pelo qual havia entrado, sem ligar para o fato de seus pés velozes estarem levantando uma nuvem de poeira enquanto ele derrapava no chão. Do lado de fora, no parapeito, fechou a porta com um puxão, prendeu a corrente e recostou-se no muro, ofegante. De onde estava, podia ver lá embaixo os galhos do elegante cipreste.

Como é possível eu ficar assustado por causa de uma louça?, pensou.

Porque desta vez eu estou certo, pensou. Três corpos aparecem perto de três *tekkes*. Este seria o quarto. Erguido no local do maior triunfo dos janízaros – a Conquista de Constantinopla.

E o corpo ainda estava por vir.

90

A PRIMEIRA pessoa que Murad Eslek viu ao entrar no café para fazer o desjejum foi Yashim *efendi*, o cavalheiro que ele havia salvado dos curtidores.

Yashim o viu sorrir e acenar. Eslek murmurou alguma coisa para um garçom que passava e em seguida foi se sentar ao lado de Yashim, apertando-lhe a mão.

– Você está bem, *inshallah*? Como vai o pé?

Yashim lhe garantiu que seu pé estava melhorando. Eslek olhou para ele, curioso.

– E eu acredito em você, *efendi*. Perdoe-me, mas você não me parece muito disposto.

Yashim abaixou a cabeça, lembrando-se das horas que ele e Eugenia haviam passado embainhando a espada na noite anterior. Lembrou-se dela arquejando, jogando a linda cabeça para trás e mostrando os dentes no frenesi da luxúria, quase subjugada – conforme havia sussurrado em seu ouvido – pela descoberta de um homem capaz de fazer mais do que saciar-lhe o apetite: um homem que, durante as horas que haviam passado brincando, fora capaz de despertar nela uma fome que jamais havia experimentado antes. Ele não havia pregado o olho.

Tampouco havia dormido muito na noite anterior, a noite em que fizera o agressor de Preen cair dentro da caldeira fervente no curtume. Desde então, não havia parado: aquela segunda visita à embaixada russa, mandar Palewski à festa para ganhar tempo, percorrer as ruas em busca de um *tekke* que não significava nada para ninguém a não ser ele e... quem? Durante todo aquele tempo sua mente havia considerado as possibilidades, rememorando seus encontros da semana anterior à procura de algo em que pudesse se apoiar.

E isso enquanto passava o tempo inteiro tentando não pensar no que havia acontecido na noite anterior. A dor e o desejo. O tormento ao qual não tivera forças para resistir.

Veria o que seu amigo Eslek poderia fazer por ele, depois iria ao *hammam* se recuperar. Limpar-se da poeira da Torre Kerkoporta. Relaxar os membros doloridos, desanuviar os pensamentos e contemplar a presença do demônio contra o qual havia lutado por tanto tempo e que se mostrava tão difícil de controlar.

Murad Eslek ergueu os olhos de seu café e deparou com a expressão no rosto de Yashim.

– Você está bem?

Yashim relaxou o rosto.

– Preciso de sua ajuda. Outra vez – disse.

91

UMA HORA antes do anoitecer Stanislaw Palewski juntou-se a um grupo de homens espumando de indignação diante das portas do Hammam Celebi, um dos melhores banhos da cidade do lado de Istambul.

Os banhos ficavam no pé de uma colina, abaixo de um emaranhado de ruelas apinhadas, cuja largura relativamente generosa sugeria tratar-se, apesar de tudo, de um bairro próspero, nem tão abarrotado a ponto de suas casas quase se projetarem sobre as casas vizinhas do outro lado da rua, nem tão grandioso a ponto de estas estarem escondidas atrás de muros, mas um bairro de comerciantes e administradores bem-sucedidos, que gostavam de passear pelas ruas à noite e de ficar sentados conversando sobre as novidades do dia nos inúmeros cafés e casas de comida. Não era distante da Kara Davut, na verdade, e foi com a idéia de parar para um banho a caminho do jantar de quinta-feira na casa de Yashim que Palewski havia atravessado o Corno de Ouro a caíque, com duas garrafas de vodca aromatizada bem geladas e escondidas, abrigadas em seus embrulhos, no fundo de sua mala.

Inesperadamente, o Hammam Celebi estava fechado para limpeza. Banhistas desapontados abraçavam sacolas de roupas limpas e xingavam a gerência, de cara fechada.

– Estão dizendo para voltar daqui a uma hora, ou até duas! – reclamava um homem de turbante árabe. – Como se eu fosse passar a noite subindo e descendo ladeiras carregando roupas como um mascate!

Outro homem acrescentou:

– E como se hoje não fosse quinta-feira!

Palewski refletiu sobre aquela discussão oracular. Mas é claro: o dia seguinte era um dia sagrado para descanso e oração, que se deveria abordar impecável, pelo menos pelo lado de fora. A noite de quinta-feira era sempre movimentada nos banhos.

– Perdoe minha interrupção – disse ele educadamente. – Não estou entendendo muito bem qual é o problema.

Os homens se viraram para olhá-lo de cima a baixo. Se ficaram surpresos ou contrariados por encontrar um estrangeiro – e um *ferenghi*, ainda por cima – com a clara intenção de entrar em sua casa de banhos, certamente eram bem-educados demais para demonstrá-lo. E, em se tratando de banhos, a atividade era tradicionalmente democrática. As horas reservadas ao uso dos homens no *hammam* podiam ser usadas por qualquer homem, fosse ele infiel ou crente, estrangeiro ou nativo de Istambul.

O terceiro banhista frustrado, um homem com uma pequena barriga e alguns cachos cinzas escapando do turbante, educadamente ofereceu uma explicação a Palewski.

– Por algum motivo que nenhum de nós consegue entender, os administradores dos banhos resolveram fazer uma faxina no meio de uma noite movimentada, em vez de mais tarde.

Um quarto homem falou em voz baixa:

– Talvez seja alguma doença. Isto nunca aconteceu antes. Talvez devêssemos estar agradecendo ao gerente dos banhos, em vez de ficarmos tão zangados. Deveríamos seguir seu conselho e voltar daqui a pouco. Quanto a sair por aí carregando nossas roupas, há muitos cafés decentes no bairro onde se pode passar o tempo com facilidade. Não é mesmo?

O grupo se dispersou devagar. Palewski não soube dizer se eles ainda tinham a intenção de voltar, depois de o último homem ter levantado a possibilidade de alguma doença. Pensava que sim, provavelmente. Afinal, os turcos são fatalistas. Como eu.

O fato de os banhos poderem estar fechados por motivo de doença o surpreendia mais do que a possibilidade de todos voltarem mesmo assim.

Ele pensou no que poderia fazer. Por um lado, fora até ali com muita vontade de limpar os pés sujos de preto. Por outro, embora o imprevisto pudesse não ser suficiente para fazê-lo se atrasar para o jantar de Yashim, ele ainda não era tão fatalista quanto os turcos em matéria de doenças.

Decidiu sentar-se e tomar um café em algum lugar onde pudesse ficar de olho no *hammam*. Caso este reabrisse, e os prognósticos eram bons, poderia decidir se entraria ou não. Caso não entrasse, simplesmente poderia ir encontrar o amigo na hora combinada e deixar a limpeza dos pés para depois. Ou para a manhã seguinte, mais provavelmente, lembrou-se, pensando em toda a vodca que trazia na mala.

Virou-se, subiu uma curta distância ladeira acima e escolheu um café de onde podia observar a porta do *hammam* sem mexer a cabeça. Podia até mesmo ver além das cúpulas da casa de banhos, e por cima dos telhados mais atrás, para admirar o sol se pôr sobre o mar de Mármara, deslizando pelos telhados e minaretes, pelos domos e pelos ciprestes.

92

ESLEK ENTENDERA depressa, pensou Yashim. Não havia recusado pagamento, para seu alívio: a tarefa era crucial, importante demais para ser realizada como um favor. De toda forma, ele já obtivera o seu favor. Era hora de retribuir.

Despiu as roupas e entregou-as ao atendente, calçando um par de tamancos de madeira para proteger as solas dos pés da pedra quente. Dentro das salas quentes do *hammam*, os pisos eram sempre perigosamente escorregadios. Nu exceto por um pano em volta dos quadris, atravessou a porta fazendo os tamancos estalarem no chão e entrou em um grande aposento de teto abobadado, cheio de vapor. O domo era sustentado por arcos que criavam nichos semicirculares ao redor das paredes, onde se podia sentar ao lado de uma bica d'água que escorria pelo piso inclinado até o ralo no centro, aparando a água com a mão e usando-a para lavar o corpo até a parte mais profunda dos poros da pele.

Yashim sentiu-se grato ao adentrar a sala cheia de vapor. Afastou os pés, arqueou as costas e esticou-se até as articulações de seus ombros estalarem. Então correu os dedos pelos cachos pretos dos cabelos e olhou em volta à procura de um lugar onde se sentar. Tomou posse de um nicho e sentou-se em um banquinho baixo, de costas para a parede, com as pernas compridas esticadas à sua frente. Durante vários minutos, não se mexeu, permitindo-se absorver o calor, sentindo o suor começar a escorrer. Por fim, inclinou-se para a frente e pegou uma caneca de latão junto a seus pés.

Esticou um braço para encher a caneca e, muito devagar, derramou a água sobre a cabeça. Estava de olhos fechados. Adorava o modo como a água abria caminho entre seus cabelos e deslizava, como dedos suaves, por seu pescoço. Repetiu o gesto. Ouviu um homem rir. Sentiu o aroma animal de pele limpa. Depois de mais alguns minutos, pegou uma barra de sabão e começou a ensaboar-se inteiro, a começar pelos pés, subindo pelo corpo até o rosto e os cabelos.

Continuou a derramar a água em cima da cabeça e dos ombros. Depois de algum tempo, começou a enxaguar o sabão, de cima para baixo, alisando a pele com os dedos, vendo os pêlos de suas pernas se dobrarem no sentido da água. Aquilo sempre lhe lembrava o sonho de Osman, o sonho no qual o fundador da dinastia otomana vira uma grande árvore, cujas folhas subitamente estremeceram e então se alinharam, como que movidas pelo vento, apontando suas inúmeras pontas afiadas em direção à Cidade Vermelha de Bizâncio. Por fim, fez uma massagem completa nos pés com os polegares, e em seguida levantou-se e atravessou o aposento até a plataforma elevada no centro.

Subiu languidamente na plataforma quente, o chamado ventre do *hammam*, estendeu sua toalha e deitou-se sobre ela, de bruços, com a cabeça virada para a esquerda e os olhos fechados. O imenso massagista, calvo como um ovo, com cada ondulação da carne imberbe e reluzente, aproximou-se e começou a massagear os pés de Yashim com grande força e destreza, amassando e apertando a carne ritmadamente até Yashim sentir o corpo inteiro se sacudir para cima e para baixo. Para cima e para baixo. Da cabeça aos pés, sobre o mármore escaldante.

Tremores invisíveis subiram por suas pernas. Ele pensou na pilha de pratos. Viu os seios brancos de Eugenia, um emaranhado de lençóis, os lábios dela inchados com o calor. Aquele era um outro tipo de calor, um calor que lhe sugava a vontade, que lhe roubava toda a força. Uma ou duas vezes, desferiu um chute involuntário, despertando do sono pelo qual ansiava com tanto desespero.

– Tá tudo bem – murmurou para si mesmo. Mais alguns minutos e, então, o massagista lhe dará uma palmada para que ele saia do banco, e o acordará. Dormir.

Lentamente, o salão começou a esvaziar.

O massagista continuou a trabalhar no corpo de Yashim.

Devagar, e mais devagar ainda.

Só restava um homem no *hammam*, adormecido em cima de um banco. O massagista ergueu os dedos do pescoço de Yashim. Yashim não se moveu.

O massagista caminhou até o banhista adormecido e o ergueu em seus braços poderosos como um bebê de colo. O homem sobressaltou-se e abriu os olhos, mas quando o massagista tornou a soltá-lo ele já estava no *tepidarium*, prestes a dar um mergulho gelado. O massagista deu-lhe um empurrãozinho e ele saltou para dentro da banheira fria, arquejando e rindo. Estava dormindo!

O massagista fechou o trinco da porta do *hammam* e cruzou os imensos braços na frente do peito.

Dentro do salão quente, Yashim continuava a dormir, sonhando com neve que se derretia.

93

– Que tal estou agora, meu velho?

Fizerly examinou o amigo de cima a baixo com um olhar crítico.

– Excelente, Compston. Ou será que eu deveria dizer Mehmet? Se vamos sair para explorar a cidade antiga, a partir de agora você é Mehmet, lembre-se.

Compston deu uma risadinha e olhou para o próprio reflexo no espelho da embaixada. Fizerly tivera uma idéia muito astuta com aquele turbante – acabaram conseguindo arrumá-lo de modo que nenhum fio de cabelo louro escapasse, mesmo que isso tivesse comprometido um pouco o equilíbrio do turbante.

– Basta ficar mexendo a cabeça de um lado para o outro como um rapaz simpático – sugerira Fizerly, prestativo. Ou melhor, Fizerly não. Ali. Ali Baba, a seu dispor.

Compston-Mehmet deu uma risadinha e esfregou um pouco mais de fuligem nas sobrancelhas.

– Tomara que não chova – disse.

94

Palewski bebeu seu café devagar, admirando o pôr-do-sol. Do lado de fora, o burburinho do tráfego já diminuía, os carregadores subiam a ladeira de mãos vazias, algumas pequenas carroças puxadas a jumento voltavam para seus estábulos, enquanto o número de pessoas que saía para aproveitar o ar noturno aumentava. Algumas vezes Palewski as reconhecia – um oficial do palácio de cujo nome não se lembrava, um dragão grego ligado a uma das dinastias de comerciantes fanariotas, um imame com a mesma aparência que tinha 15 anos antes, quando Palewski tivera com ele uma conversa sobre a história da questão da transmigração de almas. Mais tarde, viu dois funcionários menores da embaixada britânica – Fizerly, lembrou-se, com as suíças emaranhadas, agora fumando um charuto turco, saltitando junto a um rapaz com um tipo curioso de chapéu, aparentemente fabricado com várias peças de suas roupas íntimas, que balançava a cabeça e ria ao seu lado. Palewski perguntou-se vagamente o que os dois estariam fazendo, vestidos como crianças em uma encenação da Natividade. Ninguém parecia lhes dar muita atenção, e eles desceram a ladeira descontraidamente e desapareceram na esquina da casa de banhos.

Como Istambul havia mudado nos trinta anos desde que ele a conhecia! O que era mesmo que tinha dito a Yashim? Que lamentava o fim dos janízaros. Bem, os últimos dez anos haviam sido particularmente animados. Desde a supressão dos janízaros, não houvera nada para conter o sultão a não ser o medo de uma intervenção estrangeira, e o sultão era um modernizador nato. Adotara a sela européia mais depressa do que qualquer um. A mudança que se abatera sobre a cidade ia além do desaparecimento gradual, mas contínuo, de turbantes e chinelos, e de sua substituição pelo fez e pelos sapatos de couro. Essa era uma mudança que Palewski era romântico o bastante para lamentar, embora não esperasse que ela fosse ser concluída durante seu tempo de vida – fosse porque a grande cidade ainda atraía pessoas de todos os cantos do império, pessoas que jamais haviam ouvido falar em leis suntuárias ou cadarços para sapatos. Mas agora havia mais gente de fora do império chegando, também, e na reconstrução gradual de Gálata após o grande incêndio surgiam esquisitices como o luveiro francês, e o belga que vendia champanhe ruim, enfiados em suas lojinhas, com sinetas retinindo, exatamente como se estivessem em Cracóvia.

A porta se abriu, e uma lufada de ar frio penetrou a atmosfera abafada do café. Palewski reconheceu o homem que entrou, também, embora por algum tempo não tenha conseguido identificá-lo: um homem alto, corpulento, no final da meia-idade, vestindo uma capa branca. Entrou seguido por dois comerciantes europeus que Palewski já vira por ali, mas com quem nunca havia falado. Pensou que talvez fossem franceses.

Os três homens sentaram-se a uma mesa um pouco atrás da linha de visão de Palewski, de modo que se passou algum tempo antes de ele olhar para trás e reconhecer o *seraskier*, que havia retirado a capa e agora estava sentando com as pernas cruzadas, os pés calçados com botas e o paletó do uniforme azul-cinzento abotoado até o pescoço. Ele remexia uma xícara de café, escutando com um leve sorriso a conversa de um dos companheiros, que estava inclinado para a frente e dizia alguma coisa em voz baixa, com a ajuda das mãos. Francês, então. Ou seria italiano?

Palewski perguntou-se se deveria ele próprio pedir um outro café. Olhou para baixo da ladeira: as portas da casa de banhos continuavam fechadas, mas outro grupo de homens carregando sacolas de roupas havia se aglomerado diante delas, provavelmente ensaiando as mesmas reclamações que ele havia escutado meia hora antes. Faxina nos banhos! E na quinta-feira à noite, ainda por cima. Sacrilégio! Escândalo! Palewski sorriu e chamou o garçom.

Bem, ele podia ver que estavam fazendo uma faxina nos banhos – e uma faxina completa, pelo visto. O pequeno duto de ventilação no alto da cúpula exalava uma coroa de vapor branco que subia, se esgarçava e, então, se dissolvia no crepúsculo. Prendendo-se aos últimos raios de sol, o vapor às vezes refletia um arco-íris de cores. Muito bonito, pensou Palewski. Em seguida surgiu uma vara, na qual alguém havia amarrado um pano branco para limpar o duto. Faxina completíssima, pensou Palewski. Se terminarem a tempo, certamente tentarei minha sorte.

O garçom lhe trouxe outro café. Palewski reclinou-se para trás para escutar a conversa que acontecia atrás dele, mas era um resmungo distante, por cima da confusão de flautas, do chiado da água a ferver e do murmúrio de conversas em voz baixa por todo o salão. Decepcionado, ele tornou a olhar pela janela.

Que estranho, pensou. A vara subia e descia no buraco, e o pedaço de pano amarrado a ela flutuava, como uma pequena bandeira.

Uma coisa é faxina, pensou Palewski, intrigado, outra é obsessão.

E, enquanto ele olhava, a vara subitamente oscilou e desabou para o lado. Com o suporte que a sustentava caído na diagonal, o pequeno pano branco ondulava e batia à brisa noturna como um sinal de rendição.

95

YASHIM HAVIA sonhado. Sonhou que ele e Eugenia estavam nus, lado a lado na neve, vendo um incêndio na floresta fazer crepitar as copas das árvores. Não fazia frio. Enquanto o fogo avançava, o calor aumentava, e a neve começava a derreter. Ele gritou: "Pule!", e ambos pularam de cima da neve derretida. Ele não tinha lembrança de bater no chão lá embaixo, mas havia começado a correr pela praça em direção ao grande cipreste. Não via Eugenia em lugar nenhum, mas o mestre sopeiro estendia as mãos imensas em sua direção e acendia o cipreste com um fósforo. Este ardia como um foguete enquanto Yashim se segurava nele, pressionando o rosto em sua casca lisa, mas, quando tentava se desvencilhar, não conseguia, porque sua pele havia derretido e se colado à árvore.

Ele tossiu e tentou levantar a cabeça. Seus olhos se abriram. Pareciam estar cobertos por uma fina película: sua visão estava embaçada. Fez outra tentativa de levantar a cabeça, e dessa vez sua bochecha fez um barulho de sucção sobre a superfície dura do banco de massagem onde ele jazia deitado em meio a uma poça do próprio suor. Rolou para o lado, com o corpo inteiro escorregando sobre o banco, e pôs os pés no chão.

Uma dor surda subiu latejando por seus pés, e ele levou alguns instantes para perceber que as solas estavam queimando no chão de pedra. Tornou a se sentar sobre o banco, de pernas erguidas, e olhou em volta. Não havia mais ninguém ali.

O vapor se desprendia do chão em tiras raivosas, que se misturavam para formar um nevoeiro que se adensava conforme se aproximava da cúpula. Yashim percebeu que tinha dificuldades para respirar: o ar estava tão quente e úmido que cada inspiração sufocava sua garganta como uma mordaça. Com a mão pesada, limpou o suor dos olhos.

O nevoeiro parecia curiosamente aconchegante, como se o problema na verdade fossem seus olhos, e isso pareceu desorientá-lo: ele sacudiu a cabeça para um lado e para o outro, à procura das portas. Viu seus tamancos de madeira ao lado do banco de massagem. Com os pés calçados nos tamancos, passou um instante a se balançar, segurando-se no banco, e então, como um homem caminhando com dificuldade pela neve, cambaleou para a frente em direção à porta. Tateou sua superfície à procura de uma maçaneta, mas a porta era lisa como as paredes.

Não havia maçaneta.

Yashim bateu com os punhos fechados, incapaz de gritar, com a respiração saindo em golfadas por entre os dentes. Ninguém respondeu. Jogou-se repetidas vezes contra a porta, apoiando todo o seu peso no próprio ombro, mas a porta não se moveu, e o som foi abafado pelo carvalho arrematado com ferro. Ele caiu agachado, apoiando-se na porta com uma das mãos.

O calor que se desprendia do chão tornava impossível manter aquela posição por muito tempo. Ele se levantou devagar; mantendo o corpo curvado, caminhou junto à parede. A torneira no primeiro nicho havia parado de jorrar. Havia uma caneca no chão, mas ela continha apenas 2 centímetros de água, e o metal estava quente.

Não teve noção de quanto tempo passou agachado ali, olhando para baixo por entre os próprios braços, para a água dentro da caneca. Mas, quando a água começou a evaporar, ele pensou: estou sendo assado vivo.

Mas estou pensando.

Preciso sair daqui.

Muito devagar, levantou a cabeça, pois parecia que ela poderia explodir a qualquer minuto: ele precisava manter a água longe dos olhos.

Em meio ao nevoeiro acima de sua cabeça, pôde distinguir um tênue contorno de luz. Esta vinha dos buracos abertos no teto da cúpula, e por um instante Yashim se perguntou se haveria um jeito de subir até lá e alcançá-los, passar as mãos, talvez, e os lábios pelos buracos.

Não se pode escalar o interior de uma cúpula, disse para si mesmo.

Seus olhos acompanharam a base das paredes, à procura de qualquer coisa que pudesse usar.

Ele quase não a viu: a longa vara de bambu presa à base de um esfregão, encostada no canto entre o chão e a parede.

Mal conseguiu levantá-la: seus dedos estavam inchados e era difícil dobrá-los.

Com esforço, Yashim ergueu o frágil cabo. Era curto demais.

Tornou a atravessar o aposento. Em duas ocasiões, quase desmaiou e caiu de quatro no chão: mas a tortura da pedra escaldante tornou a despertá-lo, e ele seguiu cambaleando até encontrar a segunda vara.

Agora precisava de um pedaço de pano para juntá-las. Tentou rasgar uma toalha com os dedos e dentes, agora ganindo de dor.

Finalmente, conseguiu dar um rasgão na bainha. Até mesmo ao rasgar o tecido ele parecia uma criança inexperiente, quase fraca demais para erguer os braços, mas finalmente obteve uma faixa de algodão que amarrou em volta dos dois bambus. Amarrou o pedaço restante no alto da vara, e então começou a levantá-la. A ponta descoberta bateu na lateral da cúpula. Ele ergueu mais.

Era demasiado curta.

Com a vara rodeada pelo vapor, encostada na cúpula, Yashim mal podia distinguir quanto faltava. Seu rosto agora estava contorcido em um ríctus, dentes à mostra. Trôpego, andou até o banco de massagem e subiu nele. Cada movimento era uma agonia. Ao levantar os braços, viu que estavam quase roxos, como se o sangue estivesse começando a vazar pelos poros.

Começou a mexer a vara para cima e para baixo, para cima e para baixo. A cada movimento, sentia que também estava bombeando o sangue através dos poros de sua pele. Lembrava-se vagamente de que precisava fazer a vara se mover, mas não conseguia mais se lembrar de por que aquilo parecia importante, apenas que era o único recurso que tinha. Era tudo que lhe restava.

96

– *Avec permission, seraskier.* – Enquanto se inclinava, Palewski estendeu a mão. – Palewski, *ambassadeur de Pologne.*

O *seraskier* ergueu os olhos com uma expressão de surpresa. Então sorriu, educado.

– *Enchanté*, Excelência.

– Sinto muitíssimo por interromper – prosseguiu Palewski –, mas acabo de ver algo bastante estranho e queria sua opinião.

– *Mais bien sûr.* – O *seraskier* não parecia impressionado. O que ele e o embaixador polonês consideravam estranho podiam ser coisas inteiramente diferentes. – O que viu, Excelência?

Ocorreu a Palewski que qualquer explicação que ele desse pareceria fraca, risível até. Voltou-se para os companheiros do *seraskier*.

– Os senhores me dariam licença? Gostaria de pegar o *seraskier* emprestado só por um minuto. Queira me acompanhar, *efendi*.

Os homens fizeram gestos vagos, mas não disseram nada. O *seraskier* olhou para eles e em seguida para Palewski com um meio sorriso impaciente.

– Muito bem, Excelência. – Ele já estava de pé. – Minhas desculpas, senhores.

Palewski pegou-o pelo braço e o conduziu até a rua.

– Alguma coisa curiosa acaba de acontecer nos banhos – começou ele. – Primeiro, eles foram fechados, um tanto subitamente, em uma noite de quinta-feira. – Ele havia se prendido a esse detalhe, que tanto o intrigara no início, por ser o mais estranho de um ponto de vista turco. – Supostamente estão fazendo uma faxina, mas um minuto atrás vi alguém sacudindo uma bandeira por um buraco no teto. Digo uma bandeira porque não existe simplesmente nenhuma outra explicação na qual eu consiga pensar. Parecia, bem, parecia um sinal, e agora parou. Está vendo, *efendi*? Isso pode lhe soar estranho, mas realmente pareceu que... que alguém estava fazendo sinal, e em seguida, por algum motivo, parou. Eu próprio queria ir até lá, mas ao ver o senhor... bem, pensei que poderia ir perguntar o que está acontecendo com mais autoridade.

O *seraskier* franziu o cenho. Aquilo parecia uma besteira, é claro, e o que quer que acontecesse em um *hammam* não era problema dele... mesmo assim, o polonês estava obviamente nervoso.

– Para tranqüilizá-lo, Excelência, vamos até lá perguntar – disse ele, do modo mais galante de que foi capaz.

97

YASHIM OUVIU vozes. Uma pequena réstia de luz irrompeu na escuridão quando ele abriu as pálpebras uma fração de centímetro. Algo que o aliviou foi pressionado por um instante contra seu corpo, depois retirado.

Formas difusas se moviam na luz. *Terrível acidente... golpe de sorte...* Então alguém estava limpando seu rosto com um pano molhado e fresco, e o rosto de Palewski em pessoa entrou em seu campo de visão.

– Yash? Yashim? Está me ouvindo?

Ele tentou assentir.

Palewski pôs uma das mãos embaixo de sua cabeça e a inclinou para a frente.

– Beba isto – disse ele. Yashim sentiu a borda de um copo em seus lábios, mas estes pareciam disformes. Seus dedos pareciam cobertos por luvas, tamanha era sua dificuldade para dobrá-los.

– Ele consegue falar? – Era a voz do *seraskier.*

Estou sonhando, pensou Yashim.

Mãos o ergueram e o carregaram pelo ar. Então ele se viu novamente deitado, coberto com uma manta.

Palewski certificou-se de que seu amigo estava bem acomodado na liteira, e fez um gesto para os carregadores. Para o *seraskier*, disse:

– Vou levá-lo para a embaixada. Ele estará seguro lá.

O *seraskier* assentiu.

– Por favor, mande avisar mais tarde como ele está passando.

Os carregadores da liteira levaram as varas aos ombros e seguiram o embaixador noite adentro.

Yashim teve consciência do balanço da liteira enquanto percorriam as ruas escuras. Ouviu o *schlap schlap* dos pés dos carregadores, e o tilintar de sinetas, e perguntou-se o quão gravemente ferido estaria. De vez em quando, o tecido da liteira roçava em sua pele, quase fazendo-o gritar.

Um garoto de recados correra na frente para pedir à criada de Palewski que fizesse a cama e acendesse a lareira; quando chegaram, ela já estava nas escadas com uma pilha de lençóis limpos. Palewski pegou algumas velas sobre a mesa do hall de entrada para iluminar o caminho dos carregadores, e eles o ergueram com tanta competência que Yashim só percebeu que estavam subindo as escadas por causa da inclinação do teto.

Transferiram-no para a cama. Palewski ajeitou um fogo no braseiro que ficava no canto do aposento, azulejado com um desenho de flores azuis entrelaçadas, enquanto Marta aparecia com uma bacia de água fria e uma esponja, levantando o lençol de modo a poder molhar delicadamente a pele inflamada de Yashim.

Yashim não sentia nada, apenas uma onda de náusea que de vez em quando lhe contraía o estômago e o fazia golfar. Quando ele golfava, Marta o limpava sem dizer nada. Ele dormiu um pouco, e quando acordou ela estava ali novamente, com uma colherada de um líquido tão amargo que fez doer sua boca, mas ele o engoliu, e a náusea subitamente desapareceu.

Marta trouxe uma bacia de água morna que recendia a lavanda e mel. Yashim agora respirava regularmente. À luz das velas, observou a moça grega silenciosa, de perfil reto e pele morena, em pé junto à bacia, absorvida por sua tarefa. Ela pegou uma pilha de guardanapos de pano grandes e, um a um, embebeu-os na bacia, torceu-os e espalhou-os sobre um varal de roupas para esfriar. Seus cabelos pretos lisos estavam penteados em duas tranças presas às laterais da cabeça; quando ela se inclinava para a frente, ele podia ver-lhe os pelinhos da nuca quando refletiam a luz.

Depois de aprontar tudo, ela pegou o primeiro guardanapo cheirando a mel e dobrou-o.

– Por favor, feche os olhos – pediu, com a voz suave como o arrulhar de uma pomba. Ajeitou o guardanapo com firmeza sobre sua testa, e ele sentiu-lhe os dedos a alisarem o tecido úmido sobre suas pálpebras e moldá-lo por cima de seu nariz e de suas maçãs do rosto.

– O senhor consegue se virar de lado? Assim, deixe-me ajudá-lo.

Um instante depois, ele sentiu outro pano fresco encostar em seu queixo, pescoço e ombro. Seu braço esquerdo foi erguido, e os dedos de Marta alisaram outro guardanapo sobre a lateral de seu peito e de suas costas.

– Tente não se mexer – disse ela. Enquanto ela ia descendo por seu corpo, Yashim começou a sentir as sensações voltando. Sentiu as palmas das mãos dela sobre suas nádegas e coxas, através do pano fresco. Por fim, ela chegou a seus pés, e ajudou-o a rolar de costas para terminar de envolver-lhe o lado direito do corpo.

– Estou me sentindo uma múmia egípcia – grasnou Yashim. Ela levou um dedo aos lábios. Sua voz saíra fraca e com dificuldade; ele chegou a se perguntar se ela ouvira o que ele dissera.

Devia ter cochilado, pois de repente sentiu medo de estar sendo sufocado, incapaz de abrir os olhos, esmagado por uma pressão tremenda sobre o peito e os membros. Soltou um grito e tentou se desvencilhar, mas duas mãos pequeninas tornaram a fazê-lo deitar-se, empurrando-lhe os ombros, e uma voz sussurrou baixinho:

– Estou aqui, não tenha medo. Está tudo bem. Está melhor agora.

Durante um instante, sentiu o hálito dela sobre os lábios, e então ela retirou a compressa de cima de seus olhos e ele os abriu para vê-la em pé ao seu lado, com o guardanapo em uma das mãos e um sorriso tímido no rosto.

Ele sorriu de volta. Pela primeira vez desde que ela o havia tocado, teve consciência da própria nudez, consciência de que estava, mais uma vez, sozinho com uma mulher. Ergueu-se hesitantemente sobre um dos cotovelos, e ela também pareceu sentir o desconforto, porque se virou para a vela e disse:

– Se está se sentindo melhor, deve se lavar. O mel deve estar pegajoso. Vou buscar aquilo de que precisa.

Ela se retirou por um minuto. Voltou com uma bacia de água morna e um roupão pendurado no braço. Pousou a bacia ao lado da cama e depositou o roupão aos pés dele.

– Há uma esponja dentro da bacia – explicou.

Quando ela se virou para sair, Yashim disse:

– Meu braço ainda está muito rígido.

Ela lançou-lhe um sorriso e, pela primeira vez, ele viu seus olhos escuros e sérios brilharem.

– Então vai ter que se lavar bem devagar – disse ela, doce. E saiu.

Yashim deu um suspiro e passou as pernas para fora da cama, provocando um farfalhar de guardanapos caindo.

Lavou-se devagar, como a moça dissera.

Consciente de que havia pouco tempo.

Perguntando-se o que fora feito de Murad Eslek.

Perguntando-se o que Marta representava para seu amigo Palewski – e ele para ela.

98

– QUE HORAS são?

Yashim abrira os olhos e deparara com Palewski encarapitado ao pé de sua cama, com os cotovelos apoiados nos joelhos, a fitar-lhe pacientemente o rosto.

– Já passa da meia-noite. Marta foi dormir.

Yashim deu um sorriso fraco e um pensamento fugidio atravessou-lhe a mente. Para Palewski, eu sou apenas metade homem – mas a metade de que ele gosta. A metade em que ele pode confiar. E decidiu nunca contar ao amigo o que havia acontecido entre ele e Eugenia na embaixada russa.

– Preciso lhe agradecer, Palewski, por ter salvado minha vida.

– E eu a você, meu velho amigo, por ter me proporcionado uma conversa de meia hora ou algo assim com o sultão. – Ele bateu palmas. – Que festa sensacional!

Yashim pareceu não entender. Palewski contou-lhe sobre o desafio de Derentsov e a conversa íntima que tivera com o sultão Mahmut II.

– Estou achando que o sultão anda perdendo o sono por causa desse édito, Yash. Isso vai fazer dele um homem muito solitário. Ele está ganhando muitos inimigos.

Yashim assentiu.

– Estou começando a pensar que assassinato é o menor dos males. E hoje à noite, se não fosse você, eles teriam me matado também.

– Você estava em um lugar público.

Mas Yashim disse:

– Eu me esqueci de algo que havia descoberto. Trabalhar nas fornalhas dos banhos públicos foi um dos empregos que os janízaros assumiram, os que sobreviveram ao expurgo. Diga-me, você viu meu sinal?

Palewski relatou a série de acontecimentos que haviam levado ele e o *seraskier* até a porta dos banhos.

– O *seraskier*? – interrompeu Yashim. – Se eu não estivesse semimorto... ele é o homem com quem preciso falar. Eu deveria ir procurá-lo.

Palewski ergueu uma das mãos para contê-lo.

– Marta me deixou instruções precisas, Yashim. Ela espera encontrá-lo aqui pela manhã. Você é paciente dela. Talvez queira tomar um pouco de chá? Ou algo mais forte?

Yashim fechou os olhos.

– Eu descobri onde o quarto homem vai aparecer.

Palewski mostrou-se ansioso.

– Bom, bom – murmurou ele. Endireitou as costas. – Desculpe, Yashim, mas você sabe o que eu acho? Nenhum de nós é peça desse jogo. No melhor dos casos, somos testemunhas: até você. É demasiado... – Ele vasculhou a própria mente. – Você me disse que tinha a impressão de que era como se estivessem preparando um banquete, primeiro o *meze*, depois um prato principal, lembra-se? Bem, acho que você estava certo. Nós somos os comensais. E é uma festa perigosa.

Ele se levantou com cuidado e aproximou-se de Yashim, agachando-se ao lado de seu travesseiro.

– Você não vai encontrar ninguém vivo. Nenhum dos outros cadetes foi morto onde foi encontrado. Tampouco vai encontrar esse daí sendo cozido diante dos seus olhos. Descanse. Se estiver disposto, pode ir embora bem cedo amanhã de manhã, depois que Marta o tiver examinado de novo.

Yashim fitou o teto. Era um conselho sensato. Ele havia perdido o tempo de que precisava, e nada o traria de volta. Queria tanto fazer o que seu amigo sugeria, dormir – e confiar em Eslek. Poderia estar em Kerkoporta à primeira luz da manhã.

Era um conselho sensato. Mas em um detalhe, pelo menos, o embaixador polonês não poderia estar mais enganado.

99

O APROVISIONAMENTO de uma grande cidade, como o cádi gostava de observar, é a marca de uma civilização bem-sucedida. Em Istambul, aquele era um trabalho que havia sido azeitado até quase a perfeição por uma experiência de quase duzentos anos, e era de fato possível dizer, a respeito dos mercados de Istambul, que não havia uma só flor, fruta ou tipo de carne ou peixe que não estivesse disponível ali durante a temporada.

Uma cidade imperial tem um apetite imperial, e durante séculos a cidade havia extraído tributos diários de um gigantesco interior. Onde os bizantinos haviam cultivado suas hortas, nas regiões próximas à Trácia e à Ásia Menor, os turcos também plantavam legumes e verduras. Dois mares – o Mediterrâneo, com suas águas mornas, e as águas escuras e gélidas do mar Negro – a supriam abundantemente de peixes, enquanto as trutas mais saborosas dos lagos da Macedônia eram levadas até a cidade em tanques. Das montanhas da Bulgária vinham muitos tipos de mel, para serem transformados em doces pelos mestres doceiros de Istambul.

De modo geral, era um negócio minuciosamente organizado, dos pastos dos Bálcãs até as barracas dos mercados, em um vaivém constante de encomendas, inspeções, compras e requisições. Como qualquer atividade que necessite uma supervisão incessante, ela era vulnerável a abusos.

O cádi do mercado de Kerkoporta havia assumido seu cargo vinte anos antes, e ganhara uma reputação de severidade. Um açougueiro que usasse pesos falsificados era enforcado na porta de seu próprio açougue. Um verdureiro que mentisse quanto à origem de suas frutas tinhas as mãos cortadas. Outros, que podiam ter enganado um cliente, ou se afastado dos canais oficiais para obter mercadorias a preços baixos, viam-se forçados a usar um grosso colar de madeira durante algumas semanas, a pagar uma multa salgada ou a serem pregados pela orelha à porta de sua própria loja. O mercado de Kerkoporta havia se tornado sinônimo de negócios honestos, e o cádi imaginava estar fazendo tudo da melhor maneira possível.

Os comerciantes o consideravam excessivamente rigoroso, mas estavam divididos quanto às opiniões sobre a melhor maneira de tratá-lo. Uma minoria era a favor de juntar-se para fabricar alguma reclamação da qual fosse pouco provável ele se recuperar; a maioria dava de ombros e recomendava paciência. O cádi, sugeriam alguns, estava apenas estabelecendo seu preço. Um negociante de tapetes ambicioso não louvava liricamente as cores, a qualidade e a raridade de seu tapete, como prelúdio às negociações? Um jovem lutador não investia toda a sua força no combate, quando o homem mais velho não usa mais do que realmente necessita usar? Chegaria o tempo, argumentavam, em que o cádi começaria a ceder.

A brigada a favor da ação alegava que aquele homem não era igual aos outros. Os realistas diziam que ele era humano. E as mentes mais sutis de todas observavam discretamente que o cádi tinha duas filhas. A mais velha, próxima da idade do casamento, tinha reputação de ser muito linda.

A queda do cádi, quando ocorreu, foi silenciosa e absoluta. O boato quanto à beleza de sua filha era inteiramente verdadeiro; ela também era dócil, religiosa, obediente e prendada. Foram justamente essas qualidades que puseram o cádi em tamanha agonia mental ao tentar escolher-lhe um marido. Ele amava a filha e queria o melhor para ela, e era o fato de ela ser tão boa que o tornava tão exigente. Foi por ser tão exigente que acabou se decidindo por um renomado professor da madraçal central, um solteiro de uma excelente e rica família.

A fortuna do cádi não era de forma alguma suficiente para proporcionar à filha o dote generoso e as memoráveis festividades matrimoniais que os parentes do noivo costumavam dar para suas próprias filhas. É claro que eles não se importavam, mas aquilo atormentava o cádi. A causa do tormento foi adivinhada pela casamenteira, uma velha senhora irascível que mascava noz de bétel e usava uma pulseira de ouro para cada união que havia negociado com sucesso: quando ela se mexia, fazia tanto barulho que parecia uma cachoeira. E ela se mexia muito: ou seja, visitava quase todas as casas do bairro bastante regularmente, e, graças a uma dessas visitas, os comerciantes de Kerkoporta ficaram sabendo do dilema do cádi.

A questão foi tratada com delicadeza e tato.

Por terem organizado um esplêndido casamento, e por terem se unido para fornecer à moça um dote de respeito, os comerciantes não pediram nada em troca ao cádi. Poucos mercados eram tão bem aprovisionados por seu cádi quanto o de Kerkoporta, e ele trouxera tanta ordem, regularidade e honestidade ao negócio que mesmo um estrangeiro podia fazer compras ali sem se preocupar, como todos sabiam. Praticamente ninguém jamais precisaria saber que o dote e a festa eram um tributo pessoal do mercado ao seu juiz.

Nada foi dito. Nenhum acordo foi selado, o assunto foi esquecido. O cádi continuou a fazer seu trabalho com rigor, como antes. Sequer mostrou-se particularmente agradecido.

Ele estava apenas cansado. Ser honesto era cansativo, mas não era tão exaustivo quanto continuar carregando o peso do que ele sabia: que havia se mancomunado com os comerciantes que deveria regular.

Continuou a ir sentar-se na sede do mercado para dar audiências, a investigar abusos, a franzir o cenho para os suplicantes e a reunir seu próprio conselho. Mas não punia mais as transgressões com tanta severidade. Na verdade, não se importava mais em saber se os comerciantes trapaceavam ou não seus clientes. Caso encontrasse ouro em sua bolsa, ou um carneiro recém-abatido entregue na porta de sua casa, aquilo não provocava nem gratidão nem indignação.

Afinal de contas, ele tinha outra filha.

100

OS JUMENTOS tamborilavam nas pedras do calçamento com seus pequenos cascos. As carroças de duas rodas pulavam e eram sacudidas atrás deles, com um barulho parecido com uma avalanche de seixos. Os finos feixes de luz das lamparinas corriam pelos muros nus.

Quatorze. Quinze. Dezesseis.

Murad Eslek ergueu uma das mãos. O porteiro da noite assentiu com a cabeça e deixou a barreira deslizar delicadamente de volta até o bloco de madeira do outro lado do portão, bloqueando a rua.

Eslek gritou um breve obrigado e seguiu as carroças até a praça.

Sessenta ou setenta carroças puxadas a jumento se espremiam pela estreita passagem, disputando espaço com mais ou menos uma dúzia de carroças puxadas a mula, um rebanho de carneiros ruidosos e os vendedores que ainda estavam chegando. O espaço era limitado pelas barracas vazias que Eslek e seus homens haviam passado as últimas duas horas montando, cada qual encimada por uma lamparina. A carroça 8, percebeu Eslek, não havia conseguido erguer sua barraca: agora não adiantava tentar recuar, ele precisaria dar outra volta e tentar de novo, quando os outros já estivessem fora do caminho. Um dos comerciantes, enrolado em uma manta de cavalo amarrada com um barbante, exigia saber onde era seu local de entrega: a carroça 5 havia sido arrebatada por uma enxurrada de carroças puxadas a mula vindas da cidade. Eslek mal podia discerni-la, com sua alta pilha de gaiolas de aves balançando perigosamente ao longe. Mas, de modo geral, tudo estava em seu devido lugar.

Ele começou a ajudar a descarregar a primeira carroça. Cestos de berinjelas, sacos de juta cheios de batatas, caixotes de espinafres iam aterrissando na barraca ruidosamente. Quando o descarregamento estava quase no fim, Eslek se virou e começou o mesmo processo com a carroça de trás. O truque era terminar de descarregar simultaneamente, manter o comboio unido e retirar-se em ordem. De outra forma não se saía do lugar, e não haveria descanso até o nascer do sol.

Ele atravessou a praça correndo até a carroça de aves. Conforme temia, esta havia ficado imprensada atrás de uma carroça puxada a mula lotada de sacas de arroz, e ninguém dava a menor atenção aos gritos do condutor. Eslek agarrou a rédea da mula e acenou com o braço para o condutor em pé em cima da carroça, que lançava as pesadas sacas para os braços de um homem no chão.

– Ei! Ei! Esperem!

O condutor lançou-lhe um olhar rápido e virou-se para pegar outra saca. Eslek puxou a rédea da mula para trás: o animal tentou levantar a cabeça, mas decidiu em vez disso dar um passo para trás. A carroça foi sacudida, e o condutor, perdendo o equilíbrio, cambaleou para trás com uma saca nos braços e caiu pesadamente sentado.

O dono da barraca sorriu e coçou a cabeça. O condutor pulou da carroça furioso.

– O quê, em nome de Deus... ah, é você, é?

– Vamos, Genghis, dê marcha a ré nesta geringonça, estamos imprensados. Vamos, puxe-a. – Ele gesticulou para o condutor da carroça puxada a jumento, que estava sentado na plataforma da carroça com sua longa vara erguida e a postos. O carroceiro que transportava arroz deu marcha a ré com sua carroça puxada a mula, o condutor do jumento sapecou uma varada no flanco do animal e o pequeno quadrúpede trotou para a frente.

– Viva! – acenou Eslek, e em seguida começou a correr ao lado da carroça com uma das mãos sobre a plataforma. – É a segunda vez esta semana, Abdul. Você está atrasando todo mundo.

Ele conduziu a carroça até o final de seu próprio comboio, disse ao condutor para agarrar um caixote e, com a ajuda do comerciante, descarregaram o transporte, subindo e descendo as caixas pela fila. A maioria dos comerciantes já estava arrumando suas mercadorias; um cheiro de carvão enchia o ar à medida que os vendedores ambulantes de comida acendiam seus braseiros. Eslek sentiu fome, mas ainda precisava evacuar as carroças; faltava ainda uma hora antes de as despachar em segurança pelo portão, onde pagava os condutores.

– Abdul – disse ele –, apenas mantenha os olhos abertos, entendeu? Aqueles homens das mulas parecem durões, mas não podem lhe fazer nada. Não se você não lhes der oportunidade. Simplesmente fique bem junto do homem diante de você e mantenha os olhos firmes à frente. Eles só fazem falar.

Voltou andando até o mercado. De vez em quando, precisava se encolher junto à parede para deixar passar as outras carroças puxadas a jumento mas, ao chegar à praça, o primeiro burburinho da noite já havia silenciado. Os vendedores estavam ocupados com suas arrumações de frutas e legumes, competindo uns com os outros na construção de pirâmides, anfiteatros e acrópoles feitos de quiabos, berinjelas e batatas amarelas e luzidias, ou de tâmaras e damascos, formando blocos, fileiras e intrincados desenhos coloridos. Outros, depois de acenderem seus braseiros, esperavam os carvões adquirirem sua branca película de cinza e matavam o tempo espetando castanhas com uma faca, ou enfiando fatias de carneiro em um grosso espeto. Em breve, pensou Eslek com uma pontada de fome e expectativa, os bolinhos de carne estariam borbulhando, os peixes fritando, as caças e aves assando nos espetos.

Ele também tinha outro trabalho a fazer antes de poder comer. Depois de despachar seus vendedores e acertar suas contas, deu uma volta por todo o perímetro do mercado. Prestou especial atenção aos cantos escuros, aos vãos sombrios das portas e ao espaço entre as barracas cujos donos ele não atendia. Encarou homens nos olhos e logo os reconheceu; de vez em quando, levantava a cabeça para examinar o mercado como um todo, para ver quem entrava, e para ficar de olho na chegada de carroças que não conhecia.

De vez em quando, perguntava-se o que estaria atrasando Yashim.

Um grupo de malabaristas e acrobatas, seis homens e duas mulheres, posicionou-se perto do cipreste, de cócoras, à espera da luz e das multidões. No meio deles, haviam depositado um grande cesto tampado, e Murad Eslek passou algum tempo observando-os do canto do beco abaixo das muralhas da cidade até verificar que o cesto realmente continha maças, bolas e outras parafernálias de seu ofício. Então continuou, examinando os outros adivinhos e artistas que haviam se reunido para o mercado da sexta-feira; o contador de histórias curdo com seu casaco de retalhos; o comedor de fogo búlgaro, calvo como uma casca de ovo; vários músicos – flautistas dos Bálcãs, músicos anatólios com seus instrumentos de cordas; um par de africanos sinuosos e silenciosos, dispondo cuidadosamente amuletos e remédios sobre uma coberta estendida no chão; uma fileira de ferreiros ciganos com pequeninas bigornas e um carregamento de moedas envoltas em pedaços de couro macio, já ocupados lascando as moedas e fabricando pequenos anéis e pulseiras.

Deu mais uma olhada para o outro lado do mercado e pensou em comida, embora soubesse que faltavam alguns minutos para poder comer. O ar já estava perfumado com o aroma das ervas assando; ele podia ouvir o chiado da gordura quente pingando sobre os carvões. Ergueu um cubo de pão branco salgado de uma das barracas pelas quais passou e jogou-o dentro da própria boca; então, como ninguém o havia repreendido, parou por um instante para admirar a disposição do espeto, movido por um pequeno cão que corria animadamente dentro de uma roda de madeira. Ali perto, viu com o canto do olho um homem fritando bolinhos de carne com uma faca chata. Ele empurrou alguns bolinhos para o canto da panela, e Eslek se adiantou.

– Está pronto, então?

O homem abriu um sorriso e aquiesceu.

– O primeiro cliente de sexta-feira sempre come de graça.

Eslek sorriu. Observou o homem espalhar alguns pães sírios sobre a superfície quente da panela, apertá-los para baixo com a lâmina da faca e virá-los. Em seguida o homem puxou um deles em sua direção e o abriu com um giro rápido da ponta da faca e um movimento deslizante da parte plana.

– Molho picante?

A boca de Murad Eslek salivou. Ele assentiu.

O homem pegou um pouco de molho com a ponta da faca, espalhou-o dentro do pão, recolheu dois bolinhos de carne e os pôs lá dentro com um punhado generoso de alface e um pouco de suco de limão.

Segurando o *kebab* com as duas mãos, Eslek saiu saltitando alegremente em meio às barracas, mastigando com sofreguidão.

Não viu nada que o surpreendesse. Depois de algum tempo, desceu a ruela próxima às muralhas e encontrou a passagem escura de que Yashim havia falado. Subiu cuidadosamente os degraus e tornou a voltar para a torre. A porta ainda estava acorrentada exatamente como Yashim a deixara. Ele se sentou no parapeito, com as pernas balançando, lambendo os dedos, e baixou os olhos para o cipreste e o mercado lá embaixo.

O céu havia clareado, e logo chegaria a manhã.

101

QUANDO Yashim abriu os olhos novamente, ainda estava escuro. O fogo no braseiro havia morrido. Com uma leve careta, ele se ergueu na cama e passou as pernas pela borda. Seus pés estavam doloridos e inchados, mas ele se forçou a ficar de pé. Depois de mancar de um lado para o outro do quarto durante alguns minutos, constatou que a dor era suportável. Encontrou suas roupas por acidente, ao estender uma das mãos no escuro para se equilibrar. Estavam cuidadosamente empilhadas sobre uma mesa, onde Marta devia tê-las colocado.

Pegou sua capa no hall de entrada e saiu para o ar matinal. Sua pele estava sensível, mas sua mente estava alerta.

Desceu depressa em direção ao Corno de Ouro. Os versos do poema *karagozi* dançavam em sua cabeça ao ritmo de seus passos.

Ignorantes,
E sem se saberem ignorantes,
Eles dormem.
Acorde-os.

Apressou o passo para chegar às docas. No cais, encontrou um barqueiro acordado, enrolado em seu albornoz para se proteger da friagem da manhã, e, uma vez do outro lado, alugou uma cadeira e ordenou aos carregadores que o levassem até o mercado de Kerkoporta.

102

– Vi o senhor chegar – explicou Murad Eslek. Ele havia reconhecido Yashim imediatamente e corrido para cumprimentá-lo antes que ele desaparecesse em meio à multidão. Agora que o dia havia raiado, muitas pessoas passeavam por entre as barracas, enchendo suas cestas com produtos frescos. – Estive olhando em volta, como o senhor disse. Nada fora do normal. Alguns artistas que não conheço, e só. Tranqüilo, tudo normal.

– A torre?

– Sim, fui lá verificar. A porta sobre a qual me falou ainda está na corrente. Passei uma hora lá em cima.

– Humm. Mas há outra porta, do outro lado. Em um piso mais baixo. É melhor eu dar uma olhada. Fique aqui e mantenha os olhos abertos, mas se eu não voltar daqui a meia hora, pegue alguns de seus rapazes e venha me buscar.

– Desse jeito, é? Um instante, vou chamar alguém para ir com o senhor.

– Sim – disse Yashim. – Por que não?

Só precisaram de alguns minutos para chegar ao parapeito. O carregador que Eslek havia encontrado andava atrás de Yashim sem curiosidade, mas este estava grato por sua presença: a lembrança das escadas escuras descendo para aquele salão limpo ainda lhe dava calafrios. Ele desfez a corrente e mais uma vez empurrou a porta com o ombro.

O carregador protestou.

– Acho que não deveríamos entrar aí. Não é permitido.

– Eu tenho permissão – disse Yashim, seco. – E você está comigo. Vamos.

Estava mais escuro dessa vez, mas Yashim sabia aonde ir. No alto dos degraus, levou o dedo aos lábios e desceu na frente. O *tekke* estava exatamente como ele o havia deixado na véspera. Ele tentou abrir a porta: ainda estava trancada. O carregador permaneceu no pé da escada, nervoso, olhando em volta com ar de surpresa. Yashim aproximou-se do baú e ergueu a tampa. O mesmo conjunto de pratos e copos. Ainda nenhum cadete.

Yashim endireitou o corpo.

– Venha, vamos voltar agora – disse.

O carregador não precisou de segunda ordem.

103

O EFENDI lhe dissera para manter os olhos abertos, e era exatamente o que Eslek estava fazendo havia várias horas. Não tinha certeza do que exatamente estava procurando, ou como o reconheceria quando o tivesse encontrado. Alguma coisa fora do comum, talvez, sugerira Yashim. Ou alguma coisa tão comum que ninguém olharia duas vezes – exceto, talvez, explicara ele, o próprio Eslek. Eslek conhecia o lugar de cada coisa, e quem se deveria esperar que aparecesse no mercado de sexta-feira.

Ele coçou a cabeça. Tudo estava muito normal. As barracas, as pessoas, os malabaristas, os músicos: era assim todas as vezes. O mercado estava mais movimentado, uma vez que era sexta-feira. O que havia acontecido que não acontecia todos os dias da semana? O homem dos bolinhos de carne lhe dera um café da manhã de graça, isso não acontecia todos os dias!

Pensar nos bolinhos de carne lhe havia lembrado outra coisa.

Ele tentou se recordar. Estava com fome, sim. E fora a primeira pessoa a ver que os bolinhos estavam prontos. Vira isso com o canto do olho enquanto abocanhava um pedaço de pão...

Eslek ergueu o queixo. O pedacinho de pão. Ninguém havia percebido. Não havia ninguém cuidando daquela barraca e do cachorrinho correndo para fazer rodar o espeto. Na verdade, aquilo era algo que ele nunca tinha visto antes, pelo menos não no mercado. Mas e daí?

Decidiu ir dar outra olhada. Enquanto abria caminho em meio à multidão, viu de relance o vendedor de bolinhos de carne com a faca chata em uma das mãos e um pão sírio na outra, servindo um cliente. Mas ele estava olhando para o outro lado. Quando Eslek se aproximou, ele ainda estava imóvel, como que fascinado, e o cliente começava a reclamar.

– Eu disse que queria molho.

O vendedor se virou com uma expressão intrigada. Então baixou os olhos para a faca e para o pão em suas mãos, como se não tivesse certeza de por que eles estavam ali.

Seu cliente deu-lhe as costas com um muxoxo.

– Esqueça. A vida é curta demais.

O homem dos bolinhos pareceu não ter escutado. Virou a cabeça e tornou a olhar por cima do ombro.

Eslek acompanhou seu olhar. O cachorrinho ainda trotava na roda, com a língua de fora. Mas não foi o cão abandonado que atraiu a atenção de Eslek, e sim a carne pendurada no espeto. Ela havia sido cuidadosamente amarrada para mantê-la firme uma vez que começasse a assar, mas, sem ninguém por perto para regar a carne, estava começando a ficar ressecada. O embrulho de carne estava se desfazendo gradualmente, endurecendo, revelando a Eslek o formato do animal que um dia havia sido. Duas de suas pernas, afastando-se do corpo surpreendentemente fino, eram grossas; as outras duas eram menores e estavam encolhidas, em um gesto de oração. Poderia ser uma lebre, mas era dez vezes maior do que qualquer lebre que Eslek jamais vira.

O vendedor de bolinhos de carne deve ter notado sua presença, pois disse de repente:

– Não entendo o que está acontecendo. Essa barraca passou a manhã inteira sem ninguém, pelo menos desde que eu cheguei. O cachorro deve estar exausto. – Ele engoliu em seco, e Eslek pôde ver seu pomo-de-adão subir e descer. – E que merda é aquela no espeto?

Eslek sentiu os cabelos se eriçarem na nuca.

– Vou lhe dizer uma coisa, companheiro – rosnou ele. – Tenho certeza de que aquela merda não é *halal.*

Levou a mão a seu amuleto e o apertou com força. O vendedor de bolinhos de carne começou a balbuciar alguma coisa: Eslek percebeu que ele estava rezando, recitando os 99 nomes de Deus, enquanto fitava horrorizado o tronco e os membros de um ser humano que estalavam e escureciam sobre os carvões em brasa.

104

YASHIM só ouviu os gritos quando já estava quase fora da torre. Ele e o carregador ficaram em pé sobre o parapeito, tentando olhar em volta do velho cipreste. No instante seguinte, o espaço abaixo deles estava coalhado de pessoas tentando fugir, aglomerando-se na ruela, com as vozes exaltadas. Ele ouviu várias pessoas berrarem: "O cádi! Chamem o cádi!", e uma mulher gritou. Uma das maças de madeira dos malabaristas subiu por entre os galhos do cipreste e tornou a cair, esbarrando nos galhos, enquanto a multidão o empurrava.

Yashim olhou para a praça. Não havia por que tentar descer até lá, percebeu, enquanto a multidão ainda estivesse descendo pela ruela. Alguém abaixo dele tropeçou e uma cesta de legumes saiu voando. "Vamos! Vamos!" O carregador dava pulinhos no mesmo lugar.

Ele então pôde ver o cádi, saindo de seu cubículo e aproximando-se de um grupo cerrado de homens que gesticulavam e apontavam. Mais à esquerda, viu que um círculo havia se formado entre as barracas, deixando uma delas isolada no meio. Olhou para baixo. A multidão havia parado de correr. As pessoas se aglomeravam em pequenos grupos, enquanto aquelas mais próximas da entrada da ruela haviam dado meia-volta e esticavam nervosamente o pescoço para observar a praça.

Yashim partiu trotando pelo parapeito, desceu os degraus aos pulos e subiu correndo o beco. Alguém segurou seu braço, mas ele se desvencilhou, esgueirando-se de volta até a praça por entre os grupos de espectadores. Enquanto corria em direção ao círculo de homens, viu Murad Eslek conduzindo o cádi. Os homens se afastavam para deixá-los passar, e Yashim continuou a correr em seu encalço.

Bastou um olhar para mostrar-lhe tudo que ele precisava ver.

O cádi estava mudo. O espeto ainda girava; a cada volta, um dos braços encolhidos despencava em direção ao chão. Yashim deu um passo à frente e pôs a mão na roda, e o cachorrinho simplesmente desabou dentro dela, ofegando.

– Precisamos apagar o fogo – disse Yashim, virando-se para Eslek. – Chame os carregadores e arrume um carrinho. Uma carroça puxada a jumento serve. Precisamos tirar esta... esta coisa daqui.

Eslek fechou os olhos por um instante e aquiesceu.

– Eu... eu nunca pensei... – Não terminou a frase, mas saiu para providenciar os carregadores.

Enquanto isso, o cádi havia começado a vociferar contra a multidão, sacudindo os punhos.

– Vão embora! Voltem ao trabalho! Acham que estou acabado, é? Vou mostrar a vocês! Isto é algum tipo de brincadeira, é? – Bateu com os punhos nas têmporas e encarou a todos, oscilando sobre os calcanhares. No seu mercado! Que desgraça. Desgraça e vergonha. Quem havia feito aquilo com ele?

Ele andou para a frente e os homens cambalearam para trás para deixá-lo passar. Ele andou até seu cubículo e entrou, batendo a porta.

No silêncio estarrecido que se seguiu, uns poucos homens, como Yashim, pareceram perceber o cheiro pela primeira vez. Agradável, pungente sem ser pesado, como vitela. Eles também viraram as costas.

O vendedor de bolinhos de carne vomitava profusamente.

Yashim viu Eslek voltar com os carregadores, trazendo vassouras e ancinhos.

Falou com ele durante alguns minutos. Fez algumas perguntas ao vendedor de bolinhos de carne, que parecia incapaz de parar de tremer.

Ninguém tinha visto nada. Até onde o vendedor de bolinhos de carne sabia, o espeto já estava rodando antes de ele começar a montar sua barraca. Ele achara aquilo estranho, sim, mas tinha trabalho a fazer, e não pensara mais no assunto até depois de o dia amanhecer. Na verdade, ficara com pena do cachorro.

Fora o cachorro quem chamara sua atenção no início.

105

AS JÓIAS da *valide* reluziam à luz amarelada. Naquele aposento engordurado, eram os únicos objetos capazes de chamar a atenção.

Havia mágica naquelas jóias. A mágica que conferia poder. Ninguém era capaz de desviar os olhos delas, não mais do que um coelho seria capaz de tirar os olhos de uma cobra.

Os dedos lisos se estenderam e as alisaram.

Mágica *ferenghi*, talvez. Que diferença poderia fazer? Os dedos se retesaram. Talvez houvesse palavras que precisassem ser ditas. Invocações. Encantamentos. Aquela era uma possibilidade com a qual ele não contara. Aquela figura em ziguezague gravada em cada uma das jóias poderia ser uma palavra, talvez, ou um som.

Não. O mais importante era a posse. Quem quer que tivesse a posse das jóias, gozava do poder que elas conferiam. Napoleão, que havia dispersado até mesmo os exércitos dos fiéis – todos sabiam que ele tinha mais sorte do que o normal. Tolo! Ele havia se desfeito das jóias, e sua sorte havia mudado. E a *valide* também: tudo correra bem para ela desde que as jóias haviam chegado. Ela conseguira subir até o topo, atravessando um campo de batalha muito mais perigoso do que qualquer um que o imperador francês tivesse enfrentado, onde os sussurros faziam as vezes de lanças, a informação eram os batalhões e a beleza marchava nas fileiras.

Nós conhecíamos tudo isso muito bem, não conhecíamos? Sabíamos como era difícil sair ileso do meio daquela confusão, não ser chutado de volta, derrubado, para murchar no anonimato. E então atingir seus objetivos, alcançar o ápice, ter completo poder sobre criaturas que se prostravam e se encolhiam a uma única palavra!

Nada poderia destruir isso. Ninguém poderia levar isso embora.

Não quando se possuía aqueles objetos.

E um par de lábios se franziu e esticou-se para beijar as jóias.

106

YASHIM dobrou os dedos em volta da pequena xícara e fitou agradecido o líquido negro e espesso que ela continha. Nenhuma especiaria, e um leve aroma adocicado. Quando a levou ao nariz, uma sombra encobriu a mesa e ele ergueu o rosto, surpreso.

– Por favor – disse, indicando um banquinho.

O mestre sopeiro pôs as mãos imensas em cima da mesa e deixou seu peso cair sobre o banquinho. Seus olhos percorreram o café, absorvendo os outros clientes, os dois fogões, a parede cintilante de bules de café. Ele farejou o ar.

– O café está cheirando bem.

– É *arabica* fresco – respondeu Yashim. – Eles torram os grãos aqui toda manhã. Muitas pessoas compram a variedade peruana, não acha? É barata, mas eu sempre acho o gosto meio passado.

O mestre sopeiro aquiesceu. Sem retirar as mãos da mesa, ergueu os dedos e assentiu solenemente para o proprietário, que se adiantou fazendo uma mesura.

– Um café, muito doce, com cardamomo. Sem canela. – O dono do café caminhou até o fogão. – Não gosto de canela – acrescentou o mestre sopeiro.

Conversaram sobre o assunto educadamente até o café chegar. Yashim tinha tendência a concordar com o mestre sopeiro que pôr canela no pão era uma abominação.

– De onde surgem essas idéias? – As sobrancelhas do mestre sopeiro se ergueram de perplexidade. – Para quê?

Yashim deu de ombros e não disse nada.

– O senhor está se perguntando o que estou fazendo aqui. Na noite passada, os vigias não foram trabalhar. É a primeira vez que isso acontece. Pensei que isso pudesse lhe interessar.

Yashim inclinou a cabeça. Perguntava-se por que o velho fora até ali. Ele disse:

– Prefiro falar sobre o passado. Vinte, 25 anos atrás. Os janízaros causaram problemas, não foi? O que eles fizeram exatamente?

O mestre sopeiro alisou o bigode com os dedos.

– Incêndios, meu amigo. Tínhamos homens na corporação que sabiam conduzir um incêndio com a mesma desenvoltura que um cigano conduz um urso na coleira. Eu disse nós... mas queria dizer eles. Eu não participei. Mas era assim que eles demonstravam o que estavam sentindo.

– Onde eram os incêndios, principalmente?

O mestre sopeiro deu de ombros.

– No porto, em Gálata, ali perto do Corno de Ouro. Às vezes, parecia que a cidade inteira estava fumegando por baixo. Bastava levantar uma tampa em algum lugar e... pfuuu! Todos sentiam isso. Havia perigo por todo lado.

Como agora, pensou Yashim. A cidade inteira sabia sobre os assassinatos. As pessoas entendiam o que estava acontecendo. O lugar estava tenso de tanta expectativa. Faltavam ainda três dias para o sultão proclamar seu édito.

– Obrigado, mestre sopeiro. O senhor reparou na direção do vento hoje?

O mestre sopeiro apertou repentinamente os olhos.

– Está vindo de Mármara. O vento tem soprado do oeste a semana inteira.

107

O SERASKIER franziu os lábios.

– Duvido que isso possa ser feito. Ah, operacionalmente sim, talvez. Nós poderíamos inundar a cidade com a Nova Guarda, um homem em cada canto, artilharia nos espaços abertos... se conseguíssemos fazê-la passar. Nos poucos espaços abertos da cidade.

Ele se pôs de pé e foi colocar-se junto à janela.

– Olhe, Yashim *efendi*. Olhe para esses telhados! Que bagunça, não é? Colinas, vales, casas, lojas, tudo espalhado por ruelas e becos. Quantas esquinas você acha que eu poderia encontrar lá? Dez mil? Cinqüenta mil? E quantos espaços abertos? Cinco? Dez? Isto aqui não é Viena.

– Não – concordou Yashim em voz baixa. – Mas mesmo assim...

O *seraskier* ergueu uma das mãos para fazê-lo calar.

– Não pense que não o entendi. E, sim, acho que alguma coisa poderia ser feita. Mas a decisão não seria minha. Somente o sultão pode ordenar às tropas para saírem da caserna. Tropas armadas, quero dizer. Você acha que ele consegue tomar essa decisão tão depressa?

– Ele o fez dez anos atrás.

O *seraskier* grunhiu.

– Dez anos – repetiu ele. – Dez anos atrás, o povo estava unido à vontade do sultão. A ameaça dos janízaros havia subjugado todos nós. Mas hoje... o que sabemos? Você acha que os habitantes de Istambul vão receber os meus homens de braços abertos?

"Há outra coisa que hesito em observar. O que aconteceu dez anos atrás não foi trabalho de um dia só. Foram necessários meses de preparação, anos até, para a vitória sobre a escória dos janízaros. Nós temos 24 horas. E o sultão está... mais velho. Sua saúde não é tão boa."

Ele bebe, você quer dizer, pensou Yashim. Sabia-se que *monsieur* Le Moine, o comerciante belga de vinhos em Pera, fortificava os vinhos do sultão com conhaque. E o que dizer da descoberta, apenas um ano antes, de uma montanha de garrafas de gargalo comprido nas matas próximas ao local onde o sultão gostava de levar sua família para fazer piqueniques?

– Uma insurreição de janízaros está iminente – disse Yashim, casual. – Acho que ela vai tomar a forma de um incêndio, ou de diversos incêndios, não sei bem. Mais cedo ou mais tarde, o sultão terá de chamar os guardas, para manter a ordem e lidar com a conflagração, e eu, pessoalmente, preferiria que fosse mais cedo. – Ele se afastou da janela e virou-se para encarar o *seraskier*.

– Se o senhor não o fizer, eu mesmo tentarei falar com o sultão – disse ele.

– Você. – Não era uma pergunta. Yashim podia ver o *seraskier* avaliando a situação. Ele estava em pé de costas para a luz, com as mãos unidas nas costas. O silêncio ficou mais profundo.

– Iremos juntos, você e eu – anunciou o *seraskier* por fim. – Mas você, Yashim *efendi*, deixará claro para o sultão que a sugestão foi sua, não minha.

Yashim fitou-o com frieza. Um dia, pensou, haveria de encontrar um homem a serviço do sultão capaz de bancar e assumir suas próprias opiniões. Mas ainda não seria agora.

– Eu assumo a responsabilidade – disse.

Afinal, sou apenas um eunuco.

108

SEUS PASSOS ecoaram nos altos muros do harém enquanto atravessavam o primeiro pátio. Geralmente, às sextas-feiras, o local deveria ter estado movimentado, mas uma combinação de céu cinzento com a tensão contida que pairava no ar havia deixado o grande pátio praticamente deserto. Guardas cerimoniais estavam a postos ao longo dos muros, tão silenciosos e imóveis quanto os guardas janízaros cuja visão outrora gelava os corações dos enviados internacionais. Yashim se perguntou se os Novos Guardas não seriam, a seu modo, ainda mais sinistros: mais pareciam bonecos de corda alemães do que homens de verdade. Pelo menos os janízaros tinham seu próprio caráter destemido, como havia observado seu amigo Palewski.

Seus dedos se fecharam em torno de um pedacinho de papel escondido debaixo de seu cinto. Ao atravessar o hipódromo, tomado por um impulso, ele havia se desviado da serpente de bronze e percorrido a terra batida até a Árvore dos Janízaros, sabendo o que iria encontrar: os mesmos versos místicos que o haviam intrigado durante toda a semana.

Os versos haviam sido pregados no tronco descascado da árvore. Era assim que os gregos anunciavam seus mortos, pensou Yashim, com um pedaço de papel pregado a um poste ou a uma árvore. Havia retirado o papel e tornado a estudá-lo.

Ignorantes,
E sem se saberem ignorantes,
Eles dormem.
Acorde-os.

Um incêndio na noite, pensou Yashim. Um chamado às armas. Mas o que significava aquilo?

Ignorantes,
E sem se saberem ignorantes,
Os poucos silenciosos se unem ao Centro.
Aproxime-se.

Dobrou o papel e enfiou-o no cinto.

109

O SULTÃO os fez esperar uma hora e, quando os recebeu, não foi nos aposentos particulares, como esperava Yashim, mas na Sala do Trono, um cômodo que Yashim só vira uma vez, 15 anos antes.

Também fazia muitos anos que ele não via o sultão. A barba de Mahmut, antes negra como o azeviche, era agora vermelha de hena, e seus olhos escuros curiosos haviam se tornado aguados, afundados entre dobras de banha. Sua boca parecia ter se curvado em um muxoxo de perpétua decepção, como se, depois de provar tudo que o dinheiro pode comprar no mundo, ele tivesse descoberto que tudo era azedo. Acenou para eles com uma das mãos gorduchas, repleta de anéis, mas não fez menção de se levantar do trono.

A sala em si era como Yashim se lembrava, parecendo uma caixa de jóias de um tom de azul dos mais repousantes, azulejada do chão ao alto da cúpula com belíssimas cerâmicas de Iznik, um jardim que parecia um sonho congelado, enroscando-se, pingando e pendendo como grinaldas das paredes.

Yashim e o *seraskier* entraram com o corpo curvado na cintura e, depois de avançar cinco passos, prostraram-se no chão.

– Levantem-se, levantem-se – disparou o sultão, irritado. – Já não era sem tempo – acrescentou, apontando para Yashim.

O *seraskier* franziu o cenho.

– Sua Majestade Imperial – começou ele. – Surgiu uma situação na cidade que acreditamos... Yashim *efendi* e eu... terem o potencial de trazer as mais graves conseqüências para o bem-estar e a segurança do povo.

– De que você está falando? Yashim?

Yashim fez uma mesura e começou a explicar. Falou do édito e do assassinato dos cadetes. Descreveu uma profecia feita séculos antes pelo fundador da ordem de dervixes *karagozi* – e percebeu que o sultão franzia o cenho, alertando-o.

– Cuidado, *lala*. Tome muito cuidado com as palavras que vai escolher. Há coisas sobre as quais não se deve falar.

Yashim o encarou com o olhar firme.

– Então não acho que será necessário, sultão.

Houve um silêncio.

– Não – respondeu Mahmut. – Eu já entendi. Vocês dois, cheguem mais perto do trono. Não quero gritar.

Yashim hesitou. As palavras do sultão lhe haviam lembrado as últimas estrofes do poema: *Os poucos silenciosos se unem ao Centro. Aproxime-se.*

O que aquilo poderia significar? Ele deu um passo mais para perto do sultão. O *seraskier* postou-se ao seu lado, rígido.

– O que você diz, *seraskier*?

– É possível que haja mais de 50 mil homens se preparando para tomar as ruas.

– E Istambul poderia ser posta abaixo, é isso? Entendo. Bem, devemos fazer alguma coisa a esse respeito. O que vocês têm em mente?

– Acredito, senhor, que deva permitir à Nova Guarda ocupar temporariamente a cidade – explicou Yashim. – O *seraskier* está relutante, mas não posso imaginar forma melhor de garantir a segurança pública.

O sultão franziu o cenho e deu um puxão na própria barba.

– *Seraskier*, você conhece o temperamento de seus homens. Eles estão prontos para dar esse passo?

– Eles têm boa disciplina, sultão. E temos diversos comandantes que são sensatos e decididos. Com sua permissão, eles poderiam assumir suas posições durante a noite. Sua presença por si só pode intimidar os conspiradores.

Yashim percebeu que o *seraskier* agora parecia menos hesitante.

– Mesmo assim – observou o sultão –, a situação poderia se transformar em uma batalha nas ruas.

– Existe esse risco. Nessas circunstâncias, nós simplesmente poderíamos ter de fazer o melhor possível. Identificar os líderes, limitar os estragos. Acima de tudo, sultão, proteger o palácio.

– Humm. Na verdade, *seraskier*, eu não tinha planos de permanecer na cidade.

– Com respeito, sultão. Sua segurança pode ser garantida, e penso que sua presença ajudará a acalmar as pessoas.

O sultão respondeu com um suspiro.

– Não estou com medo, *seraskier*. – Ele esfregou o rosto com as mãos. – Mande os homens se prepararem. Vou consultar meus vizires. Pode esperar uma ordem dentro das próximas horas.

Ele se virou para Yashim.

– Quanto a você, já é tempo de nossa investigação dar resultados. Tenha a bondade de vir a meus aposentos fazer seu relatório.

Ele os dispensou com um gesto. Ambos fizeram uma profunda reverência e encaminharam-se para a porta andando de costas. Enquanto esta se fechava, isolando a sala de audiências, Yashim ergueu os olhos e viu o sultão sentado em seu trono, com o punho apertado contra a bochecha, a observá-los.

110

DO LADO de fora da porta, o *seraskier* parou para enxugar a testa com um lenço.

– *Nossa* investigação? Você deveria ter me avisado que estava trabalhando em um caso aqui dentro – murmurou ele em tom de reprimenda.

– O senhor não perguntou. De toda forma, como escutou, eu dei prioridade ao seu caso.

O *seraskier* soltou um grunhido.

– Posso perguntar em que consiste essa investigação?

O *seraskier* era ríspido demais. No terreno de exibições, aquele tom talvez fosse adequado: os soldados lhe prometiam obediência cega. Mas Yashim não era um soldado.

– Não iria lhe interessar – disse Yashim.

O *seraskier* apertou os lábios.

– Talvez não. – Ele encarou Yashim. – Sugiro então que você faça o que o sultão mandou. Como farei eu.

Yashim ficou olhando o *seraskier* caminhar apressado em direção ao Ortakapi, o portão central que levava ao primeiro pátio. Não invejava a posição do outro homem. Por outro lado, caso o *seraskier* lidasse bem com a situação, tanto ele quanto a Guarda sairiam dela fortalecidos. Era uma oportunidade para restaurar a reputação dos guardas, um pouco prejudicada por seus fracassos no campo de batalha.

Não havia dúvida na mente de Yashim de que o quarto assassinato havia sido a conclusão de uma etapa, de que havia estabelecido as preliminares. Antigos altares haviam sido ressantificados com sangue. A segunda etapa já havia começado, Yashim tinha certeza disso.

Acorde-os. Aproxime-se.

O que significava aquilo?

Dentro das 72 horas seguintes, pressentiu, todos descobririam.

Viu o *seraskier* desaparecer na sombra do Ortakapi. Então se virou e tomou a direção dos aposentos do harém.

111

– OLÁ, ESTRANHO!

Foi quase um sussurro. O bibliotecário Ibou dobrou o braço comprido e mexeu os dedos em um cumprimento.

Yashim sorriu e ergueu uma das mãos.

– Está indo trabalhar? – perguntou, em voz baixa. Segundo um antigo costume, ninguém jamais levantava a voz dentro do segundo pátio do palácio.

Ibou inclinou a cabeça.

– Na verdade, eu acabo de sair. Estava indo buscar alguma coisa para comer.

Yashim teve a impressão de que aquilo era um convite.

– Bem, gostaria de poder acompanhá-lo – disse. Em seguida acrescentou: – Você saiu pela porta errada.

Ibou lançou um olhar solene, depois virou a cabeça.

– Ela me parece boa.

– Não, quero dizer, vindo do arquivo. Eu... eu não sabia que se podia passar por este lado. – Yashim sentiu que enrubescia. – Não importa. Obrigado por sua ajuda na outra noite.

– Gostaria de ter podido fazer mais, *efendi* – respondeu Ibou. – O senhor pode vir me visitar novamente, se quiser. Estou trabalhando à noite até o final desta semana.

Fez um cumprimento, e Yashim retribuiu.

Yashim entrou no harém pelo portão do Aviário. Nunca conseguia passar por aquele portão sem pensar na *valide* Kosem, que, dois séculos antes, fora arrastada até ali de seus apartamentos pelos tornozelos, nua, e estrangulada no corredor. Aquilo fora o ponto final a cinqüenta anos aterrorizantes durante os quais o império havia sido governado por uma sucessão de loucos, bêbados e depravados – incluindo o próprio filho de Kosem, Ibrahim, que tinha seus aposentos revestidos e atapetados com peles russas e montava suas mulheres como éguas... até o carrasco vir buscá-lo para o enforcamento.

O harém era um território perigoso.

Ele entrou na sala dos guardas. Seis alabardeiros estavam de guarda, postados aos pares ao lado das portas que conduziam ao pátio da Sultana *Valide* e à estrada Dourada, uma ruela estreita, aberta, que ligava o harém ao *selamlik*, a ala de aposentos masculinos. Os alabardeiros estavam desarmados, com exceção das adagas curtas que traziam presas à faixa que sustentava suas calças bufantes; só portavam as alabardas durante operações de escolta, como nas raras ocasiões em que acompanhavam as mulheres do sultão para fora do palácio. Com exceção desses momentos, uma única característica os distinguia: as longas tranças negras penduradas no cocuruto de seus chapéus altos como prova de que haviam sido aprovados para o trabalho dentro do harém. Yashim lembrou-se de um francês que havia rido quando lhe explicaram a função daqueles cabelos.

"Vocês acham que um tufo de cabelos vai impedir um homem de ver as mulheres do sultão? Na França", dissera, "são as mulheres que têm cabelos compridos. Será para não lançarem olhares escusos para um homem bonito?"

E Yashim retrucara, um tanto tenso, que os alabardeiros das tranças entravam apenas nas áreas mais públicas do harém, para levar lenha.

Ele encostou o punho no peito e fez uma ligeira reverência.

– Por ordem do sultão – murmurou.

Os alabardeiros o reconheceram e se afastaram para deixá-lo passar.

Ele se viu debaixo da galeria de colunas que corria pela lateral oeste do pátio da *valide*. Havia chovido, e as pedras do calçamento estavam reluzentes e empoçadas, os muros esverdeados de umidade. A porta dos aposentos pessoais da sultana *valide* estava aberta, mas Yashim ficou onde estava, refletindo sobre a situação.

O que seria, perguntou a si mesmo, que criava aquela atmosfera de perigo no harém?

Pensou nos alabardeiros que acabara de encontrar, usando seus longos cabelos como antolhos.

Pensou nos quartos e aposentos que ficavam depois daquela porta, antigos e estreitos como a própria Istambul, com suas curvas tortas, suas portas que surgiam de repente e seus cômodos minúsculos como escrínios, construídos em cantos e espaços divididos. Como a cidade, haviam se multiplicado ao longo dos séculos, aposentos polidos pela lixa da diligência, quartos escavados no complexo principal ao menor capricho e até mesmo portas abertas pelo que deveria ter parecido a pressão de mil olhares e um milhão de suspiros. Nada fora planejado. E naquele espaço, que mal tinha 6 mil metros quadrados, havia banhos e quartos de dormir, salas de estar e corredores, lavatórios e dormitórios, escadarias tortas, sacadas esquecidas: até mesmo Yashim, que os conhecia, podia se perder ali dentro, ou ver-se inesperadamente olhando por uma janela para um pátio que pensava estar longe dali. Havia quartos que mais pareciam celas, Yashim sabia.

Quantas pessoas esquadrinhavam aquele labirinto todos os dias, desfiando as horas de sua existência dentro dos muros, percorrendo uns poucos caminhos muito batidos que conduziam de uma tarefa à seguinte:

dormir, comer, tomar banho, servir? Centenas, com certeza; talvez milhares, misturadas aos fantasmas dos milhares que as haviam antecedido: mulheres que haviam mentido, e morrido, e eunucos que se agitavam à sua volta, e a fofoca que emanava como vapor dos banhos das mulheres, e os olhares de inveja, amor e desespero que ele próprio já vira.

Seus olhos percorreram o pátio. Este tinha apenas 15 metros quadrados, mas era o maior espaço aberto do harém: o único espaço onde uma mulher podia erguer o rosto para o céu, sentir a chuva em sua face, ver as nuvens correndo diante do sol. E havia – ele as contou – sete portas que davam para aquele pátio; sete portas; 15 janelas.

Vinte e duas maneiras de não se estar sozinho.

Vinte e duas maneiras para se ser observado.

Em pé debaixo da galeria, fitando a chuva, ele ouviu mulheres rindo. E imediatamente disse a si mesmo: o perigo neste lugar é que nada do que você faz nunca é secreto.

Tudo pode ser observado ou escutado.

Um roubo pode ser visto.

Um anel pode ser encontrado.

A menos que...

Ele desviou os olhos para a porta aberta dos aposentos da *valide.*

Mas a *valide* não roubaria as próprias jóias.

Ele ouviu a porta atrás de si se abrir e se virou. Na sua frente, ofegando de cansaço e preenchendo o vão da porta com sua forma imensa, estava o *kislar agha.*

Ele cravou sobre Yashim os olhos amarelos.

– Você voltou – entoou, com sua voz curiosamente aguda.

Yashim fez uma mesura.

– O sultão acha que não tenho trabalhado com o afinco necessário.

– O sultão – ecoou o negro. Seu rosto não tinha expressão alguma.

Ele se adiantou devagar, e a porta do quarto do guarda se fechou logo atrás. Ele postou-se ao lado de uma coluna e estendeu uma das mãos, para sentir a chuva.

– O sultão – repetiu com a voz mansa. – Eu o conheci quando ele era apenas um garotinho. Imagine!

Ele mostrou os dentes subitamente, e Yashim – que nunca vira o *kislar* sorrir – perguntou-se se aquilo seria um sorriso ou um espasmo.

– Eu vi Selim morrer. Foi aqui, neste pátio. Você sabia disso?

Enquanto a chuva continuava a tamborilar no piso, escorrendo pelas pedras do calçamento, Yashim pensou: ele também sente o peso da história aqui.

Sacudiu a cabeça, fazendo que não sabia.

O *kislar agha* ergueu dois dedos e deu um puxão no lóbulo da orelha que pendia. Então virou-se para olhar a chuva.

– Muitas pessoas queriam que ele morresse. Ele queria que tudo mudasse. É a mesma coisa agora, não é?

O *kislar agha* continuou a fitar a chuva, puxando o lóbulo da orelha. Parecia uma criança, pensou Yashim vagamente.

– Eles querem que sejamos modernos – disse ele com uma voz de desprezo. – Como posso ser moderno? Sou uma porra de um eunuco.

Yashim inclinou a cabeça.

– Até mesmo os eunucos podem aprender a se sentar em uma cadeira. A comer com garfo e faca.

O eunuco negro lhe lançou um olhar de superioridade.

– Eu não. De toda forma, espera-se que as pessoas modernas saibam coisas. Todas elas lêem. Comendo as formiguinhas sobre o papel com os olhos e depois cuspindo a porcaria toda de volta na cara das pessoas quando elas menos esperam. De que chamam isso? De reforma. Bem, você não é mau. Você sabe muita coisa.

O *kislar agha* ergueu a cabeça e olhou para Yashim.

– Pode ser que não seja agora, talvez não neste ano, nem no próximo – disse ele devagar, com sua fina e afetada voz de falsete –, mas há de chegar o dia em que eles simplesmente vão nos jogar na rua para morrer.

Ele fez um gesto de varredura com os dedos, como se estivesse espantando Yashim dali. Então saiu caminhando pesadamente pelo pátio, debaixo da chuva, e encaminhou-se lentamente até uma porta do outro lado.

Yashim ficou olhando para ele durante alguns instantes, depois foi até a porta dos aposentos da sultana *valide* e bateu de leve na madeira.

Uma das escravas da *valide*, que estivera sentada sobre uma almofada bordada no pequeno vestíbulo, cortando as unhas dos pés com tesouras, ergueu os olhos e deu um sorriso radioso.

– Eu gostaria de ver a *valide*, por favor – falou Yashim.

112

QUANDO Yashim saiu do palácio naquela tarde de sexta-feira, já estava quase escuro, e, no mercado perto da Kara Davut, os vendedores começavam a embalar suas mercadorias à luz das tochas.

Por um instante, Yashim se perguntou se deveria ter ido procurar Ibou, o arquivista que parecia um elfo, para almoçar com ele, pois não comera nada o dia inteiro e sentia-se quase tonto de fome. Quase automaticamente, pôs aquela idéia de lado. Arrependimentos e aflições raramente o ocupavam por muito tempo: eram emoções fúteis às quais ele havia treinado a si mesmo para resistir, por medo de abrir as comportas. Conhecera muitos homens na mesma condição que a sua que haviam sido devorados pela amargura; um número grande demais de homens – e de mulheres também – paralisados por seus arrependimentos, obcecados com mudanças que não tinham poder para reverter.

George, o grego, apareceu do outro lado de sua barraca enquanto Yashim examinava os restos de um cesto de folhas de alface. A imagem pareceu causar nele um frenesi.

– Por que vir tão tarde hoje, hein? Comprar esta merda velha! Você ser mulher velha? Estar criando coelhos agora? Eu já guardar tudo.

Ele pôs as mãos nos quadris.

– O que você querer, afinal?

Yashim tentou pensar. Se Palewski fosse jantar em sua casa, conforme prometido, iria querer algo de razoável sustança. Sopa, então, e *manti* – a mulher dos *manti* ainda teria alguns sobrando, ele tinha certeza. Poderia preparar um molho com azeitonas e pimentões em conserva. Tinha alho em casa.

– Vou levar isto aqui – disse, apontando para uma abóbora cor de laranja. – Alguns alhos-poró, se tiver. Quanto menores, melhor.

– Alguns alhos-poró pequenos, bom. Você fazer *balkabagi*? Precisar de umas cebolas, então. Bom. Para o caldo: uma cenoura, cebola, salsa, louro. Dá 25 piastras.

– Mais aquela que lhe devo do outro dia.

– Eu esquecer os outros dias. Hoje é hoje.

Ele arrumou uma sacola de barbante para Yashim carregar seus legumes.

A mulher dos *manti* ainda estava trabalhando, como Yashim esperava. Ele comprou meio quilo de *manti* de carne e abóbora, um quarto de litro de creme de leite azedo da casa de laticínios ao lado e duas peças de *borek* ainda quentes do forno. Então, no que parecia ser a primeira vez em dias, foi para casa.

Em seu apartamento, acendeu as lamparinas, descalçou os sapatos de rua e pendurou sua capa em um cabide. Podou as mechas das lamparinas e abriu meio centímetro das janelas para deixar sair o ar acumulado. Com um pedaço de pano embebido em azeite e um punhado de gravetos secos, deu a partida em um fogo no braseiro e espalhou por cima alguns pedaços de carvão. Então começou a cozinhar.

Despejou os legumes para o caldo dentro de uma panela, acrescentou água da jarra e ajeitou-a na parte de trás do fogão para ferver devagar. Derramou um fio de azeite no fundo de uma frigideira pesada e cortou cebolas, a maior parte dos alhos-poró e alguns dentes de alho, e deixou-os amolecer no azeite. Enquanto isso, com uma faca afiada, tirou a tampa da abóbora, retirou as sementes e as reservou. Tomando cuidado para não quebrar a casca, raspou a carne cor de laranja com uma colher e adicionou-a às cebolas. Acrescentou uma pitada generosa de pimenta-da-jamaica e canela, e uma colher de sopa de mel claro. Após alguns minutos, pôs a frigideira de lado e arrastou a panela do caldo para cima das brasas.

Pôs uma toalha e uma barra de sabão dentro da bacia de água vazia e desceu as escadas até a bica no pequeno pátio dos fundos, onde desfez seu turbante e despiu-se da cintura para cima, estremecendo com a corrente de ar frio. Com um arquejo, pôs a cabeça debaixo da bica. Depois de se lavar, secou-se vigorosamente com uma toalha, ignorando a pele que ardia, e encheu a jarra de água. De volta ao andar de cima, secou-se com mais cuidado e vestiu uma camisa limpa.

Somente então enroscou-se sobre o divã e abriu o exemplar de *Les Liaisons Dangereuses* que pertencia à *valide*. Podia ouvir o caldo fervendo lentamente sobre o fogão; a tampa pulou uma vez, e um jato de vapor aromático encheu o aposento com um assobio curto. Ele leu a mesma frase uma dúzia de vezes e fechou os olhos.

Quando tornou a abri-los, não tinha certeza se havia adormecido; alguém estava batendo na porta. Com um sobressalto de culpa, ele se pôs de pé e escancarou a porta.

– Stanislaw!

Mas não era Stanislaw.

Aquele homem era mais jovem. Estava descalçando os sapatos e na mão trazia uma corda de seda, enrolada em volta do punho.

113

O SERASKIER cruzou apressado o primeiro pátio do palácio e passou pelo portão Imperial, o Bab-i-Hümayün, chegando ao espaço aberto que separava o palácio da grande igreja de Aya Sofia, agora uma mesquita. Depois da imobilidade antinatural do palácio, ficou surpreso ao ouvir novamente os barulhos da grande cidade: o rumor das carroças de estrutura de ferro sobre as pedras do calçamento, cães irrequietos rosnando para restos de comida, o estalo de um chicote e os gritos dos condutores de mulas e dos verdureiros.

Dois dragões montados esporearam suas montarias para fazê-las avançar, e trouxeram seu cavalo cinza. O *seraskier* saltou graciosamente para cima da sela, ajeitou a capa e virou a cabeça do cavalo na direção da caserna. Os dragões foram atrás.

Ao passarem por baixo do pórtico da mesquita o *seraskier* ergueu os olhos. O ápice do grande domo de Justiniano, que só perdia em tamanho para o da basílica de São Pedro, em Roma, dominava o espaço acima dele: o ponto mais alto de toda Istambul, como bem sabia o *seraskier*. Enquanto prosseguiam, ele vasculhou o espaço à sua volta pela centésima vez, posicionando mentalmente suas baterias de artilharia, arrumando suas tropas.

Quando chegaram à caserna, já havia tomado algumas decisões. Espalhar suas forças pela cidade seria fútil, avaliou; poderia até aumentar o perigo para seus homens. Melhor seria escolher duas ou três posições, dominá-las com firmeza e fazer quaisquer investidas que fossem necessárias para alcançar seus objetivos. Aya Sofia era um ponto de encontro; a mesquita do sultão Ahmet, a sudoeste, seria outro. Ele gostaria de poder colocar homens nas estrebarias do antigo palácio do grão-vizir, logo ao lado das muralhas do serralho, mas duvidava que lhe dessem permissão para tal. Havia uma colina mais a oeste que fornecia aos projéteis uma trajetória desimpedida em direção ao palácio.

Era no palácio que precisava pensar, essencialmente.

Uma vez de volta a seus aposentos, convocou uma dúzia de oficiais graduados para uma conferência.

Depois da conferência, fez um pequeno discurso de encorajamento. Tudo, disse ele, dependia de como eles e seus homens se comportassem durante as 48 horas seguintes. Obediência era a palavra-chave. Ele tinha total confiança de que, juntos, pudessem enfrentar o desafio que havia se apresentado.

Era só.

114

YASHIM TENTOU agarrar a porta. O homem no umbral lançou-se para a frente e, durante vários segundos, lutaram para obter a vantagem, separados apenas pela fina porta que se erguia entre eles. Mas Yashim fora pego desprevenido, e foi ele quem cedeu primeiro: saltou para longe da porta, e seu atacante se jogou para dentro do aposento, mas deu meia-volta para ficar de frente para Yashim, semi-acocorado.

Um lutador, pensou Yashim. O homem tinha o corpo inteiramente raspado. Seu pesçoco descia em diagonal até seus ombros largos, que se projetavam pelas mangas de um casaco de couro sem manga. O couro era preto e reluzia como se houvesse sido untado de óleo. Ele tinha as pernas curtas, observou Yashim, e os pés descalços plantados a um metro um do outro sobre o tapete, joelhos dobrados, cintura esguia. Não havia sinal de nenhuma arma exceto pela corda em seu punho direito.

Um homem capaz de me partir em dois sem o menor esforço, pensou Yashim. Deu um passo para trás, arrastando os pés descalços sobre as tábuas enceradas.

O homem soltou um grunhido e lançou-se para a frente, abaixando a cabeça como um carneiro, atirando-se sobre Yashim com uma velocidade surpreendente. Yashim lançou o braço para trás enquanto recuava com um pulo e correu a mão por cima da bancada da cozinha. Seus dedos sentiram a faca, mas só fizeram derrubá-la: ela devia ter girado, pois quando ele tentou segurar-lhe o cabo seus dedos encontraram apenas ar, e, quando o imenso ombro do lutador se abateu sobre a parte do meio de seu corpo, ele foi jogado contra a bancada com uma força que fez sua cabeça se projetar com violência para a frente e para trás. Ele arquejou em busca de ar, e sentiu os braços do lutador se erguerem velozmente para agarrar os seus.

Yashim sabia que, se o lutador conseguisse segurá-lo, ele estava perdido. Jogou-se para a direita, lançando todo o peso da parte superior de seu corpo sobre o braço erguido do lutador e esticando ao mesmo tempo os próprios braços para agarrar o cabo da panela de caldo. Com um puxão, levantou-a e lançou-a por cima do ombro do homem, mas a tampa estava presa e ele não teve espaço para fazer mais nada a não ser sacudir a panela e usá-la para golpear as costas do lutador antes de este agarrar-lhe o braço.

Havia uma faixa de couro costurada em volta da gola do casaco do homem, e quando a panela subiu a tampa deve ter se agarrado nela. O homem recuou enquanto o caldo fervente escorria por seu pescoço, e soltou Yashim.

A surpresa no rosto do assassino quando sua mão se abateu nas entrepernas de Yashim e apertou foi perceptível. Certamente mais perceptível do que as entrepernas de Yashim.

O assassino retirou o braço como se houvesse sido picado por um inseto. Yashim subiu a mão direita pelo braço esquerdo do assassino com o máximo de força de que era capaz e em seguida abaixou o braço esquerdo com força, agarrando o punho do homem enquanto girava-lhe o braço contra sua própria mão. Ouviu-se o barulho de alguma coisa se partindo, e o braço desabou. O assassino segurou-o com seu braço direito, e em um instante Yashim havia afastado seu punho direito do próprio corpo e, com um impulso, atirado o assassino em um arco que o fez dar meia-volta, curvado e segurando o próprio braço com firmeza. O assassino não havia gritado nem dito uma só palavra.

Cinco minutos depois, o homem ainda não havia falado. Mal soltara um grunhido. Yashim não entendia nada.

E então viu por que o homem não havia falado. Ele não tinha língua.

Yashim perguntou-se se o mudo saberia escrever.

– Você sabe escrever? – sibilou no ouvido do homem. O olhar que recebeu em resposta era desprovido de expressão. Um surdo-mudo? Muito tempo antes, na época de Suleiman, o Magnífico, fora decretado que apenas surdos-mudos deveriam servir como criados pessoais do sultão. Era uma forma de garantir que nada seria ouvido, que nada do que viam seria comunicado ao mundo externo. Em vez de falar, eles faziam sinais uns para os outros: o *ixarette*, a língua secreta da corte otomana, era uma linguagem de sinais complexa que qualquer um, fosse ele ouvinte ou surdo, falante ou mudo, que fizesse parte do serviço palaciano precisava dominar.

O serviço palaciano.

Um surdo-mudo.

Yashim começou a gesticular freneticamente.

115

DO OUTRO lado da cidade a dançarina *köçek* Preen estava recostada no divã, fitando a janela aberta.

Uma peruca preta como azeviche, feita de cabelos naturais e incrementada com pêlo de cavalo retirado do rabo, estava enfiada sobre um suporte. Seus potes de maquiagem, suas escovas e pinças jaziam sobre a penteadeira sem terem sido utilizados.

Preen tentou remexer o ombro imobilizado. As ataduras que o veterinário de cavalos havia amarrado rangeram. Quando se tratava de cuidar de fraturas e hematomas, as moças sempre recorriam ao veterinário de cavalos: ele tinha mais prática e experiência em um mês do que um cirurgião normal via em uma vida inteira, como dizia Mina, pois os turcos cuidavam de seus cavalos ainda melhor do que de si mesmos. O médico havia apalpado o ombro torcido de Preen e diagnosticado uma torção.

– Não há nada quebrado, Deus seja louvado – disse ele. – Quando meus pacientes quebram alguma coisa, nós lhes damos um tiro.

Preen havia rido pela primeira vez desde o ataque que sofrera. O riso também não era o único remédio que o veterinário de cavalos usava: ele havia salvado seu ombro e pescoço com uma preparação de castanha-da-índia. Em seguida, havia aplicado as ataduras e besuntado o curativo com goma quente.

– Tem um gosto horrível – observou ele. – E evita que as ataduras afrouxem e se desfaçam. Quem sabe se, do ponto de vista médico, ela é realmente necessária? Mas estou velho demais para mudar minhas receitas.

A goma havia endurecido e secado, e agora rangia a cada vez que Preen mexia o ombro. Pelo menos ela conseguia mexer os dedos: dois dias antes, eles estavam inchados e era impossível movê-los. Mina fora ajudá-la a comer, trazendo a sopa de tripas que ela adorava em uma tigela de barro. Com exceção do veterinário de cavalos e de sua amiga Mina, Preen não recebera visitas: havia decidido mandar embora até mesmo Yashim, caso ele aparecesse. Sem sua maquiagem, tinha certeza de que estaria horrível.

Ela, com certeza, estava diferente. Seus cabelos naturais eram cortados bem rentes, formando uma penugem macia, e sua pele era muito pálida; mesmo assim, Mina podia ver no formato de sua cabeça e nas altas maçãs do rosto mais do que um vestígio do menino que ela fora um dia, ao mesmo tempo impetuoso e frágil. Com seus grandes olhos castanhos, ela havia suplicado a Mina que passasse a noite ali, e Mina havia se enroscado ao lado da amiga e velado seu sono.

Na terceira manhã, Preen tivera de dizer à sua senhoria que não tinha intenção de pagar nenhum extra por sua suposta convidada. A conversa acontecera através da porta, porque Preen havia se recusado a deixar a velha entrar.

– Talvez eu deva deduzir do aluguel as noites que não passo em casa? – disse ela para a outra escutar. – De toda forma, a culpa é sua se eu preciso de uma enfermeira. Eu confiei na senhora para ficar de olho em quem entrava e em quem saía! E a senhora deixou entrar um assassino!

Houve um silêncio ultrajado, e Preen deu um sorriso. Nada poderia ser mais arrasador para a senhoria do que ser acusada de incompetência quando se tratava de espiar por trás de seu biombo. Era como duvidar de sua fé.

Aquilo fora mais cedo. Agora, Mina vinha entrando com pão e sopa para seu jantar.

Ela ajudou Preen a se erguer um pouco no divã até ficar sentada, e estendeu-lhe uma tigela.

– Você está perdendo muita ação, querida – disse ela sentando-se na beirada do divã. – Uma verdadeira invasão de rapazes bonitos.

Ela arqueou as sobrancelhas.

– Fazendo o quê, exatamente?

– Foi o que perguntei a eles. Assumindo *posições*, disseram. Bem, eu não consegui resistir, não foi? Disse que podia lhes mostrar algumas em que eles ainda não tinham pensado.

Ambas riram.

– Mas o que isso significa? – perguntou Preen.

– É por proteção, aparentemente. Todas essas conspirações e mortes, isso está chegando ao limite. Ah, Preen, eu sinto muito... você está branca como um lençol. Eu não quis... quero dizer, tenho certeza de que não tem nada a ver com o que aconteceu no outro dia. Olhe, por que não pergunta ao cavalheiro seu amigo?

– Yashim?

– Isso mesmo, meu bem. Yashim. Vamos, tome sua sopa e faça sua maquiagem. Eu ajudo você. Você consegue andar, não consegue? Vamos arrumar uma cadeira e ir agora mesmo encontrá-lo.

A verdade, é claro, era que Mina estava ficando um tantinho entendiada com aquele trabalho de enfermagem. Queria dar uma volta, especialmente quando havia algo emocionante acontecendo do lado de fora. Então lançou mão de todo seu poder de persuasão e derrotou as dúvidas de Preen.

– É só que... eu não me sinto segura – admitiu Preen.

– Bobagem, querida, eu vou estar com você, e nós vamos encontrar o seu amigo. Vai ser divertido, você vai ver. Você estará perfeitamente segura se sair. Tão segura quanto se ficasse aqui. Mais, até.

Mais tarde, Preen se lembraria desse comentário.

116

YASHIM, enquanto isso, já estava lidando com seu segundo visitante da noite.

Palewski subira as escadas e se deparara com o cheiro em frente aos aposentos de Yashim, mas pela primeira vez ficara desapontado. Havia um leve cheiro de cebolas, avaliou, e talvez cenouras cozidas, mas aquelas pistas fracas não deram em nada: poderia ser qualquer receita. Então percebeu os sapatos, um par de sólidas sandálias de couro.

Alguma visita, imaginou. Bateu na porta.

Houve uma leve demora, e a porta se abriu 2 centímetros.

– Graças a Deus é você – disse Yashim, puxando a porta para abri-la e arrastando Palewski para dentro do aposento.

De tão surpreso, Palewski quase deixou cair sua sacola. Yashim segurava um facão de cozinha, mas isso não tinha importância. O que chamou sua atenção, na verdade, foi o corpo de um homem grande deitado de bruços sobre o tapete, embrulhado de forma tosca em um lençol amarrado.

– Preciso fazer alguma coisa em relação a este maluco – disse Yashim simplesmente. – Já amarrei os pulsos dele com a ponta de um lençol, mas agora estou sem outras idéias.

Palewski piscou os olhos. Olhou para Yashim, depois tornou a olhar para o corpo no chão. Percebeu que o homem respirava com dificuldade.

– Talvez você precise – disse ele baixinho, vasculhando a própria cintura – disto aqui.

Estendeu uma corda comprida feita de seda retorcida e fios de ouro.

– Era o cinto do meu roupão. Do meu elegante traje sarmatiano, melhor dizendo.

Juntos, amarraram os punhos do homem nas costas, bem apertados. Yashim soltou o lençol e enrolou-o em volta das pernas: o homem se mostrava tão dócil que Palewski achou difícil acreditar no que Yashim estava dizendo.

– Um lutador? – Então articulou a palavra com os lábios, sem emitir som. – Janízaro?

– Não se preocupe, ele não ouve, pobre coitado. Não, não é um janízaro. É mais estranho do que isso. Pior do que eu pensava. Olhe, preciso ir ao palácio imediatamente. Não sei o que poderia ter feito com este sujeito caso você não tivesse chegado. Pode ficar aqui? Ficar de olho nele? Se ele tentar se mexer, espete-o.

Palewski o encarava horrorizado.

– Pelo amor de Deus, Yash. Não podemos entregá-lo aos vigias noturnos?

– Não há tempo para isso. Dê-me uma hora. Tem pão e azeitonas para comer. Depois disso, pode sair e deixá-lo aqui. Se ele se soltar, que seja... mas você bem que podia bater na cabeça dele com uma frigideira antes de ir. Por mim.

– Tudo bem, tudo bem, eu fico – resmungou Palewski. – Mas não foi para isso que eu entrei para o serviço, sabe. Em uma noite, conversas íntimas com o sultão. Na noite seguinte, noite tranqüila com amigos. Na terceira, vigília silenciosa junto a um lutador surdo-mudo assassino de 150 quilos. Acho que vou tomar uma bebida – acrescentou ele, puxando a mala mais para perto.

Mas Yashim mal o estava ouvindo.

– São duas que lhe devo – disse por cima do ombro enquanto pulava de uma só vez o último lance de escadas.

117

A Kara Davut estava sempre movimentada nas noites de sexta-feira. Os comerciantes e donos de cafés montavam lanternas acima das portas de seus estabelecimentos e, vindas da mesquita, as famílias se pavoneavam de um lado para o outro da rua, parando para tomar um refresco ou um sorvete, fazendo fila para a comida quente dos vendedores ambulantes e abarrotando os cafés. Crianças perseguiam umas às outras, entrando e saindo da multidão, gritando e rindo, somente de vez em quando chamadas de volta à ordem por seus pais indulgentes. Rapazes aglomeravam-se em volta das mesas dos cafés, aqueles que podiam se permitir esse luxo sentados diante de uma xícara de café, os outros, ao seu lado, conversando e tentando espiar as moças da região, decorosamente envoltas em seus chadores e *yashmaks*, que caminhavam acompanhadas dos pais, mas o tempo todo faziam sinais com o andar e com o movimento das cabeças e mãos.

Yashim não achava que estivesse imaginando que a atmosfera naquela noite estava diferente. A rua estava cheia como sempre, até mais cheia do que o habitual, mas as crianças pareciam mais caladas, como se estivessem brincando em rédeas curtas, e os grupos de jovens nos cafés pareciam maiores e mais contidos.

Essa impressão de expectativa contida não se evaporou enquanto Yashim seguia apressado rumo ao palácio. Não conseguira encontrar uma cadeira, e imaginou que os carregadores de cadeiras contribuiriam para a confusão que se aproximava da cidade: quando não eram ex-janízaros, mesmo assim eram perigosos, o tipo de homens dispostos a engrossar uma multidão ou servir à escória caso farejasse uma oportunidade.

Enquanto meio andava, meio corria pelas ruas e becos, ficou surpreso por não encontrar soldados pelo caminho, nenhum dos pequenos pelotões que o *seraskier* planejara colocar em cada esquina. Quando eles chegariam para proteger a cidade?

Sua pergunta foi parcialmente respondida quando ele saiu do labirinto de ruas atrás de Aya Sofia e emergiu para o espaço aberto que ficava entre a mesquita e as muralhas do serralho. Dois guardas uniformizados correram em sua direção, aos gritos: atrás deles, ele pôde ver que o espaço inteiro estava ocupado por vários pelotões de soldados, alguns a cavalo, no que parecia uma formação de simulação, e outros apenas sentados tranqüilamente no chão, de pernas cruzadas, à espera de instruções. Mais além de onde eles estavam, pensou poder distinguir as silhuetas de canhões e morteiros armados.

Aquilo predizia um desastre completo, pensou ele com ímpeto – opinião que foi confirmada no mesmo instante, quando os dois soldados correram para impedir sua passagem.

– Este caminho está fechado! O senhor deve voltar! – Eles seguravam suas armas na frente do peito.

– Tenho assuntos urgentes no palácio – disparou Yashim. – Deixem-me passar.

– Desculpe. São as nossas ordens. Ninguém deve passar por aqui.

– O *seraskier*. Onde ele está?

O soldado mais próximo parecia nervoso.

– Não saberia dizer. De toda forma, ele estará ocupado.

O segundo soldado franziu o cenho.

– Quem é o senhor?

Yashim viu ali sua oportunidade. Esticou um dedo.

– Não. Quem é *você*? Quero sua patente e seu número. – Não conhecia muito bem a organização militar, mas esperou que sua voz soasse melhor do que ele se sentia. – O *seraskier* vai ficar muito infeliz se ouvir falar nisso.

Os soldados se entreolharam.

– Bem, não sei – murmurou um deles.

– Vocês sabem quem eu sou – afirmou Yashim. Duvidava que soubessem, duvidava muito, mas havia um tom de raiva em sua voz que não era fingido. – Yashim Togalu. O principal oficial de inteligência do *seraskier*. Minha missão é urgente.

Os homens se remexeram, incomodados.

– Ou vocês me conduzem até o portão Imperial agora mesmo, ou vou falar com seu comandante.

Um dos soldados olhou em volta. O portão Imperial erguia-se negro e maciço em meio à escuridão, a apenas 100 metros dali. O comandante do batalhão – ele poderia estar em qualquer lugar.

– Vá, então – disse o soldado depressa, com um aceno da cabeça. Yashim passou por eles.

Depois que ele se foi, um dos homens deixou escapar um suspiro de alívio.

– Pelo menos não demos nossos nomes – observou.

118

YASHIM sentiu os cabelos da nuca se eriçarem enquanto abria caminho entre os soldados que esperavam pacientemente no chão. A qualquer minuto, esperava que o abordassem de novo, e que mais uma vez o atrasassem. Bastaria um grito.

E foi o que aconteceu. Um grito, seguido de outro. Ele viu os homens à sua volta virarem as cabeças.

Mas não estavam olhando para ele.

Outro grito:

– Incêndio!

Yashim girou, acompanhando o olhar dos homens. Por cima de suas cabeças, atrás da silhueta da grande mesquita, o céu havia clareado como de manhã bem cedo. O dia estava nascendo no oeste. O dia estava nascendo na direção de onde o vento soprava sobre a cidade de Istambul. Enquanto ele olhava, viu a luz ficar amarela e bruxulear.

Durante alguns segundos, ficou ali fascinado.

À sua volta, os homens se agitavam aflitos, empunhando seus rifles, esperando a ordem de partir.

Yashim começou a correr.

119

A JANELINHA do biombo se abriu para baixo com um clique na hora em que Preen e Mina chegaram ao corredor no pé da escada, mas elas passaram por ele sem dizer uma palavra, de nariz empinado. Na rua, deram empurrõezinhos uma na outra e riram.

Durante dez minutos, caminharam em direção ao leste, à procura de uma cadeira para levar Preen. Ela parecia ter recuperado a altivez ao deixar a casa, apoiando-se apenas de leve no braço de Mina, olhando em volta com um olhar ávido como se houvesse passado um mês de cama, em vez de poucos dias. Alguns homens lhes lançaram olhares curiosos, mas por fim ela não pôde mais se conter.

– Onde estão os soldados bonitos, então? – perguntou.

Mina deu um muxoxo.

– E eu que pensei que você queria sair para que seu amigo a tranqüilizasse! Francamente, Preen! – Ela então olhou em volta e deu de ombros.

– Havia dúzias deles mais cedo, juro. Não posso dizer que não estou eu própria um pouco decepcionada. Ah, onde estão os carregadores?

– Não tem problema – disse Preen, sorrindo e afagando o braço da amiga. – Estou indo bem agora.

Ouviu-se um zumbido de excitação na rua atrás delas, como um súbito arrulhar de pombos, pensou Preen. Ela virou a cabeça e viu um homem subindo a ruela às carreiras, agitando os braços como pistons e projetando o peito para a frente: ele usava barba e uma boina vermelha alta com um penacho branco esvoaçando do alto. Trazia uma tocha flamejante em cada uma das mãos.

– Fogo! Fogo! – berrou ele de repente. Ele se virou para o muro; ouviu-se um som de vidro se partindo e o homem se projetou, reapareceu e saiu correndo pela ruela.

– Fogo!

Ele agora segurava apenas uma tocha, mas havia uma garrafa em sua outra mão, e com ela ele despejava jatos de um líquido sobre uma porta.

– Fogo!

– O que você está fazendo? – gritou Preen, desvencilhando-se de Mina, que havia levado uma das mãos à boca.

Ela estendeu as mãos sem pensar e sentiu o hematoma dolorido em seu pescoço.

O homem encostou a tocha na porta: quando Preen chegou perto dele, esta emitiu um lindo jato de chamas azuladas, e o homem deu meia-volta, com o rosto dominado por um sorriso descontrolado.

– Fogo! – rugiu ele.

Preen deu-lhe um tapa no rosto com força, usando a mão que não estava machucada. O homem lançou a cabeça para trás. Por um instante, estreitou os olhos, então se desvencilhou e passou por ela correndo, subindo a rua, antes que ela conseguisse pensar no que fazer em seguida.

Preen lançou um olhar alarmado para a porta: as chamas azuis começaram de repente a aumentar. Algumas foram ficando amarelas à medida que subiam pela porta, fazendo estalar a madeira velha.

– Mina!

Mina não havia se mexido, mas olhava alternadamente para Preen e para o outro lado da rua, onde uma janela estilhaçada entrava e saía do campo de visão à medida que as chamas tremeluziam e diminuíam lá dentro.

– Vamos voltar! – gemeu Mina.

Preen agiu por impulso. As pessoas já estavam correndo pela rua, em ambas as direções. Algumas haviam parado e lutavam para abafar as chamas que subiam pela porta. Porém, no mesmo instante em que batiam no fogo com suas capas, as chamas já haviam começado a se projetar da janela do outro lado.

– Não! Vamos prosseguir, para a casa de Yashim! – gritou ela. Olhou para trás: uma luz parecia pairar sobre a esquina da ruela, e então um muro de homens de turbante com tochas tremeluzentes apareceu vindo da esquina, bloqueando a rua. – Corra!

A dor em seu ombro pareceu desaparecer enquanto ela começava a correr ladeira acima. Depois de um instante, estendeu uma das mãos e descansou-a sobre o ombro de Mina. Ambas as dançarinas pararam e tiraram os sapatos, aqueles tamancos de 5 centímetros que gostavam de usar na companhia de homens, e ambas, como fazem as mulheres, os pegaram do chão e os carregaram enquanto corriam descalças pelas ruelas em direção a Kara Davut.

Não conseguiram chegar tão longe. Quando entraram na ruela que conduzia ao espaço aberto abaixo do portão Imperial, depararam-se com uma multidão compacta de homens, que se esbarravam e se acotovelavam. Quase imediatamente, foram arrastadas por outras pessoas que vinham atrás delas: Preen agarrou Mina pelo braço e a fez girar. Juntas, abriram caminho com esforço até a esquina da rua e fizeram a curva para a direita.

– Vamos dar a volta por trás da mesquita – sussurrou Preen no ouvido de Mina.

Diminuíram o passo, em parte para evitar as pessoas que subiam correndo a ruela em sua direção, e em parte porque, no meio de tantas pessoas, Preen não queria se render ao pânico que já crescia à sua volta.

No cruzamento seguinte, porém, tiveram de abrir caminho entre a multidão com safanões e empurrões e, virando a cabeça para a esquerda, para o oeste, Preen viu o tremeluzir dos incêndios que ardiam na colina mais acima.

Mais além da multidão, a rua lateral também estava coalhada de homens, e mulheres também, algumas conduzindo crianças, tentando protegê-las da enxurrada incessante de pessoas que corria de um lado para o outro. Todos pareciam estar gritando, berrando para abrir caminho, bradando algo sobre incêndio.

Dois homens, que se esbarraram ao chegar correndo de direções opostas, pararam de repente de gritar e começaram a trocar sopapos.

Um homem chamado Ertogrul Aslan, que acabava de espichar a cabeça para fora de sua porta, levou um esbarrão na orelha de uma caixa de madeira levada por um homem que descia a ruela próximo à parede, esquivando-se dos outros.

Um impressor que correu para a rua foi carregado por uma correnteza de pessoas que corriam em direção à esquina seguinte.

Um menino pequeno, de camisola de dormir, que um dia iria se sentar como deputado na Assembléia Nacional Kemalista e passar uma noite bebendo *raki* com um ás dos ares chamado barão von Richtofen, teve a mãozinha arrancada da de sua mãe e foi erguido e transportado por cima da cabeça de completos desconhecidos durante vários minutos, antes de tornar a ser estreitado contra o peito dela, experiência da qual se lembraria perfeitamente mais tarde a partir das recordações de outras pessoas.

Alexandra Stanopolis, uma moça grega em idade de se casar, teve as nádegas beliscadas 16 vezes e quase carregou esse segredo para a cova ao morrer em Trabzon, 53 anos depois, quando finalmente o revelou para a nora, que por sua vez morreu na cidade de Nova York.

Um mendigo famoso, conhecido como Yilderim, o Trovão, perdeu um baú de madeira que levava para um ladrão simpático, que mais tarde descobriu que não continha nada além de um xale de seda amarrado com um nó bem apertado; o mendigo morreu mais tarde em um asilo, e o ladrão, em Sevastopol, de disenteria, ainda usando o xale amarrado.

Várias centenas de fiéis viram-se encurralados dentro da grande mesquita, a antiga igreja de Hagia Sophia, e tiveram de ser escoltados em grupos por tropas armadas, que os conduziram a um beco logo abaixo do serralho e lhes disseram para encontrar o caminho de casa. Dois dos fiéis, envoltos em suas capas de palafreneiros e escondendo os rostos assustados debaixo dos capuzes, estranharam a aparência dos soldados e, em vez deles, seguiram um notório desertor do exército até uma antiga capela lateral da catedral, onde agacharam-se atrás de uma coluna e passaram a se comunicar com gestos nervosos. Seus nomes, incomuns para muçulmanos, eram Ben Fizerly e Frank Compston.

E, durante todo esse tempo, a oeste da cidade, os incêndios grassavam e corriam uns em direção aos outros como membros de um regimento que se dispersou, abatendo-se sobre os obstáculos que havia entre eles e queimando-os. De modo que Stanislaw Palewski, embaixador polonês junto à Sublime Porte, com uma faca de cozinha em uma das mãos e um olho na janela, recuperou a faixa dourada retorcida de seu roupão e, sem uma palavra para o homem que se agitava sobre o tapete, bateu apressado em retirada para Pera, do outro lado do Corno de Ouro.

Em tempos de crise, disse a si mesmo, representantes estrangeiros precisam estar à disposição em suas embaixadas.

120

ENQUANTO Yashim atravessava correndo o primeiro pátio do harém, percebeu que este estava quase inteiramente deserto: com a Nova Guarda estacionada na praça impedindo qualquer pessoa de passar, era algo que ele poderia ter previsto. Os poucos homens que restavam pareciam ter se reunido debaixo do grande plátano. A Árvore dos Janízaros. Yashim lançou-lhes um olhar nervoso enquanto seguia apressado pelo caminho de calçamento, com a capa marrom esvoaçando atrás de si.

No portão Ortakapi, cinco alabardeiros do *selamlik*, sem as tranças, adiantaram-se a um só tempo para interpelá-lo. Dois deles traziam lanças nas mãos; os outros estavam armados apenas com as adagas, mas suas capas estavam presas para trás e eles postaram-se com as pernas afastadas, as mãos direitas segurando os cabos escondidos dentro das calças.

– Para trás, homens! – gritou Yashim ao sair para a luz. – Yashim Togalu, a serviço do sultão!

Eles se afastaram com ar cansado para deixá-lo passar.

O vento que vinha fazendo a capa bater em suas pernas parou: por um instante, ele fitou maravilhado o grande espaço que se abria diante de si, antes de mergulhar por uma aléia de ciprestes, impressionado com o breu imóvel das árvores, com a escuridão que o envolvia quase no centro do poder otomano. Somente a fina réstia de luz de uma lamparina na outra extremidade do túnel evitou que ele sucumbisse à assustadora atmosfera de uma floresta à noite.

Emergiu do túnel e encaminhou-se depressa para o pórtico do último e mais imponente de todos os portões que definiam o poder da Sublime Porte: a *porte del' Felicita*, o portão da Felicidade, que conduzia ao segundo Pátio, local de trabalho onde vizires, escribas, arquivistas e embaixadores vinham se apresentar ou recitar as ordens que controlavam as vidas de homens do mar Vermelho ao Danúbio. Mais além ficavam os limites sagrados do terceiro pátio, onde uma enorme família vivia uma vida que a presença do sultão, o xá dos xás, o representante em pessoa de Deus sobre a Terra, tornava preciosa.

As portas do representante, porém, estavam firmemente fechadas.

Sua batida não produziu nenhum eco nos portões cravejados de ferro: era como bater em pedra. Irritado, ele recuou alguns passos e olhou para cima. O enorme beiral se estendia por 3 metros ou mais, no clássico estilo otomano. Ele correu os olhos pelas muralhas. Os muros externos eram contíguos às cozinhas imperiais, uma longa série de cúpulas, como tigelas arrumadas sobre uma prateleira: não havia como passar por ali. Ele virou para a esquerda e começou a andar depressa, em direção aos arquivos.

Ninguém o interpelou quando ele pousou a mão sobre as portas marchetadas e empurrou. A porta recuou com um rangido e ele entrou no vestíbulo. A porta mais à frente estava ligeiramente entreaberta, e um minuto depois Yashim adentrou novamente a conhecida e escura sala dos arquivos.

Chamou baixinho:

– Ibou?

Ninguém respondeu. Ele tornou a chamar, um pouco mais alto.

– Ibou? Você está aí? Sou eu, Yashim.

A pequena vela no outro extremo da sala apagou-se por um instante, e em seguida reapareceu. Alguém havia se movido na escuridão.

– Não tenha medo. Preciso de sua ajuda.

Ouviu o estalo de sandálias sobre o chão de pedra e Ibou adiantou-se para a luz. Tinha os olhos esbugalhados.

– O que você pode fazer? – perguntou ele quase em um sussurro.

– Preciso usar a porta dos fundos, Ibou. Pode me deixar passar?

– Eu tenho uma chave. Mas... eu não quero ir.

– Não, você fica. Sabe o que está acontecendo?

– Eu sou novo. Não me pediram... mas é algum tipo de reunião. E perigosa, também.

– Vamos.

A pequena porta dava para o corredor onde a *valide* Kosem havia sido arrastada para a morte. Yashim apertou a mão de Ibou.

– Boa sorte – sussurrou o rapaz.

A porta do quarto dos guardas estava fechada. Yashim a abriu com um leve movimento da maçaneta e entrou.

– Fui convocado – anunciou.

Aproxime-se.

Os alabardeiros permaneceram imóveis.

Não fizeram nenhum esforço para impedir Yashim de abrir a porta, como se fossem soldados mecânicos em que alguém houvesse esquecido de dar corda.

Por um instante, ele também ficou em pé fascinado, olhando para o pátio da Sultana *Valide*.

Então deu um passo para trás e, muito suavemente, fechou a porta.

121

Os QUARTOS de dormir das escravas do harém ficavam acima da galeria que percorria uma das laterais do pátio da *valide*: tentando abrir a porta sem fazer ruído, Yashim se viu dentro de um aposento pequeno, sem móveis, revestido de tapetes e colchões e debilmente iluminado por algumas velas curtas dispostas no chão sobre pratos. As camas estavam vazias: sombras escuras junto à janela de persianas lhe mostraram que as escravas do harém estavam agrupadas ali para ver melhor.

Uma das jovens escravas soltou um arquejo quando Yashim surgiu atrás dela. Ele levou um dedo aos lábios e olhou para baixo.

Jamais, em toda sua vida, Yashim se esqueceria daquela imagem. À esquerda, a sultana *valide* estava em pé junto à porta de seus aposentos, à frente de uma multidão de mulheres do harém que saía pela porta e margeava as paredes formando três fileiras: cem mulheres, talvez mais, calculou Yashim, em todos os estados de nudez possíveis. Algumas, tiradas da cama às pressas, ainda estavam de pijama.

Do outro lado do pátio, reunidos em seus trajes elegantes, estavam os eunucos do palácio, brancos e negros. Seus turbantes reluziam com jóias preciosas, penachos balouçantes. Devia haver trezentos homens ali, calculou Yashim, remexendo-se e sussurrando como pombos que arrulham em cima de uma árvore.

Um silêncio abateu-se sobre os eunucos: eles viraram o rosto para a porta abaixo da janela onde estava Yashim e lentamente começaram a se afastar, formando um corredor. Yashim agora podia vê-los melhor, e até reconhecer alguns rostos: viu sabres, caftãs de caxemira e um tesouro imperial de broches e pedras preciosas. Eles mais pareciam pegas do que pombos, pensou Yashim: atraídos para tudo que brilhava, forrando seus ninhos com ouro e diamantes.

Ele se esticou na ponta dos pés para ver quem surgia no meio da multidão, embora já soubesse. O *kislar agha* estava magnífico, com um enorme manto escuro de pele, tão salpicado com a umidade do ar que chegava a cintilar. Caminhava lentamente, mas seu passo era surpreendentemente leve. Sua mão, que segurava o cetro, estava repleta de anéis. Seu rosto se perdia debaixo de um grande turbante da mais branca musselina, enrolada em volta do chapéu vermelho cônico de sua função, de modo que Yashim não podia ver-lhe a expressão do rosto. Mas viu como os outros eunucos abaixaram os olhos para o chão, como se não se atrevessem a encará-lo de frente. Yashim conhecia aquele rosto, enrugado como o de um símio: os olhos avermelhados, as bochechas gordas e flácidas, era um rosto que trazia a marca do vício e ostentava seu vício com uma expressão vazia de alheamento.

Os eunucos agora haviam formado duas fileiras em V, deixando o *kislar agha* sozinho entre eles, de frente para a *valide* do outro lado do pátio. Ele não ergueu a mão: não precisava fazê-lo. Ninguém se movia.

– A Hora chegou.

Ele falava devagar com sua voz aguda, estridente.

– Nós, que somos os escravos do sultão, proclamamos a Hora.

"Nós, que somos os escravos do sultão, nos reunimos para sua proteção.

"Nós, que nos ajoelhamos ao lado do trono, defendemos o sacramento do poder.

"Queremos falar com seu filho, nosso senhor e mestre, o xá dos xás!"

A voz do chefe dos eunucos se elevou quando ele gritou:

– A Hora chegou!

E um grito estrondoso se ergueu das fileiras de eunucos:

– A Hora! A Hora!

A sultana *valide* não se mexeu uma vez sequer, exceto para bater com o pé delicado no degrau de pedra.

O chefe dos eunucos ergueu os braços, com os dedos retorcidos como esporas de galo.

– A bandeira deve ser desfraldada. A ira de Deus e do povo deve ser apaziguada. Devemos nos afastar do abismo da descrença e empunhar a Espada de Osman em defesa da fé! Este é o Caminho.

"Está escrito que os conhecedores devem se aproximar e unir-se ao Centro. Califa e sultão, Senhor dos Horizontes, este é o seu destino. O povo se ergueu, os altares estão preparados. Foi Deus quem nos despertou, na 11ª hora, a Hora da Restauração."

– Tragam-no! – berrou ele com uma voz aterrorizante. Dobrou os dedos para cerrar os punhos de leve e deixou-os cair ao lado do corpo. Abaixou a voz, emitindo um sussurro rouco. – Revelem o Centro.

Como Yashim, a sultana *valide* parecia estar achando a performance do chefe um tanto exagerada. Ela virou a cabeça para murmurar alguma coisa para uma atendente, e Yashim viu seu perfil perfeito, ainda bem delineado e belo, e reconheceu a expressão preguiçosa em seus olhos quando ela se virou e cravou-os sobre o chefe dos eunucos. Preguiça queria dizer perigo. Ele se perguntou se o *kislar agha* sabia disso.

– *Kislar* – disse ela, com uma voz na qual ressoava um desprezo jocoso. – Algumas de nossas damas aqui presentes não estão de forma alguma bem vestidas. A noite, se me permite observar, está fria. Quanto a você, não está paramentado a contento.

Ela ergueu o queixo de leve, como se o examinasse. Os olhos do eunuco se apertaram, enfurecidos.

– Não, *kislar*, seu turbante parece estar em ordem. Mas você parece estar usando as *minhas* jóias.

Bom trabalho, pensou Yashim, cerrando os punhos. A *valide* certamente sabia como usar informação.

As narinas do chefe dos eunucos se inflaram, mas ele logo baixou os olhos. Quer aquele movimento – efetuado, por assim dizer, sob a influência de uma mulher mais poderosa do que ele – tenha lhe diminuído o ímpeto, quer isso tenha se devido à simples surpresa causada pelos comentários da *valide*, Yashim não saberia dizer. Mas o *kislar agha* abriu a boca e tornou a fechá-la, como se tivesse na ponta da língua um discurso que não conseguia proferir.

A voz da *valide* parecia uma seda macia.

– E você matou por elas, também, não foi, *kislar*?

O eunuco ergueu um dedo indicador e o apontou para a *valide*. Yashim viu que ele estava tremendo.

– Elas são... para o meu poder! – guinchou ele. Estava improvisando agora, levado a uma discussão que não tinha a intenção de travar e que não poderia vencer. Seu poder diminuía a cada palavra que ele pronunciava.

Com o canto do olho, Yashim viu uma pequena forma se movendo junto à parede. Uma forma de mulher jovem se atirou para a frente, como um gato, e começou a correr em direção ao eunuco.

O eunuco não a viu imediatamente: seu braço esticado a encobria.

– Tragam o sultão, ou sofram as conseqüências! – gritou o *kislar agha*. Então sua cabeça se virou ligeiramente, e no mesmo instante Yashim reconheceu a moça.

Era a moça que havia roubado o anel da *gözde*.

Yashim fechou os olhos. E nesse segundo tornou a ver o rosto lindo e impassível dela, quando ela lhe havia fechado sua mente.

Somente agora reconhecia aquele olhar. Era uma máscara de tristeza.

Uma escrava soltou um arquejo ao seu lado, e Yashim abriu os olhos. A moça havia se jogado sobre o imenso eunuco: ele a empurrou para o lado como se ela fosse uma mosca. Mas ela se pôs de pé em um instante, e pela primeira vez Yashim viu que trazia uma adaga no punho, um pedaço de aço comprido e curvo, como o ferrão de um escorpião. Ela tornou a saltar, e dessa vez foi como se os dois se abraçassem, como amantes: a esguia moça branca e o imenso homem negro, que vacilou quando ela se agarrou a ele.

Mas ela não era páreo para o *kislar*. As mãos dele se fecharam em volta de seu pescoço e, com um tremendo safanão dos braços, ele a repeliu. Seus dedos compridos envolveram-lhe o pescoço como uma mancha. Os pés dela chutavam freneticamente, mas escorregavam na pedra molhada. Suas mãos se ergueram ao encontro das dele, arranhando-as, mas a força do *kislar agha* era muito maior. Com um grunhido, ele a jogou para o lado. Ela se encolheu no chão e ficou imóvel.

Ninguém se mexeu. Até mesmo o pé da *valide* havia parado de bater. De repente, uma das mulheres gritou e levou a mão à boca. O *kislar agha* girou nos calcanhares com a cabeça se movendo de um lado para o outro, como se esperasse outro ataque. Yashim viu as mulheres recuarem.

O *kislar agha* abriu a boca para falar.

Tossiu.

Levou as mãos à barriga.

Atrás dele, os eunucos se remexeram. Seu chefe começou a se virar em sua direção e, quando ele se moveu, Yashim viu muito claramente o que havia feito a mulher gritar.

O cabo incrustado de jóias de uma adaga circassiana.

O *kislar* balbuciou alguma coisa ao se virar, e então começou a girar em direção ao chão, e seu imenso tórax foi afundando lentamente enquanto ele girava. Suas pernas cederam e ele desabou de joelhos, ainda segurando o cabo da adaga em sua barriga, ostentando a expressão de surpresa horrorizada que levaria para o túmulo.

Yashim ouviu o baque quando o corpo do *kislar agha* desabou de cabeça no chão.

122

HOUVE UM silêncio momentâneo antes de a corte irromper em pandemônio. Eunucos acorriam às portas em um frenesi, tentando fugir, tentando qualquer coisa para aumentar a distância entre eles e seu chefe caído. Homens tropeçavam e subiam uns em cima dos outros para alcançar as portas, alguns correndo rumo à estrada Dourada, outros entrando debaixo da galeria onde Yashim não conseguia mais vê-los. Sem dúvida, aqueles alabardeiros mecânicos continuariam imóveis enquanto dúzias de homens fugissem para o abrigo de sua própria caserna. No dia seguinte, refletiu Yashim, não seria possível encontrar sequer um que admitisse ter estado ali naquela noite.

Mas eles acusariam uns aos outros.

Havia um, pelo menos, por quem Yashim podia pôr a mão no fogo. Estava satisfeito por Ibou ter escolhido o caminho certo, prendendo-se a seu mundo de textos embolorados e documentos puídos.

Praticamente todos os eunucos já haviam deixado o pátio, abandonando jóias, chinelos e até mesmo seus cetros espalhados pelas pedras do calçamento. Alguns homens haviam tentado encorajar a balbúrdia ao primeiro sinal de pânico, incitando a multidão, gritando palavras de incentivo. "Ainda é a Hora!" Mas os eunucos corriam como galinhas em um galinheiro, e as palavras de incentivo haviam se apagado. Não havia mais ninguém.

Mesmo assim, as mulheres não haviam se movido, à espera do sinal de sua patroa. O chefe dos eunucos e a moça morta ainda jaziam estendidos sobre as pedras reluzentes, como peças de um jogo de xadrez gigante –

peão branco sacrificado pela torre preta. Mas aquele fora um auto-sacrifício. O anel era dela desde o início. Uma prova de amor que ela havia pedido à amante para usar, imaginava Yashim. Dentro daqueles muros existiam outras formas de amor que não o amor de uma mulher por um homem – se é que a execução do ato pudesse ser considerada amor. O que o camareiro lhe dissera? Que aquele anel aparecia aqui e ali, com seu símbolo esotérico, seu significado oculto. Agora estava tudo bem claro. Um circuito infinito, cobra engolindo cobra. Frustração, excitação e prazer em medidas iguais – e sem saída.

A *valide* havia saído para o pátio, e as mulheres se amontoavam em volta do corpo da moça morta, levantando-a, carregando-a pela galeria.

Mesmo assim, Yashim sentiu uma pontada de pena do homem que a havia matado, e também a sua amante. Poucas horas antes, os dois haviam conversado, no mesmo lugar onde ele agora jazia caído, e ele lembrara a Yashim o assassinato do pai do sultão, Selim, enquanto este tocava música no *ney* para o divertimento das moças do palácio. Foram seus próprios predecessores que haviam perpetrado aquele assassinato. Seria aquela uma das tradições que ele buscava defender: o assassinato de sultões por seus *kislar aghas*?

Mas por que pegar as jóias da *valide*? Talvez, de alguma forma louca, ele mesmo houvesse explicado aquilo: em sua velha mente estreita, astuta, supersticiosa, passara a associar as jóias ao poder, e as havia roubado como um talismã, um amuleto que lhe permitiria passar pela maior crise de sua carreira.

As escravas já haviam saído. Yashim as seguiu, descendo os degraus e atravessando a sala da guarda até o corredor.

Parou com a mão na maçaneta da porta dos arquivos. O que diria ao rapaz?

Empurrou a porta, e esta se abriu. Ibou estava em pé logo junto à porta, segurando uma lamparina.

– O que aconteceu? Ouvi gritos.

Ele ergueu mais a lamparina para lançar luz atrás de Yashim, no corredor.

– Qual o problema? – perguntou Yashim.

Ibou olhou por cima de seu ombro. Parecia hesitar.

– Você está sozinho? Ah. Eu... eu pensei ter ouvido alguém. – Ele ergueu o braço e abanou o rosto com a mão. – Ufa, que calor.

Yashim sorriu.

– Vai ficar mais ainda – respondeu –, se não apagarmos os incêndios.

– Isso é verdade – disse Ibou com um sorriso débil.

Yashim pôs uma das mãos na moldura da porta e apoiou seu peso nela, fitando o chão. Pensou em Ibou trabalhando sozinho enquanto os eunucos urravam por seu sultão no pátio da *valide*. Pensou na pequena porta preta que havia acabado de atravessar de modo tão conveniente e no grupo de homens que vira debaixo da Árvore dos Janízaros do lado de fora. Houvera pouco tempo, não? O levante na cidade e o convencimento do sultão. Os conspiradores precisariam de alguma forma de comunicação – para levar as notícias da apoteose mística do sultão até os rebeldes do lado de fora.

Um intermediário. Alguém capaz de levar notícias do mundo fechado do harém até os homens do lado de fora que ameaçavam a cidade.

Sentiu um enorme peso na garganta.

– Que incêndios, Ibou? – perguntou em voz baixa.

Yashim não queria ver o rosto de Ibou. Não queria descobrir que estava certo, que Ibou era a engrenagem da qual dependia toda a conspiração. Mas o soube pelo esforço gaguejante que Ibou fez para responder. Pelo simples fato de que nenhum arquivista, preso entre as altas paredes da sala dos arquivos, poderia ter visto ou ouvido falar nos incêndios que Yashim vira serem acesos momentos antes de entrar no palácio semideserto.

Ibou já sabia o que iria acontecer.

Com relutância, seus olhos subiram até o rosto do rapaz.

– Não funcionou, Ibou. O chefe dos eunucos está morto. Não precisa esperar mais ninguém.

Ele olhou para trás do arquivista, ao longo das prateleiras escuras, em direção à porta. A lamparina à sua frente piscava e reluzia. Yashim cerrou os olhos com força e tornou a abri-los. A luz se firmou.

Ibou se virou e, com cuidado, pousou a lamparina sobre a mesa. Manteve os dedos em sua base como se ela fosse uma oferenda, como se estivesse rezando, pensou Yashim. Ibou fitou o pequeno anel de chamas, e algo na tristeza de sua expressão lembrou a Yashim o homem cujo corpo jazia abandonado no pátio varrido pela chuva do lado de fora. Anos antes, o *kislar agha* deveria ter sido um homem como Ibou. Liso e esguio. Adorável. O tempo e a experiência o haviam tornado repulsivo: mas ele um dia também havia sido bonito.

– Não terminou, Ibou – disse ele devagar. – Você precisa contar a eles. Deter o que está acontecendo. A Hora não chegou.

Ibou respirava depressa. Suas narinas se inflaram.

Os olhos de Yashim se arregalaram.

– Darfur? – perguntou ele.

O rapaz lhe lançou um olhar breve e sacudiu a cabeça.

– Não há nada lá. Cabanas. Crocodilos no rio. Pequenos porcos selvagens na estrada, cães. Ele me disse que eu deveria vir. Eu quis vir.

Yashim mordeu o lábio.

– Tenho quatro irmãos e seis irmãs – continuou Ibou. – O que mais eu poderia fazer? Ele nos mandava um pouco de dinheiro às vezes. Quando se tornou chefe, mandou me buscar.

– Entendo.

– Ele é tio da minha mãe – disse Ibou. Yashim aquiesceu. – Irmão do meu avô. E eu quis vir. Mesmo na hora da faca, fiquei contente. Não senti medo.

Não, pensou Yashim: você sobreviveu. Quer tenha sido de raiva ou desespero, um ou outro o ajudou a sobreviver. No caso do próprio Yashim, havia sido a raiva. Mas e no caso de Ibou? Uma aldeia de lama e crocodilos, a faca empunhada no deserto, a promessa de fuga.

– Ouça-me, Ibou. O que aconteceu, aconteceu. Você não tem mais um protetor, mas eu falarei por você. Você precisa vir comigo agora, e dizer aos homens lá fora que a brincadeira terminou. A Hora passou. Faça isso, Ibou, antes que muitas pessoas morram.

Ibou estremeceu e passou a mão pelo rosto.

– Você... você vai me proteger?

– Vou, se você vier comigo agora. É preciso que venha de você. Onde eles estão esperando... debaixo da árvore?

– Na Árvore dos Janízaros, sim – respondeu Ibou, quase em um sussurro.

Precisamos ir agora, pensou Yashim, antes que ele tenha tempo de sentir medo. Antes que seja tarde demais.

Segurou o braço de Ibou.

– Venha – disse.

123

Chegando ao portão Ortakapi, Yashim diminuiu o passo.

– Ibou – disse em voz baixa. – Eu só posso vir até aqui. Minha presença não ajudará em nada. Você precisa dizer que o *kislar agha* morreu, e que o palácio está tranqüilo. Só isso. Entendeu?

Ibou apertou seu braço.

– Você vai estar aqui?

Yashim hesitou.

– Preciso encontrar o *seraskier* – disse ele. – Não há perigo para você: eles estão esperando o mensageiro. Agora, vá!

Deu um tapinha no ombro de Ibou e observou o rapaz atravessar o portão com passo célere e dirigir-se ao grupo de homens nas sombras mais escuras dos plátanos. Viu os homens se agitarem e virarem e, certo de que Ibou tinha sua atenção, esgueirou-se pelo portão e deu a volta no muro oposto do primeiro pátio, mantendo-se nas sombras.

124

O ARTILHEIRO Genghis Yalmuk afastou a tira do pescoço com um dedo e correu-o de orelha a orelha, para aliviar a pressão. Fazia dez anos que servia na Nova Guarda, tendo passado de soldado comum para o corpo de artilheiros cinco anos antes, e sua única reclamação durante aqueles dez anos havia sido o capacete que os soldados tinham de usar: *shakos* de *ferenghi*, com tiras de couro duras. Agora comandava um batalhão de dez armas e suas equipes: quarenta homens ao todo.

Espiou por cima do hipódromo e soltou um grunhido. Já se arrastara pela areia e pelo calor da Síria. Já estivera na Armênia, quando os cossacos haviam rompido as linhas de infantaria e atacado seu reduto, com seus sabres a faiscarem com a luz do sol, seus cavalos a espumarem pelas narinas e seu oficial no comando oferecendo-se para abater qualquer homem que saísse de sua posição. A batalha, ele havia aprendido, consistia em dias e horas de espera, adiando o pensamento, pontuados por embates curtos e violentos nos quais não havia tempo nenhum para pensar. Deixe isso para os oficiais no comando, fora o que havia escutado vezes sem conta.

Bem, ele agora era um deles, e a injunção contra pensar ainda era válida, até onde ele podia perceber. Suas ordens tinham vindo diretamente do próprio *seraskier*, que percorria as fileiras como um homem ensandecido, ajustando a posição das armas, instruindo as tropas, fixando elevações e instando todos a obedecer. Genghis não tinha nenhum problema com isso, é claro, mas ele próprio era um homem de Stamboul, não um daqueles recrutas de Anatólia, e achava estranho estar em sua própria cidade, armado e sem fazer nada, enquanto o lugar ardia em chamas.

Gostaria de ter sido destacado para a mesquita do sultão Ahmet, talvez, ou para algum outro local não identificado mais no interior da cidade, onde os homens sem dúvida estariam enfrentando os incêndios de frente, em vez de receberem ordens de apontar suas armas para um lado e para outro de modo a impedir que a multidão se aproximasse do palácio. Mas as instruções do *seraskier* haviam sido muito exatas. Eles também haviam sincronizado seus relógios, preparando-se para a barragem de artilharia que deveria começar dali a quase exatamente uma hora. A barragem cuja finalidade Genghis Yalmuk não questionava nem entendia, mas que o *seraskier* havia preparado pessoalmente, ajustando cada uma das armas com um punhado de coordenadas, como se seu artilheiro não fosse digno de confiança para estabelecer ele próprio as coordenadas.

E, enquanto isso, pensou irritado, ele estavam novamente esperando. Esperando enquanto a cidade ardia.

Viu um homem com uma capa marrom simples conversando com dois sentinelas do lado de fora do portão do harém e franziu o cenho. Suas ordens eram muito claras: manter os civis afastados da área de operações. Aquele homem deveria ter passado pelo portão escondido, vindo do palácio. Genghis Yalmuk empertigou os ombros e começou a marchar em sua direção. Era melhor aquele sujeito voltar para o lugar de onde havia saído, e rápido, palácio ou não palácio, ou então ele lhe ensinaria uma lição.

Porém, antes que caminhasse 5 metros, o homem da capa marrom já havia se virado e examinava o terreno; uma das sentinelas apontou, e o homem começou a andar em sua direção, erguendo uma das mãos.

– Olhe aqui – Genghis começou a dizer, mas o civil o interrompeu.

– Yashim Togalu, serviço imperial – disse ele. – Preciso ver o *seraskier*, e rápido. Necessidade operacional – acrescentou. – Novas informações de extrema importância.

Genghis Yalmuk piscou os olhos. Afinal de contas, o hábito de obedecer estava muito bem implantado nele, e ele tinha uma orelha treinada para o estilo do comando.

Quanto a Yashim, ele só fez cruzar os dedos.

Por um instante, os dois homens ficaram olhando um para o outro.

Então Genghis Yalmuk ergueu a mão e apontou.

– Lá em cima – disse.

Yashim seguiu a direção de seu dedo. Por cima dos muros e das árvores que cercavam a grande mesquita. Além dos minaretes. Mais alto, e mais longe.

Ele estava apontando para a cúpula de Aya Sofia.

– Então cheguei tarde demais – disse Yashim, incisivo. – Infelizmente terei de pedir para ver as suas ordens.

125

O *SERASKIER* recostou-se no revestimento de chumbo do contraforte e encostou o rosto no metal liso. Não havia se dado conta do quanto estava agitado. Seu rosto parecia estar queimando como a cidade que se estendia à sua volta, a seus pés.

Ali fora, nos contrafortes, tinha a visão perfeita. Lá de baixo, Aya Sofia parecia erguer-se de uma só vez, a imensa cúpula central sustentada por um anel de contrafortes que flutuava no ar acima das duas metades de cúpula de cada um dos lados. Era assim, desde tempos imemoriais, que os artistas a haviam retratado, arredondada como tantas mesquitas; mas nisso haviam errado. Construída no século VI, a grande igreja do imperador bizantino Justiniano era uma reconciliação de duas formas opostas. A grande esfera da cúpula, erguendo-se sobre uma galeria redonda de arcos, lançava-se em direção ao céu através de um quadrado revestido de chumbo. Nos quatro cantos, havia um espaço onde a inclinação do telhado, quando existia, era pequena, então era dali, a 70 metros do chão, que o *seraskier* agora vislumbrava as sete colinas, e olhava por cima do harém para as águas escuras mais adiante, salpicadas aqui e ali pelo balanço de uma lanterna. Mais além, em direção ao oeste, imaginou as águas refletindo as chamas que naquele exato momento se projetavam para cima, lançando chuvas brilhantes de faíscas, saltando de um telhado para outro, consumindo as paredes de madeira das velhas casas perto do porto, estourando portas, rugindo por becos. Uma fornalha impossível de conter, purificadora, abastecida por 2 mil anos de tapeações e engodo.

As chamas pertenciam à cidade. Durante todos aqueles longos séculos, haviam estado adormecidas, libertando-se de vez em quando, alimentando-se da madeira amontoada que havia se acumulado nas sombras e nos cantos de Istambul, com seus ângulos tortos incrustados de poeira e detritos, e da sujeira de 1 milhão de almas incultas. Uma cidade de fogo e água. Sujeira e doença. Uma cidade que fedia nas margens do rio como um corpo em decomposição, apodrecido demais para ser movido, brilhando com o reflexo engordurado da putrefação.

Ele se virou para o sul. Como o harém parecia escuro! Escondido atrás de suas antiqüíssimas muralhas, como se fechava em sua própria eminência! Mas o *seraskier* não se deixava enganar: aquilo era um ninho de abutres, salpicado com a imundície e os rejeitos de muitas gerações, empilhado sobre os ossos dos mortos, cheio dos gritos altos e insistentes de filhotes aquecidos por seus próprios excrementos e alimentados com a sujeira extraída da pilha de esterco da cidade na qual havia sido construído.

O *seraskier* deu um passo à frente, rumo à beirada, e olhou para a praça lá embaixo onde seus homens estavam postados ao lado das armas. Ordem e disciplina, pensou: homens bons, treinados ao longo daqueles últimos anos em hábitos adequados de deferência e obediência. Conheciam a penalidade para quem saísse da linha. Ordem e obediência faziam um exército, e um exército era uma ferramenta nas mãos de um homem que soubesse como usá-lo. Sem ordem, tudo que se tinha era uma turba que rosnava e mordia como um cão raivoso, ignorante quanto a seu objetivo, aberta a qualquer influência e vulnerável a qualquer capricho.

Bem, naquela noite ele iria mostrar às pessoas quem era mais forte: a turba cega e o ninho do abutre, ou chumbo e tiros, e o poder da disciplina.

E, quando a fumaça clareasse, um recomeço. Um admirável recomeço.

Sorriu, e seus olhos cintilaram à luz do fogo.

Então ele se retesou. Afastou-se do muro e retirou a pistola do cinto.

Puxou a trava de segurança e posicionou o cano em uma linha reta, apontado para trás, em direção ao arco.

Alguém vinha subindo as escadas.

A sombra se encompridou, e o *seraskier* viu o eunuco piscando enquanto virava a cabeça de um lado para o outro.

– Muito bem, Yashim – disse o *seraskier* sorrindo. – Estava me perguntando se você viria.

126

O *SERASKIER* bateu o pé no telhado inclinado.

– Você sabe o que é isto? Entende onde estamos?

Yashim continuou a fitá-lo.

– É claro que entende. No telhado da Grande Mesquita. Está vendo a cúpula acima de sua cabeça? Os gregos a chamavam de Hagia Sophia, a igreja do Sagrado Conhecimento. Cinqüenta e cinco metros de altura. Volume interno, 255 mil metros cúbicos. Você sabe quantos anos ela tem?

– Foi construída antes da época do Profeta – disse Yashim, cuidadoso.

– Incrível, não é? – O *seraskier* deu uma risadinha. Parecia estar de muito bom humor. – E levou só cinco anos para ser construída. Você consegue imaginar o esforço necessário para isso? Ou o que poderíamos fazer com essa energia hoje em dia, aplicada a alguma coisa realmente importante?

Tornou a rir e bateu com os pés no chão.

– Como alguma coisa tão antiga consegue durar tanto? Bem, vou lhe dizer. É porque ninguém, nem mesmo o próprio Mehmet, o Conquistador, teve a inteligência nem a coragem de derrubá-la. Estou surpreendendo você?

Yashim franziu o cenho.

– Não totalmente – respondeu baixinho.

O *seraskier* ergueu os olhos.

– Milhares de folhas de chumbo batido – disse. – Hectares inteiros. E as colunas. E a cúpula. Imagine só, Yashim! Ela vem pesando sobre todos nós há 1.400 anos. Sequer conseguimos ver além dela, ou em volta dela. Não conseguimos imaginar um mundo sem ela. Conseguimos? Sabe, é como um mau cheiro, depois de algum tempo ninguém percebe. Nem mesmo quando ele os está envenenando. – Ele se inclinou para a frente. A arma, percebeu Yashim, ainda estava firme em sua mão. – E ela está nos envenenando. Tudo isto. – Ele acenou com uma das mãos. – Ano após ano, hábito se somando a preconceito, ignorância a ganância. Vamos, Yashim, você sabe tão bem quanto eu. Estamos sufocados por ela. A tradição! Não é só a sujeira que se acumula. Ora, ela levou até os seus colhões!

Yashim não conseguia mais ver o rosto do *seraskier* contra a luz dos incêndios às suas costas, mas ouviu-o rir com sarcasmo de seu próprio comentário.

– Acabo de vir do palácio – disse Yashim. – O sultão está seguro. Houve uma espécie de tentativa de golpe...

– Golpe? – O *seraskier* passou a língua pelos lábios.

– Sim. Os eunucos do palácio, chefiados pelo *kislar agha*. Estavam decididos a atrasar o relógio. A reinstituir os janízaros. Estava tudo no poema *karagozi*... lembra-se?

O *seraskier* estufou as bochechas.

– Vamos, Yashim. Isto não tem importância. Você sabe disso, não sabe? Eunucos. Sultões. O sultão está acabado. O édito? Você achou mesmo que o édito iria fazer diferença? Você o viu hoje, não viu, o velho beberrão? O que o faz pensar que qualquer um deles pode fazer o que quer que seja? Eles são metade do problema. O édito não passa de mais um inútil pedaço de papel. Igualdade, blablablá. Só existe uma igualdade sob estes céus, e é aquela que existe quando você está enfileirado, ombro a ombro com os homens ao seu lado, ouvindo ordens. Nós poderíamos ter entendido isso anos atrás, mas nos deixamos corromper.

– Os janízaros?

O *seraskier* soltou um grunhido bem-humorado.

– Os janízaros... e seus amigos russos. Alguns deles, pelo que sei, estavam vivendo em território russo. E os rebeldes queriam ajuda dos russos.

– Quem lhe avisou? – perguntou Yashim. – Não foi Derentsov?

O *seraskier* deu uma risadinha.

– Derentsov não precisa de dinheiro. Foi o seu amigo do cabriolé. O da cicatriz na cara.

Yashim franziu o cenho.

– Potemkin... o manteve informado?

– Potemkin me informou, no início. Mas ele era caro demais. E perigoso demais.

Yashim ficou olhando para o *seraskier* sem dizer nada.

– Então o senhor encontrou alguma outra pessoa para mantê-lo informado sobre a conspiração dos janízaros. Alguém seguro, que não chamaria muita atenção.

– Isso mesmo. Alguém barato e sem importância. – O *seraskier* exibiu os dentes em um sorriso e seus olhos se arregalaram de satisfação. – Encontrei você.

– Eu lhe informei quando aconteceria a rebelião.

– Ah, mais do que isso, muito mais. Você manteve a conspiração viva. Você ajudou a criar a atmosfera que eu queria. Lá embaixo, uma cidade em pânico. Eles já estão vencidos. Os janízaros. O povo. E, agora, o palácio também.

Ele passou a mão pelo peito: um gesto de deleite.

– Para você, infelizmente, tenho preparada uma escolha entre a vida e a morte. Ou será que eu deveria dizer entre a devoção ao Estado e... como dizer, um apego romântico a um conjunto ultrapassado de tradições. – Ele fez uma pausa. – Pelo império? Bem, a escolha está feita. Ou terá sido feita daqui a... – ele retirou do bolso um círculo cintilante – ... aproximadamente oito minutos. A escolha entre tudo isso, esse peso, essa história e essa tradição, esse grande peso que nos esmaga como a cúpula da catedral de Justiniano... e um recomeço.

– Mas o povo... – Yashim começou a interromper.

– Ah, o povo. – O *seraskier* virou parcialmente a cabeça, como se quisesse cuspir. – O mundo está cheio de gente.

"Estamos bem situados aqui em cima, não estamos?" continuou o *seraskier*. "Para ver o palácio arder. E, com o nascer do dia, uma nova era. Eficiente, limpa. A Casa de Osman nos serviu bem durante sua época, sim. Reforma? Um édito? É como escrever em água. O sistema é louco e capenga demais para reformar a si mesmo. Precisamos começar de novo. Varrer para longe toda esta porcaria, estas pantalonas, sultões, eunucos, sussurros na escuridão. Estamos sofrendo sob uma autocracia que sequer tem poder para fazer o que deseja. Este império precisa de um governo firme. Precisa ser governado por pessoas que saibam comandar. Pense na Rússia."

– Na Rússia?

– A Rússia é inexpugnável. Sem o tsar, ela poderia derrotar o mundo. Sem todos os seus príncipes, aristocratas e cortes. Imagine: administrada por especialistas, engenheiros, soldados. Isso está prestes a acontecer... mas não na Rússia. Aqui. Nós precisamos do sistema russo... do controle da mão-de-obra, do controle da informação. Você pode cuidar dessa área, se quiser. Eu já disse que você é bom. O Estado moderno precisa de ouvidos e olhos. Precisaremos deles amanhã, quando o primeiro dia raiar sobre a república otomana.

Yashim o encarava fixamente. Teve uma súbita visão do *seraskier* na primeira vez em que haviam se encontrado, reclinado em seu divã de modo tão incongruente, vestindo suas calças e seu casaco, relutando em sentar-se à mesa de costas para o aposento. Que excelente cavalheiro ocidental *ele* era. Seria essa a questão?

– República? – Ele repetiu a palavra desconhecida do *seraskier*. Pensou no sultão e na *valide*, e em todas aquelas mulheres no pátio: e lembrou-se da luz cintilante de fanatismo nos olhos dos líderes dos eunucos e na morte inesperada do chefe.

O *seraskier* já sabia que eles iriam se reunir. E fora ele próprio, Yashim, quem convencera o sultão a espalhar a artilharia pela cidade.

– Isso mesmo – disse o *seraskier*, sucinto. – Foi a última vez que nós vimos esses velhos tolos fracos. Dizendo baboseiras sobre tradição! Afofando seu próprio ninho, como galinhas estúpidas. Desafiando a história.

Ele se empertigou.

– Pense nisso como... uma cirurgia. Vai doer, é claro. O bisturi do cirurgião é implacável, mas remove a doença.

Yashim sentiu seu coração parar. Com isso, sua mente se desanuviou.

O *seraskier* continuava a falar.

– Para o paciente, a agonia traz alívio – dizia ele. – Nós podemos ser modernos, Yashim: precisamos ser modernos. Mas você acha mesmo que a modernidade é uma coisa que se possa comprar? A modernidade não é uma mercadoria. É um estado de espírito.

Algo se agitou na lembrança de Yashim. Ele aferrou-se a isso, uma forma indefinida, um conjunto de palavras que já ouvira antes. O homem continuava a falar; ele sentiu que a lembrança se afastava.

– É uma distribuição de poder. O velho poder terminou. Nós precisamos pensar no novo.

– Nós?

– As classes governantes. As pessoas educadas. Pessoas como você e eu.

Ninguém, pensou Yashim, é como eu.

– As pessoas precisam ser guiadas. Isso não mudou. O que muda é a maneira como serão guiadas.

Nenhum de nós é igual. Eu não sou igual a ninguém.

Continuarei livre.

127

– VOU DESCER agora – disse o *seraskier* baixinho. – E você... você, infelizmente, vai ficar aqui em cima. Achei que pudesse vir comigo, mas não tem importância.

Ele gesticulou com a arma, e Yashim saiu de baixo do arco e pisou no telhado inclinado.

– Vamos trocar de lugar, devagar? – sugeriu o *seraskier*. Rodearam um ao outro durante alguns segundos, e então o *seraskier* chegou debaixo do arco.

– Está vendo, não vou atirar em você. Ainda acho que você pode querer mudar de idéia. Quando as tropas recuarem. Quando este lugar começar a queimar.

Mas Yashim não estava escutando direito. O *seraskier* vira seus olhos se desviarem de seu rosto e, então, se arregalarem, quase involuntariamente. Mas dominou um impulso de se virar. Já estava esperando alguma tática de distração.

A surpresa de Yashim não era de forma alguma fingida. Atrás do *seraskier*, no topo das escadas, duas figuras extraordinárias haviam efetuado uma aparição silenciosa. Uma delas era morena, a outra, loura, e estavam vestidas como fiéis, mas Yashim podia jurar que, da última vez em que pousara os olhos naqueles dois, ambos estavam usando jaquetas e gravatas na embaixada britânica.

– *Excusez-moi* – disse o de cabelos claros. – *Mais... parlayvoo français?*

O *seraskier* deu meia-volta como se houvesse levado um tiro.

– O que é isto? – sibilou ele, lançando um olhar sério para Yashim.

Yashim sorriu. O rapaz louro olhava para o *seraskier*, erguendo uma das mãos para acenar.

– *Je vous connais, m'sieur*... eu o conheço, não? Sou Compston, este é Fizerly. O senhor é o historiador, não?

Havia um quê de desespero em sua voz que não era de todo inadequado, pensou Yashim.

– Estes são oficiais da embaixada britânica – informou ele ao *seraskier*. – Imagino que sejam muito mais modernos do que aparentam. E eficientes, como o senhor diz.

– Vou matá-los – rosnou o *seraskier*. Apontou a arma para os dois, e ambos recuaram.

– Eu não faria isso, se fosse o senhor – disse Yashim. – Sua aurora republicana poderia se transformar rapidamente em crepúsculo se o senhor trouxer bombardeiros britânicos para suas portas.

– Isso não tem importância – disse o *seraskier*. Ele havia recuperado a compostura. – Diga-lhes para irem embora.

Yashim abriu a boca para falar, mas suas primeiras palavras foram abafadas por um baque surdo que parecia uma trovoada. O chão tremeu sob seus pés.

Enquanto o barulho da explosão ia arrefecendo, o *seraskier* puxou o relógio do bolso e mordeu o lábio.

Ainda está cedo demais, pensou. E em seguida pensou: não tem importância. Que eles comecem a barragem.

Ele esperou, olhando para o relógio.

Quinze segundos. Vinte segundos. Que venham os disparos das armas.

O suor havia despontado em seu rosto.

Ouviu-se outro baque, ligeiramente mais baixo do que o primeiro.

O *seraskier* ergueu os olhos e lançou um olhar de vitória para Yashim.

Mas Yashim havia lhe dado as costas. Estava em pé sobre o telhado, com as mãos para cima, olhando para a cidade lá embaixo enquanto o vento fazia esvoaçar sua capa.

Atrás dele, o *seraskier* viu a explosão de luz. Esta se refletiu nas colunas da cúpula, realçando com um brilho intenso a silhueta de Yashim contra o fundo do céu. Logo em seguida, o *seraskier* ouviu o rugido das armas. Houve outra explosão de luz, como uma bomba que estoura, e outro rugido forte, e o *seraskier* franziu o cenho. Yashim sabia o que o estava intrigando. A ordem do som e da luz estava invertida.

Ele deveria ter ouvido o estrondo das armas e em seguida a emissão de luz quando a bala alcançasse seu alvo.

O *seraskier* pulou da galeria e começou a correr, e seus pés não faziam ruído nenhum sobre as grossas folhas de chumbo.

Yashim se projetou para agarrá-lo, mas o *seraskier* foi rápido demais. Em um instante, vira o que não esperava ver e, com brilhante intuição militar, havia entendido exatamente o que tudo aquilo significava para ele. As armas estavam disparando do lado errado da cidade, e os projéteis estavam explodindo ao longe. Ele não alterou o ritmo. Encolheu-se de leve quando Yashim estendeu as mãos, mas no instante seguinte já havia passado por cima dos beirais e meio corria, meio deslizava pelo telhado de chumbo da meia cúpula suspensa.

Ele se movia com uma velocidade terrível de ver. Yashim correu até a beirada e começou a descer em direção ao telhado cônico, mas o *seraskier* já havia sumido de vista. Então reapareceu subitamente, mais embaixo, rumando para o sul por um telhado comprido.

Por um instante, a cidade inteira ficou espalhada a seus pés. Ele viu novamente a forma escura do harém. Viu as luzes piscando no Bósforo. Viu homens e mulheres passarem correndo pela praça lá embaixo e, ao longe, as cortinas de chamas que se afastavam dos buracos repentinos que a artilharia ia abrindo em seu caminho.

Quanto a ele, só havia uma direção que poderia tomar.

Durante muitos anos depois disso, um fornecedor armênio do exército que se casou com uma rica viúva que lhe deu seis filhos contaria a história de como quase havia sido esmagado por um oficial que caíra do céu em cima dele.

"Não era um soldado comum, não senhor", diria ele com um sorriso, ao terminar a história. "Deus, em sua graça, me mandou um general: e desde então eu passo a vida lidando com eles."

128

— Preciso de uma escolta, Palewski – explicava Yashim. – Sabe, alguém próximo ao sultão. Ele esperaria isso. E vocês dois são bem amigos, não são?

Era sábado de manhã. A chuva que castigava as vidraças de Yashim vinha caindo sem parar desde antes do amanhecer, para sorte dos Novos Guardas que lutavam para apagar os incêndios da cidade. Com as brechas que seus canhões haviam aberto durante a noite, o incêndio fora restringido à região portuária, e, embora se dissesse que o estrago era grande, não chegava nem perto de 1817, ou de 1807, ou da quase uma dúzia de incêndios importantes que haviam ocorrido naquele bairro no século anterior. E, para dizer a verdade, o porto não era o bairro mais valorizado de Istambul.

Palewski ergueu dois dedos e tocou o bigode para esconder um sorriso.

– Amigos é a palavra exata, Yash. Eu estava pensando em presentear o sultão com algo que chegou para mim esta manhã, e salvou-se por milagre do incêndio no porto.

– Ah, milagre – repetiu Yashim.

– Sim. Por acaso percebi, na quinta-feira passada, que os estoques estavam ficando um tanto baixos, então encomendei imediatamente mais umas duas caixas. O que você acha?

– Sim, acho que o sultão apreciaria o gesto. Não que ele vá beber, é claro.

– É claro que não. Para começar, não tem bolhas.

Sorriram um para o outro.

– Desculpe pelo troglodita de ontem à noite – disse Palewski.

Yashim deu um bocejo, sacudindo a cabeça.

– Não sei o que você usou para bater nele. Quando voltei, ele estava dócil como um cordeiro. Preen e a amiga estavam conversando com ele, se é que acredita. Não que ele tenha dito muita coisa, é claro, mas parecia estar gostando da companhia delas. Preen disse que poderia levá-lo ao médico. Acho que ela mencionou um veterinário para cavalos, mas não tenho certeza. Ele pareceu muito grato quando lhe expliquei.

– Por mímica?

– Na língua dos sinais. Eu aprendi quando estava na corte.

– Entendo. – Palewski franziu o cenho. – Eu não bati nele, sabe.

– Eu sei. Fico contente. Pode vir me buscar às seis?

129

YASHIM DORMIU profundamente até a uma da tarde, depois cochilou por mais uma hora, entrando e saindo de sonhos nos quais ouvia somente vozes falando com ele em tons conhecidos e línguas que não compreendia. Viu o *seraskier* uma vez, falando um francês perfeito com um leve sotaque crioulo, e aquilo o fez despertar. Teria sonhado que o *seraskier* havia falado com ele na língua de seus sonhos? *Um estado de espírito.* A expressão flutuou em sua mente, e ele se sentou, sentindo-se tonto.

Levantou-se, deixando sua capa sobre o divã. Fazia calor no aposento, pois o braseiro estava aceso: sua senhoria devia ter entrado discretamente para acendê-lo enquanto ele dormia. Ele pegou a chaleira e a ajeitou sobre os carvões. Pegou três pitadas de chá preto e as despejou dentro do bule. Encontrou uma panela junto ao fogão com alguns *manti* dentro: Preen parecia ter preparado seu jantar e comido junto com a amiga; e com o mudo também, talvez. Mas haviam deixado um pouco para ele.

Pôs a panela sobre o fogão e observou a manteiga derreter, depois mexeu os *manti* com uma colher de pau. Pensou em fazer um molho de tomate com o pote de purê, mas em seguida decidiu que os *manti* estavam prontos e que ele estava faminto demais, então simplesmente os despejou sobre um prato e moeu um pouco de pimenta-do-reino por cima.

Não estavam excelentes, ele tinha de admitir; levemente duros nas bordas, na verdade, mas muito saborosos. Ele serviu o chá e o bebeu com açúcar, fumando um cigarro, recostado no divã e observando as gotas de chuva que reluziam nas venezianas: havia parado de chover, e uma fraca luz do sol invernal fazia uma rápida aparição antes de se dissipar rumo à noite.

Palewski estava quase certo, pensou. Uma festa perigosa: sempre convidado, nunca participante. Somente obrigado a assistir, confuso e impotente, enquanto a antiga e grandiosa batalha era travada, uma batalha que jamais seria vencida entre os velhos e os novos, a reação e a renovação, a memória e a esperança. E chegar tarde demais, quando os *manti* da véspera já estavam se curvando nas bordas. Até falar com o artilheiro, que mudou o alvo das armas a tempo.

Pouco depois, Yashim começou a passear os olhos pelo aposento, sem se mexer, mas olhando de um objeto para o seguinte antes de encontrar o que queria. Esticou o braço e o segurou, com um meio sorriso estampado no rosto: uma pequena adaga cloasonada, sem arremate, somente com um cabo lindamente esmaltado e uma bainha formando um único crescente, afilando-se até formar uma ponta fina. Retirou a adaga da bainha pela metade e admirou o brilho de seu aço perfeito, depois tornou a guardá-la, ouvindo o leve clique quando ela tornou a se encaixar na bainha.

Aço de Damasco, batido a frio, produto de uma experiência de mil anos – e, quanto mais elegante o trabalho, menos este ficava aparente. Já não se fabricavam mais objetos como aquele. Ele se perguntou se ela saberia a diferença; não que tivesse importância. Era um objeto bonito e eficiente. Perigoso, mas também protetor. Talvez ela fosse olhá-lo de vez em quando e, em seu mundo de gelo setentrional, ele fosse lhe trazer alguma lembrança que a fizesse sorrir.

Durante vários minutos, Yashim sopesou a adaga na palma da mão, refletindo a respeito, depois franziu o cenho e deixou-a delicadamente de lado, levantou-se e lavou-se na bacia da melhor maneira possível.

130

– TEMOS ORDENS para não deixar entrar ninguém até que os distúrbios tenham terminado – entoou o mordomo, posicionando seu corpo imenso no vão da porta da embaixada.

– Não há distúrbios – disse Yashim. O mordomo apenas contraiu os lábios.

Yashim deu um suspiro e estendeu um pequeno embrulho.

– Poderia fazer com que isso chegue às mãos de Sua Excelência, a princesa?

O mordomo baixou os olhos e farejou o ar.

– E quem devo dizer que mandou entregar?

– Ah... diga apenas que foi um turco.

– Yashim!

Eugenia vinha descendo a escada devagar, com uma das mãos suspensa sobre o corrimão e a outra na bochecha.

– Entre!

O mordomo recuou, e Eugenia segurou as mãos de Yashim com as suas, e conduziu-o até o sofá. O mordomo permaneceu por perto.

– Está tudo bem – disse ela. – Somos amigos.

– Do cavalheiro, Sua Alteza.

O mordomo lhe entregou o embrulho de Yashim e recuou.

– Traga chá para o nosso convidado, por favor – disse Eugenia. Depois que o mordomo saiu, ela deixou cair o embrulho no colo, tornou a segurar as mãos de Yashim e olhou-o fixamente nos olhos.

– Eu acho... que nós vamos para casa. – Ela deu um sorriso fugaz e apertou as mãos dele. – Derentsov... meu marido... está furioso. E com medo. Ele acha que foi traído.

Yashim assentiu devagar.

– Você sabe quem foi, não sabe? – Eugenia jogou a cabeça para trás e o avaliou com um sorriso preguiçoso. – Eles todos pensam que você não tem importância. Mas você é esperto.

Yashim desviou os olhos.

– Você quer saber? – perguntou em voz baixa.

Ela fez que não com a cabeça.

– Iria estragar tudo. Tenho obrigações para com meu marido, e existem alguns segredos que não posso guardar. Esta manhã, ele estava esbravejando, dizendo que havia sido traído. Que não tinha outra escolha a não ser renunciar. Está decidido a voltar para São Petersburgo e enfrentar o tsar.

– E os bailes, e os jantares, e as senhoras com seus leques. Eu sei.

– Vai ser difícil.

– Mas você tem obrigações para com seu marido.

E riram juntos, baixinho.

– O que é isto? – perguntou ela, avaliando o embrulho com a mão.

– Abra e veja.

Ela o fez, e ele lhe mostrou o fecho pequenino que fazia a adaga sair de sua bainha.

– Isto me lembra alguma coisa – disse ela com malícia. – E alguém.

Seus olhos se encontraram, e o olhar de malícia desapareceu.

– Eu não acho que...

– Nós vamos tornar a nos encontrar? Não. Mas... eu sempre sonharei. Com você.

– Se eu contasse às senhoras de São Petersburgo...

– Não diga nada.

Eugenia sacudiu a linda cabeça.

– Não direi – falou. – Não diria nunca.

Ela se inclinou para a frente, inclinando a cabeça de leve para um dos lados e fazendo um dos cachos de seus cabelos negros se desprender.

– Beije-me – disse.

Eles se beijaram.

Russo ou não, um mordomo é sempre um mordomo. Impassível. Discreto.

Yashim foi embora antes que ele servisse o chá.

131

– ENTÃO PARECE que o *seraskier* tinha razão – disse Mahmut II. – Foi bom que ele estivesse na cidade. Mas que acidente terrível, logo quando tudo estava indo tão bem.

– Sim, sultão.

– Dizem que ele caiu. Imagino que tenha subido até lá para ver melhor. Incêndios para combater, e tudo isso, não é mesmo?

– Sim, sultão.

– Vamos lhe dar um funeral esplêndido, não se preocupe com isso. Vocês dois se entendiam bastante bem, não?

Yashim inclinou a cabeça.

– Algo novo, ele teria gostado disso. Canhões sobre rodas, talvez, e alguns pelotões de guardas disparando salvas acima de seu túmulo. Para mostrar que o sultão não esquece seus amigos. Podemos até batizar a Torre Beyazit em sua homenagem. Coisa mais feia. Torre *Seraskier*. Humm. O império honra seus heróis, sabe.

O sultão coçou o nariz.

– Eu nunca gostei muito dele. É o pior que posso dizer a seu respeito. Pelo menos ele conhecia seu dever.

Yashim manteve o olhar pregado no chão.

O sultão o fitou com olhos apertados.

– Minha mãe disse que você contribuiu muito para prepará-la para o calvário que ela teve de suportar ontem à noite. A mim parece que você fez muito pouco.

Ele deu um muxoxo. Yashim ergueu os olhos e o encarou.

O sultão piscou e desviou o olhar.

– Hmph. Acho que, no final das contas, fez o suficiente. E, francamente, os eunucos estão totalmente calmos agora. É preciso ser um deles para conseguir pegá-los, imagino.

Ele empunhou uma vassourinha e começou a rodá-la entre os dedos.

– O fato é que eu preciso de alguém aqui dentro, agora que o *kislar* se foi. Alguém que conheça os mecanismos, mas que seja um pouco mais jovem.

Yashim congelou. Era a segunda oferta de emprego que recebia em 24 horas. Os olhos e ouvidos da nova república? Agora lhe ofereciam poder, e a promessa de riquezas. O segundo emprego que ele não queria.

Começou a dizer que não era jovem. Que era branco. Esbranquiçado, pelo menos – mas o sultão não estava escutando.

– Há um arquivista – disse ele. – Homem novo. Dedicado, bonito, isso intimidaria alguns dos homens mais velhos, não é? Não posso substituir todos eles. E eu poderia ficar de olho nele, também. Ele me lembra o *kislar* quando jovem, antes de começar a falar nessa história de tradição e a assassinar as moças. E ele também não participou de toda a farsa. É disso que eu gosto. Dê-lhe um casaco e um bastão. É isso. É o homem de que eu preciso.

Yashim sentiu uma onda de alívio. Não tinha dúvidas de que Ibou se revelaria um *kislar agha* perfeito; um pouco jovem, talvez, mas o tempo traria sua solução inevitável para isso. Pelo menos ele passaria por cima de todos os terríveis acordos e rixas que haviam levado o ocupante anterior do cargo às raias da loucura à medida que galgava seu caminho até o topo. E aprenderia seus deveres depressa. Talvez se mostrasse até genuinamente agradecido.

– O sultão é muito sensato – disse ele. Era melhor não dizer mais nada.

– Bom, bom. – O sultão se levantou da cadeira. – Foi uma conversa muito interessante. Para ser honesto, Yashim, algumas vezes acho que você sabe mais do que diz. O que também pode ser sensato, à sua maneira. Cabe a Deus saber tudo, e a nós aprendermos apenas aquilo que necessitamos.

Ele fitou a mesinha com olhos apertados de míope e pegou uma bolsa de couro.

– Leve isto. O *seraskier* sem dúvida o teria recompensado e, nas atuais cincunstâncias, essa tarefa cabe a mim.

Yashim pegou a bolsa no ar.

Fez uma mesura. O sultão aquiesceu com um movimento breve.

– Pelo que eu soube, a *valide* quer uma fofoca. Havia um édito – acrescentou ele –, mas no final das contas ele vai ter de esperar. Vamos primeiro arrumar a casa. E a cidade também.

Ele fez um gesto com a mão, e Yashim curvou-se enquanto recuava.

132

– HOUVE UMA surpresa? – A *valide* sorriu. – Gosto de surpresas.

– Sim – disse Yashim. Pensou em contar a verdade sem rodeios, mas sabia que ela jamais constituiria uma boa história. – O *seraskier* era podre até a alma. Ele planejou tudo.

A *valide* bateu palmas.

– Eu sabia! – gritou. – Como você adivinhou?

– Várias pequenas coisas. – Yashim lhe contou como o *seraskier* se mostrara ansioso para espalhar o pânico depois dos assassinatos, e a *valide* assentiu animadamente e disse que ele obviamente estava sendo usado. Como exatamente haviam sido assassinados os homens, ela quis saber.

E Yashim lhe contou.

Explicou que seu amigo Palewski havia conversado com o *seraskier* em francês em um café, certa tarde.

– E ele negou conhecer a língua! Ha ha! – A *valide* sacudiu um dedo.

Ele então lhe contou sobre o russo, Potemkin.

– Que patife! – A *valide* deu um muxoxo. – Foi estragado por sua cicatriz, sem dúvida. Ele deve ter sido encantador, ao seu modo, para atrair os cadetes para sua carruagem. Mas, mesmo assim – acrescentou ela, deixando de lado a imagem do sedutor ferido e considerando as questões práticas –, o que os russos ganhariam envolvendo-se nisso?

E Yashim lhe disse.

– Eles estavam preparados para assumir o controle de Istambul – disse ele. – Vêm sonhando com a cidade desde a época dos bizantinos. Ela era a segunda Roma... e Moscou é a terceira. Eles queriam anarquia em Istambul. Não se importavam com o modo como isso ocorresse: um golpe dos janízaros, o *seraskier* enlouquecido proclamando-se governante, qualquer coisa. Se a Casa de Osman fosse extinta, imagine as conseqüências! Estão acampados a mais ou menos uma semana de distância. Alegariam estar restaurando a ordem, ou protegendo os ortodoxos, ou afirmariam terem sido tragados para dentro da confusão de uma forma ou de outra, não importa como. Contanto que conseguissem ocupar a cidade e encontrar uma desculpa razoável depois, quando as potências européias começassem a criar problemas. Os franceses, os ingleses, todos morrem de medo de deixar os russos entrar... mas, uma vez que entrassem, estariam aqui para ficar. Olhe o que aconteceu na Criméia.

– Que brutos! – arquejou a *valide*. A Criméia havia sido capturada pelos russos graças a um misto de ameaças, astúcia e guerra sangrenta. – Eles fizeram os gregos recuarem também!

– Todo mundo fez os gregos recuarem – lembrou-lhe Yashim, imparcial –, mas com certeza os russos acenderam a faísca nesse caso também.

A *valide* ficou em silêncio.

– E pensar que tudo isso estava pairando sobre nossas cabeças enquanto eu lidava com o *kislar* dentro do palácio – disse ela depois de um intervalo. – Eu pensei que isso fosse um drama, mas era um enredo paralelo.

– Não completamente – sugeriu Yashim. – Caso os planos do *seraskier* houvessem fracassado... e fracassaram, não é mesmo?... ainda assim teria havido uma revolução, mas para a senhora. Uma contra-revolução, como dizem, para voltar aos antigos costumes.

– Deveríamos agradecer à moça, é claro. Asul – observou a *valide*. – Eu já assisti a peças de teatro, sabe. Quando era jovem, assisti a algumas em Dominique. Acho que você poderia dizer que eu armei o palco; mas foi ela quem executou o último ato. Graças a você, Yashim.

Yashim inclinou a cabeça.

A *valide* estendeu a mão para pegar uma sacola ao lado do divã e puxou a cordinha que a mantinha fechada.

– Tenho exatamente aquilo de que você precisa – disse ela.

Enfiou a mão dentro da sacola e tirou lá de dentro um livro com uma sobrecapa de papel. Segurou-o com as duas mãos e deixou que Yashim lesse o título, impresso em vermelho.

– *Le Père Goriot* – ele leu. – De Honoré de Balzac.

– Tome. – Ela estendeu o livro. – Infelizmente, é bem revoltante.

– Por que o está dando para mim?

– Dizem que é o último grito em Paris. Eu já li, e fala de corrupção, traição, cobiça, mentiras.

Ela deu alguns tapinhas na capa do livro e o estendeu para Yashim.

– Algumas vezes, sabe, fico muito contente de nunca ter chegado a conhecer a França.

Agradecimentos

TENHO UMA dívida para com todos os historiadores que contribuíram para nossa compreensão do Império Otomano; também utilizei com freqüência as observações de viajantes contemporâneos. Quaisquer erros ou distorções no livro são inteiramente meus.

Daisy Goodwin me incentivou a escrever uma história policial ambientada no Império Otomano. Yashim precisou esperar para ganhar vida nestas páginas até eu me decidir por um período: a década de 1830 em Istambul. Christine Edzard, que adaptou *A Pequena Dorrit* para o cinema, compartilhou comigo sua paixão pelo vestuário oitocentista – e por seus costumes. Richard Goodwin leu o livro em capítulos dickensianos à medida que eles iam sendo produzidos; depois de ter filmado vários romances de Agatha Christie, ele estava bem posicionado para me aconselhar sobre qualquer assunto, de reviravoltas do enredo a diálogos. Jocasta Innes, leitora inveterada de romances de suspense, afastou-me das potenciais falhas de continuidade. Sou grato a todos, e a Sarah Wain e Clare Michell por sua leitura e comentários.

Sarah Chalfant, minha agente na Wylie Agency, me fez encontrar Sarah Crichton em Nova York, e depois editores mundo afora. Sarah Crichton foi incomparável em seu incentivo – e quem disse que os editores de hoje em dia não editam? Julian Loose, da Faber, destrinchou o processo todo para mim: muito obrigado a ele.

Em Istambul, gostaria de agradecer particularmente ao professor Norman Stone, da Universidade Koc, e a John Scott, editor da *Cor-*

nucopia, a linda e inteligente revista dedicada a todos os assuntos relacionados à Turquia.

Meus filhos mais velhos lutaram comigo pelo controle do computador com afinco incansável; eles se revelaram decifradores de códigos do naipe de um Turing, mas nunca, jamais apagaram o disco rígido, e por isso lhes sou grato. Os dois mais novos demonstraram um interesse mais distanciado pelo assunto, mas incentivaram-me entrando no escritório em busca de mais papel e conversas. Todos os meus livros foram escritos para eles.

Este livro, porém, não teria sido escrito sem o incentivo e o entusiasmo de Kate. Já faz alguns anos que nós descemos juntos da Polônia até a Turquia, desde que vimos as cegonhas migrando para o norte acima do mar de Mármara, e desde que demos nossos últimos passos em direção às cúpulas de Istambul e ao imenso Bósforo mais embaixo, rumo à cidade que havia alimentado nossa imaginação durante seis meses. Não ficamos desapontados.

Este livro é dedicado a ela.

Glossário

acem yahnisi: prato da culinária turca preparado com frango, nozes e suco de romã
arabica: tipo de café originário da Etiópia, muito apreciado pelo sabor
baba: título honorífico dado a um homem sábio ou religioso; líder de um grupo de dervixes ou de um *tekke*
balkabagi: sopa turca típica feita com cebolas, alhos-poró, abóboras e especiarias variadas
bashi-bazouk: soldado irregular do exército turco
bei: título atribuído a oficiais superiores do exército, a altos funcionários da administração (governadores de província ou de distrito) e aos príncipes vassalos do sultão otomano
bétel: semente do fruto da arequeira (*Areca catechu*), em geral mascada
borek: pastel que pode ser doce ou salgado, feito de massa folhada tipo filo e recheado com carne, legumes, queijo ou mel
caftã: vestimenta comprida de mangas longas ou na altura dos cotovelos, muito usada nos países do leste do Mediterrâneo
cádi: juiz mulçumano, especialmente o que decide questões religiosas e outras, civis e penais, ligadas à religião
camii: mesquita, em turco
cariyeler: odalisca, em turco
castrato: cantor do sexo masculino com timbre e tessitura de voz peculiares, adquiridos através de castração, ainda na infância
cavass: guarda-costas ou policial armado
divã: conselho de Estado da Turquia otomana

dervixe: religioso muçulmano, especialmente sufista, que fez votos de pobreza e austeridade

djellaba: vestimenta comprida e solta, com mangas, usada nos países muçulmanos

djim: cada uma das entidades corporais maléficas ou benfazejas, superiores aos homens e inferiores aos anjos, imperceptíveis aos sentidos, e cuja importância na literatura popular e no folclore árabes é bastante grande

dragão: soldado de cavalaria, que também podia combater a pé em algumas circunstâncias

efendi: no Mediterrâneo oriental, título respeitoso dado a homens importantes; cavalheiro

fanariota: morador grego do bairro de Fanar, em Istambul

fatwa: parecer ou decisão jurídica emitida por um estudioso islâmico

fellahin: camponês ou habitante original de uma região de ocupação árabe

ferenghi: estrangeiro

fesijan: prato de origem iraniana preparado com frango, nozes e suco de romã

fez: barrete cônico e em geral rubro, usado por alguns povos do Oriente Médio e da África, especialmente os turcos

ghazi: guerreiro muçulmano que combate os infiéis não-muçulmanos

gözde: favorita, em turco

halal: carne de animal sacrificado segundo os preceitos da *shari'a*, a lei corânica

hammam: banho público a vapor que tinha um importante papel na sociabilidade da cultura turco-otomana

harem: parte de uma residência muçulmana destinada às mulheres, cujo acesso era proibido a homens de fora

houri: uma das lindas virgens do Paraíso do Alcorão

Inshallah: expressão árabe que deu origem ao português "oxalá", "assim seja", "se Deus quiser"

ixarette: língua secreta de sinais criada no século XVI e usada dentro do palácio do sultão otomano
janízaro: soldado do corpo de elite das tropas turcas, criado no século XIV e abolido em 1826
jebeque: embarcação mediterrânea leve, com três mastros e velas latinas
kebab: iguaria de carne grelhada de boi, cordeiro ou frango, preparada de diversas maneiras, mais geralmente no espeto, e servida com pão
keemun: um dos mais saborosos e refinados chás pretos, batizado em homenagem à região chinesa onde é cultivado
kapudan: comandante da frota naval otomana
khan: título dos imperadores mongóis, descendentes de Gengis Khan; oficial comandante ou governador em algumas províncias da Ásia central
kislar agha: o chefe dos Eunucos Negros, responsável pela organização do harém do sultão
köçek: tradicional dançarino típico da Turquia otomana, geralmente vestido de mulher, e que também executava serviços sexuais
kohl: preparado cosmético usado sobretudo no Oriente Médio para escurecer as bordas dos cílios das mulheres
lala: tratamento respeitoso para o responsável pela proteção de uma residência; guardião
leis suntuárias: regras visando à repressão do luxo e da extravagância, aplicadas em Roma e na Europa durante a Idade Média
madraçal: escola muçulmana
manti: iguaria turca salgada, feita com uma massa sem fermento e um recheio de carne, geralmente de cordeiro
mevlevi: ordem sufi turca que pratica uma dança típica
meze: em uma refeição, entradas que precedem o prato principal
mufti: jurisconsulto supremo e intérprete qualificado do Alcorão para resolver os pontos controvertidos da lei
mulá: título dado às personalidades religiosas, em especial aos doutores da lei corânica

mulá Nasreddin: Nasreddin Hodja, célebre contador de histórias turco do século XIII, cujos ditados e contos são repetidos até os dias de hoje

nasrani: comunidade do sul da Índia que segue uma tradição cristã primitiva de origen siríaca e judaica

ney: flauta de junco árabe

ouzo: licor incolor, de origem grega, feito de essência de anis verde, aguardente vínica e açúcar

pilaf: iguaria feita basicamente de arroz cozido e bem temperado, a que se acrescentam carne, peixe etc.

pogrom: na Rússia czarista, série de pilhagens, agressões e assassinatos cometidos contra uma comunidade ou minoria, sobretudo judaica, e em geral com o beneplácito das autoridades; por extensão de sentido, todo movimento popular de violência dirigido contra uma comunidade étnica ou religiosa

raki: bebida nacional turca, à base de anis

selamlik: nas casas muçulmanas, a ala reservada aos aposentos masculinos

seraskier: general ou comandante das forças terrestres do Império Otomano

shako: capacete alto cilíndrico, algumas vezes afilado na ponta, e em geral adornado com alguma placa ou escudo na frente e plumas ou borla no alto

Sublime Porte: o governo do Império Otomano

sufismo: forma de misticismo e ascetismo islâmico, hostil à ortodoxia muçulmana, caracterizado por uma crença de fundo panteísta e pela utilização da dança e da música para uma comunhão direta com a divindade

tekke: construção especificamente destinada à reunião de irmandades sufi

temizlik: faxineiro, em turco

tepidarium: nome dado à sala tépida, ou intermediária, dos banhos romanos

turbe: túmulo, em turco

ulemá: entre os muçulmanos, teólogo ou indivíduo sábio e versado em leis e religião

valide: título dado no Império Otomano à mãe do sultão governante

yashmak: véu que cobre os cabelos e o rosto, deixando de fora apenas os olhos

markgraph

Rua Aguiar Moreira, 386 - Bonsucesso
Tel.: (21) 3868-5802 Fax: (21) 2270-9656
e-mail: markgraph@domain.com.br
Rio de Janeiro - RJ